《余罪》之后，常书欣又一力作

我的江湖笔记

一个江湖高人的谋略人生

弈 4

常书欣 著

中国出版集团公司
中国民主法制出版社
全国百佳图书出版单位

图书在版编目(CIP)数据

对弈.4/常书欣著.—北京:中国民主法制出版社,2017.5

ISBN 978-7-5162-1500-5

Ⅰ.①对… Ⅱ.①常… Ⅲ.①长篇小说-中国-当代 Ⅳ.①I247.5

中国版本图书馆 CIP 数据核字(2017)第 099066 号

图书出品人:刘海涛
责任编辑:乔先彪
策划编辑:文 沛 杨荣刚

书名/对弈·4
作者/常书欣 著

出版·发行/中国民主法制出版社
地址/北京市丰台区玉林里 7 号(100069)
电话/010-63055259(总编室) 010-63057714(发行部)
传真/010-63055259
http://www.npcpub.com
E-mail:mzfz@npcpub.com
经销/新华书店
开本/16 开 710 毫米×1000 毫米
印张/20 字数/235 千字
版本/2017 年 5 月第 1 版 2017 年 5 月第 1 次印刷
印刷/北京建泰印刷有限公司

书号/ISBN 978-7-5162-1500-5
定价/36.00 元

目　录
Contents

第一章
“泥鳅”也敢斗“飞鹏”

车驶进飞鹏公司大院了，这个远在北郊的地方因为城市的延伸和扩大，也算得上五环以内的地段了。抬头才能看到顶的楼宇，反光刺眼的玻璃墙，装饰豪华的大门厅，让下车的帅朗和杜玉芬都感慨万千，这派头、这气势，和咱们现在的规模实在是不可同日而语。

看到门厅上方挂着的“欢迎工商、质检主管部门莅临公司指导工作”的条幅，也知道了这两天发生的事，帅朗笑了笑，不知所谓，杜玉芬瞥了一眼，有点怀疑地问：“高兴什么？人家见不见你是两说。”

“他要见我，以他的身份，已经输了一筹；他要不见我，那他输得更多……这就是一无所有的好处，咱们可以不要脸，可他不在乎面子都不行。”帅朗笑着解释了一句。

杜玉芬摇摇头，和帅朗并肩走着。盛小珊设计的这个形象不错，最起码帅朗现在和杜玉芬站在一起，有那么点儿俊男靓女的味道。进门厅的时候，帅朗不时侧头瞥着白底花裙的杜姐，不知道是处得久了，还是杜姐确实漂亮，越看越顺眼，甚至连年龄因素也可以忽略了。当然，最欣赏的莫过于熟女这份坦荡和爽朗，不会像年龄相仿的妞，请吃个饭都忸忸捏捏的，哪像杜姐，喝酒都敢跟你拼大杯。

“看我干什么？”杜玉芬斥了一句，也斜着眼睛瞟着帅朗做贼似的表情。进了门厅，只有保安指着方向，她点头示意后，小声问着帅朗：“喂，这两天你不但征用了我的车，拿空了我的积蓄……现在不会连对我本人也动上心思了吧？”

“不不不……我对杜姐是只有景仰之情，没有亵渎之心啊……哎，对了，杜姐，我说你这么漂亮，为什么还独身呢？不至于连个欣赏你的男人都没碰到吧？”帅朗半开着玩笑。

杜玉芬眉波一动，笑道：“谁说没有，现在我眼前不就站着一位？我说你欣赏可以，可别偷偷摸摸，怎么老是斜着眼偷瞧女人，不会正眼看呀？”

帅朗又被杜姐的豪爽噎了一下，不敢接茬了，嘿嘿傻笑着。熟女就有这个好处，有些话她不脸红，能说得你脸红。

进了电梯，摁了楼层，回头一瞅，杜玉芬正秋波殷殷地看着自己，那眼神仿佛一杯浓浓酽酽的混合果汁，里头蕴含的东西不少。早经人事的帅朗岂能看不懂这等端倪，随着杜玉芬的眼光低头瞧瞧自己的打扮，竖条纹衬衫，笔挺的深色西裤，配一双红色皮鞋，虽然没有奶油小生的可人，可也不缺硬派小生的气质。帅朗脸色一整，一揪自己的衬衫，解释道：“喂，喂……杜姐，您千万别被表象迷惑啊，我就这么一身好衣服，都穿出来了……我这个玉树临风全是装出来的啊……”

“是吗？怪不得以前卖假货，连自己都是个假货……呵呵……”杜玉芬笑了笑，像大姐一般给帅朗整整衣领。说是这样说，不过看样子挺喜欢这个假货的包装，帅朗在这种眼神里可有点受不了，岔着话题道：“一会儿不管谁接待，咱们得表现得恭谨，表现得谦虚……他们底牌是明的，咱们在暗里，千万不能让人家看穿了……”

“这个应该我教你……什么时候轮到你教我了……”杜玉芬不屑地说了一句。

两个人配合得很默契，杜玉芬是正经八百公司中层出身，而帅朗是野路子，看来正邪兼施、刚柔相济渐渐地成一个整体了。到了楼层，两个人停止了谈话，保持着正色。电梯门开时，迎接的人来了。

正是叶育民，接待的规格不高也不低，把两个人请到了会议室，是中层管理经常讨论市场决策的小型会议室，里面早有人等着了，一位是助理秦苒，一位却是没见过面的闫副总。一介绍落座，明显地隔桌坐了两拨，明显地感觉到自己不受欢迎，双方连最起码的客套也没有，甚至连林总为什么没出面都没有解释一句。

这简直是老寿星吃伟哥——没事找刺激来了……杜玉芬看着对面三位俱是不善的眼光，心里暗暗想着。反观帅朗，今天倒像个人样了，正襟危坐，不苟言笑，等着杜玉芬唱主角。

什么主角？说着就开唱了，杜玉芬面对这三位也不怯场，斟酌了一下，直奔主题："闫副总、秦助理、叶主管，咱们都是熟人了，我的事你们也知道……这次的来意我长话短说，也没有别的意思，就是黄河景区、火车站东、西客站两个市场区域，我们准备下一步全部上你们的货，怎么样？要求也不高，你们以分销价供货，视同分销身份，运费我们自付，这样的话，可以省去你们直接上货需要车辆、人力和其他资源的成本……"

"等等……"闫副总拦下话头，老脸笑着，像听了个天大的笑话一样，反问道："你们是想，到我们旗下要个分销身份，长期在景区和车站销售？"

"嗯，没错……"帅朗和杜玉芬都点点头，很诚恳，就像是谋求合作来了。

闫副总眼皮一跳，左右看了看秦苒和叶育民，心思俱是相通了：这是退而求其次了。

三个人都免不了心里暗笑，封杀到现在，第三天了，货源的控制越来越严，甚至延伸到周边县市的分销商了。以林总的估计，他们无货可售之后肯定会选择和绿尔、蓝莓那几家小公司合作上货，而那几家小公司的货根本进不了主流市场，用不了多长时间，他们就会捉襟见肘，即便还想卖飞鹏和正浓的货，也没有分销价的供货，除非他们不怕赔钱……再说就卖这两家的货，等于变相给飞鹏和正浓服务，何乐而不为呢？

反正就是你算计我，我算计你，林鹏飞的算计就是一步一步卡这帮人的脖子。没料到的是，结果出来得这么快，而且结果出乎意料，他们居然来找竞争对手合作。闫副总捋了捋思路，笑道："呵呵……你们的算盘打得挺精的嘛，那我也给你们算一笔账：我们的货柜车直配，每件比分销价出货要高一块八毛钱左右，两个市场平均四五千件的销量，一天就是上万收入，这笔钱足够我们开支，还绰绰有余了，我们有必要再找你这么个中间人吗？"

"这个我信，不过那是以前，现在飞鹏公司在这两个市场区域已经没有什么销量了。如果我们双方合作的话，贵方很快就能达到先前的销售量，损失是暂时的，盈利是长久的……"杜玉芬道，不过这话听着像有刺。

闫副总一拍桌子，指着帅朗道："市场丢了也是拜你们所赐啊，不过怎么丢的，我们会怎么拿回来。合作嘛，就不必了，我们自己的事自己处理，再说一级分销商要交纳保证金三十万，而且要有不低于一千平米的场地，你们有吗？"

"没有。"帅朗道。杜玉芬没吭声，耸耸肩，给了个无奈的姿势。

于是秦苒和叶育民笑了，两个人的无奈，很像穷途末路来找最后一根救命稻草。叶育民没好话，笑了笑，直斥道："那你还好意思来呀？"

"这有什么不好意思的，现在谁能销货，谁就说了算，我们有市场，完全有提条件的资格。"杜玉芬正色道。

"是吗？能销货我不否认，可你们还有多少货？"叶育民反问道。

帅朗和杜玉芬对视了一眼，貌似心虚了，杜玉芬没吭声，帅朗接着说："很多，多得怕卖不了……几位，我是诚心诚意找合作来了，你们的态度我不介意，不过不能一点儿机会都不给吧？你们是非把我往正浓怀抱里推嘛，你们要是不同意，正浓未必就不同意给我们供货啊……"

"呵呵……正浓饮业现在每天的销售报表就在我们林总的办公桌上，

你要有兴趣，可以带你去看看。”秦苒驳斥了一句，暗示两家的联盟。闫副总一听，居然把联盟方作为筹码抬出来了，也笑了，倾倾身子问帅朗和杜玉芬：“飞鹏代理的产品早就遍布中州了，你们要货，随便可以找到，不过是零售价，你们买多少都成，想赔钱是你们的事……你们前天好像就在超市买了不少，对不对？”

帅朗撇撇嘴，眼睛直往一边瞅，像是被人揭了羞处，杜玉芬也讷言了，似乎有点难以启齿。

“明说吧，你们没机会，我们林总向来喜欢以不变应万变，一天五千件的销售量，快赶上一个地市的分销商了，这么大的量，在中州我还真找不出几家有供货能力的……我相信你们和绿尔、蓝莓几家都有协议，接下来你可以拿他们的产品和我们竞争，看看谁能占住市场……”闫副总有几分得意，这正是飞鹏一直未在价格上做调整的原因，只要断了这帮人的货源，他们唯一的选择就是黯然退场。不管再拿什么产品来竞争，没有一线知名品牌，在市场上都成不了主流，到时候只要飞鹏的产品陆续上货，迟早要把绿尔、蓝莓那些小品牌饮料挤到配角的角色。

以不变应万变，以不胜战有胜，不争一时之气，这样既保证了大局的稳定，又能逐步收复市场，林鹏飞这个大布局看得不可谓不长远。以闫副总为首的三位，现在有点佩服林总的眼光了，能逼得这两个人上门找合作，说起来也算个不小的胜利。

帅朗不说话了，难得这么寡言。杜玉芬不时地看帅朗一眼，稍显难色。

得，还是那句话，竞争不对等，真坐到一起，差别还是太大，人家根本没把帅朗和杜玉芬当回事。

“帅朗，你也别虚张声势了啊，你们在五龙村的货仓我们早知道了……今天剩下不到两千件了，全部上市了，是不是？这两天你们搭配着绿尔和蓝莓的货勉强能支撑下来，我看，你们明天是不是就要断货了？原来我想你们能撑一个月，看来有点高看你们了，林总说你们顶多能撑一周，看来也有点高看你们了……明天是不是撑下来都有问题？”叶育民得意地问着。

“明天没什么问题吧。你们不给货源，大不了我找李正义再要点儿……没错，我是有难度，难度不小，不过我觉得咱们没必要这么掐来掐去吧？上次林总找我，还说了，可以给我个分销商身份给我货呢。”帅朗有几分谦恭地说，不像先前那么意气风发了。

“你还真是个外行啊……”秦苒斥了一句，“你要真做分销，必须在公司指定的区域销售，你以为这里面就没有规则，谁抢上哪儿，哪儿就是他私人的？”

“没有，没有这个意思……”帅朗低着头，摆着手辩解，可又说不出什么理由来，规则是强势者定的，而破坏规则的已经落了下风。

“好了，你们俩陪陪客人……小叶，你通知一下门房，以后这种不三不四的人，就不必通知公司了，他们知道该怎么做……”闫副总站起身，很突然，不以为然地往外走，直接无视了。本来他以为会有什么有价值的情况，不料看到的是这个场景，有点失望地走了，临走还不忘讽刺帅朗和杜玉芬一句。

没感到意外，和预料中的一样，脸再热，到这儿贴的也是人家的冷屁股。闫副总的背影一消失，叶育民状似有几分解气地看看帅朗和杜玉芬，笑而未语。秦苒这妞吧，在帅朗看来还算厚道，她有点同情地看着帅朗。

不过再怎么看，这其中的怨念恐怕不浅，闫副总一走，这两位当家不做主的更无话可说了。半晌，叶育民起身，很随意地说：“两位请便啊，我就不送了，你们一直就是不受飞鹏欢迎的人，还是别来自取其辱了……”

秦苒也起身了，不过没有落井下石，只是摇摇头，同情地看了帅朗和杜玉芬一眼，两个人出去了……

“走吧，你就是根好葱，这儿也没有你插的地方……”杜玉芬悻悻然站起身来，催着帅朗，帅朗讪讪地笑了笑。两个人出了会议室，走在楼层的甬道里，很安静，没什么人，进了电梯，在想着什么的帅朗也没吭声。直到下了楼，上了车，帅朗还在四处观望着，似乎想发现什么自己感兴趣的场景，杜玉芬发动着车，随意问道：“怎么了？受刺激了？我就看不明白了，咱们现在还没到穷途末路的时候，干吗非上门听人家说难听话……”

“犯贱呗……”帅朗靠着座椅，那副不屑一顾的表情又出来了。

“犯贱？你以后犯贱，一个人来，别拉上我。”杜玉芬斥了一句。

“呵呵……这你生什么气，咱们犯点儿小贱，是在给他们犯大贱的信心，等他们的自信被咱们一次又一次打击之后，他们就知道谁是贱骨头了……”帅朗笑道，不过一笑之后免不了要考虑到长远之事，又叹了口气道，“最好还是能达成合作啊，毕竟这个专卖代理谁也拿不走，要是飞鹏或者正浓直接给咱们供货，这两块市场，用不了一年咱就发财了啊……”

“你想得美，这两块市场，李正义宁愿惹了你们，开了我，都不敢独吞，飞鹏能便宜了你？”杜玉芬不以为然，道。

“那也未必，明天以后他们看李正义就不那么顺眼了，后天以后，李正义未必买他们的账……三国时候三足鼎立就是这么形成的，魏、吴两家来回掐架，反倒成就了屁都没有的刘备……”

“哟哟哟……你不会自比诸葛亮吧？”

“嘿嘿……诸葛亮不如我，他不会卖饮料。”

“踋得你……”

“哎，对了，你听说了没有，飞鹏可开出高薪招聘营销经理了啊，年薪百万啊。”

“拉倒吧，附加条件是销售额八千万，有销售八千万的本事，谁疯了，还去挣他们那一百万，早自己开公司了……那叫有偿新闻，记者没准儿拿多少好处才炒作这事呢，不过是给飞鹏做软广告而已……别异想天开啊，就你现在的身份，进飞鹏打工白干，我估计人家看你都不顺眼。”

“这个我信……我是说，万一他们两家谁都想拉拢我，你说我这身价开多少合算？”

果真是在做白日梦，杜玉芬却不想打击这个做白日梦的帅朗，努着嘴做了个鬼脸，实在有点无语，帅朗确实是想到了什么美事，想得眉开眼笑，哪还像在飞鹏公司里那副老实谦恭的德行？

对了，谁也没有提接下来的货源问题，好像这个问题是故意给闫副总一干人看到的，没准儿这个不是问题的问题，已经让对方看到了机会……

“咦……学乖了哦，没有来……”

帅朗好奇怪而且好郁闷地发了句感慨，看着大早上空荡荡的景区路方向，他使劲地挠挠脑袋，想不通为什么叶育民、秦苒和那几个自以为是做市场的今天怎么学聪明了，居然没来。挖了个坑，没人往里跳，让人好失望啊。

是啊，帅朗很失望，如同锦衣夜行，如同无人喝彩，很让人失望，得了五万元奖金的王战强又被帅朗拿捏着小辫，三千件饮料还真一件不少，全从正浓货仓里提出来了，现在就在五龙停车场。一大早从市场运回来，分货，码货，各装各的车，井然有序，这数日已经习惯在对垒中得意扬扬的帅朗，要没个对手来吧，好像还挺失落的。

“帅朗……帅朗……我问你呀……”

程拐上来了，胖手揪着帅朗拉近车旁，小声问道：“还有多少货？”

“就这么多，这还是昨天才找到的……”帅朗小声回道。真正有多少货，能告诉杜玉芬，能告诉程拐，其余人就不太敢告诉了，只说货多着呢，怕你卖不了。

“不是说你能进飞鹏的货吗？怎么，火车站那胖娘儿们不给？”程拐追问着，那儿的八千多件还是他最先发现的。

“她有点顾忌吧，我今天再去找找她，争取买回来……”帅朗有点为难，那个好办法，实施起来确实有点难度，人家飞鹏的批发商对他是防得很严，陈丽丽这两三天还是支支吾吾，下不了决心。

“那你弄不回来怎么办？眼看着生意可就黄了啊。”程拐不悦地埋怨着。帅朗不高兴了，推了程拐一把，喝斥道：“你行，你去呀？你以为弄这些货容易呀？就这三千件，都是拿窝点换的……这么大吃货量，比市区批发商还大，谁敢轻易供货呀……能多少弄点儿就不错了。”

“那真弄不上，接下来怎么办?”程拐问。

“这事只能走一天算一天了，到现在为止，我们已经坚持到第十三天了，这已经非常不错了，即便他们两家把咱们卡得死死的，咱们上绿尔、蓝莓还有其他小公司的货，再跟他们来几场拉锯，勉强也能再坚持几天，大不了被赶走呗，还能怎么着?”

“有点可惜啊，我可是第一次做正当生意，还做得这么好，这要是黄了，多可惜……”

“少来了，你丫卖了多少盗版杂志？这几个人里头数你挣得多，有什么不满意的?”

“瞧你说的，谁跟钱多过不去啊……”

“歇着吧啊，咱们挣得越多，人家赔得越多，这事拖得越久，来势就越凶，别太放心上，免得将来失望……杜姐来了，赶紧的啊，告诉那几个，有什么事马上通知大家……”

帅朗看到红色丰田从景区路上驶来了，扔下程拐，直朝车的方向奔去。程拐在后头“哎，哎”喊着，没喊着人，骂了句什么，回头招呼着自己带来的几个人准备走。又是一天，掰着指头数到第十三天了，一天除了工人开支，能落几千的收入着实让程拐有点舍不得。不但他舍不得，大家都舍不得，罗嗦扔下旅行社的生意不干了，老黄招呼了几个开黑车的，连黑车拉客也不拉了。老皮小皮自然更不用说，带来的一干同村根本就不走，沃尔玛被断货之后干脆就在景区卖饮料，哪儿也没去，而且数这帮人能吃苦，白天干活，晚上卷个铺盖卷就在货厢车里睡觉，别的不说，这市场看得可真够严的了，半夜里都逃不过老皮这帮人的眼睛。

陆陆续续，车开走了，又是一天开始了。下了车的杜玉芬一伸胳膊，来了个扩胸动作，很惬意地呼吸了一口清新空气，这里的环境着实要比城市里好得多，站在这里就能看到浩荡的黄河，听着水声，呼吸着带腥味的空气，那种气息像乡村泥土的气息，让人流连，而不会有丝毫厌倦。

哟……帅朗轻呼了一声，脚步不知不觉慢慢地停下了，因为眼中又出现了一个截然不同的杜姐，穿着超短的短裤，雪白上衣在腰间打了个结，蹬着运动鞋，梳着马尾巴，像是晨练后直接来这儿了。帅朗见惯了穿裙装和正装的杜姐，乍看如此清凉简约打扮，微微有点不适应，倒不是不漂亮，实在是那裸着的大腿和挺着的胸太过吸引眼球。程拐、罗嗦、老黄那几个流氓可毫无顾忌，喊着杜姐，招着手，两手打嘴巴似的从车里给着飞吻，杜玉芬却一点儿也不羞涩，也给回着飞吻，乐得老黄颠儿颠儿的，车差点儿撞树上，引得杜玉芬咯咯一阵好笑。

杜玉芬朝帅朗的方向招着手，抿嘴浅笑的样子，在恍惚中让帅朗觉得好像见到了藏在记忆深处的那个人，想起那个销魂难忘的夜晚……桑雅，桑雅，心里默念着这个名字，而这个人就像梦里见到的一样，生活中再也没有出现她的影子……

"过来……傻站着干什么?"杜玉芬喊上了。一喊，帅朗惊醒，笑了笑，朝停车场外走来，走到杜玉芬身边，看着杜姐这番清凉打扮，做了个鬼脸。杜玉芬有点得意地卖弄自己身材一般，一抬腿，把一条腿搭上车厢上头，边做压腿动作边问帅朗："怎么？对手没来，有点寂寞?"

帅朗点点头，原本预计他们会来的，昨天专程跑了一趟飞鹏公司，有几层用意。第一是试探有没有合作的可能，结果没有；第二是示弱以对手，等着对方再来掉坑里一次，结果也没来……这个事没料准，就让帅朗忍不住有点怀疑事态将会怎么发展。因为，这个时候越平静，越会让他觉得心虚。

"没来不更好嘛，你这么好斗……他不来，咱们安安生生挣钱，多好。你这个办法不错啊，我联系了一家正浓的批发商，私下里给他点儿好处，他同意少批量进点儿飞鹏的货，一件咱们给他加五毛，不过量不会多……"杜玉芬说着，压腿的时候腿绷成一条优美的直线，头可以蹭到脚踝，看得帅朗免不了想入非非，不过好歹他还能把持住，笑了笑，摇摇头："杯水车薪呀，咱们这儿的吃货量太大。今年也邪门，五月就下了一天雨，一天喘息机会都不给咱们，要能下三天大雨，我就有办法。哎，老天不作美呀，看今儿的天气，这三千件配上点儿绿尔的货，能撑下今天来就不错……"

"哟，这么悲观，不像你的风格呀？"杜玉芬笑道。

"呵呵……那是你不懂我，我压根儿就没乐观过。"帅朗道。

"不对吧？我怎么感觉你一直挺乐观的呀。"杜玉芬奇怪道，放下了腿，矮着身子压着另一条腿，抬眼诧异地看着帅朗，眼眸中放射出几分笑意，掩饰不住那份欣赏。不料帅朗能欣赏的地方并不多，来了一句："乐观个屁……"

一句话刺激得杜玉芬微微蹙眉，很无语地看着帅朗，正要纠正一下这货的态度，不料帅朗一屁股坐到路牙上，有点感叹地说："乐观得起来吗？我从毕业到现在一直就在生意场上混，送过货，卖过保险，卖过药，发过广告，卖过盗版书，还卖过羽绒服，还卖过……我都记不起来了，不是坑人骗人就是被人坑被人骗，不光非正当生意啊，就连正当生意也免不了是这个样子……咱们这好好的生意，非被李正义这么坑一家伙，弄得现在上不上、下不下，一直悬着，我乐观得起来吗？"

"生意场上历来就是如此……我觉得你应该看得开呀。"杜玉芬道。

"当然看得开，只是有些舍不得……这几年销售也跑过，公司也干过，都是当小职员给人跑腿。累死累活，一个月挣上两三千，有时候还接不住，今年好容易逮着了这么个机会，你说要不捞上点儿本钱，那得多亏呀……"帅朗有点不舍，其实和兄弟几个的感受是一样的，都舍不得，可心里也都明白，能在这个市场占一天，就少一天。

"哦哟……你不能这样吧？我们可都指着你呢啊，你要是垮了，我们只好全撤了。"杜玉芬开了句玩笑，起身来，大大方方坐到帅朗身边，手抱着膝，侧着头看帅朗的表情。

帅朗笑了笑，未置可否。说真的，这次是糊里糊涂走到领头的位置了，以往兄弟几个都是各行其道，真正坐到一起的机会不是很多，但是在领着这帮人能走多远的问题上，帅朗很清楚，肯定走不了多远。沉吟片刻之后，帅朗又回到正题上了，狐疑地问杜玉芬："杜姐，你说他们会怎么来赶咱们？"

"问我？"

"是啊，你好歹也是正浓前副总，总能有个大致预测吧？"

"这个……代理体系之所以牢固，是因为经过二十世纪九十年代后期市场混乱之后，已经渐渐拉小了分销、批发、零售之间的差价，特别像销售大、单价低的饮料生意，每瓶差价就是几分钱，暴利时代过去后，这是一个市场走向成熟的标志。也就是说，凭我们这些人，凭我们占据的这两片市场区域，动摇不了代理和分销这个体系，凭我们手里的量，也动摇不了代理和分销的位置。除非你能把中州市场全部拿下来，那就另说了，没准儿可口可乐公司或者统一厂家就上门找你供货来了……"

"那不可能呀……"

"是啊，既然不可能，就没有什么可担心的，多待一天，我们就多赚一天，大不了咱们撤了再找份工作呗。"

"别提求职了啊，我最怕找工作……"

"为什么？"

"我混的这两三年，往人才市场跑了不下几十趟，从年前羽绒服下季后我失业，到五月开始卖饮料，我就愣是没找着工作，找来找去，都把人找疲了。"

"不至于吧？我怎么觉得没那么难呀？"

"那不对等，瞧您这漂亮脸蛋，还有这魔鬼身材，去哪家公司找不着份工作干？我就不行了，学校不咋地，文凭也不咋地，专业更不咋地，我除了卖苦力，没什么可卖的……还不如卖饮料呢……"

"呵呵……哈哈……"

杜玉芬被这几句大实话逗笑了，这也是个实情，现在是竖起招兵旗，不愁吃粮人，只要有薪水可发，就不缺应聘的来。就公司前台那儿说“您好”的迎宾，没准儿都是哪个大学里的班花、校花什么的，作为一个学无所长、没有什么背景来历的大老爷们儿，想在城市混个人模狗样，已经越来越难了。

大早晨的光景，人车俱稀，难得两个人在一起说几句心里话，说几句生活的感受，杜玉芬免不了也勾起往事，絮叨着自己的生活。读了银行中专，进了个农村信用社，逢着银行改制，成立地方城市银行，买断下岗，自谋职业，和帅朗的经历雷同，卖过保险，当过营业员，干过服装生意，最后在饮料行业有了个立足之地，不过也在一夜之间成失业者了。唯一比帅朗强点儿的地方是前些年趁个机会买了单位的集资房，好歹有个栖身之地，不像帅朗，还游荡在城里四处租房。

说着说着，两个人都有点唏嘘不已了，有那么点儿同是城里沦落人的亲切感了。其实现在把人才市场或者公车上衣冠楚楚的人随便拉上几位数数履历，大多数都有几近相同的境遇，一直徘徊在失业和就业之间。

手机铃声响了，帅朗掏着口袋，看了下时间，快七点半，今天的任务是无论如何得搞到明天的货源，这番有点唏嘘的倾诉更坚定了他的信心。什么信心呢，肯定是要：钉在这里，再多捞点儿，再多捞点儿，再使劲多捞点儿……

“喂，什么？他们去你那儿了？不对呀，没来五龙景区呀？你看清了？”

帅朗吓了一跳，声音变调了，正沉浸在回忆中的杜玉芬也惊讶地看着帅朗，不知道发生了什么事。

几公里外的浮天阁景区，程拐站在阁台阶上，看着眼前的景象，有点忧心忡忡地回着电话：“看得很清，来了两辆小货厢，七个人，堆了一百多件饮料，人家是要自力更生……咱们的好日子到头了……”

几十米外，两辆货厢车停在路边，就在上阁台阶的下面路的旁边，搭起了俩人多宽的遮阳帐，五男两女，都穿着可口可乐、统一的OEM汗衫，搬着小柜台，花花绿绿的饮料已经摆上台了，就像城市里经常可见的品牌促销活动，统一服装、统一标识、统一产品，很上档次，连遮阳篷上也印着饮料的标识。

放下了电话，一位气喘吁吁的小伙从台阶下奔上来了，喘着气竖着三根指头：“可口可乐，卖三块……统一红绿茶，两块五……拐哥，人家在台阶下，咱们在景点里，生意可全被截了啊……而且有景区管委会批准的促销活动，盖着大红章呢……”

程拐大瞪着眼睛，直勾勾地看着浮天阁台阶下摆起来的直销点，傻眼了……

几乎是同时，叶育民接到了一共十四个直销点打回来的电话，他看看时间，差一刻八点。叶育民兴冲冲地从市场部往顶楼经理办走，轻轻叩门，应声而进，林鹏飞和秦苒正商议着什么。看着叶育民，林鹏飞笑问道：“都到了？”

“到了，火车站周边我们正在联系，设九个直销点应该不难。”叶育民道。

“很好，告诉现场，都睁大眼睛，有人捣乱随时汇报。撑上他们几天，把他们撑跑了再恢复原状。咱们不图挣这个零售的钱，但是要让景区和车站所有的业主明白，只有跟着飞鹏，只有销售大品牌的产品，才有钱可赚……明白了这一点，谁想兴风作浪都不成。”林鹏飞有几分得意地说着。这许多年来，已经没有同级别的竞争对手了，偶尔冒出这么一个来，虽然搅得人心神不宁吧，不过也有那么一点儿乐趣，这不就想了个直销冲击办法。飞鹏不怕竞争，只要把可口可乐、统一这些大品牌的饮料放到市场上，根本不愁销售，根本不惧竞争。

“他们……不会真的胡来吧？”叶育民紧张地问了句。还是秀才怕遇兵，今天这事是前一天和批发商、分销商密谋定下的，销售收入全归到场的批发商，又有公司支持，又有钱可赚，何乐而不为呢？唯一担心的就是有人捣乱，不过这个问题林鹏飞似乎早就考虑到了，笑道：“他要真敢用拳脚说话，那接下来就不用我们和他说话了……”

咦？有点意思，叶育民从林总飞扬的眉色中读出点儿什么，立时想到了公司和公安分局不错的人际关系，以前不动用，那是因为人家一直是擦边，就不越界，要真越界了，没准儿事情反而更好办了……一念至此，知道早有安排，叶育民高兴地点点头。

“还有件事，秦苒你办一下。今天早上，这伙人不知道又从什么地方拉来了三千件百事可乐、红绿茶饮料，都是正浓的货……李正义这个人，从来就是当面一套，背后一套，几千件货源，除了他，谁还能拿得出来……秦苒，你出面警告他一次，再在咱们的市场上要猫腻，别怪咱们翻脸不认人……”

林鹏飞有点生气地晃着手机上的照片，那是不久前手下刚传回来的，连吃了两次亏，前一天人家断货，今天又变出货源来了，好在他从来就没相信过李正义会循规蹈矩，否则今天又要被动了。

不过现在，被动方已经不是自己了……

咔嚓，照了一张……咔嚓，又照了一张……

帅朗躲在车里，远远地照了几张照片，接到程拐的电话没多久，帅朗也见到了五龙景点促销的队伍。那里地方大，设了三个直销点，不但把帅朗看愣了，而且把市场原有的摊主也看愣了，摊主还上前叫嚣了几句，那些人只是解释临时促销，而且有管委会的批准，搞得一干生意要被分流的摊主们好不懊丧。

生态栈道、浮雕区、碑林区、畅怀亭、梅园、二十八军纪念园、炎黄二帝陵，几个像样的大景区都设下直销点了，大点七八个人，小点两三个人。此时帅朗停车的位置在堤灌站边上，不远处就是飞鹏的直销点，一路照过来，再看标识清晰、很上档次的装饰和统一美观的服装，帅朗上牙打下牙，一个劲儿咬嘴唇，回头看杜玉芬，杜玉芬也是表情无奈，那种大势已去的无奈。

一般情况下，代理不会走零售这条线的，费时费力，出货量又小，而且使用人工和设施投资大，而这次看样子下血本了，十三四个直销点，光设施的投资就得几万元，人员更不用说了，足有六七十人。而且更让帅朗郁闷的是，售价直接和城市持平了，以往在景区，由于路程的原因，比城市售价高五毛钱，帅朗到后又提了一块钱，现在直接打到底线了，也就是说，这种做法可以把价格竞争限制在零售领域，而对代理和分销、批发价没有什么影响。

“这叫越位竞争，直接在终端市场和咱们拼品牌优势，避免价格战波及分销和批发领域，看样子他们动用的关系不少，景区市场准入一直很严格，加一个摊位，审批都得花不少时间，这次他们一口气下了十三四个点，肯定是花了大气力了。”杜玉芬轻声解释道。没想到飞鹏会兜这么大的圈子在零售上做文章，不过这个既耗时，又耗人力和财力的事，暂时看起来还没有破解的办法。

是啊，没什么有效办法可破解。两个人都明白，财力、物力、人力占压倒性优势的飞鹏公司只要一进来，接下来就是自己卷铺盖走人了。只要可口可乐、统一系列、汇源果汁系列一到这个市场上，剩下的产品，就是正浓的，都得靠边站，用不了几天，他们就能把货上到每一个摊位上。

完了，杜玉芬心里默想着，看着帅朗。帅朗一双炯炯有神的大眼盯着杜玉芬，虽然盯着，思想却飘移到了不知道什么地方，那眼神里，有不服，有复杂，有愕然，有惊讶……有很多，就是看不出来有什么办法。

太阳渐渐升高了，陆续到达的旅游大巴送来了一车又一车游客，就像机械分流一样，被凭空多出来的十四个直销点分流走了一大批游客。梅园的老黄坐着抽闷烟；浮天阁的程拐想找茬带人干架，不过光天化日之下，一时拿不定主意；老皮和小皮在极目阁这边无计可施，今天的销售恐怕要比平时低一半不止了；罗少刚连着几个电话催帅朗，不过都没有回音……

从景区路向黄河景点驶来，车厢里响着轻快的星空钢琴曲，路过第一个生态栈道景区处的销售点，叶育民看到挤攘着的销售台前，身着公司OEM工作服的销售员在忙碌着，他笑了笑，车停也不停，向下一站驶去。副驾上坐着的是李秘书，是代表领导亲自来了，左顾右盼的，看样子非常满意，两个人相视时，不时地会心一笑。

“早该这样了，为什么等了这么长时间？”李秘书问。

“李秘书，这事不是咱们说了算的，景区是个特殊地方，要有市场准入，设点要经过管委会同意。咱们做代理的，一般不进入零售市场，严格地说，零售和批发、分销是两个概念，您看今天，咱们动用了批发商的二十台车、三十二组遮阳篷、七十多名一线销售员，一大部分都是各批发商铺里调来的，组织这么一场大的促销，需要时间和方方面面的关系……”叶育民解释着，这也是紧锣密鼓几天才组了个队，以飞鹏的实力，一天调集二三十万件以上的货源没问题，不过要组织这么分散的十几个直销点，还是需要时间的。

“呵呵……这次总该把他们挤走了吧？叶主管，您说他们在这儿还能支撑几天？”李秘书笑了笑，征询地问着。

“这个不好说，不管哪个团队，崛起和消失都需要一个时间段，这帮人很特殊，他们一无资金，二无实力，三无代理产品，纯粹就是个二道、三道贩子，拿别人手里的货抢市场，能待多长时间真不好说……不过我想长不了，十四个直销点要分流走现有摊位最少三分之一的销售额，收入急剧下降以后，只要我们稍稍放手，这些摊主除了上我们的货，别无选择，毕竟我们可口可乐的营销是……林总语录那一句：无处不在！”叶育民带着几分得意地说。

“那当然，可口可乐全球日销量十五亿瓶。哎，对了，我昨天看了梅琳达·盖茨的演讲，她极力推崇可口可乐在发展中国家和落后国家微型分销的模式，也就是咱们通用的以代理、分销商、批发商幅射到整个市场区域的模式……她称这个营销模式的覆盖是天衣无缝的。”

“谁？哪个梅琳达？”

"拜托，比尔·盖茨知道不？首富夫人。"

"哦……最有钱的有钱人呐，哈哈……"

轻松的话题，没有了这些日子以来的压抑，到了最大的五龙景点，在穿行的大巴车隙间找了个停车位，看看时间，已经是上午十点了，一辆接一辆的大巴车从景区路驶来，车门一开，便是如潮的游客蜂拥一片。这个景区设的直销点就在停车场和景点中间，一拨一拨的游客从直销点走过，七个销售员在找零和售货间忙得目不暇接，甚至没有发现市场主管和经理秘书亲临现场了。

"咦？那些人呢？"李秘书奇怪地问道。林总说过，那些人的配货地点就在停车场上，在这儿就能看到，不过拿着相机想拍张照片的李秘书来回几次都没有找到。

叶育民笑笑道："滚蛋了呗，就今天的这形势，您觉得还需要随时补货分货吗？"

是啊，应该不需要了，李秘书一想明白了，公司强行介入零售市场，马上供货过饱，那些人能不能售完都是问题，于是笑了笑，收起了相机。

形势，一边倒了……

今儿还真不需要分货补货了，不但帅朗不需要了，把持各景区销售的几位哥们也不需要了。一般销售设点都是在景点门口或者景点里面，而飞鹏公司设的直销点都是在停车场、路口，十四个直销点把一百二十多个摊位放到了下游。再加上抢眼的 OEM 的遮阳篷、知名度巨高的饮料，销售情况如何，可想而知了。

十点刚过，罗少刚、黄国强、程拐加上老皮、小皮五个人，驾车到了五龙村口，几个哥们没想到事情来得这么快，这么突然，都风风火火地赶来了。最迟来的程拐一脸愁容，进门看着众人，骂骂咧咧地说："完了、完了，这孙子想得真绝啊，我说帅朗你一天干吗呢？这么大动静，事先一点儿消息都没有？"

说着程拐一下坐到了床上，压得床吱吱呀呀直响，躺着的罗少刚推了他一把，没推动。另一边坐着的老黄懒洋洋地说：“就是知道，又能怎么样？你爹又不是管委会主任。”

“放你娘骚屁，我爹要是管委会的，我还用一天到晚屁颠屁颠地搬饮料箱？”程拐骂了句。老黄抬腿要踹他，床上的罗少刚倒先踹了，拦着两个人拌嘴。一旁站着的皮定方看了看一直在玩一台小笔记本电脑的帅朗，出声问道：“帅朗，咋办，你吭个声啊，人家要这么干，咱们可干不下去了，饮料这玩意儿是越多越划算，越少越赔钱，我看今儿能卖一半就不错……”

“狗屁，可口可乐、芬达、雪碧搁那儿，基本就没咱们的事了，那绿尔公司的什么鑫源果醋，还有咱们中州产的大自然果汁、嵩山矿泉水……一天连五件都出不了，跟老皮那沃尔玛一样，都是些坑爹货。”罗少刚说着，一骨碌爬起身来了，有点情急。老皮却辩白着自己早不是沃尔玛驻中州代理了，少拿这个说事。就一个小屋子，几个人骂来损去，相互攻击着，帅朗充耳不闻地看着电脑，旁边坐着的杜玉芬每每抿嘴瞪眼来个无奈表情。

这就是帅朗的销售团队，很帅的罗少刚头脑简单，脾气急，三句话不对就要拔拳；很胖很肥的程拐很阴险，眼睛看谁都像在算计谁；染一头黄毛的黄国强像二流子；再加上一脸猥琐、有点营养不良的老皮、小皮，这个团队不论从第一印象还是整体素质水平，和人家飞鹏的相比，能不能同日而语是一瞧便知。

这些人坐着都不安生，罗少刚一会儿又把气撒在程拐身上了，埋怨程拐太胖，坐得床都快压塌了。程拐干脆一不做，二不休，要来个相扑动作，把罗少刚给办了，老黄在一旁煽风点火，生怕两个人干不起来似的，老皮看得直摇头，小皮乐呵呵地插不进来。半天才听“嘭”的一声重响，是帅朗拍着桌子，如同一木惊堂，众人一停，就听帅朗说：“别乱了，一起想想辙，谁有办法，说说……”

“妈的，一不做，二不休，把大牛叫来，咱们现在也有几十号人，趁乱砸了他们的摊。”罗少刚瞪着眼，恶狠狠地说着。

“啪”的一把拍上大腿，程拐一竖大拇指：“就这么办，趁中午人最多的时候干，正好把他们的摊哄抢了。”

“要什么家伙，我让我们一起跑车的哥们儿拉过来。”老黄也附和着，看来在这个问题上高度统一了。

偏偏又来了个凑热闹的，老皮一拍巴掌，点点头道：“算我一个，加上我们叔侄俩，我们也有八九个人呢，打完，咱们再换一茬人……他不让咱们好过，咱们就不让他过。市场就是这么抢出来的，撑死胆大的，饿死胆小的……”

杜玉芬听愣了，表情僵在脸上，也听傻了，喉头里有点郁结。这帮人从来没有统一意见，没成想在这事上能这么统一，这哪里是讨论营销，简直是摩拳擦掌，在准备全武行，听得几个货已经在商议使用什么武器，怎么打、怎么搅乱、怎么跑、谁打头、谁接应，说得有条有理，很有专业水平。杜玉芬听不下去了，咳嗽了两声，那几位这才想起还有位外人呢，暂时停下了话题，都看着帅朗。帅朗笑了笑，一竖大拇指：“好办法，好气势，同心协力，同仇敌忾，咱兄弟们怕过谁呀？是不是？”

对嘛，这才像句话，几个人都乐了。不料笑容刚出，帅朗话锋一转，摇着头：“不过今天不能动，动了手，今天就得滚蛋，能不能回家都不好说……这不是设点直销来了，是给咱们挖坑，等着咱们跳呢……你们看，我和杜姐一路拍了不少照片，我发现了一点儿小猫腻，你们都过来看看……”

“呼啦”一声，床上躺着的、坐着的、站着的都涌过来，挤在帅朗背后。十寸的小本，缩放一堆场景和图片，是今天的销售现场图片，几小时前照的，有的刚刚支摊，有的还在架遮阳篷，有的在分饮料。帅朗把图片从头翻了一遍，一张张翻过，足有四五十张，然后定格一张缩略浏览的大图，密密排着一堆小图片，都是飞鹏今天派来的销售员。

咦，没看懂，帅朗不动声色，而且有点神秘，杜玉芬似乎也没有发现猫腻所在，她催着帅朗，帅朗笑着，手指着几张图片道："你们看，每个点上普通销售员都是红帽白衣，中间都有客以一个人，一个蓝帽、白衬衫，打领带的人，还都是女的。"

咦，定睛一瞧，还真是如此，不细看，还注意不到，圆脸、长脸、瓜子脸、锥子脸，一排美丑兼有的妞在小屏幕上排了三排，细看，和其他人确实有点细微区别。

"那是现场负责的，每个点都需要这么一位，组织销售，负责随时报告销售情况，是联结公司和现场的中间人。"杜玉芬解释着，这种情况很正常，好像没有什么奇怪之处。

"哦，明白了，帅朗，你是说要下手，得有准头，朝这些人下手?"罗少刚理解了。

"哎，这麻烦了，咱们打是打，别朝这些小妞下手啊，怪辛苦的，大热天搁这地方卖饮料。"老黄不忍心了。

"啧，你对她们仁慈，她们可不会客气……来抢食的，只有对手，没有小妞，管他什么人，一哄而上，越乱越好。我们书市里经常这么干，闹他们几次，闹得他们不敢再来，生意就是咱们的了。"程拐唆导着。

年轻的里头没个好货，年纪大的货也好不到哪儿去。老皮估计也是大风小浪都经过不少，很明白市场抢起来不是你拉倒，就是我倒啦的道理，对于辣手摧花同样持肯定意见，今天来的人里有十几个女人，抵抗力上几乎可以忽略不计。

一暴力的，一另类的，一肥硕的，还有一个老而不尊的，几个人讨论着，又回到原路了，估计这哥几个都是眼看着快挣不上钱了，急红眼了。杜玉芬脸色为难，很无语地看着帅朗，没准儿以为帅朗想从女人身上下手了，看来自己有点低估这帮人的决心了，进不来不说，进来就不会轻易走，就是走，肯定也得把市场搅个底朝天。

不过又一次错了，帅朗听着，脸色同样显着无奈和为难，悻然回头看了看几个人，瞪眼的表情让几个货的嘴立刻闭上了，就听帅朗解释道：

“要群殴，我就不找你们了，大牛一个人就挑了……找你们商量，就是想咱们一起动动脑筋，想想办法，给你们看照片，就是让你们了解现场，知己知彼，才能有点胜算。咱们是一群什么货色，人家肯定早查清底细了，之所以敢大摇大摆来，肯定把可能发生的事都想清楚了，想好对策了……就在照片里面，坑都给咱们挖好了……”

什么？众人俱是一凛，凑上前来，细细看着，还是长脸、圆脸、瓜子脸、锥子脸的妞，半身像，又不是裸照，根本没啥看头，穿得还都一样，看了半天，都看不出所以然来。杜玉芬即便心细，也没有发现什么端倪，过了不大会儿工夫，帅朗指指照片中人的胸前强调着：“你们看，每个人胸前都别着一支笔……十四个直销点、十四个这样的女人，十四支笔，几乎如出一辙。”

“别支笔有什么稀罕？”罗少刚问。

“是啊，别支笔有什么稀罕？”程拐仔细看着，不相信地问。

“杜姐。”帅朗侧头问，“一般现场营销的时候，管事的都用什么笔？你就说正常情况下，应该用什么笔？”

“一般都是圆珠笔或者中性笔，便宜、实用，丢了也不心疼……”杜玉芬道。

“那你看这种笔……”

帅朗放大几个图像，边放边解释道：“我想林鹏飞肯定已经很了解咱们了，一定会考虑到咱们嘴上说不通的时候，肯定要用拳脚说话，对这一手，他不可能不防，既然要防，那他轻易就不敢来。咱们之所以还能占着这儿，多多少少都有这么一份威慑力存在……而这一次，我开始没发现他的后手藏在哪儿，细细一看，我想问题就出在这儿……”

笔，渐渐地放大了，一个漂亮的金属笔夹，还有个人拿在手里写什么时被抓拍下来了，是一支造型很漂亮的金属笔，放大，再放大，笔夹上还有一点很微弱的蓝光……有人轻轻吁了口气，是罗少刚，他反应最快，愕然问道：“摄录笔？”

"对喽，你们终于认出来了……"帅朗一放鼠标，说出答案来了，图片放得更大了，笔夹中间的蓝光点能看得很清楚，是摄录笔。

"哦"的几声，都恍然大悟了，这玩意儿现在泛滥了，电脑城里两百块就能买一支，不管想拍裙底风光，还是想录春宫场面，都方便得紧。而出现在这样的销售现场，除了针对可能发生的潜在危险，还真想不出它有什么其他用途。一想明白了，几个人面面相觑，心里微微发凉，暗处藏的这个后手不可谓不用心良苦，只要一发生冲突，一发生群殴，一发生哄抢，录下来，往公安局里一送，这么大公司，再使使手脚，那叫人赃俱获、罪证确凿，想趁乱抵赖都不可能了。

"懂了吧？咱们整了人家几次，人家怎么可能不防备？这次是要吃定咱们了，咱们不去，只能眼看着市场一点点丢掉，摊主都上飞鹏的货，咱们只能干瞪眼瞧着，迟早要滚蛋。咱们要去，正常的竞争不用说，咱们竞争不过，要想歪主意赶人，发生冲突什么的，好……把场面录下来，回头不管人家，还是让警察找咱们麻烦，那叫一找一个准儿，咱们就不是滚蛋了，那叫完蛋！"

帅朗欠着身子，缓缓说着，用了两个多小时，发现了这么一个小小的玄机，终于更深层次地了解到对手的用心了。

这年头的生意，哪行都是人才济济，哪里都是人满为患，但凡挣钱的门道，差不多都快挤破脑袋了。你挣钱，就意味着别人不挣钱或者赔钱，更意味着别人想抢走你的挣钱生意，抢了人家这么大生意，人家怎么可能等闲视之呢？

理解了，都理解此中的难处，就像最初帅朗出的损主意拦车一样，这种灰色手段虽然放不上台面，可不得不说，还是挺管用的，最起码这几个暴力分子闭口不谈制造混乱、武装抢夺的事了。

"帅朗，你好像有办法了？"杜玉芬看着帅朗的表情，平复了最初的惊讶和懵然，慢慢镇定自若了。她问了句，其他几个人也追问着。

帅朗"嘿嘿"一笑道："你们真没有办法？"

“快说，快说，急死老子了。”罗少刚催着，程拐也揪着后领催道，“少卖关子，弟兄们唯你马首是瞻，给足你面子了啊。”

“那我要是有办法，你们听我的吗？”帅朗收起了笑容，又问。

这下大家不说了，都点点头，感觉这种两难选择，选哪条路都不是万全之策，而帅朗从小馊主意就多，无形中成众人的智囊了。

“好，天才和白痴就是一步之差，聪明人和傻子也是一步之遥，这办法不管谁想出来的，都是非常聪明的……不过从另一角度看，同样是笨得要命的法子……你们要相信我，先办一件事。”

“什么事？”众人问。

“把你们手里能筹到的现金都给我。”帅朗道。

“什么？”有人吓了一跳，反应最强烈的是程拐。

“要钱干吗？不是想坑我们吧？”老黄也不大相信。

“收货……你们想，原来这儿的市场是个真空，飞鹏的货一直进不来，而今天是全部涌进来了。批发商不敢私下给货的原因，就是因为怕查，今天货一进来，人肯定是飞鹏从各处收罗来的，他们自有的一线销售没有这么多……人一乱、货一乱，正是个收货的好机会，最起码我敢保证，车站陈丽丽手里的积压货，我肯定能拿到手……而且，我照样有办法把这些直销点全掀了，前提是你们都得出钱一起上货，否则掀了这里的直销点，就失去意义了……”

帅朗眼珠滴溜溜转着，边说边看着从懊丧中渐渐回复到惊讶中的哥儿个，杜玉芬也微微点头，似乎很可行。

不料这还不是全部，帅朗看着动心的众人，继续忽悠道：“兄弟们，想不想玩把大的？人活一辈子，总得疯狂几次吧？以前咱们为什么活得不如人？那是因为咱们太老实了，没有胆量，不敢干；以前为什么咱们辛辛苦苦，挣不上钱？那是因为咱们没有眼光，抓不住机会；拼了这么多年，熬了苦了这么多年，我们终于抓住一次机会了，还是挣不上多少钱，又为什么？因为人家已经把市场视为自己私产，不允许我们染指，因为人家已经把我们看作另类，要除之而后快，人家想断咱们的货，就断咱们的货，想怎么踩咱们，就怎么踩咱们，想怎么卖咱们，就怎么卖咱们，现在还想给咱们挖个坑全埋了，咱们在人家眼里，根本就不算他妈个人……没有什么更好的办法，除非咱们抱成团，他想让咱们滚蛋，咱们让他完蛋！”

铿锵，激愤，豪气，甚至于夹杂着若干年汗里苦里累着泡出来的怒意，帅朗的声音几乎有点变调，一干同样出身、同样在艰难反复中煎熬的哥们，被这几句话敲到了心里的深处，都是一样的生活，在对待生活的无奈上，有一种不约而同的共鸣。

“别打自己的小算盘了，十指张开强不过两个握紧的拳头，我就问你们一句……”帅朗看着大家，一一扫过，一字一顿，“干不干？”

没有什么犹豫了，罗少刚、程洋、黄国强、皮定方叔侄俩再没有犹豫，狠狠“呸”了一口，尔后是群情激愤，恶狠狠地吐出一个字来：“干！”

第二次光顾中铁配货的时候，恰恰到了正午时分。

牛必强从货厢上下来，愣眼前后瞧瞧，可不知道今天咋啦，帅朗把景区配货的五辆货厢车全带回来了，两辆是皮定方的，一辆是程拐拉书的小货厢车，另外两辆却是老黄和罗少刚租来的。五辆车四种牌子，高低不一、大小各异，放一块咋看都不顺眼，更奇怪的是不知道怎么着就来这儿了，而且还通知自己叫货场的搬运工来。牛必强下车看着前面带路的小丰田里杜玉芬和帅朗出来后，快步追上来急声问道：“杜姐，干吗来了？”

“问他。”杜玉芬一扬头，示意着帅朗。帅朗侧头笑笑，指指招牌道：“运货呀。”

“哦，你们和肥肥谈好了？我还以为你叫人打架来了……”大牛一听，放心了。肥肥是谁自不待说，自然是指陈丽丽了，大牛笑了笑，不料帅朗给了大牛个意外，边走边说：“还没谈好。”

“没谈好？没谈好你把车都带来了，油不用掏钱呀？”大牛诧异地问道，紧追着俩人的步子，小声警告着俩人，“帅朗、杜姐，这事可不好办啊，我听站里总务处说，人家飞鹏公司一两天就要在火车站周边设几个直销点，这要设点的话，我的日子可就不好过了啊……你说要是领导发了话，我也不好意思再砸人家摊位，这让我咋办？要不咱们换换，我到景区收拾那家伙，你们来车站看场子？”

杜玉芬回头瞥了一眼，大牛也是一脸急色，估计在饮料生意和车站工作上也有点患得患失，和景区留守的那几位也是如出一辙。杜王芬笑了笑，未置可否。帅朗头也不回地说：“大牛，你闭上嘴，我保证你日子照样好过……今儿叫你就是运货，没其他事，乱发言，小心我断你的货。”

“那成，不过我得提醒你一句啊，这次我出了十五万，那可是老婆本，别给我赔了啊。”大牛提醒了一句。一提醒，帅朗一停步，很不乐意地回头剜着大牛，立马对杜玉芬说：“杜姐，把钱扔给他，让他滚蛋！”

“哦……好的。”杜玉芬笑着作势，拿下了肩上的大包，兄弟几个身家都在包里了，就靠这玩意儿背水一战呢。一拿包，大牛反倒急了，赶紧拦着：“别价，杜姐，我就说说……没事，我不说话，我不吭声，从现在开始闭嘴……”

“有啥想不开的，你攒那老婆本干吗呢？火车站周围站街妞多了，一多半你都认识，就你这德行，娶了老婆也得离婚……再说两三百就能办了的事，你娶个老婆值不值？”

帅朗斥了句，大牛愣在当地半晌才反应过来话里的意思，杜玉芬掩着嘴笑着，现在她对这几人的谈话和思维方式已经见怪不怪了。大牛想了想，追上来，竖着大拇指，点点头，谄媚似的附和着帅朗道：“有道理……花几十万娶个老婆回来，真他妈不值……”

杜玉芬笑不出来了，咬着嘴唇回头剜了大牛一眼，大牛立时闭上了嘴，不说话了。于是又换成帅朗咬着嘴唇谑笑了。

配货地方没什么变化，大中午的光景少有客来，刚刚歇了口气的帮工们正坐在门坎前、柜台后，就着杯凉白开吃盒饭，或蹲或坐，三三两两。

帅朗颇有感触地看着这些人……米饭和一口淡而无味的白开水，擦一把额头脖子蓄着的汗，这种生活对于他是那么的熟悉，熟悉到麻木和不仁，曾几何时，他也是这样一天一天挨着，每每蹲在墙角吃饭，看到衣着光鲜进出的客户总有种压抑不住的羡慕和向往。

而今天，角色置换了，当站在这个角度再看仍然停留在那种生活中的同类时，不知为何，有一种深深的恻然。

三个人上了二层，陈丽丽、王正两口子也正在吃饭，比帮工们多两份荤菜，像这种做批发生意的，没有什么准点，从早晨开门，要守到晚上打烊，两个人看到帅朗，互视了一眼，像心里有鬼般，眼神呆滞了片刻，下意识地放下筷子，稍显紧张地看着他们。

吃人嘴软，拿人手短，因为面前的人白得了十万元奖励，两口子都知道这钱没那么好拿，这不，找上门来了。

“陈姐、王哥，二位好……别奇怪，我来意很简单，给二位看些照片，看不看吧，我想您二位一定已经知道了……”

帅朗开场白说得很客气，杜玉芬随手拿着数码相机，翻查着照片，递了上来，两口子带着几分讶异的表情翻看着。杜玉芬边看帅朗边忽悠着说：“不瞒二位说，今天景区设了十几个直销点，我估计每个直销点出一两百件一点儿问题没有，整体销售两千件，应该问题不大……”

看着照片，这两口子各怀心思地互视着，好像并没有很惊讶，这些日子自打飞鹏把景区市场丢了之后，不少人都关注着事态的发展，稍有动静，所有人都会知道，看了几眼，陈丽丽把相机递给杜玉芬，很诚恳地说：“这个我们也帮不上忙，都是公司直接出面办的，调了批发商里好多人呢，好几个区域营销经理都到景区了……事前我们一点儿消息都不知道，要知道，我肯定给你打招呼……”

事后当好人了，陈丽丽嘚啵着，一时没明白帅朗的来意是什么，按照批发商们私下的商议，这下子公司强势介入之后，恐怕那伙人支撑不了多久，不管拼价格，拼财力，拼人力还是拼人脉，这帮散兵游勇和正规军差别是很明显的。而在这个节骨眼上他们却来这儿了，这让陈丽丽有点心虚了。

容不得往下考虑，帅朗笑道：“无所谓，谁能卖了是谁的本事，我们不眼红……不过陈姐，这样一来，景区的货就卖得乱七八糟不成章法了，趁这个机会，我帮您出出这批货怎么样?”

“这个……”陈丽丽脸上的肉往下一耷拉，苦脸了。

“别急着拒绝，您听我说完。”帅朗笑着拉了把椅子坐下，很温和，很诚恳，很客气地忽悠道，“以前您不敢给我，我理解您的难处，可现在没有难处，再不让我帮您，这我就不理解了……咱们做坐地批发生意和公司坐办公室里看报表那不是一码事，我相信您也听说了，他们即便封杀得很严，我们手里照样不缺正浓的货，别人不了解，难道你身处其中，还不了解火车站这一片谁说了算……你知道他是干什么的，光货场搬运工就有几十号人，我们要把人放出来，就飞鹏的几个直销点，能不能做下去，那还得两说吧？可那样的话，您这货，还得积压不是?”

帅朗指指牛必强，这个暴牙吊梢眉的德行，丑得很有气势。想想可能发生的事，陈丽丽脸上的肥肉没来由地抽了抽，眼神闪烁着，吧唧着嘴，不知道该说什么，净吸凉气了。

“对了，陈姐咱们第一次合作挺好，你也应该知道我这人很讲信誉，接下来我准备把车站站内零售和周边商铺的上货全部奉还给你，我们只保留列车上的生意怎么样?”帅朗又抛出了一个大大的橄榄枝，霎时间牛必强有点膈应，白白把生意送人了，就要发作时，不料被帅朗瞪了眼，活生生地咽回去了。

陈丽丽的反应更强烈了，眼睛睁大了一圈，回头看看蔫巴的老公，有点不信，有点惊讶，有点意外之喜的样子。帅朗笑了笑，催道：“现金我们都带来了，车和人就等在外面……今天我们要空手走了，陈姐您放心，以后肯定不来麻烦您……景区的市场一乱，我们也不是搞不到货，只是您这儿的货量很大，我想先帮帮您而已……”

试探，这是最终的试探，以帅朗的想法，陈丽丽的中铁配货凭空得了十万元奖励，暂时坐稳了批发商的资格，自己再抛出个让出一部分市场的橄榄枝，无论如何也应该能谈下来的，毕竟她对火车站大牛这帮人还是有所忌惮，真要胡搅蛮干起来，孰强孰弱一眼便知，而那样的话，陈丽丽手里的货还是积压。这一点，做生意的不可能不考虑到。

看着对方，这两口子像蔫了一样，就是没有吐口，这倒把杜玉芬搞得紧张了起来，回头征询着帅朗，帅朗很气定神闲地一转身："走吧，看来咱们还是不受欢迎……我们只能卖正浓的货了。"

说话着真走了，大牛没吭声，不过恶狠狠地瞪了一眼，瞪得陈丽丽那蔫巴的老公打了个激灵。杜玉芬摇摇头，稍有失望，转身跟着走了。刚走两步，背后陈丽丽终于架不住压力了，喊了声："等等。"

"拉走吧，拉走吧……这批货压了我们两口子有段时间了……不过说好了，帅朗，列车上的归你，车站周边的你们别去搅和，好歹给我们两口子留点儿……还有七千六百多件，我给你整七千件，我也不挣你的钱，多少钱进的，多少钱给你……咱们俩好换一好，有啥事，言语声，甭不声不响地办事，成不？对了，要公司查起来，我怎么说呢？"

陈丽丽话匣一开，刹不住车了，嘚嘚嘚喷个不停，帅朗笑道："放心吧，这批货我们全上列车卖到外地，保证没人查你……大牛，拉货，杜姐，给陈老板结算一下……谢谢了，陈大姐……"

前嫌，就这么糊里糊涂地冰释了，都是冲着利益说话，还真没什么仇可记的，杜玉芬把包里的钱一摞摞地放在桌子上，陈丽丽刚刚还冻结的脸早眉开眼笑了。帅朗踱步去院子里，大牛打电话叫车和人进来，挂了电话，还是有点不乐意地拽着帅朗站到门口悄声问道："你怎么把周边摊位都给她了？那多少钱呢？"

"你懂个屁，不给人家，拿不到货，你拿什么挣钱？"帅朗小声喝斥了一句。

"没有可口可乐，咱们卖百事呀。"大牛道。

“早断货了，今儿这还是硬从王战强手里匀过来的。”

“哎，不对呀？你不说货还多着呢吗？”

“你个傻子，我说话你都相信……”

“嘿……这……你连兄弟们也忽悠，什么东西！”

大牛脸上的表情是被帅朗几句话撩得丰富之极，一会儿愠怒，一会儿惊讶，一会儿愕然，听得帅朗没要什么花枪，就忍不住破口骂了一句。不料帅朗不以为忤，惫懒地靠着大门柱，呵呵笑道：“不忽悠忽悠，能有这么货真价实的东西吗？”

说着一抬头，帮工们早就几件几件搬着出来了，隆隆的车，开进了大院，蔫巴的王正指挥着几位帮工们搬货，不多时大牛货场上的临时工也都来了，十几个人动手，七手八脚地搬着。

大牛可从没见过这么大批件的货，整整二层全部是饮料，可口可乐、雪碧、汇源果汁系列，边清点边装车，乐得大牛嘴都合不拢了，早忘了和帅朗拌嘴了。

僵了若干天，这批货终究还是回到了帅朗的手里，结完了账的杜玉芬从门内款款出来，看着搬运的场面也是一脸喜色，这个纠结的问题一解决，等于把飞鹏固若金汤的封杀打开了一个缺口，以帅朗的设计，接下来要乘胜追击了。杜玉芬和陈丽丽告别后，就朝着帅朗的方向走了过来，往那一站，笑道：“第二家，讹谁去？”

“航海路上那家……挨着过，咱们把他的批发商讹一遍，我就不信都是胆大的主儿。”

帅朗一转身，抬步走了，杜玉芬笑了笑，摇摇头，跟在了背后。从来也没有想过，货源还能有如此找法。

半小时后，帅朗和杜玉芬出现在航海路鑫地配货的门里，背后还跟着大牛一群人，进门诈里诈唬地把老板惊了出来。这也是一位事业小有成就的中年男，不但认识杜玉芬，而且认识帅朗，一见帅朗，眼睛像被风沙迷了，直揉，待确认无误，再听帅朗要货，立时头摇得像个拨浪鼓，说：“这事，绝对没商量。”

帅朗此时还是在中铁时的谦恭和客气，大大方方领着这位姓宣的老板出了门，大货厢门一开，根本不商量地说：“宣老板，你不给，有人给，我这人讲信誉，不偷不抢，不吓唬人，给了我，我付了钱就走，不过是分销价啊，只给你加运费……你要是不给我，我也没办法，只能在航海路这片随便来个跳楼大甩卖了……到时候别说我没给您打招呼，你们公司把景区也抢了，总得给我个地方混饭吧，我还就看上您这片风景不错了……”

一句话噎得宣老板喉咙里像卡了刺一样，对着一货厢饮料无语了。

这就是帅朗的办法，从陈丽丽手里得到的几千件货成了要挟其他批发商的砝码，你要给货，什么都好说，你要不给，我就在你的区域里批发零售，足足两大货厢车的饮料像两车定时炸弹，直惊得这位姓宣的批发商皱眉瞪眼，考虑了好长时间，最后还是咬牙切齿答应了：“给!”

就是嘛，卖给他点儿顶多不赚钱，可要不卖，万一这人真在市场上瞎批发零售，李鬼可要把李逵挤垮，那可赔大发了。

于是几小时之内，中原路、中州大道、文化路、花园路……几辆货厢车，来回运送着成批货源，源源不断地回到了铁路东站货场，杜玉芬手里带着的一包现金渐渐瘪下去了，货场货堆渐渐垒起来了……

生意场上什么人都能碰得着，还就有软硬不吃的主儿。不过遇上这种比自己还横的烂人，帅朗只是虚晃一枪，带着队伍落荒而逃，紧接着到了下一家，立马就换了个气度轩昂、镇定自若的表情，比林鹏飞下基层还牛逼。

走了七家，愣是把四家镇住了，又忽悠回一万多件饮料，多数小老板都对这个搅和市场的人心有畏惧，巴不得祸水东引，多少给点儿，打发到其他批发商的区域里就算了。越码越多……从棉纺路第七家出来的时候，帅朗一招手，大牛一帮人早成条件反射了，跟着进去就开始上车拉货，帅朗乐呵呵地笑着钻进车里，包儿一扔，得意地竖着两根手指头，意思是：

两千件又到手了。驾驶位上的杜玉芬刚开始还好奇地跟着帅朗扮秘书付款，后面这几家却是连人也懒得进去了，看看时间，已经是下午四时了，便问帅朗："差不多了吧？快两万件了，再买还得到银行取钱……"

"取呗，机会难得，车人都是现成的。组织一趟多不容易，能弄回多少来就弄多少。"帅朗乐滋滋地坐着，翻着包里，三十多万元现金已经快全部变成存货了，这种天气，有存货就等于有利润，算算能挣多少，笑得快合不拢嘴了。

杜玉芬看着帅朗这副德行，笑着问一个自己想不通的问题："帅朗，我就奇怪了啊，怎么你一诈，就有人信呢？早晨我们还愁货源，现在倒好，把批发商都拉下水了，这几家了都？"

"五家了……由不得他们不信呀，景区的事咱们立了威，大货厢车拉到他们门口又有了势，本来谁也不认识我，可飞鹏一封杀，倒把我封杀成名人了，这年头有臭名也是名人，就怕你寂寂无名……你说这么个有威有势的名人上门了，他们能不怵吗？一年旺季能有几天，要在这段时间我到他们市场上像景区那么搞一下，谁不怕？哈哈……你之前不也主动上门找我吗？"帅朗仰头哈哈笑着，得意之情溢于言表。

"臭美吧你。"杜玉芬啐了一句。刚要继续说什么，帅朗的电话铃响了，乐滋滋的帅朗摁了接听，是景区那帮人问进展了，帅朗边说着进展边在电话里安排道："嗯，知道了，我这儿弄回来两万多件了，差不多了，你们可以动手了……你们一动手，我这儿就更好办了……甭客气啊，不动是不动，要动就狠点儿，吓得他们不敢再来，别三天两头来了，让咱们难受。就这样，随时联系，回头给我发几张图过来……吓唬吓唬他们。"

说完，挂了电话，很决绝地抹抹鼻子，杜玉芬侧眼瞥时，帅朗颧部的肌肉抽搐了几下，像要和人斗狠一般，杜玉芬看他这个样子倒笑不出来，关切地轻声问道："你们真要那么干呀？"

"怎么了？"帅朗诧异地问。

"没什么，我是觉得那样的话……"杜玉芬摇摇头，稍有不忍地回头瞧了帅朗一眼，很无力地试图说服帅朗道，“是不是有点太不厚道了？”

“呵呵……厚道？”帅朗觉得这词有点莫名其妙，摇摇头道，“我理解你的意思，从短期来看，善良的人会处处吃亏上当，不厚道的恶人才会卷走钱逍遥……不过从长远来看，仍然是善良的人处处吃亏上当，不厚道的恶人仍然会卷走钱逍遥。杜姐，您为什么被开了？咱们为什么被人卖了？还不就是因为太厚道了。”

“歪理，你什么时候厚道过了？你早就算计好了。”杜玉芬悻然一句。

“我不是算计好了，我是吃亏多了学乖了，刚出来，我给个小超市运货，说好了有加班费，我加了十几天班，一天干十二小时，到月底了，老板不但没给加班费，还扣了50块迟到罚款……后来进保险公司当业务员，别说我卖得还真不错，好容易逮了个十二万的大单子，呦呵，最后给主管顶了名，功劳成他的了，提成给抽走一半多，气得我好几天没睡好……你想啊杜姐，要是没截留那一手儿，咱们还不就活生生地被李正义给卖了；要是今天咱们不想法自救，结果会怎么样？抱头痛哭？”帅朗侃侃解释着，既有愤慨，也有无奈。以前不大了解身边的世界，所以就挣不到钱，而开始挣到钱的时候，才发现一切和挣不到的时候一样，很无奈。

“随你吧，你说的好像也对。”

半晌，杜玉芬才道了一句，言语中同样有一份不那么赞同，又不得不赞同的无奈。

车向银行驶去。在柜台等待取款的时候杜玉芬收到了景区留守的程拐发来的图片彩信，混乱的场面、东倒西歪的遮阳篷、拥挤的人群，看着模糊的照片，杜玉芬有点黯然心惊，做了这么多年营销，恐怕这将是一次最激烈的市场争夺……

五小时前，上午十一时。

帅朗和杜玉芬载着皮定方、皮军军先回到了市里，路口招手作别，一路去寻货源，另一路也是去寻货源，帅朗这里的货源没那么好找。老皮这根老油条就容易多了，菜园路、中州路、三环路转悠了一圈，带着大侄子专拣小弄堂、小胡同钻，犄角旮旯转悠了一个多小时，收罗回小半三轮车的货。这货都是假货，什么品牌的都有，中州这地方要说起假货来，还真不缺，小皮看着十几件和可口可乐包装毫无二致的饮料，一件才十二块三毛钱，比沃尔玛都便宜，别说你不注意就买手里了，就算注意看，也未必看出来。老皮看大侄子有点惊讶，解释道："别看不起这假货啊，分分毛毛凑起来就是大钱，叔家里二层小院就是靠这玩意儿修起来的……早知道今年这样乱，叔就直接整假货多好，小三轮骑着，一夏天挣个万把块，一点儿问题都没有，油钱都省咧……"

小皮是初来乍到，最喜欢听这位本家叔讲讲是如何成了村里能人兼富人的，雇了辆车，一路听着回了景区，十几件假货作为今天的必需品，被留守的几个人藏匿起来了……

三小时前，下午一时。

程拐和罗少刚到了五龙景区，驾着程拐那辆破马自达，后车厢里带着的全是犒军的盒饭，给谁呢？给摊主。

这些人与自己在景区荣辱与共已经十数天了，在配货、搬运以及密谋怎么在景区宰客中，早就结下了深厚的战斗情谊。这不，今儿个给五龙景区摊主老许两口带来的是鸡翅盒饭，两口子感激不尽，罗少刚给另一个摊送饭的光景，这边程拐给许叔递着筷子就问上了："咋样，老许？"

"能咋样？你自个儿瞅去，往常这会儿就该补货了，可今儿晌午了，一半都没出完。"老许气哼哼地说着，旁边晒得黑红的老伴用筷子一指隔着不到一百米的直销点道："都这帮人害的……管景区的都是王八蛋啊，一天给他们交多少管理费呢，像这样，管理费都挣不回来……"

恰在这时，一辆大巴车停在路边，门开时哄的一下子下来一堆人，下车就能见到路边这个装饰考究的直销点，白衣红帽的销售小姑娘一招手，这些年轻游客就哄了上去，嘻嘻哈哈地说笑着，一会儿摆着的饮料就去了一大半，生意好得让人眼红。差别就在这儿，偶尔出来一两个现场销售的小姑娘，小伙自然是活力奔放，和这些长年晒在日头底下的大叔大婶们就没法比了。程拐瞅瞅这两口子，笑道：“许叔，自打我们来，咱们可经常一锅里吃饭，一杯里喝酒啊……要不这事兄弟们想想法子，给您老分分忧，不能这样下去啊，要任由他们在这儿，咱们的活路可就断了……”

老许神色一怔，脱口而出：“可别打架啊，现在光咱五龙景点警务室就七八个人，关倒不怕，就怕人家罚你好几千，划不来呀。”老许夫人也同意这个意见，直言道：“要打架还用你们？我们村里人多着呢，原来修路修景点啥的，谁来了不得通过我们村里。这事不行呀，谁动手谁就不占理了，都坐地生意，谁想惹事呀？”

“谁说动手打架了，就算打也不能在这中心景点打吧……我是说，咱们这样……把他们送警务室咋样？”

程拐附耳上来，给这两口子出着主意，看样子不是什么好主意，也不是一个什么简单的主意，老两口听得这弯弯绕半天才绕明白了，于是眼里带着喜色，稍有迟疑时，程拐就用手指向罗少刚做工作的方向，直说大伙儿基本通过，就看你两口子了，这没说的，赶走竞争者那就意味着鼓起自己的钱包，岂能不同意。两口子没多考虑，不约而同地点点头……

景点里，山门口，罗少刚却是指着老许的摊位问这个摊主：“段哥，大伙儿可基本通过，就看你表态了，他们不走影响咱们的收入呀，我们搞批发的换个地方无所谓，可这地儿是你的饭碗，他们这不是来你的饭碗里抢食来了吗……”

这位段姓的摊主很爷们儿，早憋了一口气了，根本没考虑就答应道：“好，我把我老婆和娃都叫来，闹就闹，谁怕谁呀，没事，你们敢带头，我们就敢上手……”

凡事就怕带头人，今天飞鹏这个聪明的举措之所以在帅朗看来是个昏招，是因为不仅触动了这群批发商的利益，更触动了最广大基本摊主的利益。事不关己，高高挂起，不过事已关己，而且是关系到利益，基本没费多大工夫，俩人一路跑下来，还就没有人反对。

群众倒不难发动，不过群众也没有那么笨，基本统一的意见是：你们带头，我们起哄……

两小时前，长途汽车南站……

老黄回到自己混生活的大本营，在貌不起眼的停车地方串联着平时一起开黑车的哥们儿，男人之间的事好处理，和谁结婚随份子钱一样，塞包烟、整瓶酒、加满油，说说兄弟生意上有事了，需要哥几个帮帮忙，一听也不是什么大事，于是就拍胸脯跟着黄国强来景区了，来的人可不少，破桑塔纳、两厢夏利、长安面包来了五六辆……

一小时前，五龙村里……

或许没人注意到景区生意和五龙村的关联，但事实是，历来靠山吃山、靠水行船的村民，这些年在景区摆摊设点有三十多户，景区的三分之一摊主都是五龙村人，上午发生的事从电话里、从回村吃饭的爷们儿嘴里，都知道了来了十几队人来拔摊位，愣生生地抢走了自家不少生意。

这还了得！一家老小就指着那摊位吃饭呢，娃上学、成家娶媳妇、翻修新房啥不指着那摊位挣钱，一听财路被断，不大个村五十几户给搅得像锅小米糊糊大米粥一样，七嘴八舌一讨论，有办法了，有冤报冤，有仇报仇，有啥问题找政府……一村老媳妇捋着袖、小媳妇抱着娃、公公婆婆拄着拐、叔叔婶婶带着队，足有几十人的队伍直奔管委会讲理来了。

于是整个事件就从管委会开始了……

第二章
掀货占摊放狗

这是下午三时三十五分发生的事，刚刚上班不久的管委会看全村来了这么多人吓了一跳，赶紧报警。不过就算报警也是远水浇不了近火，一群人涌进管委会办公室，愣是把主任吓得差点儿钻桌底，还以为景区建设给村里补贴克扣被人知道了，紧张兮兮地招呼着干事搬椅子给大伙儿坐下。

还没坐，话就开始了，村委会带头的叫嚣道："主任，我们不是闹事啊，就问问景区摆摊设点，村里人可是交了管理费的，你说一下子又增加十几个点，我们可连管理费都挣不回来，咋办？"

"就是嘛，不能这样办事吧，谁给钱你们就向着谁？不管我们死活呀？"一位老婶叫着。

"赶明儿我们可都去摆摊啊，看谁抢得过谁……"一位小媳妇尖叫发泄着。

"这景区历来就是我们村的，这得我们村长说了算……"一位年长的顿着拐棍说糊涂话。

"主任，你要不给我们解决，我们就住这儿不走了，啥时解决我们啥时候走……"又一位半大后生喊着。

一屋子瘦叔胖婶愣小头犟媳妇，夹杂着小孩的哭叫声，一哭叫当娘的掀着衣服就地喂奶，娃娃刚不哭了，不知道谁家里的狗被人踩了一脚，疼得汪汪乱叫乱窜，一下子蹿到主任座位旁边，把这位管委会主任吓得直坐到桌子上，外面赶来的工作人员不知道发生了什么事，喊着让让、让让，就是挤不进里外三层的屋子里……

今儿这事，恐怕不磨一层嘴皮是打发不走人了……

“闹起来了……咱们开始？”

罗少刚对车里的程拐说着，两个人隔着老许的摊位不远，呈“品”字形，程拐抬头时正看到了老许笑吟吟地打着手势，程拐点点头。

于是罗少刚拨电话说了句：“开始。”

伴着这声，挤攘的游客人群里出来了一位戴着墨镜的男子，走到了蓝篷金属架的直销点前，递上了一张百元大钞：“买三瓶可乐……”

销售是位可人的小姑娘，递上来，找零，墨镜男多看了小姑娘几眼，笑着示意，转身而去……什么事也没有发生。

不过此时，罗少刚注意着收银的小姑娘把钱放进胸前的腰包兜里，对着电话说：“注意，钱在那个蓝帽小妞兜里……老黄，该你们了。一会儿注意啊，尽量吸引他们的注意力……”

不远处，炎炎烈日下，来来往往的游客人群外，开过来一辆小面包车，“嘎”的一声停在直销点，车门一开，司机下来喊道：“嗨，放两箱可乐……”

“好嘞……”销售员搬了一箱，又搬了一箱，那位司机慢吞吞地把两箱可乐搬上车，然后“哗”的一声关上中间车门，开了驾驶门，就要上车准备走。

事来了……里面搬饮料的销售员急了，喊道：“嗨、嗨……还没给钱呢？”

“不给她了吗？我塞她手里了，对了，你们还没找钱呢？”司机回过头来，马脸长眉小眼，很老实，不像个恶人。一指那位收钱的小姑娘，小姑娘愣了："你都没到我跟前来，什么时候给我啦？"

"嘿，不能这样吧？坑人不是，收了钱不找零还想再赖我一百？"司机叫声大了。

"你没给我们钱呀，哪有拿东西不付款的……"销售的、收银的，都诧异地看着他们。

"我真给你们了，不能这样吧？赖人是吗？"

"你没给就是没给，这么多人看着呢……"

"仗着你们人多是不是？你问问谁看见了？"

"没给就是没给，没看见你也得给，我们能讹你呀？"

"嘿……欺负人是不是……嗨、嗨，大家看看啊，景区这直销点的都这么讹人呀，太不像话了吧？"

司机扯着嗓子大喊，一喊引起群众关注了，虽然没人看见，不过可没人错过看这热闹，一层，两层，慢慢地若干层，都看着几个统一服装的销售员围着那位司机七嘴八舌地争辩。一争辩就有人开始乱插嘴帮腔了，有人说景区摆摊的就没几个好货，就知道宰客，有人说卖饮料的更没几个好货，除了宰客还讹人呢。说话的估计是别有用心，没说话的大部分是打酱油的，一堆人争来辩去，那司机看到直销点几个人影闪过，尔后有人冲他使眼色，他知道这几分钟的乱局该结束了，于是两臂一伸，大吡一声："好，都别说了，我能证明她刚才收了我一百块……我那钱上有记号，画了个乌龟，钱号码我也记得，敢不敢拿出来让大家做个见证……"

一将有意思了，围观的都看着那位模样挺顺眼的小姑娘，那位姑娘百口莫辩，气咻咻一顿："看就看……要没有你得给我们补上。"

"好，大家做个见证……"司机喊着，那小姑娘不放心，把一摞百元钞票交给管事的手里，管事的开始在众目睽睽之下翻着这些钱，一张、两张、三张……翻过若干张以后，有位眼尖的喊道："咦……还真有个乌龟小王八……"

"你们看看，钱号是 HR98063……我全身就这一张一百块，大家看到了，钱可是从她们口袋里掏出来的，不是我瞎说吧？现在好办了吧，给找钱，刚才说，一箱四十一，找我十八……”

司机张着大巴掌，直朝着管事数钱的那位过来了，众目睽睽、众口一词，都数落着这奸商太不地道，两个挨着直销点很近的俊男帅哥悻悻然地数了十八块钱，递给司机，那司机白得了两箱饮料还骂骂咧咧，上车轰开众人，驾车走了……

一哄而散，一个小小的插曲结束了，那些糊里糊涂被讹了两箱饮料的销售员只能自认倒霉了……

完了吗？好像没有。程拐一副大将风度，举着望远镜仔细地看着现场，哄着的一堆人散开之后，又慢慢回复了原状，景区这地方就是人多，而且谁也不管谁的事，隔了没几分钟又像没事一样。程拐注意的倒不是人，而是摊位后的那四层饮料箱，看着还没有轮到那几箱，有点焦急地轻声喊道：“快点儿……快点儿……”

“急个毛呀？”罗少刚点着烟，斥了一句，刚刚讹人的是老黄带回来的黑车司机，生面孔，那办法着实不错，白拿了人家两箱饮料还倒找了十八块钱，让这帮经常被宰的司机乐歪了，瞧着程拐，罗少刚问道：“喂，老拐，这换钱的馊主意是你想的吧？行啊，这办法不赖。”

“我跟别人学的，我这智商哪行……知道怎么收黑钱吗？先做个记号，记得钱号，黑钱递给他，回头再揪他小辫，活学活用而已……哟哟哟，搬下来了，快快快，让老黄的人动手，咱们也下……”

程拐解释了一句，望远镜里看到了一位销售员把刚刚趁乱放到直销点上的饮料搬到销售前台，说着俩人滚皮球似的左右出门，朝着那两个直销点快步走来，不过几步之后马上停下了，做着手势，示意着老许上……老许扔下饮料摊，同样在招手，于是人群里、停车场里、台阶之上、路边小憩的，慢慢地，不动声色地朝着飞鹏这两个直销点围上来了……

一触即发，怎么发呢？那位销售员忙得焦头烂额，从来没有见过如此火爆的销售场面，每每都在机械地收钱、递饮料，那一箱饮料递了一半，眼睛余光扫到了可口可乐的商标，吓得手一激灵，赶紧放到眼前，“口”字中间有道横，像个“日”、又像个“曰”……这下吓坏了，赶紧把箱子往柜台下一放，拽着主管，把饮料放到主管眼前，主管立时惊得两眼外凸，不相信地问：“哪儿来的？”

“不知道。”销售员诚实回答道。

“卖出去多少？”女主管问。

“不少。”销售员懵了。

“坏了，这要让公司发现，公司非开了咱们不可。”主管吓坏了，紧张地将饮料藏在身后，四下看看，似乎没有人发现端倪。

最后还是有人发现了，这个人是一个普通的游客，拧开盖子喝了一口，估计是渴了，根本没喝出什么异样来，反倒是旁边有位半大小子提醒道：“喂，大哥，你怎么喝可日可乐……”

那位游客定睛一看，尔后是回头一瞧不远的直销点，愤愤地说了句：“真是骗人……”

又有人在喊：“我操，谁卖这可日可乐……口这么写？嘴里插一根就叫日……太坑爹了吧？”

还有人在喊：“就他们……卖假饮料，有没有良心，喝死人咋办？”

有人由怀里或兜里掏出早预备好的饮料，没买的假李鬼把真买的真李逵惊动了，不少人心里一惊，把手里的饮料拿到眼前一看，加入到骂人队伍里了；还有人正喝着，一看手里的商标，马上“扑”的一声喷出来，激烈的马步一蹲、胳膊一甩，立时就是个掷铁饼的国标动作，饮料瓶“哗啦”一声直朝直销点飞来。

“嘿嘿……要的就是这效果。”程拐的嘴乐歪了，笑得眼也睁不开了，撮着手指“吁”的一声来了个行动信号。霎时间四面八方，篷上、柜上、地上、人身上，“扑扑扑”一阵乱响，半开口的瓶子处处溢着泡沫和碳酸饮料，一群销售员懵头懵脑，一时惊声尖叫，抬头一看篷顶，湿得像块尿布，低头一看脚边，都是饮料瓶子还在汩汩流着，四周一看，不是指责着，就是叫嚣着围拢上来，销售员们就是多长几只眼几张嘴，也说不清看不清，霎时间怎么会发生这种事……

等反应过来的时候，又一次被人围了起来，景区警务室出动不能说不快，中心景区出警仅用三分钟，等到了现场挤进去一看，愣了。上午还精精干干的销售员们现在就像被劫掠了一般，缩在柜台后面不敢出去，周围穿着各色服装的人在指责假冒伪劣奸商，一问情况却是不少人在帮腔，说这伙人卖假饮料被群众发现了，发现就发现了吧，还死不认账，看他们柜台下面还有没卖出去的……这事绝对不能姑息，整个破坏咱们景区形象，给咱们脸上抹黑不是？

"来来来，都跟我走……到警务室说话……还有，这东西谁也不能动啊……散了散了……老许你跟着凑什么热闹，还有你，散了啊，别以为我认不出你来，五龙村的……"

来执勤的警察喊着众人散了，回头小声叱了几句，摆摊的老许和五龙村的几个年轻后生正哧哧地笑着，隐隐地已经猜到了什么事，那警察却是怕再生事，把飞鹏直销点的七八个人叫上了警车，受了委屈的那几位小姑娘嘤嘤地捂着脸哭着，几位被碳酸饮料洒了一身的小伙，气咻咻地上了警车。

处理突发事件，特别是这类两方对抗的，只要一分开，事情就容易解决了。分开这拨，执勤的警察在现场找目击者，不过这种流动人口大的地方，还真不好找目击者，就算有目击的外地游客，也没人站出来说话，为难地看了看四周的监控探头，停车场里有、景点里有、景点门口也有，恰恰就直销点周边没有，这个地址选得好郁闷……一为难，可不料还真有生怕沾不上事的，几个小后生紧步追上来道："汪哥……汪哥，我们看见事情经过了，他们卖假饮料引起众怒，我们能证明……"

一看，又是五龙村的人，再一看，一脸喜色、得意扬扬的在摊位后的老许，那执勤的警察瞪了几眼，叱着："那好，一会儿到警务室……"

警车，呼啸而来，呼啸而去。

又一辆贴着遮阳膜的面包车来了，在出事的饮料直销点停留了数秒，车过后，那个还算齐整的摊位乱了，篷子东倒西歪地往一边耷拉着，谁也没有看到，是车窗里伸出来个挠钩将篷子拉倒了……

篷子倒已经是尾声了，先头部队早已经到了浮天阁景区，以兄弟几个的商议，第一个攻击波声势要大，第二个攻击波速度要快。怎么快，罗少刚电话里招呼着动手，老黄带来的几辆拉客黑车就在浮天阁山下直销点周边“呜……呜”地使劲踩着发动机空转，破车杂音震得人耳膜疼，司机还不好意思地招着手喊道：“修车呢啊，马上就好……”

好什么好，正在上风向，排气管的股股黑烟冒得哪儿都是。销售员们都是临时抽调来的，他们和这帮市井痞子打过交道，都是敢怒不敢言，不料你不招惹人，人家专门招惹你。几分钟黑烟弥漫了一片，大家都注意着上风向的车走，可没注意到有人已经钻到直销点后面偷东西了，还是一位女孩眼尖，指着已经扛着饮料箱走了十几米的人喊道：“嗨、嗨，有人偷拿我们的货……”

这还了得，几位男士抬步就追，追了不远，前面偷东西的人估计跑不了了，“嘭”的一声把饮料一扔，抱头鼠窜，饮料瓶子骨碌碌滚了一地。那几位追的男士招呼着直销点的销售员赶紧来捡四处乱滚的饮料瓶，这边刚过来捡，那边又有人喊着偷东西了，不知道从什么地方钻出来的两个人扛了两箱就跑，捡着饮料瓶子的人扔下手里的东西又紧步去追。一追，人家就直往台阶上跑，追了半路，前面的好像也急了，“嘭”的一声扔掉饮料瓶子，掉头就跑。那两位追也不是，捡也不是，满地的饮料瓶从台阶上骨碌碌地直往下滚。等两头的人一分开，摊上却出事了，眼看着一辆柴油三轮车“突突突”地从路上开来了，驾车的人戴个大草帽，然后车到摊位跟前挂倒挡，把篷子推倒了，又把饮料箱推了一堆，不少饮料骨碌碌地滚下山坡了，最后那辆车“突突突”地加着油门，冒着黑烟，扬长而去……

好车，就乡下犁地拉货那种车，连车号都没有……

浮天阁的直销点被掀了，程拐和罗少刚几乎是从那帮欲哭无泪的销售员身边走过的，坐在车里的两人看了看劫掠后的现场，篷子东倒西歪，一群人连货都没有捡全，满地都是被车轧爆的饮料瓶，这个地方车多人多，眨眼就把现场淹没了，拍了几张照片，又继续向前走着……

“罗嗦，那个抢东西的没事吧？甭再露面了啊。”程拐提醒道。

“没事，都是老黄拉回来的民工，甭说扛饮料箱，扛走卖货那女的他们都敢干，现在早跑下山了，没准儿都坐上车回去了……也就五龙景点人太多不好弄，剩下地方，好掀得很……”罗少刚道。

“我说啊……这事是不是有点过了啊？帅朗那小子胆可是贼肥呀，这事闹得可比咱们想象得要大多了。”程拐拐弯的时候，又从后视镜里看到了那已经支不起来的直销点，若有所思地说了句。

“怕个鸟，他们卖假饮料那是有目共睹的，咱们几个人连现场都不在，谁也没看见……谁能把咱们怎么着？”罗少刚不屑地说。

“这赃栽得……可口可乐区域代理卖假可口可乐，就怕没人信呀。”程拐道。

“狗屁，越是大牌越置疑……知道为什么现在山寨已经成为一种文化潮流了吗？那是因为大家已经开始相信，只有假货才是真的，说什么驰名品牌、什么立足消费者的需求、什么企业社会责任都是假的。”罗少刚拍着大腿，教育着程拐。程拐想想，很释然地说了句：“有道理，要这么说，我这心理负担就轻点儿了。”

车继续前行着，等到了畅怀亭，老皮这帮人早就粉墨登场，闹腾上了……

此时，刚刚下午四时，杜玉芬正踏着焦急的脚步，从银行推门出来……

也在此时，叶育民接到了景区警务室的电话和现场的求救电话，正焦急地朝经理办奔来，粗略听到汇报的消息之后，心有点发颤，手有点发冷，腿肚子有点发软，从来没有想到一个小小的区域竞争还能激烈到这种程度……

敲门而入的叶育民愣了一下，秦苒正站在总经理办公桌前，林总正拿着电话，见叶育民来了就把电话放下了，征询似的看了叶育民一眼，似乎在等着汇报。叶育民顾不上寒暄了，快步上来，紧张兮兮地说："坏事了，林总，他们还真敢，真敢干上了……五龙景点、民俗苑，还有浮天阁外，十四个直销点被他们掀了七个……不知道怎么着，咱们派出去的人反而被带到警务室了……您说，我、我……我是不是应该马上去一趟，咱们今天去的人里有刚进公司的新人，什么也不懂，别出意外，没法交代，林总您……"

语无伦次的汇报在秦苒和林鹏飞不置可否的目光中自动停止了，叶育民顿时感觉到了总经理眼中透出来的不悦，那意思是说：太幼稚，太不成熟，一点儿事都经不住……

于是叶育民不敢吭声了，生怕说错了又惹笑话。林鹏飞这才又拿起电话，面无表情地说了句知道了，尔后拨着电话号码，表情慢慢揉合进了几分笑容和谄媚，像拉家常一般，对电话里的人说："陈局呀，我，林鹏飞……不好意思，麻烦陈局您了啊，就前天饭局说的那事，还真有人搅和我们的生意……可不，真的，就在黄河景区，我们公司十四个直销点现在已经被掀了一半了，人也被带走了，估计现场的货都被抢了，钱倒不值几个，就是对我们公司形象是个严重损害呀……呵呵，那我多谢陈局您了啊，有困难找警察嘛，不找您我还真不知道找谁去……好好，我记一下……谢谢您啊陈局，改天我邀您……"

边打着电话，边记着，记完了，寒暄了几句场面话，尔后把便条一撕，递给秦苒，脸色变得郑重了，安排道："黄河景区有一个派出所，七个警务室都由一个派出所管辖，所长姓白，你们到景区直接找白所长，陈局打过招呼了，可能还要派人去，你们要全力支持……配合警察调查清楚真相，该怎么配合，你看着办……”

丁零零的电话铃声打断了林总的安排，一看又是叶育民关键时候掉链子，偏偏在这个时候手忙脚乱，一看号码，叶育民也顾不上林总和助理在场，急急忙忙摁了电话“喂喂喂”了一通。好容易接完了这个电话，叶育民再抬眼，又重复了刚开门的那个尴尬场面，嗫嚅地汇报道：“刚刚畅怀亭景点，有人捣乱，他们不得已撤回来了。”

“这群混蛋……”林鹏飞重重一拍桌子，翻着桌上的资料，仔细看看营销区域划分图，又看看时间，问道，“小叶，你接到第一个出事电话是几点几分?”

“十五时五十一分。”叶育民翻着通话记录汇报着。

“现在是十六时十五分……不到半小时，两个最远景点相隔有十几公里……他们究竟动用了多少人?”

林鹏飞的眼光从图上抬起来，看着两位属下，这两位哪经过这种游击加突袭战，自然是两眼迷惘一头雾水，看得林鹏飞也有点悻然，叹了口气道：“事闹得太大了，这次要拿不住他们，咱们的损失可就大啦……你们去吧，随时汇报……”

叶育民本以为林总已经成竹在胸，不过此时看来也有点无计可施骑虎难下了，他愣了一下，跟着秦苒走出办公室，快步向楼下停车的地方奔去。

畅怀亭下，刚刚结束……

老皮的办法比较温和，动员景点周边四个摊位的摊主，动员工作做得不赖，于是游客里就多了不少出钱买饮料，不一会儿再回来找事的。找啥事？你假饮料坑谁呢？你以为我认不得“口”和“日”字呀？回头开口的饮料瓶“嘭”的一声往柜台上一蹾，碳酸汁乱溅一通，跟着找事的烂人再“扑”的一声喷上一口，一个人还好对付，络绎不绝地上来几个，扑扑扑地乱吐一堆，柜上、地上、篷上、人身上都是深色的碳酸汁，恶心得那些货真价实的游客反倒不敢靠近了。

话说这人善被人欺，一点儿没错，先头的几个搅事的硬讹得销售员左右为难，无奈之下给人退了三块钱……这倒好，退出问题来了，一让步，人家步步进逼了，后来的退了钱还不成，叫嚣着围在摊位前要健康损失、精神损失以及情感损失。找事的那几个歪瓜裂枣、敞胸袒怀一片胸毛的主儿，一看就知道不是什么好鸟，但是销售员还是有点敢怒不敢言，游客唯恐惹祸上身，愣是没人管这事，热闹的直销点被搅得冷冷清清，成了这几个人的独角戏。好在销售员里有位胆大的，直接找景点管理员说情况去了，毕竟这儿离公司几十公里，鞭长莫及。

那管理员从景点里出来看了看现场，装模作样地了解情况，然后矛头竟指向销售员了，嘴一咧道："这就是你们不对了，怎么可以在黄河景区出售假冒饮料呢?"

"不可能，我是公司直属代理，谁的货都可能是假货，我们这儿绝对没有假货。这些货不是我们的。"销售员义正词严地辩着。

"哦……"管理员白眼一翻，挑刺儿道，"那假的不是你们的，干吗给人家退呀?"

"哦……"销售员噎住了，自己打自己嘴巴了。

"自己协商解决，不准打架啊，谁要打架，一会儿警察来了可吃不了兜着走……"

管理员不管不理了，背着手迈着罗圈儿步回管理室了，不时地回头剜儿眼直销点：就是嘛，你们光给管委会说了，又没通过我，关我鸟事……

于是这个直销点就被这件解决不了的烂事困住了，僵持了好大一会儿，拿着假饮料的非要让退，销售员憋着，就是不给退，憋急了，得，我们不干了，我们收摊走人还不成……这倒正中下怀，那几个找事的后生也不要退款了，气势汹汹地将饮料瓶子直朝来的小货厢车砸了一通……台阶之上，坐着位中年猥琐男，跷着二郎腿、晃着光脚丫的老皮一直从开头看到结尾，看着摊撤人走，得意扬扬地唱着豫剧《朝阳沟》的调子：“走一道岭来翻一架山，山沟里空气好，实在新鲜……”

老皮边逍遥地唱着，边向一辆白色的马自达招手，招手的意思是：这地儿，不用操心。

那辆车鸣了两声笛，继续向前行驶，车里罗少刚脑袋伸了出来，笑道：“老皮这个老流氓还是有两下啊，愣是唆得村里人捣蛋，他在一旁看热闹。”

“这老家伙十五岁就出来混，都混到快五十岁了，一般人弄不过他……”程拐笑道。

罗少刚稍有不解地问道：“我说，干吗这么费事，整个脱裤子放屁，直接把他们摊掀了得了，费这么大劲……”

“你懂个屁……”程拐一听斥了句，“和警察打交道咱们都不如帅朗，这货从小就跟他爹在警察堆里混，长大又经常被警察提溜，人家了解呀，对吧……人家说得在理，警察并不傻，都用一种办法掀了摊，用脚丫子想都知道谁干的，顺藤摸瓜就摸咱们这儿了……可现在五花八门，这些弯弯绕他们想上一星期能想通就不错了……”

“踿个逑呀？这事你看人家查不查，要往死里查，照样查得出来。”

“你说，怎么查？”

“查假饮料。”

“是啊，查到最后是老皮买的，没咱兄弟什么事。就是有咱们的事，也没帅朗的事，今儿都不在现场，对吧？”

“这么卑鄙！”

罗少刚被狠狠噎了一家伙，可没想这么深，敢情这一层一层迷雾，帅朗这个黑幕策划人早把自己隐在最深一层了，看程拐说得得意扬扬，知道这俩人关系最近，想了想又挑着刺儿说：“别瞎高兴，要我是警察，我就专查你们这群搞批发和零售的，这事太明显了，除了你们就没人干，对吧？就查不到证据，我一天传唤你一回，整死你……服不服？”

“嘿嘿……就你小子的智商，要去当警察，得让帅朗坑死你……”程拐依然得意扬扬，笑道，“你想想，一百多个摊位，涉及上百人，还有这上百人的家属，景区每天流动几万甚至十几万人……又不是杀人放火，凭什么给你动用大规模警力……好，就按你说的，全动，来个拉网式排查，得多少车、多少警力、多少费用……谁真要这么干，还没等查到咱们，我估计飞鹏就要被警察给吃穷了。呵呵，就是查出来也不划算呀，查上几个摔饮料瓶的，案值几块钱，怎么定罪？大不了给个治安管理处罚，咱们教唆闹事的，他能怎么着？”

“妈的，够孬种……”罗少刚想了想，好像还真是这个道理，骂了句，不过评价却是，“我喜欢。”

又是一个不同的手法出现在眼前了，程拐和罗少刚到了梅园恰恰赶上。最偏的一个景点，游人不多，不多的游人沿路正四散奔着，夹杂着惊呼尖叫，尔后是远远地围观着，程拐和罗少刚下了车，踮着脚在人群之后看着，看了一眼现场却是相视一眼，坏笑连连，就像当年给女生裙子上放个毛毛虫、看着女生掀起裙子来大喊大叫一样，哥几个就有眼福瞅着什么颜色的底裤了。

现场，已经很乱了，不是人在乱，是几条狗，一公一母带着仨狗崽，目标很明确地直冲向直销点。那些销售员被突然来的袭击弄傻了，第一反应是扔下东西掉头就跑，那几只狗像训练过一样，也不追人，直朝着饮料箱舔着、拱着，不多会儿“哗啦啦”几声，箱倒了，骨碌碌滚了一地饮料瓶子，罐装的有的被摔漏气了，滋滋扑扑从箱子里冒出来一片泡沫，一群销售员慑于这若干只龇牙咧嘴汪汪乱吠的狗崽，谁也不敢上前。

两个人小声嘀咕着，从看乐子的人群里退回来了。黄国强懒洋洋斜靠着车正等着，一上车，罗少刚奇怪地问道：“谁家的狗，养得忒好了，连猪拱的本事都学会了？”

“群众智慧，兄弟，本来我想在这儿制造一个蹭车事故找他们麻烦呢，人摆摊的瘸腿叔说了，上人干吗，弄几条狗就把他们狗日的吓跑了，这倒省事了啊……哈哈……”黄国强得意地说。

“那狗怎么跟猪一样，会拱呢？而且还窝在那儿不走。”程拐问。

“哦，他们只顾卖货呢，没防着人家给倒了瓢脏水，里头有猪油肉星……看狗儿舔得多带劲，哈哈……”

老黄笑了，罗少刚和程拐也笑了，接着掉转车头，原路返回了。

此时，时间指向十六时四十五分，梅园这儿最后一个直销点不远，无法靠近的销售员正拿着电话向驱车来此的叶育民汇报道：“叶主管，快来呀……快来呀，这儿一群狗把我们的直销点占了……”

一处风起、四方云动，谁也无法预料下一分钟将会发生什么事，同样，谁也无法预料因为所发生的事将会牵扯出什么事来。

最后一处直销点的被困，让上午还意气风发的叶育民扼腕叹息，所有的心血又一次付诸东流了。驾车的秦苒正争分夺秒地往景区赶，秦苒看到叶育民的焦色，安慰了句：“别急，林总对这个事已经有所安排，景区有监控探头，咱们每个摊位上负责人都培训过摄录笔的使用，不管是谁肇事，这一次林总要不惜血本揪出来。”

“我不是担心这个……秦助理，你想想。”叶育民也不笨，正色道，“不到一小时，掀咱们十四个直销点，简直是摧枯拉朽，这得多大势力才能办到，而且还把咱们的人都送进警务室了，我现在觉得咱们有点过于乐观了。”

“乐观？”秦苒诧异道。

“是啊，太乐观了，总是把我们自己放在高高的姿态上看别人，一直以居高临下的态度对待这些人，包括帅朗还有这些摊主，要是他们真联合起来，别说十四个直销点，就是一百四十个都照样被人掀了……咱们在这事上犯了一个常识性错误，可口可乐公司的全球发展战略第一条就是因地制宜，培养当地区域代理商，而咱们强行介入零售领域，这等于触动了所有经营者的利益呀。”叶育民瞠目道。从种种迹象判断出了一个最不愿意见到的结果：飞鹏要成二道贩子和零售商的公敌了，否则今天的事就无法解释。

“有点危言耸听了吧？我就不相信，警察介入了，他们还能怎么样？”秦苒道。

“你还是太乐观了。如果是一两处失火，这个好办，找到肇事者，我相信难不住林总。现在已经是处处失火，林总再怎么说也是民营企业家，不是政府要员……问你一句啊大姐，你以为警察是咱们公司实习员工，想怎么使唤就怎么使唤，想招多少就招多少？”叶育民问道。话很隐晦，不过话里的意思秦苒明白，天下没有免费的午餐，更没有不要钱的办案，恐怕林总那句“事情闹大了”的担心就在这儿。

于是，俩人无语，唯有驾车向出事地疾驰……

同样这个时间，这条路上，甚至于离秦苒的车相隔并不远，一辆桑塔纳警车也在疾驰，车里一胖一瘦两个着正装制服的警员，驾车的叼着烟，副驾上的听着音乐。放下车窗，尽情地吹拂着来自郊外的风，惬意地呼了一口气，司机烟不离嘴征询道：“组长，陈局安排咱们去什么意思？不能屁大点儿事都动用咱们分局刑侦上的人吧，本来人就不够。”

“你懂什么，事不大，但事里学问大，知道吃亏的是谁吗？飞鹏饮业……中州饮料行业的龙头企业，前两天我见个招聘广告，人家招营销经理年薪多少？一百万……咱们年薪多少？勉强四万，差姥姥家了……”副驾上那位说着。

“哦，懂了。”司机明白了，嘿嘿笑问道，“有钱的主儿呀？那多朝他们要点儿油票啊，现在油价这么高，搞得咱们正常办案油耗都不足，别说还办私事了。”

“你说这话就有点蠢了……让人家听了也不怕笑话你，这么大企业你就要点儿汽油？陈局交待，事一定要处理好，肇事的一定要绳之以法，一定要让企业满意……懂了吗？”副驾上的人说。

俩人笑着，同样无语，唯有警车闪着警灯，向出事地点疾驰……

真正的肇事者已经开始准备返程了，刚上景区路，听到了警车的声音，不多会儿又见到警车呼啸着擦车而过，车里这帮肇事者心理素质再好，还是免不了有点心虚。心虚之时话就少了，副驾上的罗少刚抽着烟，后面黄国强加上老皮、小皮，在商量着今儿这么乱，明天到底还能不能再来，估计那是心虚怕吃不了兜着走呢。

走了不远，程拐接了个电话，回头跟大伙儿说："兄弟们，谁手头还有存款，帅朗的钱用完了。"

几个人都没吱声，估计现在心思都不在这事上，程拐催道："少装孙子啊，我再出五万，看你们了……"

"我日你这俩货……"罗少刚发难了，不免把紧张的情绪发泄到程拐身上了，骂道，"你们真是光着屁股抢银行，不要命不要脸，光想着挣钱了，这都啥光景了，还不赶紧打听打听这事怎么擦屁股，还顾得上这事。"

这倒说出同志们的心声来了，好歹得找个知情有关系的打听打听怎么处理这个事，好有所准备才行，可没想到帅朗根本不管不问景区的事，仍然是伸手要钱，几个人有点不理解了。

"帅朗说了啊，要干就干彻底，咱们能控制的货源越多，对方就会越忌惮；批发商一听说咱们在景区搞这么大动静，肯定都心虚不敢不给咱们货……现在是比谁胆大的时候，谁胆大谁就赚……我是要往下干，你们呢？到底干不干？"程拐问，果真是光着屁股抢银行的决绝。

"干！必须干，有货就有利。"老皮点点头，黄国强附和了句。

"干就干，反正你妈都成破罐了，摔也得听个响声大点儿的……"

罗少刚自然不甘落后，狠狠说了句，豁出去了………

"这个……这个……到底谁是受害者呀？"

郊区分局刑侦四组来人，带头的刘清组长，翻了一遍笔录，狐疑地问着所长白晚成。

这事俩人都纳闷得不轻，白所长一脱帽子，一捋半白头发，额前清晰地露出一条帽沿压出来的棱，这是当了十几年基层警察留下的印记，处理地方上的事务也算把好手了，不过今天的事太过蹊跷了，搞得这位老警察纳闷地说："还没弄清，说他们是受害者吧，可确实有游客从他们直销点上买到了假饮料，有举报，有游客笔录，我核实过身份，确实是安徽来的游客；说他们不是受害者，可不应该呀，飞鹏饮业直销点总不能卖假货吧？不过这事也说不准啊，现在奸商什么事都敢干，咱这景区卖的纪念品啥玩意，就没一样货真价实的……"

白所长一指外间还在做笔录的一个销售员，来回转了几圈确定不了，刘清组长敲着笔录示意道："别扯远了……我说这个……你们准备怎么查?"

"这是案子吗？里外算算，一瓶三块，全部加起来还不够一百块，能立案吗?"白所长为难了。

"这样……把遮阳篷算上，把几个景点丢失的货物清点之后都算上，勉强够得着，陈局说了，要作为一件严重破坏景区治安的案件处理。"刘清支着招，一看白所长的难色，干脆漏底了，"这不是一个随机事件，您看，十四个直销点最远距离十九点五公里，几乎是在一小时之内全部出了问题，不是被掀了，就是被讹诈了，甚至还有被狗拱了的，其中五龙、畅怀、浮天三个景点差不多是同时发生的，这明显是一起有预谋、有组织的闹事……"

"这个还用说，现在老百姓闹事，都是有预谋、有组织的，不光直销点，村里围攻管委会的还没走完呢……"白所长直言不讳了。

"刘组，您城里来的，不知道这乡下人难斗啊，特别是咱们这景区，一天坑蒙拐骗偷的能拉几辆大巴，这事没法查呀，光飞鹏这边就六七十个人报警来了，报警他们也说不出个所以然来，回头我再挨地方查一遍，我上哪儿调那么多警力去……这事明摆着就是摆摊的几家互掐呢……"白所长小声说着，在景区久了对于里头的门道清楚得很，无非是"利"字当头，你争我夺，因为个好摊位连村里自己人有时候都打得头破血流，今天这事都算轻的了。

说着话，电话来了，刘清接了个电话，电话像及时雨一样来得恰是时候，接完了电话，刘清笑道："白所长，要是有现场录像，你们总能认出人来吧？"

"啊，那没问题……"白所长点点头，接着又诧异地一瞪眼，"哟，谁录像了？"

"当然是飞鹏公司的销售员了，人家那么大公司，能没点儿防备吗……提取完录像，咱们有目标传唤，全靠您了白所长……一会儿他们就送过来。"刘清说着。

白所长惊得瞪大眼，是不是受害者不确定，不过肯定也不是什么好鸟。

距离景区派出所两公里外路口，秦苒和叶育民在这儿等着，主要任务就是收集各摊点给送回来的摄录笔，看了一眼已经抓着一把摄录笔的秦苒，叶育民诧异之后免不了有点心惊。话说这姜还是老的辣，要是上面非要揪着对方的小辫穷追猛打，这事没准儿还真有转机，最后把这帮人哪怕送进去拘留上一星期，剩下事就好办了。

最后一个送来的是梅园景区的几位，小货厢车载着人，副驾上坐着位梳着马尾辫的姑娘，递给秦苒的时候脸上的惧意还没有散去，粗略一问那地方发生的事，连秦苒也有那么点儿哑巴吃黄连有苦难说的感觉，安慰了句，让这几位先行返回公司，那位临走时无意中爆了句："秦助理，电视台的来了，刚才拦着我们车要采访，问我们今天的事件经过……"

"什么？在哪儿？"秦苒吓了一跳，又一个新情况出现了，真是好事不出门，坏事传千里。

"就在五龙景点，离咱们摊位不远，他们在现场摄像呢……"销售员道。

"那你说什么了？"秦苒问道。

“我什么也没说，哄着好多人呢。”销售员道。

“你们先回去吧……”秦苒安排着人走，手拿着摄录笔，对于这个突然出现的新情况又觉得来得有点诡异了，想了想上了车，然后把东西递给叶育民，并安排着叶育民到景区派出所找刘清和白所长，车到了派出所，放下叶育民，心急火燎的秦苒驱车直朝五龙景点驶来了……

“这儿……放大，哟？没错，确实是假货，他们怕人发现，准备藏呢……把画面打个记号，醒目点儿……”

采访车里，设备员随着身后人的指挥，在电脑上一帧一帧过着模糊的画面，确认之后身后的人拨着电话提醒道：“没错，于记者，能确认，六分三秒的画面，能提到可用的东西不少……”

话音从这个封闭的采访车里传到车外。车外，就在五龙停车场到景点之间的，那个倒塌的蓝篷成了拍摄的实证，刚放下电话的女记者，身后跟着扛摄像机的，寻访了一番目击者之后锁定了几十米外的老许的摊位，话筒一伸，甜甜的声音问道：“大叔，一个多小时前，这儿究竟发生了什么事？”

“他们卖假饮料，游客把他们摊砸了呗。”老许对答如流。

“那您知道这帮销售员来自哪里吗？”记者问。

“不知道……”

“以前他们也在这儿？”

“不在，就今天来了，骗了游客点儿钱就都溜了。”

“大叔，他们来了几个人？”

“七八个吧……被派出所抓走了。”

“当时他们出售假饮料还有其他人发现吗？”

“发现什么，那不还有摆在里头没卖完的吗……”

记者一听一怔，顿时喜上眉梢，顾不上采访了，一挥手，摄像拍照的比狗撵还快，奔到了倒塌的直销点前，对着一堆饮料摄像。好事者挤挤攘攘一堆，那个美女记者可不怯场，扬着手举着话筒煽动着众人：“……各位游客同志，我们是中州市电视台采访组，接到群众爆料，有人在景区公开出售假冒饮料，台领导高度重视，派我们现场采访，有目击现场的同志，欢迎向我们反映真实情况……或者可以拨打我们热线电话、登陆我们的网站爆料，都有奖的哦……”

热闹了，知道情况的没几位，不过围观电视台美女记者的可不少，不少没皮没脸的老少爷们儿为了达到近距离窥视美女的目的，有人跳脚喊着，我看见了，卖假货的和群众打起来了……还有人说，卖假货的不得好死啊，活该……更有人说，景区早该整顿整顿了，东西死贵都不说了，还卖假的……那位女记者的话筒来回伸缩，收集的恐怕是谁也分不清真假的消息。

过了好一会儿，女记者和摄像师才从人群中挤出来，可没想到群众这么热情，场面这么热烈，回采访车旁，想起个人来，四下看看招招手，于是奔上来一位高大帅气的小伙子，女记者笑吟吟地伸着手：“谢谢啊，韩记者……来，上车来，小伍，给韩记者拿瓶饮料，多亏了今天晚报社的这位……”

笑着上车小坐的正是韩同港，晚报社的实习记者，也肩负着采访任务，看着画面已经在制作中了，韩同港问那位女记者：“于姐，这个新闻价值大吗?”

“你说呢?”女记者笑容有点神秘。

“我觉得新闻价值不大，现在假货已经司空见惯，群众也见怪不怪了，真要播呀?”韩同港似有几分怀疑。

“不，这就是实习和正式记者的差距了……播不播我做不了主，不过它的价值还真不小。台长不会不重视的，我建议你尽快向你们报社主编汇报一下。”女记者依然很神秘。

“哦，于姐，这您得教教我。”韩同港虚心请教着。

“一条新闻成就不了一个企业，可足以毁掉一个企业，这条新闻就是如此，它不体现在新闻上，而体现在它播出的后果上……懂了吗?”于记者侧着头，凤眼有点媚惑，摄像的、制作的、调音的都神秘地笑着。

于是韩同港懂了，即便报社也有许多播不出去的新闻，除了主管单位明令不得播报的，就是当事人花钱摆平的，那么今天这条，似乎要成为奇货可居的后一类了，怪不得于记者这么高兴呢。

新闻车走了，向下一个地方驶去，要采访景区管理处的事件处理经过了。韩同港作别了这些人，下车时有点懵头懵脑，一边回忆着于记者的媚笑，另一边回忆着，中午在报社吃饭时接帅朗的那个电话，电话里说：“韩老大，兄弟给你爆个猛料要不要?让你小子一炮成名、立马转正，机会难得呀，就你这实习记者得混到猴年马月……”

那个电话终究还是把他煽动到这儿来了，来了才知道不但把他煽来了，连田园也煽来了，那份交给电视台的现场录像就是田园躲人群里拍的，据说电脑城里那个针孔摄像设备大减价，田园一口袋里塞了好几个。

快步走着，到了停车场外，在观景台前席地而坐，肚子堆了一堆肥肉的田园远远招着手，膝上放着台笔记本正玩得起劲。韩同港此时心有所系，可顾不上和田园瞎扯了，四下瞧瞧没熟人，小声叱道：“老屁，你跟我说实话，这到底怎么一回事?”

“老大，发生了什么都在录像上，你自己不会看呀，要不再给你看一遍?”田园很无辜地说。

“少来了，你这身价能值多少，说，帅朗多少钱收买你了?”韩同港追问道。

果不其然，一说这个，田园嘿嘿哈哈一笑，一伸巴掌道：“二哥发财了啊，直接扔给我五百小费，你说我不来都不好意思……我现在严重后悔没有跟二哥来卖饮料，你知道二哥今天开着什么车吗?小丰田……旁边还带着穿裤衩的款姐，咦哟，羡慕死我了……”

“啧啧……我不是给你说这个，你录下的这个直销点是不是销售假饮料的，这可很关键啊，这要播出去了，对于组织者飞鹏饮业那后果可不堪设想，我问你……他怎么做的手脚?”韩同港压低了声音。

“不可能，现场拍的，怎么可以做手脚?”田园反驳道。

“少来了，玩扑克帅朗在咱们眼皮底下都能偷了牌，我就不信这么乱他调不了包，干这个他是行家……你不是现场录了，往前推十分钟，肯定能看到，拿来，把你全程录的拿出来。”韩同港扇了田园一巴掌，知道这俩货肯定没干好事。

田园嘿嘿笑着，笑得五官挤在了一起，笑得眼眯成了一线，在韩同港再三追问下，这货不好意思地说：“老大，那段我不敢录，真录了，别说挣不到二哥给的钱了，他回头还得揍我个半死。现在什么都没有，就咱们那点儿东西是真相，谁还能质疑不成?”

“哎呀，你这俩货呀，现在不坑人，坑起大公司来了……”韩同港摇摇头，无计可施了，一屁股坐到观景栏前，呆呆地望着滔滔黄河，枯水期，黄河有点名不副实，一点儿气势都没有了……

景点摊位不远，当秦苒踏着焦急的步伐奔到现场时，正逢那位女记者和群众在七嘴八舌说话，一向谨慎的秦苒没有吭声，只是默默地观察着现场，当看到摄像师对倒塌的直销点拍摄很感兴趣时，心里“咯噔”一下，蹙步到了近处看了几眼，直销点上扔着的饮料瓶、柜台下放着的饮料箱，还有码着的成件饮料里，已经掺杂了让她心跳加速的东西：假货!

坏了……秦苒掉头快步跑着，第一反应就是电话联系公司半路上的人员，来把这个直销点余货撤走。第二个反应却是萦绕在脑海里的那辆采访车，紧张地汇报给了林总：“林总，这边可能有点问题，市电视台的不知道怎么到了现场，而且拍到了咱们销售点上的假货……现在还不知道这些东西怎么来的，我派人先撤了……”

撤了，于是把派出所还没有勘查的现场先撤了，林鹏飞和闫副总风风火火地赶来了……

“还有多少钱?”帅朗问，车停到了银河路边。

“第二批咱们凑的二十一万，还有不到三万……”杜玉芬看了看已经瘪了的包包，说了句，一眼瞥过，后面几辆货厢车又跟上来了。就这么个连唬带诈的笨办法，不吃这套的还真不多，一下午时间，粗略算来已经扫了三万多件货，而此时，真正的代理商还蒙在鼓里呢。

此地距体育大学不远，帅朗看了看环境，但凡这类大型批发商，选址都不会在街面上，不是胡同里就是较偏远的门面，地方宽敞、货场大，而这个批发商就在体大后面，沿着街边的胡同能看到“银河配货”的字样。

一下午，想象中几乎所有的事全部都在掌控之中，回头再看随行而来的车队，让帅朗第一次有了自我存在的感觉。这得意劲儿落到了杜玉芬眼里，她稍有忧色地提醒道：“差不多了啊，景区那边也不知道怎么样了，动静这么大……”

“呵呵……没事，我给他埋了几个雷，过了今天，景区再无争端；过了今天，什么货源不货源的，根本不在话下，飞鹏这次能自保就不错了。”帅朗得意道。

杜玉芬见帅朗着实有得意忘形之虞，几步追上来说：“帅朗，你听我说，差不多就行了啊，千万别再出点儿其他事。你们不管哪个出事，这生意可都没法往下干了。”

“放心吧，我们五个都进过派出所，大不了拘留几天……只要不是同时进去了，这事都能继续，就算同时都进去，还有你呀。”帅朗给了杜玉芬一个气结的理由。杜玉芬一路担心，这回总算是全部爆发了，上前一把拽住帅朗的胳膊，帅朗一惊，一回头，看着杜玉芬如哀如怨的眼神，咋就这么让人觉得可怜呢，一撇嘴没好话：“喂喂喂，咱们啥都没干，你咋吓成这样？搞得这跟上刑场一样？”

“你收一个代理商的几万件货，要让人知道了，非急红了眼……再说景区的事要是警察查怎么办？”杜玉芬没来由地有点紧张和语无伦次。

“那你觉得现在还能停下来？还有回旋的余地？就咱们，现在磕头求饶都没机会了……硬着头皮也得硬到底。你要觉得停下来能行，那就停下来。”帅朗将了杜玉芬一句，杜玉芬瞬时被将住了。没错，现在双方矛盾已经不可能再调和了，掀了人家的直销点，收了人家的货，这些货如果放在代理商手里是货，可要放到竞争者手里，就如同一颗定时炸弹，随时可能把任何一个市场区域的价格体系打乱，搁谁谁也受不了。

僵持了片刻，帅朗做出一个请的姿势，杜玉芬没动，帅朗干脆自己走了，不理会了，杜玉芬悻悻然跟在他背后，果真是贼船好上，却是没有半路下来的机会。

又一家，银河配货要遭殃了。一进门，大牛扯着嗓子喊道：“老板呢？把老板叫出来……看什么看，要货。把你们这儿的饮料存货给我准备一车。”

不差钱的主儿基本都这德行，谁也不敢怠慢，立时有位年轻的小伙子颠儿颠儿奔出来，鞠躬问好，然后直奔经理室唤老板出来……

配货地方的建筑都没那么讲究，经理室设在二层，木制的旧门，钢焊的楼梯，人跑上去腾腾脆响，眨眼间领着个大汉出来了，这大汉看得帅朗和大牛心虚地互视了一眼，难不成又遇上硬茬了？

看样子像，一米八以上的大个子，络腮胡子蒜头鼻，粗手大脚，短褂子几乎是绷在身上，肌肉发达得像头骡子，几步下楼，远远地看到帅朗就有几分惊讶，等走近了、看清了，“呸”了一声，比大牛还凶道：“哟，祸害到我们这儿来了？你也不打听打听哥们是谁？”

完了，真是个硬茬儿，帅朗笑吟吟地说：“这不是连昆骁连老板吗？这不，登门拜访来了。”

帅朗一笑，那人的气势更嚣，指着帅朗道：“我知道你是谁，你在哪折腾我不管，不过想在我这地盘闹事，你自个儿掂量掂量吧。”

大汉皱眉瞪眼，比大牛还凶几分。

这下子大牛不服气了，牛眼一瞪要发作，被帅朗拦住了，帅朗还是笑道：“我分量应该够了吧，要不我也不敢上门，连老板，你这消息有点闭塞啊，是不是景区发生了什么事你都不知道？我好像听说飞鹏的直销点都干不下去了啊，你就没点儿打算，真想跟我们拼到底？”

危言耸听老一套而已，不料这位连大汉“哧”的一声，一斜眼道：“什么景区，关我鸟事，少在这瞎咧咧，谁是吓大的。”

完了，碰上个脑筋不灵光的，根本搞不清景区的事和其他市场的关联，帅朗这套不太管用了，吓唬聪明人行，吓唬这等有点愚的就不灵光了。不过好在今天也带了个愚人，一听口气不善，大牛呼哨一声，门外听见信号呼啦啦蹿进来七八个搬运工，都是铁路货场上的人，那位大汉可急了，紧张且有点惊惧地指着来人道：“你们……你们……你想干什么？”

“不想干什么，给点儿货，不多要，一千件，现款，分销价，运费我们出，不让你赔钱。”大牛下命令了。

“要你货是给你面子啊，我手里已经有七八万件了，中铁的陈丽丽、鑫地的宣奇风、东新开发区的王战强，还有西客站的杨行……人很多啊，都给我货了，货多得我都没地儿卖了。”帅朗胡吹着，脸不红不白，听得旁边的杜玉芬掩着嘴笑。

一哼一哈，一说一诈，大牛紧接着又来了：“没事，怕什么，开发开发体育大学这个市场，教职工带学生也有两三万人吧？”

“嗯，差不多，银河路这边，一天批发出去千把件没问题。”帅朗又道。

两人这双簧唱得那连老板终于明白了，歪着嘴咬着牙迸了几个字：“小子，威胁我是不是？老子还就不吃这一套，爱咋咋地。”

“嘴巴放干净点儿啊……”大牛见对方气势渐颓，指着叫嚣着就上来了，对方的几位员工拦着，那人躲在员工身后，骂了句什么，大牛表演得淋漓尽致，就着话头道，“骂你牛爷是不是？就你这个逑毛摊，还不够牛爷一脚踹呢，试试看，上来呀，今儿牛爷还不要货了，跟他妈你没完了……”

没料到要出这等意外，大牛狂嚣乱吼，几个人拦也不是、不拦也不是，那老板被推推搡搡，敢情是个银样镴枪头，并不敢大打出手，立马落了下风。这会儿倒好，人家不要货了，要闹事了，杜玉芬只觉得一下午方向偏得离设想越来越远，悄悄拽着帅朗，要他出面制止，不料帅朗做着鬼脸道："没事，吓唬吓唬他，以后好办事，不吓住，以后他不屌你……"

杜玉芬不知道出于什么想法，在帅朗胳膊上拧了一把，拧得帅朗龇牙咧嘴嘿嘿地笑。

说着话，大牛在叫嚣着、挥舞着胳膊，以一当十，把三员工一老板逼得一直退到了墙根，那老板急了，狗急跳墙、人急喊娘，扯着嗓子喊道："我告诉你啊，今儿我这儿可是有警察……你们敢胡来，把你们全抓进去。"

"警察？你牛爷差点儿还当了警察呢。"大牛手指戳着喊道。

帅朗看那老板也是进退维谷了，正要出声制止一句，不料看到了小二层一间房里真出来俩警察，心里"咯噔"一下，倒吸着凉气，"大牛大牛小声喊"。不料大牛叫得兴起，哪听到帅朗小声示警，反而咧着嘴损着连昆骁："急了啊，没治了啊，想起警察来了啊，我说连老板，警察是你爹还是你妈，你说啥就是啥……就算来了能怎么样？哟……"

随着众人的眼光不经意回了头，大牛的话噎住了，表情也僵住了，果真有两个警察出现在身后，大牛的气势一下子落到谷底了，尴尬地站着。此时那位男警察在笑，那位女警察也在笑，而且那位女警察好像看大牛很眼熟，用手指着他道："你，你……你，你……"然后又指了指帅朗，似乎两个"你"有关系。

"大牛啊，你什么时候加入黑社会了，看样子职务还不低嘛，带了这么多人？"

女警察笑吟吟地来了句，大牛刚要解释，眼看着一帮搬运工就要到跟前，见到警察"吱溜"一声全跑了，他紧张之下急中生智，指着帅朗道："不赖我啊，他是我们老大，有话跟他说……我，那个告辞，回见啊……"

说着话掉头就溜，狠狠地瞪了帅朗一眼，这女警察明显就是上次吃饭扮着要银行卡的那位，这不拉兄弟们下火坑不是？

大牛一走，俩警察看着不动声色的帅朗，都笑了，不知道哪里可笑。一笑帅朗没急，倒把杜玉芬吓坏了，这可被抓着现行了，紧张地挽着帅朗的胳膊，悄悄使劲拉拉，不料没拉动，人家没走的意思。

“他叫帅朗，带头的……这伙人黑着呢啊，把我们代理的生意搅得都没法干，警察同志，像这号人你们得好好管管，我们可都是正当生意人，惹不起这号烂人，您二位瞧瞧，人欺负我们门上还这么牛……”

连昆骁老板生气地说，恨不得帅朗马上被俩警察带走，不过似乎这俩人对发生的事并没有兴趣，只是对眼前的人感兴趣而已。

“哟，这是帅朗吗？小木，你看像吗？”方卉婷快走到帅朗面前时，惊讶地“咦”了句。

“不像啊，原来的帅朗可没这么帅。”木堂维故意说。

是啊，比原来帅多了，小红皮鞋倍儿亮、西裤倍儿笔挺、小衬衫洗得倍儿干净，剃着寸头，人显得要多精神有多精神，特别是身边还挽着位裸臂长腿衣着不多的美女，木堂维心里惊讶，方卉婷除了惊讶就更多了几分说不清的感觉了。

“哦，是帅朗。”走近了，方卉婷点点头，瞥了帅朗一眼，目光又投在杜玉芬身上。杜玉芬在这位目光不善的女警面前显得有点局促，眼光躲躲闪闪，一眼瞥过方卉婷，故意道：“这位姑娘，选人你得擦亮眼睛啊，你选的这位特别爱骗人，别被他骗了。”

“哎，帅朗，你什么时候加入黑社会啦？还提干啦？人手不少嘛，哈哈……”小木笑道。

“我现在是中州黑社会驻银河路代表，相当于区级干部，呵呵。”帅朗终于发话，脸不红不糗，一句话说得小木哈哈大笑。方卉婷的态度可不那么好了，盯着帅朗的目光很不善，帅朗可无所谓，开了句玩笑接着问道：“真有缘啊，这么大中州竟然在这儿碰见你们了，我正说要找你们呢，有重大案情向你们汇报。”

“什么？一见我们就有案情了？”小木一脸愕然。

“当然有啊，要不我怎么会出现在你们面前。”帅朗道。

“不胡扯你会死呀?”方卉婷叱了句。

“我到现在还没有死，说明我不是胡扯，我发现了一个重大嫌疑人，你们肯定不知道。”帅朗忽悠道。

“谁?”小木上当了。

“他!”帅朗一指配货的连昆骁老板，此时连老板紧张得话还没说出来，帅朗就滔滔一堆灌上来了，“这个人欺行霸市、以劣充好、有重大诈骗嫌疑……不信啊，不信你们查查他的货仓，过期的、没产地的、假冒的，甚至三无的产品，绝对不少，这个骗子可骗了不止一两个消费者。查完仓库再查查他们的账目，偷税漏税肯定有，现金不入账经常干，抓进去判个十年八年肯定不冤……你们二位需要帮助吗?”

得，现场发挥、临时兴起，一堆脏水乱泼，那连老板气得面皮发白、胡子乱翘，一会儿我我我、一会儿指着帅朗你你你，就是憋不出一句话来。说完了，帅朗得意扬扬地盯着连昆骁，这位连老板突然间明白了，敢情人家认识这俩警察，关系还不赖，想到这一层，鼻子抽了抽，这是真紧张了。

“你不说话，没人拿你当哑巴。”方卉婷半天呛了帅朗一句。

“你就说话，也没人把你当警察。”小木接着茬呛了帅朗一句。

“哦，那看样子没我的事了啊……拜拜，回头见。”帅朗拉着杜玉芬，掉头就走。

“等等……”方卉婷喊了句，“在外面等着，敢溜，小心我传唤你啊。”

“好嘞，那等着你，不见不散啊。”帅朗回头说了一句，调侃味十足，接着俩人出了院子。

人一走，方卉婷和木堂维才和连老板握手告辞，没想到遇到这种事，还能遇到个熟人，俩人都有点不好意思，直说别理他们得了，小木给壮着胆，没事，他敢找你麻烦，给我们打电话，不过我们的事，连老板您如果有消息，一定通知我们……是个案子，是在查嫌疑人。那位连老板自然是满口应承，点头恭送着方卉婷和木堂维，还不忘提醒木堂维道："木警官，那个，给帅朗透个风，要货就来呗，我看你们都认识，都自己人就无所谓了，想要货来我这儿拉就是了……"

老板恐怕还是息事宁人的心态，不过方卉婷和木堂维却是心里有点阴影了，无形中俩人倒给帅朗撑腰了，这腰撑得，恐怕那货再来诈唬，胆子要大一圈。

"方姐，您说这小子进门整个就是想强买强卖呀？"木堂维跟连老板告别后，出门问着方卉婷。

"他爹要能管得了，能是现在这个样吗？"方卉婷以问代答，也有点哭笑不得，没料到俩人会在这种情况下见面。

"您让他等着，是不是还想取取经……上次那事还没顾得上谢谢他。"小木道。

"千万别谢，你拉着脸和他说话他都翘尾巴，你要说谢那还了得。"方卉婷貌似很了解帅朗，更貌似还有几分解不开的怨念。

体育大学的位置稍微偏僻，新区新路，六车道的街面很宽阔，每天黄昏时分是这里风景最美的时候：一轮夕阳挂在天边，把视线中的物体都染成了金黄色，炎热渐凉、凉风轻起，丝丝惬意的微风拂过街边的绿树花丛，正是一天消夏纳凉的开始。

巷口、车旁、树下，斜倚着树干的帅朗，看着两位正装的警察踱步而来，帅帅的小木、飒爽的方卉婷，俩人像走正步一般由远而近，要不是一身警服，很像一对般配的情侣。快到帅朗跟前时，小木果真听从方卉婷的建议，不但未言"谢"字，而且像看嫌疑人一样盯着帅朗。方卉婷也没好脸色，左右看看，揶揄地问："咦？你那位呢？"

"哪位？"帅朗明知故问。

"就那位，衣服露肩、腿露根的那位。"方卉婷严肃地说。听得小木

"扑哧"一声忍不住笑了，方卉婷也憋不住了，呵呵笑着。没人了，帅朗倒没那么大气了，指指不远处的车，车里正坐着杜玉芬，帅朗解释了句："是我老板，我们现在一起卖饮料……我说方姐，不带这么评价人的啊，你嫌人家穿着暴露，人家没准儿还嫌你穿得古板呢……"

"哟，不高兴啦，我看不像老板。怎么看着你们俩像有故事的一对呢？"方卉婷道。

"是啊，我也看着像。帅朗，一个月没见，你不会真找到爱情了吧？"小木唯恐天下不乱，打趣着。

"哼，呵呵，你看他像是爱情故事的主角吗？有也是奸情。"方卉婷损道，话味很酸。

"哦，我懂了，你俩闲着没事干，消遣我来了，有事就说，没事我懒得跟你们磨嘴皮子啊。"帅朗不乐意了，这俩警察净是拿着杜玉芬说事，而恰恰自己和杜玉芬之间根本没什么，而且心里最感谢的莫过于这位信任过自己的杜姐，所以话有点听不下去了。小木顿时省得似乎玩笑有点过了，看了看方卉婷，方卉婷还真像故意一样一摊手："没事，你可以消失了，我看你们再发展就真成黑社会了，有那么买饮料的吗？我们要不在场，你们还真抢是不是？"

"生意这事你俩生意盲不懂，我说也白说，你们要没事，我可有事啊，想不想听吧？重大案情，就我知道，你们不听后悔……别说我危言耸听，这回可是真的，就和你们现在办的诈骗案子有关，信不信？不过我不会轻易告诉你们的啊，除非把上次的账结了……想知道吗？"帅朗问着，不时地手舞着比画着。方卉婷和木堂维俩人面面相觑，都盯着帅朗不吭声。

哟？这忽悠不管用了？还是案子已经侦结了？帅朗胡吹了一番，看着俩人都不吱声，就那么莫名其妙地看着，有点拿捏不准了。

"案子已经侦结了，嫌疑人都落网了，你还胡吹什么？"方卉婷面无表情地说了句。

“对呀，我怎么觉得你好像在骗我们？”小木斜眼觑着，处得越久，越分不清帅朗嘴里的话是真是假。

“不对，你们撒谎……”帅朗眼珠未动，从小木怀疑的态度上，从方卉婷做作的表情上，很准确地判断。

小木奇怪地瞥了方卉婷一眼，刚要开口，被方卉婷的眼神制止了，尔后方卉婷给了帅朗一个嗤鼻不屑的表情，然后叫着小木道：“走，甭理他，跟这个黑社会预备队员划清界限，省得咱们到时候掰不清楚。”

“等等……”帅朗喊道。那个细微的动作被帅朗捕捉到了，他笑了笑，竖着三根指头道：“我说三句话，说完就消失。”

两个人没回头，故意的，帅朗在他们身后说：“案子没侦结，应该刚开始，以你们的速度和效率，能开始进入状态就不错了，现在应该是查到了点儿线索，铺开寻找当天在 ATM 机的取款人吧……像这种外围工作，也就你们这种经验不足、实践少的菜鸟警员干，对不对？”

方卉婷和木堂维都回过头来，很不善地盯着帅朗，说差哥差姐是菜鸟，有点伤自尊了啊。

“第二句，你们俩到现在还是盲人瞎马一对、没头苍蝇一双，什么都没查到对不对？”帅朗像故意激化矛盾一样，刺激着方卉婷和小木，那两位互视了一眼，有点生气了。

“第三句。”帅朗竖着指头说，“到现在为止还没有学会信任别人，没前途；到现在为止你们还没有发现这十几个取款人是怎么组织分配的，很没前途；到现在为止，你们都没有发现，组织这样一帮零散的队伍是什么人才能办到的，他是怎么办到的，哎，这么简单你们都不会，更没前途……我甚至想告诉你们，你们居然不相信……算了，我不习惯和没前途的人打交道……”

帅朗踀了，小嘴一忽悠，小手一摆，转身就走，留下方卉婷和木堂维发愣，小木招手要喊，不料被方卉婷伸手拦下了。两个人，直看着帅朗上了那辆红色丰田，头也不回，招呼也不打驶进了街上的车流中。

“帅朗，景区派出所传唤摊主了，不会有事吧？”杜玉芬问。

“用不了多久，咱们屁股后也跟上警察了，级别可比他们派出所高多了，怕什么？”帅朗道。

“那俩人能听你指挥？”杜玉芬不相信了。

“我能想到他们需要的线索来，挠得他们心里痒痒的，不跟着来都不行。”帅朗笑道。

“那女的是谁呀？”杜玉芬问道，对于那个女警的一双洞彻心肺的眼神记忆犹新。

“女警察呗，找过我麻烦。”帅朗道。

“不对……”

“怎么不对？”

“她看你的眼神不对。”

“眼神有什么不对？”

“就是不对，第一次见面就跟我有仇了……你们俩之间绝对有故事。”

“啊？不能这样吧，你觉得我和她有故事，她觉得我和你有故事，可故事确实还没有发生呢啊。我知道大家对男女之间的故事都有永不疲倦的好奇心，我也有，不过总得等发生以后我再告诉你或者告诉她吧……”帅朗呵呵笑着，丝毫不脸红地说着这个男女话题。

“像我这个年龄，已经有过很多故事了，不缺你一个啊……不过现在我还没发现你让我动心的地方呀。”驾车的杜玉芬，揶揄地说着，貌似调情的眼神瞥了帅朗一眼，女人有时候更擅长从这种异性间的调侃中获取一份满足、一份感觉。

帅朗回头很正色地打量着驾车的杜玉芬，还是晨跑的装束，短裤，修长的腿蜷在车里，紧身的短襟上衣显得波涌浪高，披散的半长乌发衬得皮肤格外白皙，从侧面看脸部的轮廓，眼与鼻尖、鼻尖与唇线，成了一条优美的、充满诱惑的弧线。

正看着，杜玉芬猛地侧头，抿嘴笑着瞪了帅朗一眼，给了帅朗一个嗔怪的眼神，熟女姐可以不在乎你抱什么龌龊心思，不过这么直勾勾地傻看，连一句调情挑逗的话都不说，那就接受不了了。

一激，帅朗终于说出来了，叹了一口气道："你看我不动心，正常；我要看你不动心，就不正常了……"

很好，杜玉芬很满意这个答案。不料帅朗又来了句画蛇添足的话："奇怪了，为什么让我动心的女人这么多呢？特别是夏天。"

不好了，杜玉芬一听明白了，咬着下嘴唇，剜了帅朗一眼，悻悻地骂了句："你怎么有这种流氓心态，恨不得大街上的女人都裸奔让你看个够，是不是？"

车厢里回荡着帅朗猝然发出的哈哈大笑声，这话是真说到他心里了。

车渐渐驶远了，愣在当地的木堂维回头再看方卉婷，征询似的问道："方姐，这小子不会真知道点儿什么吧？"

"怎么可能，省厅牵头侦办的案子，除了咱们工作组，连市局大部分人都不知道。"方卉婷不相信地说。

"那他说的一点儿没错啊，到现在为止我们还没有发现取款人的成分构成、怎么组织分配的、什么人才能办到这种事，光咱们这样漫天撒网，收效微乎其微，这都多少天了，就确认了一个人名，还无从核实……"小木说。

方卉婷倒吸了一口凉气，微微翕动着嘴唇，很不确定刚刚见到的帅朗，话说那个晚上的事随着时间的推移留给她们的记忆已经渐渐模糊了，可今天一见，帅朗变得很跩、很霸气、很帅、很自信，帅朗像把钥匙，打开了她的记忆洪流，不仅仅被记忆中的事冲击，而且被这个刮目相看的形象冲击着。那份自信，足以冲击到她的矜持，甚至于对他身侧出现的女人，方卉婷都泛起了一种微微的酸意。

现在她很不确定了，不但无法确定自己的感觉，也无法确定帅朗所说的话。

“要不咱们再问问他？看他这样混得风生水起，说不定还聚了一帮痞子流氓，没准儿还真知道点儿什么……再说咱们要查的这帮飞车仔，童副政委判断应该是当地招募的社会闲散人员，说不定帅朗真知道，他以前不也是无业青年吗？这些人算起来都是同行。”小木提着建议。

“走……追上去。”方卉婷立刻作出了判断。

于是，比帅朗预计还快，俩警察真追着后脚来了。

景区里，事情开始向无法预料的方向倾斜了，不管是肇事方还是受害方，还是作为调查一方的景区派出所，都开始犯懵，一时辨不清真伪了。

提取现场录像用了一小时，分局刑侦上来的人刘清和助手仔细甄别过几处有价值的影像，而这个有价值的画面并不多，多数拍下的是人墙，特别是五龙景区，整个都是人墙围着，甚至可以想象当时的情况有多混乱，不过其他景点终究还是留下了疑点。浮天阁拍下的那辆三轮蹦蹦车，应该是个肇事者，但那个破草帽遮住了脸，距离又远，无法识别面部。送交白所长后，白所长当头被泼了一瓢冷水，景区不比市区，当地农用以及干杂活的都是这种车，五龙村和再远的几个村有两百多辆，要不要查？

当然不会查，即便查也赶不上时间了，陈局在电话里已经催了几次了，刘清和助手又从其他方向找可用的线索，比如梅园谁家养狗了……有，差不多家家养，除了家家养，来景区的有钱户有时候也带着狗，再加上走失的野狗，多得去了。白所长又被泼了瓢冷水。

对了，畅怀亭这边总是有线索吧，那几个讹钱的主儿可是把长相清清楚楚留下了，一辨认，连派出所的哥几个都认识，一个矮个的叫倭瓜、一个长脸的叫赖毛，还有一对歪瓜裂枣居然是兄弟俩，大的叫黑蛋、小的叫黑J。片警们一介绍，刘清这才知道了，他们都是五龙村村里的闲汉，级别相当于城市的街痞，平时就靠在景区偷点儿、顺点儿、骗点儿、讹点儿过活，甭说派出所了，经常来景区的大巴车司机都认识这几个人，都属于爹不亲娘不爱没人招惹的烂货。烂到什么程度呢？一位民警说有时候刮风下雨人家没生意了，这几个货敢到派出所遮风避雨，没准儿还蹭顿饭，没办法，除了警察，跟其他人不熟呀！

刘清组长听得瞠目结舌，知道基层工作有时候不得不和这些下三滥的人打交道，不过可没想到交道倒打出交情来了。就剩这几个直接参与者了，刘清和白所长辩了半天，一个坚持传唤，一个推托这些人居无定所不好找人。一个坚持案情重大，一个把事实摆出来，就讹了三块钱，因为这事传唤回来怕人笑话，敢关这号流氓，查不清问题不说，还得拿出经费来管他们吃喝。

争执了一会儿，刘清只得搬出分局长了。官大一级压死人不假，分局长一个电话解决了争端，结果是：立即传唤！

林鹏飞和闫副总的车就停到派出所不远的路边，一直在这里关注着事态的发展，不过越来越多的消息开始让他们焦头烂额了：首先是市电视台那辆采访车，转悠了一个多小时才走，期间秦苒拦下了车，亮明了身份，车上现场采访的倒是客气，不过给了一通官话，什么新闻是公众的喉舌，什么要坚持实事求是原则，什么公平公开公正，捎带着还暗示秦苒不光电视台，中州晚报的记者也在现场，此时恐怕早开始编发报道了。

林鹏飞急了，紧急召集公司公关部的几位员工，到电视台和晚报社了解情况，采取对策。要真像秦苒所说，拍到了假货现场，别说会被抢走这大块市场，说不定连总公司也得追究声誉受损的问题。

随着派出所的介入，事情没有明朗化，反而蒙上更深的迷雾，再一次接到叶育民的电话，了解到连现场摄录也没有得到有价值的证据时，林鹏飞长叹一声，脸上有点难色地靠着车后座，从来没有想到过在景区这个弹丸之地，还会出现一个似乎让他寸步难行的泥沼，殚精竭虑地想着自己的疏漏究竟在什么地方，还有什么暗藏的不测会出现在什么地方？思来想去，纷乱的头绪搅得这位叱咤饮业的林总头昏脑涨，越来越觉得自己有阴沟里翻船的可能了，因为直到现在为止，还没有抓到任何对己方有利的契机。

秦苒和叶育民远远地站着，不敢上来打扰，和闫副总交谈了一番，同样是不容乐观的话题，以刚刚的了解，所有的案情指向都在五龙村，明显已经背离了当初的设想。可以想象，如果这么下去，到了明天、后天，那帮抢滩市场的照样会大摇大摆来批发上货，这个当然是飞鹏饮业不愿意看到的。想了想，这位同样世故老成的闫副总安抚着秦苒和叶育民，走到林总的车前，敲敲车窗，开门进去了，刚刚坐下，副驾上林鹏飞哀声叹气道：“老闫，这次咱们要阴沟里翻船了啊，就算翻不了，都得被凿几个窟窿出来……电视台那边有消息了吗？”

“还没有。”

“晚报社呢？”

“也没有。”

“呵呵……我还真想不出，还有多少不测一不小心就出来了。”

“这个问题不大，最多会要挟咱们多争取点儿广告业务，没有定论之前他们也不敢随意就发出来，关键是这几个祸害……这个祸害不除，还没准儿再生出什么事来。”闫副总提醒道。

目标自然清楚，但方向感实在模糊，就像凌驾于法律之上的人，你明知道也无可奈何。林鹏飞对帅朗的印象很清楚，就像云里雾里一样摸不着，看不透。他听着闫副总的建议摇摇头道：“怎么除？咱们的力气快使尽了，总不至于买凶杀人去吧？说不定他敢这么干。”

“这样可不行……其实只要有事，真正的肇事者都是获益最大的一方，这点咱们清楚，景区派出所也知道，受益者无非是摊主和批发商，咱们在分局使使劲，让他们直指要害，把矛头指向零售摊主和批发商怎么样？只要稍有破绽让警察揪住他们，哪怕赢得三五天时间，全盘就活了。”闫副总说。这意思自然是排除一切干扰，直奔目标而来，其结果当然值得期待，只不过一想过程，林鹏飞摇摇头为难道：“没证据呀，怎么查？他可能早窥破了咱们这个意图，把自己保护起来了。”

“您是当局者迷呀，林总。”闫副总笑了笑，很隐晦地说，“正是因为没有证据，才要一直查呀！”

咦？这话有点意思了，林鹏飞眉头一皱，看着闫副总，这位老智囊沉寂很多年，又一次派上用场了。

“您看，掀了咱们的十几个直销点全身而退，您觉得是几个老百姓能办到的事吗？要没人憋坏水，打死我也不相信，这憋坏水的除了姓帅的这几个就不会有别人……只要警察顺着零售商这条线往下查，总会有人露口风吧？只要查到他那，对他传唤或者拘留都合理吧？咱们跑市场的都知道，哪个小团体里都会有个带头的，这是个灵魂人物，只要这个人物被控制，剩下的就不足为虑了。以您的人脉，做到这一点，不会太难吧？警察现在是方向不明，不过对付这些人肯定有的是办法的……天天查他，传唤他，没多久就把他整得翻不过身来。”

闫副总侃侃而谈，比画着一个直捣要害的动作，林鹏飞想了想，点点头，可行。

电话打给了陈局，陈局很够意思，通知了还在派出所的刘清二人。对于分局对派出所的施压，地方派出所自然知道和地方休戚与共，在很多事上免不了有点儿地方保护的意思，对于刘清提出的直接从获益的角度考虑肇事者不以为然，当然更不可能冒触犯众怒的危险传唤在景区扎根很深的零售摊主了。

没有什么不可能的事，陈局又给白所长打了个电话，结果是：传唤出事地摊位的业主！

林鹏飞很快看到了自己那个电话的效果，几辆警车、警用摩托车从派出所开出来，分赴几个景点，能有这样的效果足以让他再次感觉到那份已经快丧失殆尽的优越感。不管在市场的范畴还是法律的范畴，都有很多灰色地带可供通行，林鹏飞甚至已经开始在想，是不是能够通过这个捷径把对手拖到泥沼里，如果在以前会认为是想当然的，不过现在他有点怀疑，因为对方，同样是混迹在灰色地带的人。

角逐就从这里开始了，在即将收摊的一小时时间里，七八位摊主陆续坐着警车，坐着警用摩托车被传唤回来。现在通信的便利让这件事也开始迅速传播开来，陆续有摊主的家属坐着蹦蹦车、骑着摩托车、蹬着自行车，也到了派出所，处在堤灌站不远的派出所蓝白相间的门廊外，渐渐地聚拢起了三十多人……

派出所里的白所长在几个警务室里逛来蹿去，在一干摊主周围巡梭，做笔录的民警们呢，习惯性地问着姓名、年龄、住址以及今天的事件经过，这帮人可没有那么好打交道，一口咬定是飞鹏的摊位出售假饮料引起众怒，招致摊位被砸，都知道这个事不大，所以腰杆都硬。白所长老好人当得谁也不惹，可这事逃不过分局刑侦上的人，不用说，偷驴的溜了，剩下一帮拔橛子望风的，要各个击破他们不难，不过需要时间。可恰恰这事没有更多时间，飞鹏催陈局、陈局催下面，万一刑侦连个治安事件也搞不清来龙去脉，肯定会让领导批一通，那脸上可挂不住，再说派出所门口的人越聚越多，都怕夜长梦多出事，这些人肯定久留不了，就留也不会留这么多。

于是刑侦这位刘清组长专门从人堆里挑了个年纪不少、长相老实的，据说是五龙景区摊位的业主。两个人开始亲自询问了，坐下来还没开口，老许就拍着胸脯义正词严地说：“记者都拍下来了，你还问我们干啥？我，许老拽以我的人格担保，这事我真不知道。”

刘清一愣，怔了怔，笑道：“老许，本来还相信你，你这一发誓，咋觉得有点假啊。”

民警们很客气地安抚着这个有点气愤的摊主，说得倒不少，不过都是滔滔不绝地数落管委会的种种问题，主要问题当然是管委会把村里财路断了。

一锅粥了，整不利索了，刘清急中生智找机会和叶育民碰头，两个人坐了几分钟，这几分钟又生出了个快刀斩乱麻的办法，不多会儿刘清把个名字放到白所长面前：传唤这个人，据销售方反映，这一直是他们的竞争对手，也是这里的批发商，我怀疑他和此事有牵连……

白纸黑字，放在白所长面前的名字是：帅朗！附带手机号以及住址。

生态栈道的观景台，头顶高天流云、脚下滔滔黄河，夕阳已沉，天色将暗，帅朗倚栏而立，在这里已经很久了，直到接到了被传唤的电话。

“你真的要去吗？”杜玉芬问。

“当然要去。”帅朗道。

“反正暂时没有证据，为什么不拖一拖？”杜玉芬又问。

“都已经成了强弩之末了，哪怕再有一点点外力，都能搬倒他们，或者把我送进去。这事拖不起，不但飞鹏拖不起，咱们照样拖不起，要是不尽快解决，还有磕绊，光咱们收的三万多件货就压得咱们喘不过气来，这事全靠你了……”帅朗道。

“那你……”杜玉芬突然间不知道该问句什么。

帅朗慢慢地侧过头来，看到的是一双关切的眼神，生命中得到来自异性的关切不多，屈指可数，正因为很少，才显得那么弥足珍贵，那份舍不得、放不下、忍不住的担忧真切地写在杜玉芬的脸上。四目相接时，帅朗有些怦然心动，以至于在脑海中勾起了一个绝美的影像，一个甜美的容颜，一个藏在心里的女人，那同样是一份无法替代的情感，这让帅朗在情迷的瞬间清醒了。他笑了笑：“别担心，黑狱事件全中国就那么几件，还不至于让我碰上，你也该走了。”

杜玉芬咬了下嘴唇，像委屈、像不舍，长长的睫毛眨着，似乎有点疑问，似乎对于分别时也没有得到一个安慰似的拥抱有所不舍。尽管俩人并没发展到那一步，但从刚刚的眼神中感觉到了即将要来的一刻，在眼眸的交流中暗示着，可以是一个拥抱、是一个爱抚、是一个轻吻，但事实是什么也没有发生。

“走吧，天快黑了……”帅朗看了看时间，已经过了晚上七点了，催着杜玉芬，杜玉芬依依不舍地进了车里，一直从车窗里看着帅朗消失的方向，直到不见人影，才加着油门，疾驰着向市区赶去，电话通知着大牛在货场上待命。这是最后的背水一战了，能不能成为压垮飞鹏的最后一根稻草她不知道，不过她知道，压不垮飞鹏，倒霉的就是自己和帅朗了。

第三章
以战逼和

天渐渐地黑下来了，景区的太阳能路灯亮了，距离生态栈道不远的堤灌站——派出所的所在地，传唤回来的摊主增至二十二名，刘清揪着此事不放，甚至刑侦审讯的技巧都用在这些老百姓身上了。其实事情并不难，但是有故意把简单的事复杂化了的嫌疑，不过在行家眼里也不值得一提，无非就是个搅乱市场，暗中渔利的局，对付这类事当然得抓关键了，这事难不倒刑警。

比如刘清会传唤不是五龙村的摊主，旁敲侧击问一句："我知道你不是五龙村的，我们也知道是村里人闹事，没你的事，知道什么说什么……不说不行啊，再传唤你两天，那不影响你挣钱不是？"

关系到切身利益了，那摊主眼珠明显地转悠着动心思了。

比如柿子可以捡软的捏，找个相貌猥琐、眼神发怯的主儿，冷不丁一拍桌子叱喝道："以为我们不知道搞批发的使坏是不是？人家偷驴，你们拔橛子，出了事人家溜了你们往哪儿跑？你以为把人家直销点一砸就没事了？这个责任可只能你们负了啊……"

矛盾开始转嫁了，摊主有点松动了。

问来问去，事情的眉目倒也隐隐有了，确实是有人串联一起使坏，把今天设的直销点赶出景区，之后就发生了讹摊位、拉倒篷、放狗拱的烂事，但能到手的证据顶多是指向这些心怀叵测的村民以及零售摊主。

怎么办?

即便是传唤到了叶育民提供的那个人，怎么样突破，怎么样找到真相，怎么样给领导交代都是个问题，传唤到第六位的时候，有位民警推门闯进了询问室喊了句："刘组长，帅朗传回来了。"

"咦？这么快……你们效率挺高的。"刘清微微诧异，看看表，离叶育民提供这个名字还不到十五分钟。

"不是，他自己来的，就在门口。"民警道。

刘清心一慌，"泼啦啦"一声移着椅子，和助手起身就奔出来了，出门之时，脚步急刹，眼神异样地看着来人……

还有很远距离，几乎在铁门五十米开外，远远地看着有人被簇拥着向派出所门口走来，哪像传唤，简直像夹道欢迎，都是来围观的摊主以及被传唤摊主的家属，围着那个人不知道说什么。再近了一点儿，听见有位大婶在喊："小帅，明儿我们咋办呢?"回答是："有人送货，生意照做……"又有一位在问："警察还没抓你，你咋自己送上门来了?"回答是："警察抓我干吗，他们要抓卖假货的……"走得更近了，又有人追问："小帅、老许、杨娃、祁婶都被派出所叫去了，明天还咋开张呢?"回答是："一会儿就出来了，急啥?!"

气氛很热烈，似乎此事安危俱系此人一身，连刑侦上两位凭直觉也预感到了这就是正主儿，只是没想到会这么嚣张地来派出所，俩人相视了一眼，心思相同，这人不是愣头青，就是有背景。

路面之外，人群边上，一辆现代、一辆奥迪，车外站着的秦苒和叶育民怔住了，没想到事情会如此简单，还送上门来了，这场面就差敲锣打鼓了。车里闫副总和林鹏飞看得心里直犯嘀咕，理论上，遇到派出所这事应该是躲躲藏藏的，可现在人家大摇大摆地就来了，这胆也忒肥了，好像根本没把这事放眼里。

快到派出所门口，当看到秦苒和叶育民的时候，帅朗停下了，一停，帅朗三十多人的队伍都停了，帅朗分开人群，直走到秦苒车边。倚车而立的俩人反倒做贼似的很不自在，在一群村民审视的眼光中躲躲闪闪。帅朗看着笑了，侧侧头，戏谑地看着俩人，然后语重心长地教育道："秦助理、叶主管，给你们林总带句话……做生意就做生意，不要搞这些歪门邪道，你就指挥得动警察，能把我怎么样？就算我进去了，你们觉得市场你们能抢到手吗？而且呀，有一天如果有人把同样的事加诸在你们头上，你们会很难受的……"

寥寥几句，人转身即走，根本不屑和这两位谈话似的，接着又和村里人说说笑笑，同样是这些日子积下的关系，住在五龙村一块儿喝酒打牌的小后生，天天挑拉搬扛帮过忙的叔婶。当然主要原因还是大伙儿聚一块儿挣到钱了，而且比以前挣得多了，更重要的是，能在这个时候站出来，摆明了有事也不会往村里老少爷们儿身上推，这事嘛，够爷们儿。

是啊，够爷们儿，到了派出所门口，帅朗一回头振臂喊道："乡亲们，叔叔、婶婶、大哥、大姐们，以后我准备落户五龙村，住黄河边上，大家欢迎不欢迎……"

一愣，一起哄，欢迎之声不绝于耳，欢迎之后又是掌声一片，鼓掌的经久不息，乱哄哄一片。帅朗好容易从人群的簇拥间走进了派出所大门，后面的群众自动停下了，白所长还在徒劳地安抚着大家，让大家回去，别把晚饭误了什么的，不过号召力明显差了点儿，没人理会，都聚在门口。

帅朗进去了，白所长也进去了……

一会儿，五龙景点的许老拽出来了，摊主陆续出来的不少，偷驴的正主儿来了，这拔橛子从犯就没人重视了。他们一出门都心虚地聚在派出所门口没走，私下里悄悄议论着，不知道接下来会发生什么……

身处局外无法知悉究竟发生了什么事或者说将要发生什么事，秦苒和叶育民把车开出不远，和林总的车停到了一起，很长时间没有刘清的电话，商议之下同样是没有定议，话说这地方都没进去过，究竟会发生什么事还真无从判断，即便是出这个主意的闫副总也揣度不清帅朗自动上门的用意，甚至对于这件事能不能把帅朗拖住也拿不准了……

又过了一会儿，分局来了两辆警车，看到警车，林鹏飞心中暗喜，是陈局高度重视的结果。在这件事上陈局给的面子着实不小，甚至可以想象在一群警察三查五审的高压之下的结果，哪怕有那么一丁点儿破绽，都足以把这个对手永远踢出局。比如，组织策划讹诈销售点；再比如，这么多摊主，没准儿警察已经找到了对帅朗不利的证词……

八点四十五分，进去整整一小时的时候，焦急等待的飞鹏公司几人等到了一个喜忧参半的消息，公关部和电视台、晚报接洽，暂时压住了即将播报的那份有关景区销售假饮料被游客群起而攻之的新闻，拦是拦下了，不过恐怕代价不菲，以往没有这么严重的情况，报社、电视台都敢狮子大开口，要几十万的广告费，今天的事肯定少不了，秦苒从林总阴着的脸上就能感觉到。

九点一刻，人还没有出来，叶育民、秦苒、林鹏飞、闫副总的电话同时响了……

“叶主管……不是公司的配货出来胡搞吧，怎么有人在这儿批发饮料呢？对，就咱们的雪碧、可乐，还有汇源系列，前西街夜市这儿，好大一会儿了……”

“怎么可能，公司和批发商都有协议的，你看清了，有多少？”

“两卡车，这让我们以后怎么干？公司可是保证独家供货了，这算怎么一回事？”

“稍等，唐老板，您别急，我们马上解决……”

“反正你们看着办吧，公司要不管，我反正我也有地方去啊……”

“好的，别急，唐老板，您记下车号，我们尽快想办法……”

几乎是吵闹，好容易安抚下了这位唐姓的批发商，电话刚停，又有人打进来了，又是有人窜到中原广场销货去了，广场消夏的群众多，那地方晚上的商铺和饮料摊能营业到零点以后，而这个时候恰恰是销售的高峰期。同样是两车、同样是十几人的销售队伍，听得叶育民怵然心惊，挂了电话，看着秦苒，互报了电话内容，秦苒接到的却是亚细亚商业街、中州大学附近出现的销售队伍，批量很大，都是成车的倾销。

最恐怖的事终于来了，俩人一言不发，几乎是下意识地不约而同开了车门，向前面林总的车奔去。而前面的车也在这个时候开门了，林鹏飞和闫副总也是同样焦急，匆匆地奔下车来，除了秦苒和叶育民的消息，还有人把电话直接拨到了闫副总和林总的手机上，除了前西街、中原广场、亚细亚商业街、中州大学，闫副总还接了一个更让几个人心惊的消息，已经向家家利、嘉和超市开始配货了。区域批发商得到消息急红了眼，不过到了现场已经晚了，第一批整整拉了一货柜车，状已经告到领导这儿来了。

“坏了，这都在市中心地区，他们批发价和咱们的分销价持平了，这是故意冲击市场来了。”秦苒看着手机，在GG地图上点了几个点，都聚集在以中原广场为中心的地区，也是全市最敏感的地区。用不了多久，全市的批发商和商户就会闻风而动，这个季节几乎每天都是抢货源，哪里都供货不足，要有降价的消息，那可比飓风刮得还快，叶育民心惊地问道：“林总，不会又是他们吧？”

“除了他们还有谁，您别忘了，还有个杜玉芬呢，她可是这行的。你看拣的这几个地方，夜市、广场、商业街、超市联锁，都是大批量高利润的地方……”秦苒语速飞快地分析着。

“啪唧”一声，闫副总重重拍着自己的前额，为这一次失策有点痛悔了。

一直立而未言的林鹏飞在斟酌着、焦灼着，像热锅上的蚂蚁，不停地来回踱着步，他一直以为中州这个大市场已是囊中之物，即便是帅朗冲击市场，也是做做样子、虚张声势，就算冲击，也找不到大批量的货源，而现在却真的实现了，实现得如此突然，明显是对景区市场的报复，怨不得他坦言自己不会那么容易被赶走，怨不得数次封杀，人家根本无动于衷，也怨不得人家根本没有把代理体系放在眼里，或许真有货源……不是或许，是肯定，肯定有货源，否则不会成车地向市区倾销。

“快……快……”林鹏飞停下脚步，紧张到语无伦次，这一次冲击真正敲到了飞鹏的软肋，万一整个市场波动，全线价格下跌，要蒙受的损失那将是个天文数字，林鹏飞紧张地安排道：“快，你们想办法找到帅朗，咱们和他谈，有什么条件都可以提，这事必须得挡住，否则咱们的损失就大了，要是引起全市、全省销售网络的震动，咱们倒退就不是一两年了……怎么了？你们……”

一愣、一怔、一问，闫副总指指派出所道：“林总，帅朗还在那儿没出来呢！”

“啧……哦哟……”林鹏飞这才想起，那人早被自己送进派出所了，一个多小时都没音讯了。又踱了几圈，林鹏飞使劲地拍着巴掌，最后咬咬牙，安排道：“小秦、育民，你们马上回市里，组织人到现场，不管他有多少货源、不管他要多高价格，全部收回来……哪儿搞的货随后再说，一定要全部收回来……可以让批发商出面收货，资金咱们出……一定要把这个事办到，公司的市场部、公关部，还有配货上的车、人，全归你们调拨……”

俩人得令，应了声，掉头就跑，不料刚跑，林鹏飞又喊道：“等等……回来，回来，货仓，他们需要货仓，如果有大批量货源的话，一定会有货仓，一定要找到货仓，全部收回来……帅朗既然进去了，这个消息肯定都知道了，剩下的人无非冲俩钱，给他们钱，货一定要收回来……”

“放心，林总，我知道他们的货仓可能在什么地方……”

叶育民这次学乖了，首先想到了火车站那个大货场，大不了会启用菜园路那个货场。他和秦苒奔着上了车，发动、倒车，一溜烟朝市区驶去。半路上电话铃响个不停，前期的安排是让批发商直奔现场协调，让公司市场部配货的人员紧急到位，霎时间全部动员起来了……

车驶离的地方，林鹏飞来回踱步思忖着，其间不断有电话打进来，他一气之下将电话扔到闫副总那儿，闫副总接电话一律回答“马上解决”，然后马上就挂，直看着林总，有许多话，欲言又止。

“哎，这个小王八蛋，临死也不忘咬咱们一口……”林鹏飞想了半晌，愤愤地开着车门，放平了副驾座位，躺了上去，刚一躺，又浑身是刺一样坐起来。闫副总想说什么，又生生地咽了回来，心里一直怀疑这个猝来的事像早有预谋的，否则他不会坦然地走进派出所。人在这里一出现，所有聚焦的目光都锁在这里，连在市场有效的组织协调都来不及了。

“林总，咱们这么做……是不是有点得不偿失了?”闫副总坐进车里，小心翼翼地说了一句，不知道所指的是市场的得失，还是此事的得失。

“停不下来了呀，现在连咱们都当不了家了……我总不能告诉陈局再想办法把他放出来吧?”

林鹏飞望着派出所灯火通明的院子，骑虎难下地叹了一句。

市区，中原街，家家利超市后货场，两辆货厢车驶出来，程拐刚刚给杜玉芬汇报完送货详情，车停在路边，一瞅，居然有辆红色华晨轿车斜斜地挡在货厢车前。程拐这下子怒了，“嘭”的一声开门下车，指着前车骂道:“长没长眼，撞死你呀!”

憨怕愣、愣怕狠，狭路相逢，首先得有压倒一切的恶人气质，程拐一骂，俩车司机加上一个送货的都跳下来了，知道今天干的什么事，知道可能出现什么情况，都有所准备。不料华晨车里出来的却是一男一女，女的穿着短裙拖鞋、男的穿着大裤衩，三十开外的老爷们儿远远地拱着手上来了，对着程拐直说：“对不起，兄弟，我是中原街新旺配货的，唐迪……”

拱手、作揖、递名片，讨好似的对程拐献媚，程拐一看俩人这德行，恐怕是得到了消息从家里直奔来的，笑了笑，逗着说：“你不认识吧？”

“眼拙，眼拙……”

“我认识你，不就是中原街上批发副食的吗？我听说今天下午有人朝你要货，你居然敢不给……对不对？兄弟，这是报应，知道什么叫先礼后兵吗？这就叫先礼后兵，你歇着吧，我们这一批搞了十万多件，够销几天的了，你不给，你管我们卖给谁呀？切……”程拐肥腰一叉，手指点点。戳点得那位唐老板紧张起来，倒吸了口凉气，直拍自己脑门儿，又是拱手，又是作揖，直劝着程拐：“大哥，算我眼拙，得罪您老了……不过事不能这么干吧，你们卖的和我们拿货价差不多，你让我们以后在这儿怎么做生意……手下留情，千不该、万不该得罪您老几位，您和我们公司过不去，别跟我们小门小户过不去呀？”

“就你这还是小户？”程拐指指这货的车，好歹也是趁几十万的主儿了，能把这号货色收拾得五体投地，多少还是有成就感的。一逗，那唐老板自嘲道：“您别瞅这个，驴粪蛋外面光，车贷还有一屁股呢……给个面子，甭到我们这儿降价，去其他地方成不？油钱我出……货没问题，您要货言语一声，我给您送家里成不？给个面子，兄弟……”

这劝得是很恳切，关乎自己的生意兴隆和钱包问题，唐老板几乎低三下四地求人了，而且这事除了求人家网开一面再无他途，程拐好像被两口子的可怜相打动了，一挥手道：“好吧……给你个面子，不过这个面子只有半小时，你们公司要不出面解决或者解决不了，我们就再开过来几车……走啦……”

程拐撂了句话，那人点头如小鸡啄米，直看着两辆货厢车开走，愣怔着，不知道如何是好，还是婆娘在身边提醒了一句：“死相，快打电话呀……”

电话其实早就打了若干个了，不过婆娘一催，唐老板又火急火燎地拨了，催上了……

小货厢车能拉六百件，大货厢车能塞一千件，其实也没那么多，都是半车半车出去送货的，车里塞一半货，塞一半人，这些人都是从各自景区收拢回来的，如果从现场细看的话，其实这次倾销很艰难。比如在中原广场，罗少刚带着人几乎是饮料摊挨个过的，那些摊主不是一般地精明，成件的饮料扒开包装一瓶一瓶看是不是假的，确认之后才留几件；比如在亚细亚商业街，黄国强带着车也是一家一家上货，市区销售的难度很大，小商铺进货都是三五件，多也不过十几件，有些甚至见生面孔都不敢上货，也只有杜玉芬联系的两家大超市直接进了一千六百多件。

只不过谁都知道星星之火能燎原的道理，好在这是晚上，要是白天的话，说不定消息传得更快。有低价的货源，接踵而来的就是商户跟风而来，即便进你的货，也要压价，那结果如何可想而知。

所以，虽然量还不算很大，不过震动足够大了。

从超市配货返回到货场的程拐，车停在货场边上，跳下车，看到杜玉芬独自靠着车和大牛说着什么，奔了上来，远远问道：“杜姐，还出不出？”

“要是还没动静，就一直出。”杜玉芬淡淡回了句，心有所想，旁人不知。

“可惜了啊，一件才挣五毛钱，算上油钱人工，可还赔着钱呢。”大牛嗫嗫说了句，眼瞟着杜玉芬，有点不太理解这个赔钱的办法，看着便宜扔出去的货有点心疼，大夏天这玩意儿根本不愁卖，用不了三五天就能销完。杜玉芬没搭腔，大牛又追着问：“杜姐，我问你话呢。要不咱们放着慢慢出，这多可惜，好不容易收回来的，总不能赔钱扔了吧？”

“啧……你有完没完，说八百遍了。”杜玉芬按捺不住了，斥了大牛一句，大牛吧唧着嘴不说了。杜玉芬教训道："大牛，你就不想想帅朗要出不来怎么办？光知道担心你的钱是不是？"

"没事，他经常进去呢，我们几个小时候搞出事来，都他进派出所顶缸。"大牛爆了个猛料。杜玉芬怔住了："什么？为什么光他进？"

"他皮糙肉厚耐揍呗，他爸就是警察，经常揍他，练出来了。"大牛说着。程拐使着眼色，让这货闭嘴，早看出杜玉芬的脸色不对了，不料大牛说个不停，急得程拐一把拉这货到一边道："去，一边歇着去……杜姐，出了四千多件了，动静好像不够大呀？"

"现在……九点三十五分……有快两小时了吧，从景区到这儿得半个多小时，如果他们够聪明的话应该能想到咱们有货仓……也不知道帅朗怎么样了？"杜玉芬看看表，一会儿垂手，一会儿又在胸前，站立不宁地说着，更像在自言自语。一会儿老黄、罗嗦、老皮都回来了，杜玉芬咬着牙对着众人迸出了一句："继续出，抱着鱼死网破的决心，继续扩大覆盖面，只要开着的商铺、夜市、饮料摊全部上货，咱们有三万六千多件货，60多万瓶，相当于飞鹏市区三四天的销量，足够冲溃他们的销售网络了……"

干，继续干起来了，程拐自然是支持，罗少刚人比较横，恨不得和飞鹏同归于尽，大牛和老黄虽有微词，不过在这个团队里当不了家，况且听杜姐说这事好像和救帅朗有点关系，这些人即便是不愿意，也只得盲从了。

货又开始上了，几个人加入搬运工的队伍里，分货、码货、上车，本来就是用于出租的货场几乎是通宵忙碌着，中州市区白天又不允许大车通行，反倒是晚上这里很热闹。身处在闹市中的杜玉芬总有一种不祥的预感，这种预感让她冷静不下来，对于帅朗每每险中求胜、危中求利的做法总不那么赞同。特别是这一次，连自己也当筹码押上去了，胜算随着时间的推移变得越来越小，在没有任何消息的时候，焦灼和不安像小虫子一样咬啮着全身，同样感觉安生不得。

不远处货仓里的货，她可以不在乎。可是，在没有任何他的消息的时候，才发现她很在乎，在乎到甚至想抽身事外，不再趟这浑水。

焦灼地踱着步，货上车一半，第二波倾销准备开始的时候，一辆白色的现代开进了货场，速度很快，停在杜玉芬的车前，跳下车来的是秦苒和叶育民，杜玉芬似乎早预料到了这个结果，一点儿也不惊讶，看看表，九时五十分。看来连连遭受打击，反应速度倒也不算慢。

“杜大姐……”

“杜姐……”

秦苒和叶育民改了称呼，直奔上来。杜玉芬给了俩人一个耸耸肩的动作，此时反而冷静了，损道：“哟，追这儿来了，我说秦助理，你们背后使手脚把帅朗扣住了，怎么？也想针对我们？我们卖可口可乐、卖雪碧、卖汇源，不犯法吧？二位怎么没带警察来。”

“杜姐，咱们好歹都同行，事别这么搞，这么搞谁也干不下去了，有话咱们坐下来谈。”叶育民低声下气地求着。不料杜玉芬反诘道：“是吗？我们昨天去可被你们赶出来了。”

“这……”叶育民霎时语结了。秦苒接着话头劝道：“杜大姐，这行您是前辈，要是以分销价出货，批发商可无利可图了，对市场的冲击有多大您比我清楚，以后别说市区，就景区也不好做了。”

“你还是没明白，我们带头的都进去了，还做什么，我们就准备把这些货倾销完了，收摊走人，这不正是你们愿意看到的吗？”杜玉芬反诘道，盯着俩人。秦苒和叶育民互视了一眼，僵在那了。此时，那几位搬货的远远地看着，有人想上来，被程拐拦住了，明显地有几分悲怆情绪。叶育民半天小心翼翼地问道：“杜姐，既然倾销，那都给我们怎么样？”

“对，我们全要了。”秦苒接着话题道。

“卖给你们价格可就高了，批发价基础上加一块钱，算运费了，你们把我们辛辛苦苦打下来的市场收走了，把我们的人也送进去了，总得给我们留下安家费吧?”杜玉芬很悲切地说。

批发价比分销价每件高三块多钱，再加一块钱，等于是几乎要以市场价回收产品了，叶育民有点为难，看着秦苒，秦苒咬着嘴唇，知道结怨已深，对方是故意给难堪了，咬咬牙:“要了。”

“你确定?”杜玉芬问秦苒，秦苒重重点头。

“你也确定?”杜玉芬又问叶育民，叶育民也点点头。

“好，站稳了，别吓得腿软……”杜玉芬一扬手，远远喊道，“开仓。”

随即有人奔上前去，一溜六个货仓，能开进货厢车的仓库，卷闸一开，灯一亮，叶育民心一抽，全身发凉，秦苒打了个趔趄，差点儿被吓跌倒，包括开着一个货仓，七个货仓，满满当当地全是饮料，这要有数万件之多。

“我得请示一下我们林总。”秦苒紧张地说，当不了家了，叶育民早惊得说不出话来了。

“随便，你不要，有的是人要……提醒你一句，我们要现金，给你两分钟时间请示，我们赶着要出去销货……”

杜玉芬撂了句，朝程拐一群人走去，头也不回。

不到两分钟，很快，秦苒走上来了，对着这伙烂人，一副打碎牙往肚子里咽的难受表情，落锤定音了:“我们要了。”

此时，晚上十点整。

嘭……奥迪车里传出沉闷的声音，像在敲打着什么。

是林总的车，因为接到铁路货场有三万件公司的存货之后义愤填膺地用拳头砸着车窗，即便是买人家的饮料，也不好好给，非要现金，否则免谈，这个时间即便是林总，要筹到几十万的现金也没有那么容易，秦苒和叶育民正调着公司中层人员和批发商的关系筹款，账户上提不了现，只能从各批发商未存的当天营业款里拆借了。此事搞得林总先是焦急，又是惊诧，现在都成愤怒了，愤怒到擂着自己的车发泄……

“三万件……三万件……三万件呐……”

喃喃地重复着这个数字，加上已经投放市场的，实际应该高过这个数字，一个代理维系市场的无非是独家供货以及价格上的优势，而这三万件，几十万瓶的数量真要全部扔进中州市区这个大市场里，那将不啻于一个重磅炸弹，直接后果就是炸毁自己辛辛苦苦经营的饮料业生意。

在愤怒之后，又有点后怕，甚至不敢去想象出现市场混乱之后会是一个什么状况，或许，其他的饮料代理商会趁虚而入、蚕食市场；或许，失去利润来源的飞鹏大厦将倾；或许，整个价格体系的波动会殃及全省甚至招致厂家的质疑，最终殃及自己这个独家的代理身份……很多或许让林鹏飞坐卧不安，他朝闫副总要烟，这个嗜好戒了很多年了。一支烟点上，狠狠抽了一口，浓重的烟直入肺腔，剧烈的咳嗽声后，响着林鹏飞阴沉的声音：“闫副总，让小叶和秦苒查，查来源，这些货的来源肯定不是正常渠道，不管是外省代理供的货还是他们通过什么渠道得到的，一定要查到底，这不单单是个景区市场的事了，已经威胁到公司存亡了……”

怒了，已经触及代理商的底线，真的怒了……

处在事件中心的景区派出所却很平静，刘清接手时也很平静，并没有因为治安的同事没拿下来而有懊丧的情绪。进门的时候目不斜视。俩人坐到了桌子对面，助手铺开了笔录纸，刘清慢条斯理地抽了支烟点上，袅袅轻烟升起的时候才打量着安静地坐在询室里的这位。

很平静，平静得超乎想象。

因为仅仅是传唤，所以还是很客气的，就面对面坐着，刘清打量着，黑黑的一个有点帅气的小伙，应该是常年户外运动的结果。此时的他目光中并没有刘清经常打交道的那些眼中的邪气，很清澈的目光，对着刘清不闪不避。

对付反侦讯的手段有很多种，第一个原则是别多说，但不能不说，言多必失。面前这位符合，两小时里除了姓名、性别、社会关系以及今天下午行踪，寥寥数语，一句赘言也没有；第二个原则是言行举止要坦荡自然，否则以警察经常和嫌疑人打交道练就的眼光，你稍有点心虚的细微动作，都可能授人以柄；第三个原则是，当第一、第二原则失效之后，咬死了，千万别说……

面前这位，在刘清看来都像，可似乎又不像，他自然地坐着，坦然地看着，似乎那是对一切都茫然无知的无辜，又似乎是一切都了然于胸的镇定。

不知道是真有事还是装没事，这种冷静的人恰恰是最难对付的，那么首先要做的是打破他这种冷静，一支烟抽了多半的刘清都没有想好怎么开口，怎么找到切入点，于是干脆闲聊般地开始了，问着帅朗："你不想说点儿什么?"

"询问应该是您询我说，你问我答，不能我想说什么就说什么吧?"帅朗笑道。

"你表现得很好。"刘清夸奖了一句，话锋一转道，"如果是个普通的人，我相信你是无辜的，不过可惜的是，你不是个普通人，所以不管你怎样掩饰，都逃不过制裁。"

"我不普通吗?"帅朗诧异道。

"我能查到的档案里，你打架斗殴被处以治安拘留罚款一共四次，其中一次比较严重的还是你在上大学期间，我很奇怪你为什么没有被开除呢？居然还念完了，这应该归功于你父亲吧，铁西局四处乘警大队长，帅世才……除了这四次，还有两次盗窃，因为年龄不足16岁被免予刑事处罚……呵呵，帅朗，你觉得你还是个普通人吗?"刘清笑着问道，助手也笑了，原本都以为不过是对付小商小贩而已，可没想到对于这么一位几进宫的老同志，不把嫌疑钉他身上都不可能。

“我做过的事都已经受过处罚了，不能拿以前的事定现在的罪吧？谁能不犯错误？”帅朗不屑道，对于不清白的历史，脸皮已经厚到无所谓的程度了。

“别转移话题，那现在就事说事，你真的觉得今天的事我们查不出来吗？”刘清问。

“我不已经坐到这儿接受你们的询问调查了吗？”帅朗反诘道。

又回原路了，不管你诈、你唬、你问，他都是来回几句转圈，最终转到了原地，原地就是：我已经坐到这儿接受你们询问调查了，查呗！

可领导给的意思是快刀斩乱麻，速战速决，这个意思和没有找到证据证词是脱节的，更何况连景区派出所也不怎么配合，所以取得帅朗的口供就成了解决目前这个僵局的唯一办法。说白了也没多大事，就是竞争双方用了不光彩的手段而已，而有不光彩历史的帅朗，因为某种原因成了不光彩手段的始作俑者已经不需要置疑了。对手好像暗示过，领导电话里提示过，就在场的民警也看得出来，除了他就不会有别人。

刘清笑了笑，更确定面前这位是个久经考验的坏分子，即便不是涉黑人员，也应该是个灰色分子，笑着旁敲侧击道：“我准备放弃对你的正面调查，别以为我们没办法……我可以从现场的摊主入手，我就不相信，你们的攻守同盟能做到固若金汤，只要有一个心志不坚，我就能钉住你或者你身边的人……你觉得可行吗？”

眼皮子一跳，帅朗动了动，刘清知道自己的话奏效了，笑了笑，继续说：“其实我知道你们不是一个人，还有姓程的、姓罗的、姓黄的、姓牛的和姓皮的，你如果要实施这件事，幕后是你，那么执行的中间层应该是这几位吧？是不是他们搞的串联？是不是他们在哪儿鼓捣的假饮料把人家摊位上的真货调包了？是不是他们中间谁鼓动村里人闹事的？甚至我想连把记者通知到现场也是他们中间谁捣鬼了吧？只要我盯住他们其中一个，就能牵出一串来，你信吗？甚至于最终有人会承认你是出谋划策的，你信吗？呵呵，这一切所差不过是时间而已，你是不是警匪片看多了，一直认为警察是很笨的一方。”

帅朗瞠目结舌地愣在座位上了，都说了警察不傻，这倒好，碰见个老手。帅朗看着对面这位，长脸，额上皱纹不少，有未老先衰的迹象；眼珠子盯一个地方一动不动，明显是个专一且自信的人。帅朗暗道着，瞒天过海的手法估计瞒不过这个老手了。

一思考，再不动声色也会有端倪落在刘清的眼中，刘清暗道着先期的工作没有白做，快接近这个人的心理底线了，笑了笑，劝道：“我相信那样的后果你不愿意看到吧？即便是你藏得再深，但这里的生意你丢了、朋友也被你送进去了，是你预料到的吗？在你的档案里我发现了一个疑点，铁西局六处派出所处理的关于你的盗窃案，赃物是十几根重达二十六公斤的轨道废钢，但嫌疑人只有你一个人，我想你一定是替别人顶罪了吧。你一个十四五岁的小娃娃，怎么也不可能偷走半吨的东西吧？”

眼睛动了动，这扇心灵的窗户彰显着的心思同样在动，刘清笑了笑，凑上去几公分，对帅朗轻声细语地说：“看样子你很讲义气，是吗？今天主动来这儿也是想一个人扛着，把你这个团伙全保下来……”

没说话，帅朗的表情保持在呆滞和不动声色之间，对于刘清所讲的一切似乎都像听别人的故事一样无动于衷，哪怕这个故事再委婉动听，也是一般般的表情。

不过越是这样，越接近崩溃边缘，刘清知道到亮底的时候了，和气细雨成了雷霆万钧，猛地一喝：“帅朗！”

帅朗一惊，身子一动。

刘清加重语调说：“痛快点儿，我也明告诉你，这事不重。飞鹏是个大公司，无非是想收回原本属于他们的市场，你大不了就是赔点儿钱拘留几天的事，不要把这个事搞得满城风雨，真让我们穷追不舍，结果就没有那儿简单了，判你个劳教都是轻的……”

温水煮青蛙到了一定时候，猛火一加，这种办法对付嫌疑人一般情况下是连肉带骨头全烂，刘清如法炮制，说完了眼睛严肃地盯着帅朗，那种威风凛凛的样子，足以震慑一切宵小了。对于警察，每每最兴奋的莫过于把罪犯绳之以法，莫过于看到罪犯的心理防线崩溃的一刹那，职业的荣誉、心理的满足等等各种元素会在这个高潮中体现。

被叱喝的帅朗动了动，眼睛下意识地躲闪了一下，于是刘清认为，高潮要来了……

“其实我和警方一直紧密配合，还破了不少案，咱们之间肯定有很大的误会！”正当刘清俩人为帅朗的套近乎哭笑不得时，门“嘭”的一声开了，白所长奔了进来，招着手让刘清出来，耳语了几句，跟着刘清招着手让助手出来，俩人快步朝所长办公室走去，电话就放在桌上，拿起电话一报警号一报姓名，一听对方是市局卢副局长，要听此事的详细经过。草草一说，电话里传来了领导很不悦的指示：“胡闹，你们分局的刑侦力量本身就不足，乱掺和景区的治安事件，谁给你们的权力？你们责任区在哪儿？自己知道吗？谁教你们干扰正常治安办案程序？这件事，你们给支队写个情况报告上来……让白所长接电话……”

刘清有点郁闷地把电话递给白所长，白所长不知道听到了什么，立正挺胸对着电话喊道：“是，我们一定按照正常办案程序处理，维护景区和谐发展大局……是，马上放人。”

放了电话，看着分局来的俩人都瞪着自己，白所长一撇嘴：“刘清，别这么看我，真不是我捅的，我跟局里也说不上话呀。……您别瞪我，省厅专案组专门来车带人来了，这么大来头我敢吭声吗……”

说得神情凛然，再联想帅朗的话，由不得俩人不信了，刘清一摆头：“还当真是一场误会。走！”

派出所里，白所长看到治安和刑侦的人一走，这才长舒了一口气，回头开了询问室的门，又从里面关上，面无表情地盯着还闲坐着的帅朗。帅朗回过头来，看着白所长，讨好似的笑了笑，轻声道：“谢谢啊，白叔。”

“卢副局长是你什么人？”白所长却来了个疑问，很迷惑。

“不是我什么人，认识而已。”帅朗轻描淡写，又不忽悠自己那些吓人的关系了。

帅朗窥破了这等心思似的示好道：“白叔，真没什么关系，就吓唬吓唬他们分局的别掺和您派出所的事……要真要说关系，顶多就是我爸和卢副局长是同学，关系没那么铁。对了，白叔，改天我得请您，好好谢谢您……今天的事多亏您提醒……”

“谢就免了，别给我找事了啊……外面有车，自己走吧。”

“嘭”的一声响，几乎同时，林总得到帅朗放出来的消息，一怒之下把昂贵的三星伯爵手机摔到了车窗上，摔成了几块……

闫副总没吭声，失望地叹了口气，功亏一篑了，所有的努力都付诸东流了，如果在这事上都拿不住对手，那接下来处处受制的就是己方了。

越野警车驶出派出所的时候，车窗里帅朗招着手大呼道：“没事了，没事了，都回去吧……明儿早上按时出摊啊，休息好，养好精神，明儿还得大干呢……回去吧，景区市场就是咱们的，谁也动不了。”

一喊一乱，叫嚷着，那些心里还绷着弦的摊主都放心了，拥着车直送着人，这下子放心了，都高兴了，三三两两相跟着往村里返回，好歹能睡个安生觉了。

车挤挤攘攘鸣着喇叭好容易才出了人群的包围，上路时副驾的小木回过头来问：“喂，群众基础不错嘛，你说你是被冤枉的，我怎么看不像呀？”

“唉，一言难尽啊……”帅朗道。

“别胡说，要不是冲你举报过传销和银行卡犯罪团伙，卢副局长这个电话是不会打的，不过别以为没事了啊，卢副局长已经责成景区派出所对此事按正常程序调查了。”驾车的方卉婷斥了句。

“是嘛，就得依法办事，不能胡来嘛，我主动接受询问，他们还准备扣着我不放人，切……”帅朗心里的紧张也全然放松下来，其实就怕人家较真儿，尤其在面对那两位刑警时特别心虚。

“帅朗，你可别胡说啊，‘四·一九’电信诈骗案现在属于省厅督办大案，我们可是打着省厅旗号把你带走的，卢副局长可是等着你的案情呢。”方卉婷道，有点心虚，特别是见到帅朗这副没遮没掩的样子。

“呵呵，我要不知道这么个重大案情，他还不给我打这个电话呢。”帅朗一副等价交换的口吻，听得方卉婷有点气结。反倒是小木兴趣来了，凑上来很凛然地问：“下午你说你见过这帮电信诈骗人，而且能把取款的飞车仔全找出来？真的假的？这情况我汇报给卢副局长了，吓了领导一跳啊……本来领导都不愿意插手派出所和分局的治安事件，就因为你知道这个案情，电话都打到派出所了，省厅可都惊动了，我说帅朗，你可别害我跟方姐啊，这要慌报军情，我们俩可惨了……”

“都说了，你们帮我，我帮你，这么大事我敢说瞎话吗？”帅朗道。

“那上次五一时不告诉我们？”方卉婷置疑了句。

“好消息总得换个好回报吧，你们早点儿请吃请玩再给点儿实惠，我早告诉你们了。”帅朗一副奸商的口吻，听得方卉婷和木堂维气结了，都不说话，加速着向市里驶去……工作组正等着这个浮出水面的案情，下午俩人追上了帅朗，这也正中帅朗的下怀，本来准备躲开警察视线的帅朗临时改了剧本，干脆来了个自投罗网，把事情的转机押在方卉婷和木堂维对自己所知消息的重视上，什么消息呢？帅朗直言不讳：“我知道那帮骑电单车的取款人是谁，在什么地方，怎么样能抓到他们……我甚至知道电信诈骗案的主谋以及作案方式。不过我现在没时间，我得回景区派出所接受治安传唤……”然后是方卉婷和木堂维向工作组汇报，接下来就是工作组向景区派出所询问案情，不过一件治安事件而已，在工作组眼里连案子都算不上，再加上白所长的暗中添油加醋……于是成了上头有人保着，谁也不能动这个人的态势。

宝押对了，不过这是个剜肉补疮的办法，帅朗眯着眼坐着，回忆着用以撬动警察更高层次的那个消息。那是一个月前，在萨莉西餐厅，当时才刚刚学会怎么泡妞搭讪，出了餐厅门口就被一伙骑电单车的人围着，结果是自己被痛殴了一顿。说实话，还真没看清是谁来着，这要怎么跟反骗防抢那帮警察爆料，得赶紧捋捋思路，轻重主次得分清楚，别偷鸡不成蚀把米，把自己送进去，那可划不来了……

月夜、星光，一路昏暗，从景区驾车直返公司，闫副总连自己的车都没开，载着林总回了公司，已经十一点多的光景了。一路走得很慢，没有想到在最后的关键时候来了个大翻盘，人大摇大摆地走了，局里也扔下林总不管了，这事办得几乎要把林总气倒了，特别是公关部连夜和报社总编协商，对方居然要把一年的广告版面全售给飞鹏饮业，气得林总连东西都没得摔了……

在利益驱使的环境里，都在逐利，逐得都没皮没脸了，经营状况良好的飞鹏饮业快成一块唐僧肉了，谁都想割你块剜你块尝尝，报社、电视台、分局再加上那些还在市场上做手脚的烂人，还不知道会有多少明枪暗箭等着。快到公司时，看着依然灯火通明的公司大院，林鹏飞长吁短叹着，有点儿心力交瘁的感觉。

来了，又来了一件麻烦事，大院里刚刚停泊下的货柜车，十辆车全部出动了。货仓开着，那是刚刚卸下来的货，车进来时，秦苒和叶育民奔了上来，这番总动员终于还是把三万件货全收回来了。下了车，秦苒照单念道：“全部收回来了，一共两万九千六百件，简装可口可乐四千四百件、纸箱装可乐两千六百件、今年刚开发的品种零度可乐一千二百件；家庭装汇源果汁两千二百件……三百五十毫升雪碧包装三千四百件、一升装雪碧包装八百六十件……账户无法大额提现，我们发动公司中层管理以及批发商，把私款和未入库的营业款全部凑起来了……一共八十六万多。”

“查到来源了吗？”闫副总打断了她的话问道，看看林总，林鹏飞扶着车门，现在连斗志也没有了，如果撬不动警察介入，像自己这个只懂营销和数据的团队去和那帮人争抢，结果是什么可想而知。而更耿耿于怀的是，对方在警察内部早有更高层次的人脉，此事居然一无所知，最终成了压垮自己的最后一根稻草。

一问到来源，叶育民脸色一紧，秦苒看林总脸色不好，小心翼翼道：“查到了，都是咱们的货。”

“什么？什么意思？”闫副总问。

“是咱们配的货，向市区配的货。”秦苒道。

“到底怎么回事？怎么可能这么多都到他手里……”闫副总怒了，看了看林总，这是个巨大的疏漏。

“是他们今天强行向批发商收购的，我们追问过了，批发商大部分都说不敢不给，谁不给他们，就在批发商经营的区域捣乱要挟，批发商都明哲保身，所以诈来诈去，硬是三千两千凑了这么多……这事咱们操作得急了，吃了个大亏，他们是以分销价收的货，卖给咱们是批发价上加一块钱，每件收售差额四块七毛五左右，等于这批货卖给咱们，还……还赚了十万多……”

叶育民低下了头，生怕对视两位领导的眼光，这个判断失误太大了，现在明白这帮人的用意了，根本不是想冲击市区市场，而是以冲击为名，逼着飞鹏出价收购，好趁乱再挣一笔，毕竟一天赚十万元的生意不是那么好找的。秦苒闭口不言了，不敢再往下说了，再说就是大家的智商有问题了，这么简单的差价没有发现，只顾着保大局了，明明知道对方是个精于算计的人，明明知道他不可能做赔钱生意，怎么可能把三万件赔钱倾销出去？

闫副总愣了，此时明白其中的蹊跷了，己方急着收购怕冲击，而对方何尝不是急着出手，生怕夜长梦多，这里一翻外一翻，把货来了个乾坤大挪移，倒手赚了十多万元……闫副总惊了，惊得瞠目结舌，这么着从代理商手里套钱的事还是头一次听说，而且干得是周瑜打黄盖，一个愿打一个愿挨，挨完了才知道挨得滋味不好受。

"林总……"

"林总……"

秦苒和叶育民奔上去了，闫副总回过头看着，扶着车门的林鹏飞像腹间剧痛一般，抽搐着缓缓倒地，几个人下意识地也上前搀着。

"快快，扶进车里……"

"放平座位……"

"去医院……小叶，你在公司等着，秦苒，你扶着林总……"闫副总吩咐着。

手忙脚乱，扶人上车。车刚到公司，又转向直奔医院，这次，林总真给气着了，而且气倒了……

"你的……拿好，皮师傅，你们的……剩下的进大账里，帅朗出来给你们分配，有意见吗？"

杜玉芬成了这些人的临时指挥，一问都没意见，罗少刚一大包钱拎在手里，黄国强小心翼翼把身家扎好，程拐却是背了不伦不类的单肩包，老皮叔侄俩最少，不过几万块，一只手都拿得下，此时看着几位乐滋滋的样子，有点后悔这次投资少了，白白错过了一个好机会。大牛最方便，就在货场的大办公室里，把钱直接搁到五公分厚的保险柜里了。大牛看着杜玉芬还剩下一大堆钞票，有点眼热地掰着指头数着，嘴里喃喃道："两万九千多件，一件卖给他们挣四块七毛多，刨去运费、人工……哦哟，挣十万出头了啊……”

等算清这个账，大牛抬眼再瞧众人，却是都笑着看着自己，特别是程拐，龇笑得分不清五官了。看得大牛很不自然，指着程拐骂了句：“奸商，敢情就我蒙在鼓里，我还说白扔了呢，把我给心疼的……”

一干人听得大牛由怨转喜，俱是哈哈大笑，杜玉芬笑着收起了钱，这是她和帅朗的筹资，两个人的筹资加上利润接近总货额的一半了，边收起来边说：“也没挣那么多，倾销出来的四千多件，运费和附加损耗接近一万，刨去今天动用的人工、车辆和其他损耗费用，再加上还有不到两千件的尾货，全部销出，能挣十万撑死了……大牛，这批货就留给你了，当你明天的配货……”

“那后天呢？”大牛瞪着眼，这倒看得远，想得远了。

“后天再说后天的事，咱们这会儿还不是过一天算一天。”黄国强笑道。

老皮凑上来了，好奇地问道：“小杜，帅朗还留着啥锦囊妙计吗？说出来听听，让大家心里有个底，全兑给飞鹏了，咱们明儿景区卖啥？”

“那还用说……想卖啥卖啥。”罗少刚一撇嘴，得意地说：“就今天这事，兄弟们的名头都闯出来了，明儿到飞鹏哪家批发商配货处，他们都不敢不给货……说到做到啊，今儿没给帅朗货的，咱们可收拾得不轻，够他们喝一壶了。”

老皮一想点点头，这倒也是，这么整估计没人敢惹了，程拐和杜玉芬互视了一眼，笑而不语，只有大牛还有点良心，拽着罗少刚，略有不忍地说：“我说……咱们不能紧着一家坑吧？就光棍办事都不能赶尽杀绝啊。”

回头问着杜玉芬：“杜姐，帅朗不在，咱们接下来怎么办？听你的，不能听他们的，这些货都是管杀不管埋的主，我信不过他们。”

信不过的自然是罗少刚、黄国强以及程拐之流了，一说这个有点触众怒了，有人伸巴掌、有人抬腿，都朝大牛招呼，大牛尖声叫喊着，乱嘈嘈的一堆，杜玉芬拍拍手示意道：“嗨、嗨，几位小朋友别闹了啊，还有正事要办呢！大牛、国强，你们俩待在这儿，其他人带上车跟我走……”

“去哪儿？”大牛凑上来问道。

“明天的货还没着落，光你火车站有，我们还没卖的呢。”程拐道。

哟，又要出去找食了，一听这话，一看杜玉芬和程拐，敢情已经成竹在胸了，罗少刚很正色地问上了：“到哪儿找货源？”

“呵呵……正浓的怎么样？”杜玉芬起身了，笑着神神秘秘地说了一句。

“正浓？李正义？”罗少刚愣了愣问道。

“能给咱们吗？”黄国强怔了一下，原本想乘胜追击，一下子没想通为什么矛头转向正浓老太太了。

“呵呵……走吧，有今儿这事垫底，借他李正义个胆子他都不敢不给货，更何况销给咱们，他也挣钱着呢……墙倒众人推呀，都巴不得看着飞鹏倒霉呢……走了。”程拐大大咧咧地说着，出了办公室。杜玉芬笑了笑，摇摇头，出去了。

后面这帮跟风的可不动那么多脑筋，大牛拉着老黄要喝两盅，程拐、老皮、罗嗦各唤着自己带着的帮工，连烟带工资奖金一人口袋里塞了一包，因为连续作战的萎靡士气立刻被催发起来了，六辆厢货车的队伍上路了。

杜玉芬驾车前面带着路，罗少刚和程拐凑到了车上坐着，车行不远见俩人就开始商议着明天的配货以及价格操作问题。杜玉芬免不了又是有点儿大失所望，这些哥们儿好使唤归好使唤，不过各个都够呛，都算计着自己兜里的钱，根本没人关心帅朗，现在消息只有白所长给了个电话，知道人被市局的带走了，是不是没事了，究竟带去干什么，看样子根本没人关心，片刻后杜玉芬问道：“小罗，问你个事……帅朗在市公安局有什么关系？”

“没有吧？他爸在乘警上班，和那不是一个系统。”罗少刚道。

程拐也摇摇头："应该没有……哎不对，说不定有，上次端那盗版仓库好像他找的人……哎哟，我也弄不清，这小子干什么事都鬼鬼祟祟的，不到最后他不告诉你。"

"白所长电话里说是市公安局的警察接走了，还打着省公安厅的旗号……他不会在公安局真有什么硬关系吧？"杜玉芬不确定地问道。

"不会……要有还至于去累死累活卖饮料啊，我们一块儿光屁股长大的，要有，我们能不知道？就他那德行，他爸都不待见他，每次犯错都往死里揍……"罗少刚说着旧事，否定了。程拐想了想："杜姐，您别担心，既然他敢拉这层关系来压分局找茬儿，那他心里多少就应该有点儿谱……您别觉得我们都不关心他，我们的关心方式不一样，从小我们就有约定，谁沾上警察了，其他人绝对不帮忙，除了这事，其他的没二话。"

"为什么呀？"杜玉芬没听明白。

"都不干净，怕连窝端了呗。"罗少刚笑道。程拐斥了句："去去……别听他的杜姐，我们都是小混混儿，真沾上警察查的事，谁也帮不上忙，担心也白搭。"

杜玉芬不问了，多少有点理解这几位狡黠里透着无奈的生活方式了，不过又怎么能放得下担心呢？缓缓地走着，回忆着下午最后和帅朗分别的时候，这一切都在算计之中了。帅朗把自己也作为棋子放到景区派出所了，最后的交代是把收到的货全部倾销回飞鹏，以他的判断，林鹏飞为保大局、保市场，肯定会出资买下这些货，等他发觉上当时已经晚了。

那番前去是要借一支压垮飞鹏的力量，如果成了，飞鹏在受到连连打击之后恐怕不敢再轻举妄动了，在这个时候完全可以借此事的影响向正浓施压，他不敢不供货；当然，如果败了，说不定十天半个月或者更长时间回不来了，可能是分局，也可能是派出所扣着，剩下的就是分钱遣散了……从飞鹏得到的那笔利润正好给大家当遣散费了。

目标一个接一个实现了，杜玉芬还是没有那种赚到钱和保住市场的欣喜，还是在为不确定的事担心……

“听着啊，见了我们领导别胡说，还有省厅的督导在，这事一点儿也马虎不得……”

防抢反骗工作的大院里，方卉婷下车后小声提醒了句，看着帅朗还是扬着头左顾右盼，方卉婷不悦地抬腿轻踢了一脚，斥道：“喂，我跟你说话，听见了没有？”

“你能不能不用这种对嫌疑人的口吻和我说话？那我见了你们领导一句话不说，行不？”帅朗翻着白眼，呛了方卉婷一句。

“你故意气我，是不是？”方卉婷怒了。

“是你在故意整我，对不对？‘别胡说’这个词你重复多少遍了？”帅朗反驳道。

“你……这是为你好。”方卉婷很怒了。

“少来了，沾上你们警察能有好的吗？我要不知道案情，今儿晚上还没准儿在哪儿被审讯呢？”帅朗不领情了。

“你……”方卉婷被气得非常怒了，原本很淑女的，不过对于帅朗从来就淑女不起来，一怒失态了，手指戳着，跟着腿也抬起来了，高跟鞋一下子蹬过来。不料帅朗更快，揪着小木移了几公分，然后是小木龇牙咧嘴地“哎哟”一声，小腿被蹬得生疼，方卉婷尴尬地站起来，赶紧说：“对不起。”帅朗早快步溜进大门了。

三个人关系熟稔，经常是性格稍懦弱的小木吃亏，快步到了四层，方卉婷喊着帅朗，几个人好歹正色了。帅朗倒也不敢造次，放慢了脚步，跟在方卉婷和小木身后，直到了会议室，敲门而入，方卉婷和小木站在门口招着手道：“进来呀。”

一进门，本来心情很肃穆的帅朗“咯噔”一下子觉得心被抽紧了，一个会议室坐了五六个警察，大沿帽一溜过来，看得帅朗莫名有点心虚的感觉，就像当年轨道钢失窃被派出所三堂会审一样，没来由地有点心虚。

“来，来……坐，坐……同志们，我介绍一下啊，这就是帅朗，银行卡诈骗案就是他提供的消息，对于我们工作组可是有功之臣啊！说他，你们不知道，不过要说他父亲，在座的恐怕都知道，帅世才，咱们系统的反骗专家啊……坐，小木，给帅朗倒点儿水，你们准备一下……”

卢副局长客气了，不过只介绍帅朗而没有向帅朗介绍在座的几位，好像没有这个必要，那几位看样子来头不小，一个一米八的壮汉，四方脸，满脸古铜色，一瞧就是个训练有素的老手；另一个精瘦，很干练，这俩应该都是外勤。

一眼扫过，待坐到会议桌对面时，对面那位面皮白净、比自己大不了多少的警察，帅朗刚要忽视，却发现这人的肩上两杠一星，居然和卢副局长的警衔同级，又是惊得倒吸了一口凉气。另一位摆弄着笔记本的女警目不斜视，看也没看帅朗一眼，不过帅朗看过去感觉和方卉婷比要差远了，眼皮垂着，眼袋都有了，属于严重内分秘失调型。

稍显紧张地坐下，眼光里闪着警惕，帅朗心里暗道，这跟审讯差不了多少，这么面对面坐着，帅朗感觉屁股上像长刺一般安生不了，特别是在俩外勤、俩高衔，还有卢副局长、童辉副政委的目光下，实在有点如坐针毡的感觉了。

“喝口水，别紧张……”对面那高衔警男说道，不料帅朗“哦”一声，拿水杯的时候不小心，反倒把水杯洒了，背后的小木一笑，搞得帅朗更紧张了。卢副局长安排着小木赶紧再给帅朗倒一杯，第二杯磨蹭了良久，帅朗才抿了口，放下杯子，像一只群狼环伺的羔羊，无辜、紧张、警惕地看着对面几位警察。

不像……不像个能知道重大案情的人，一点儿胆色都没有。外勤男瞥过几眼，闭上眼了，无视面前这位了。

不像……不像个能接触到诈骗嫌疑人的知情人，高衔警男和身边摆弄电脑的女警来了个眼色，心意相同，刚刚这等畏缩的表现很让大家失望。

不像……方卉婷也在奇怪，侧面瞟了一眼，印象中帅朗胆子贼大，可这会儿的表现像个犯错误的小学生一样，别提多老实了。连小木都在奇怪帅朗怎么就变成乖乖仔了，而且这眼皮一耷拉，不敢正视别人，嘴唇一抿，不敢信口开河的样子，要不是和帅朗打过交道，一准要被蒙骗过去。

一碰面，全成错觉了。

“在开始之前，有几个嫌疑人照片请你指认一下……”对面女警正要翻转电脑，不料帅朗脑袋一侧看上卢启明了，打断了话问道：“卢叔叔，这……这合适吗？”

“别紧张，这都是‘四·一九’专案组的同志……”卢启明解释道。话还没说完，又被帅朗打断了，帅朗直言道：“不是，卢叔，我是说，我明儿一早还赶着回景区卖饮料呢……今天这事不是我非要说，是我逼得没办法才说，景区我们本来在卖饮料，有家大公司想垄断市场，就想把我们赶走。卢叔，你说我们当个二道贩子的，卖点儿饮料容易不？七点多去派出所接受询问调查，他们两拨人审了我四小时，非逼着我承认违法了……您说，我，我……我现在见了警察都犯怵，话都不知道该怎么说了……要不说认识卢叔您，这会儿我都出不来……”

语速含混、飞快，不过好歹听清楚了，诉苦来了，那表情好像受了天大的委屈，比窦娥还冤，苦水倒出来比黄河还长。帅朗的形象顿失了，那几位警察俱是无奈加不屑的表情，看来期望值有点过高了。卢副局长却有点挂不住了，敲敲桌子，摆摆手：“好了，好了，几个小商小贩争来抢去的就别放这儿说了，多大个事呀？景区派出所会按程序办的，放心，谁要循私枉法了，你找我……说正事。”

“哦……”帅朗等的就是这句话，貌似放心了，眼里闪过了一丝不易察觉的狡黠。

那几位警察终于开始问了，对面的女警看样子职位不低，一翻电脑，面对着帅朗问道："指认几个嫌疑人……这个是谁？"

"五花嘛，大饼脸，贩卡的……"

"这位呢？"

"豆芽……我只知道绰号啊，不知道真名。"

"这位？"

"老外，有白斑病好像……"

"这个……"

中分头、有汉奸气质、五官端正的一位男子，是一张电脑合成的图像，帅朗看了良久，摇摇头道："不认识。"

一说不认识，一堆人都失望了，特别是那俩外勤哥失望得很明显，撇撇嘴，直摸下巴，知道帅朗是银行卡贩的举报人后，很寄希望于帅朗认识这个浮出水面但无从得知详细情况的嫌疑人，而这会儿，希望破灭了。

"那你准备告诉我们什么？"高警衔男不置可否地问了句。刚才就是梁根邦的合成图像，而帅朗根本不认识，说什么知道梁根邦，谎言一戳便破。

这也是一个试探，一个对举报人谨慎的试探，一试便知帅朗是个假货了，除了失望，还有方卉婷和小木觉得脸上有点发烧，偏偏帅朗根本无从得知警方还捂着案情，直接说上了："我在案发那天晚上正好在萨莉西餐厅吃饭，吃饭中间和个妞搭讪，结果出门就被人堵上了，都不认识就打起来了。我拉着那妞就跑，跑了几十米，前面、后面，都是骑电单车的堵我，后来我就急了，拉着那妞钻进小胡同了……结果跑了没多远，是个死胡同，我噌噌噌爬到墙上了，可那妞她上不去呀，就被那些人抓住了……我看着他们欺负女人，我就急了，我从墙上跳下去，照着最后面那人后心猛踹了一脚……"

形神兼备地讲着英雄救美的故事，讲到半途停下了，帅朗愣愣地看着，环视的警察都以异样的目光审视着自己，像看动物园大猩猩溜出来一样，这倒不好意思往下说了……

“后来呢?”对面的警衔男忍着笑出声问了句。

“后来我就被那帮骑电单车的摁倒揍了一顿，亏大发了。”帅朗很懊丧地说。

哧哧呵呵的轻笑声响起，这个毫不意外的结果把大家都逗笑了，方卉婷听着帅朗说书般叙述，先把自己扮成英雄救美的英雄，然后又成了白挨揍的冤大头，就像故意扮小丑讲笑话一样。而在其他人看来，更像是件争风吃醋、流氓打架的事，联想到帅朗刚进门的表现，感觉帅朗就是想通过举报报复，让警察帮他出气。

“你是想告诉我们，这些打你的飞车仔，就是电信诈骗案的取款嫌疑人?”警衔男像取笑一般，看着帅朗问道。

“对呀，就是他们，打完我回头再去取钱，两不耽误，赶紧把他们抓起来，这帮人里没一个好鸟。”帅朗正色，说着的时候却见那位警衔男起身了，这下子话又被半路打断了，让帅朗好不懊丧，暗骂着，老子好不容易说一回真话，愣是没人相信。

确实没人相信，那位警衔男起身，对面的女警也合上电脑跟着起身，卢副局长见方卉婷和木堂维带回来的知情人出了这么大个糗，有点难堪，随随便便一个打架的参与者就和电信诈骗案联系起来，实在说不通，更何况这人连诈骗案浮出水面的嫌疑人根本都不认识，不用说，又是一个没有价值的线索了。

看来这两位的来头不小，一屋子人除了没资格送的小木、方卉婷，其他人都起身送两位出去了，帅朗想了一路，热乎乎的热脸贴了冷屁股，好不懊恼，一侧头，那俩更懊恼，小木恶狠狠地盯着帅朗；方卉婷，仇人相见般地看着帅朗，俩人一左一右挤对着帅朗，这么大丑可丢不起，小木恶狠狠地威胁着帅朗道：“玩我们是不是？把你小子送回派出所。”

“送回分局治安队，让他们再揍你一顿。”方卉婷咬牙切齿地发泄着。

“揍完了再拘留。”小木加着砝码。

“拘留完了再罚款。”方卉婷继续加着砝码。

“罚完也不放人。”小木又续了句。

恶人伪善容易，善人伪恶可难了，俩人的威胁听上去着实可笑，帅朗没心没肺地嘿嘿笑着，笑着劝着俩人道：“人家根本就不相信我，我就磨破嘴皮也白说……我问你们，我说那帮飞车仔就是取款的，你们相信我不？”

“大哥，你让我们怎么信你呀？泡个妞，出门就碰见取款的嫌疑人了，这么好的事怎么不让我碰上？”小木自然是有点不信。帅朗回头问方卉婷：“你呢？相信我不？”

“我都不知道该不该相信你。”方卉婷失去判断力了，无奈地说了句。

“我要是告诉你们……那个故事还没讲完，我被人揍了一顿，回头又被套上麻袋片，给运到这些人的窝点了，看管我的人就是梁根邦手下，后来我溜了，溜了才知道那天晚上梁根邦之所以没到窝点，是因为案发了……”帅朗简明扼要的几句话，说完了又问小木和方卉婷，“你们信不？”

小木被唬得一愣一愣，喃喃地说：“不太可能吧？”

“你们都不信，就没办法了，等抓着嫌疑人再核实吧。”帅朗两手一摊，表示无能为力了。

“帅朗，都说了开不得玩笑，你还是掉链子了，刚才为什么不说？你让我怎么相信？”方卉婷气结。

“这是为你们好，上来我就全盘告诉这俩人，不就没你们俩什么事了吗？你们帮我，我总不能帮他们吧？”帅朗道，想起了刚刚进门遭遇到的无视，其实他心里也有点上火，故意避重就轻，把俩人的思路引上了岔道，本来想看看那两位吃惊的样子，不料还没来得及爆料，那俩倒拍屁股走人了。

帅朗笑了笑，对方卉婷说：“你以为我傻呀？进门一搬照片，我就知道是试探我，从浅入深是不是？最后露的那张照片虽然我不认识，可我猜得出，应该是组织取款的重要嫌疑人，没准儿就是梁根邦本人照片……不相信我就别问，试探我有什么意思。我还告诉你们，这一套没用，但凡诈骗嫌疑人，最小心的就是自己的身份和相貌，画个像就想把人家逮着，你做梦吧你……”

小木挠挠脑袋，分不清帅朗所说的是真是假，方卉婷蹙着眉，也有点为难，想了想，站起身，让小木陪着帅朗，自己快步走了出去。

对于帅朗有点倔的脾气，方卉婷是深有体会的，恐怕是进门被省厅两位怠慢了，故意捉弄对方，或者还有另一层意思，对于帅朗，就是你帮我、我帮你，分得很明白，有些有价值的东西，没准儿根本不想给别人。方卉婷斟酌了片刻，在门外拦住了送省厅督导返回的卢副局长和童副政委，轻声请示了几句，估计这个请求有点过分，听得卢副局长稍有不悦，回头征询童副政委和刑侦上两位外勤队长，耳语了片刻，再一次推门而进了……

这一次，谈话方式变了，准确地说，没有谈话，一进门，卢副局长就在帅朗跟前坐下，然后起身拿起帅朗的杯子，就着饮水机给帅朗倒了杯水。童副政委呢，摸着烟，给帅朗递了一支，另外一名外勤——那位大个子顺手点着火，一下子殷勤得让帅朗有点不自然了，几位警察围着帅朗，倒不像先前那样审嫌疑人了，寒暄几句，帅朗抽着烟，状如拉家常一般说上了：“嗳，要的就是这氛围，不能把我当嫌疑人看待吧？我信得过小木、方姐，信得过卢局您，还有童政委您，还有这两位大哥……其实这帮人真的就是那帮取款人，当天晚上我被他们装麻袋里带走，三个看管我的嫌疑人，我能分辨出他们的相貌来，一个叫憨强，身高一米九，同性恋；一个叫老铲，勾下巴，大板牙；还有一个叫老歪，嘴有点歪……你们找个画像的，一小时搞定……这三个人说了，都是梁哥梁根邦手下，说梁哥半年多挣了一千多万，好像以前是搞小家电维修的，会无线电……后来我想想，这是条很有价值的线索，就像那种无线电‘长江长江，我是黄河’，这玩意儿能给他们提供一条特殊的通信手段呀？不得不重视，是个查他们很好的切入点……和我一起逃的那个女人叫小玉，溜出来，我们两个向不同的方向跑了，后来就再没见着，他们当天抓的就是这个女人，把我捎带上了……那帮取款的很好抓，当天晚上在农科所巷子里打架，他们在未发案以前肯定不做必要防护，只要把时间段卡好，肯定拍下了他们没蒙面的图像……”

故事完整了，听得几位警察大眼瞪小眼，敢情这人还真有料，都是非常有价值的线索，说不定就能直接指向要查的嫌疑人，两位外勤用心记着，生怕漏掉了哪个细节。

方卉婷在一旁听着，抿着嘴看着帅朗滔滔不绝地讲着，有点暗笑，其实像帅朗这号人很好对付，整个就一顺毛驴，毛捋顺溜了，干啥都成……只有帅朗自己知道，在所有翔实、细致的经过里，又插进了一个弥天大谎……

在帅朗举报的同时，杜玉芬带着车队到了位于高速路口不远的正浓配货仓库，因为市区限行的缘故，大货柜车的配货都安排在晚上，一群不速之客的到来并没有受到欢迎，仓管知道这位前副总，不过肯定不敢把货随便给人，杜玉芬直接拨着李正义的电话，几个同行都听杜玉芬用很生硬的口吻说：“李总，话我说到了，事我也办到了，该给公司的钱，我一分也没欠，直到现在为止，我也没有针对你公司有过任何举动……既然你们封杀不了，咱们何不合作呢，当然，您如果不供货，我们可以自己找，您不会觉得正浓比飞鹏看得还牢吧……”

说了几句，把电话直接递给了现场负责的仓管，电话里只有李总的一句话：“给他们，收现款。”

盛名之下，其势难挡了，恐怕正浓也担心重蹈飞鹏的覆辙。车开进来了，清点的、码货的、交款的，优先给这个车队供了四千件饮料，一行人趁着夜色，直驶景区。

这一天，过得太艰难，为了保住这个饭碗，付出的又何其之多，六辆车就驻守在五龙中心景区的停车场等待天亮配货，躺在车里小憩的杜玉芬却是无论如何也合不上眼，这一天，过得太漫长了，而且到现在还没有结束……

“这儿，胡子再浓点儿……还有这个人，嘴再歪点儿，露一半牙，人家就叫老歪，这个差不多，就是他了……”

灯火通明的会议室，正进行着一次别开生面的描摹，三位描摹师在帅朗指挥下恢复着三个嫌疑人的肖像，而帅朗同时指挥三个人一点儿也不局促，什么样的鼻子、什么样的眼睛、什么样的下巴胡子，说得清清楚楚，这倒不怨帅朗说这么清楚，那晚上差点儿被憨强非礼、被老歪俩货揍了顿，记不清都不可能。三张肖像的描摹一共用了四十分钟，方卉婷和木堂维全程看着，俩人看着帅朗的指点小声嘀咕着，这货还真拿自己不当外人，当指挥员了啊，那三个警察被他指挥得团团转。

对了，不是三个，加上刑侦的那位大个子续兵队长和干瘦的那位邢组长是五个，再加上偶尔续水的小木和方卉婷，七个人；连卢副局和童副政委也没去休息，时不时地来看看进展。

“就是这三个……”邢组长拿到手里看了看，打印出来的黑白肖像，仨歪瓜裂枣，没什么看头儿，直接递给了续队长。这位大个子瞅了几眼，稍显难色地问：“确实不知道他们姓名？哪怕个姓也成呀？你看看名字，憨强、老歪、老铲……不能搞个案子都搞成水浒传吧？”

一说这个，方卉婷、小木和三位收拾电脑准备要走人的描摹师都笑了，一晚上净围着绰号转悠了，即便是所谓梁根邦的照片，也不确定，那几位被捕的银行卡贩子交待出来不叫梁根邦，而叫“邦爷”。

“就一面之缘，不可能告诉我……”帅朗道。

“那个女的呢？你知道梁根邦为什么动用这么多人抓她吗？”续队长问。

“不知道，就搭了个讪，朦朦胧胧，就瞅着很漂亮……回头就被装麻袋里关黑屋子里了，后来跑出来，我和她一人一个方向，就再没见过……是什么原因呢？”帅朗很为难、很狐疑的眼神，这个睁着眼说瞎话的表情没有引起任何人的怀疑，而此时一屋子警察的注意力都在这几个电信诈骗嫌疑人身上，都忽略了这个叫“小玉”的女人，这也正是帅朗所希望的。帅朗眼瞟着左右，看着两位刑侦、小木和方卉婷，他们都有意无意地看着自己，帅朗生怕自己太隐晦其词而引起怀疑，猛然间来了个恍然大悟道：“我想起来了……这几个人很好查。”

“什么？”刑侦那两位外勤，果真上心了，拉着椅子坐下，招呼着小木倒水，然后请帅朗坐到身边。帅朗随意地拿着憨强的照片一指道：“这个人应该好查吧，身高一米九以上、络腮胡子、同性恋……体貌特征这么扎眼，协查到了派出所，用不了一天就有消息。”

“这个……应该有前科。”帅朗翻了一张，指着老歪的照片。

这一说俩刑侦愣了：“你怎么知道有前科？”

是啊，名字都不知道，居然知道有前科，小木和方卉婷也奇怪地看着，帅朗一笑道：“我挨过打，从手法上判断得出来。”

“挨打……也能判断出来？”续队长奇怪了。这位大个子对处处透着怪异的帅朗兴趣越来越大，今天这个人带来的好消息太多了，而且没有留给省厅，全留到了市局刑侦上了，越来越对此人有兴趣了。

“对，挨打……普通人打人，那是没轻没重、没头没脑，有时候冷不丁一家伙能要了命，有时候一脸一身血，净是皮外伤；要是亡命徒动手，又不一样了，肯定是一招毙命，丝毫没有花哨……”

帅朗讲到兴处，突然发现若干双眼睛都不善地盯着自己，不知道是不是故意，立马一笑，话锋一转道：“我是说这个老歪，这家伙把我关黑屋子里揍了两回，手打的时候掌根切我脖子，脚踢的时候在软肋和腹间，这个打法看着不凶，可是难受，半天喘不上气来……这是老痞子的打法，所以，我说他应该有前科，这不是一两天煅炼出来的，也不可能没有实践就煅炼出来的。既然有过实践，也不可能没有失过手。所以，我猜他应该有案底，最起码应该有打架斗殴或者故意伤害的案底……”

合情合理的解释，续兵队长和邢组长交换了一个眼色，要这么说，恐怕假不了，怔了怔，邢组长指着老铲的画像：“那这位呢?”

“这个比较阴险，话不多，也没动手……不过应该比憨强和老歪的位置高，每一个小团伙里都有个带头的，这三个人里面，这个老铲就是个带头的。”帅朗道。越是位置高，越是不露声色，不会动手。

收获不小，最起码有了三个直接嫌疑人。如果这三个嫌疑人涉案不重，那应该比销声匿迹的梁根邦容易查，只要能找到一两个涉案的人，那顺藤摸瓜应该不是难事。说着话，卢副局长和童副政委进来了，笑着和几位打招呼，特别是慰问了帅朗几句。等童副政委把一大包东西放到桌上，这才知道是加夜宵来了，火腿肠、方便面、榨菜、面包一大堆。童副政委分着东西，小木手脚麻利地给大伙儿泡着面，看看时间，却已经是凌晨一点多了。一松懈下来，帅朗直打哈欠，可不料这堆谈兴正浓的警察一点儿睡意也没有，泡面的工夫，卢副局长让续队长把大致案情给说一遍，当然，简明扼要地说。

为什么呢？恐怕是因为帅朗这个货知道的东西太多，要抛砖引玉呢。

或许也没人注意到帅朗的全副防备都在那个不经意的女人“小玉”身上，除了这件事含混，其他的都和盘托出了，而且帅朗，九分真话加一分假话，那就能当真话使；要反过来，九分假话加一分真话，那实打实的是瞎话了，所以除了这件事，都力求细节完美，让警察无可挑剔，甚至于连教他搭讪的盛小珊的名字也不隐瞒，即便是去证实，也能证实是一件随机的事件。

而这一个月的案情在续兵队长嘴里说出来不过寥寥数语，四月十九日案发，五一取得重大突破，抓了四个银行卡贩子。这里面涉案最重的“豆芽”豆学文还真和所谓的“邦爷”谋过一面，不过已经是两年前的事了，后来和“邦爷”的交往都是通过一个叫“山猫”的中间人进行的。一直以来，“邦爷”就是中州银行卡贩的最大客户，根据调查显示，从去年到今年，一年的时间里，通过银行卡贩流到“山猫”和“邦爷”手里的银行卡足有一千三百多张，这些无记载的卡已经无从查实了……前一阶段的重点放在对“邦爷”和“山猫”的排查，可奇怪的是，这两位重点嫌疑人像人间蒸发了一样，消失了。案情就僵在这里。

不料帅朗对此很不以为然，插了句：“这不很正常嘛，防抢反骗这么大阵势，再加上刚做了一件大案，是谁也得溜出去躲一段时间呀，总不能趁着风头撞枪口吧？”

“是啊，难就难在这儿，即便是你今天提供了这么多重要情况，对于案件的进度推进还是不算大，到现在为止，我们只是掌握了几张不确定的嫌疑人肖像而已。帅朗，你下午可告诉小方了啊，你有办法抓住那些取款人……怎么找，说来听听……”

卢副局长只从大局考虑，将了帅朗一军。

帅朗怔怔看着，愣了下道：“这个……这个……我是这样说的吗？”

“耍赖是不是，帅朗，小木可是证人啊。”方卉婷笑着帮腔了。泡面的小木自然和队友站在一边，强调说：“就是这样说的。”

“小帅，你不会有所隐瞒吧？”续队长故意道。邢组长也笑着帮腔：“我怎么觉得帅朗好像知道这些人在哪儿。”

“哇哇哇……就知道和警察没法共事，一举报，首先怀疑的就是我……不相信你们查吧，餐厅里吃饭偶遇的那个女人、出门被袭甚至于关押我的那窝点，哪一个细节要是证实不了，你们把我关起来……我真是受害人呀。我的表、手机、钱包，损失了好几千呐……我到哪儿说理去……”帅朗倒了一大堆苦水，小木安慰似的先给帅朗端了份泡面，帅朗却是剥着火腿肠吃着，不理了。

旁敲可以响，话可不能僵，其实就想套套帅朗知道的情况而已，毕竟这个货又知道传销窝点，又捅了银行卡贩的老巢，而对于隐藏在阴暗角落里的人群，作为警察，是没有机会接触到和了解到的。于是续队长很客气地笑道："你别误会啊，帅朗，我们这是了解情况，警察侦破哪一起案子，都离不开市民的大力协查。不管哪一个案子，排查都是第一步，群众路线是我们的根本宗旨。"

"对，一切依靠群众，就得依靠像帅朗这样的好群众、好同志。"卢副局长很诚恳地说了句。

"这个案子要让帅朗牵头侦破，说不定早破了啊。"邢组长也凑了个热闹。

于是你一句，我一言，全是捏着高帽给帅朗脑袋上扣，听得方卉婷和小木哧哧偷笑，帅朗左看看、右看看，那份被人捧得忘乎所以的好胜心又上来了，顾不上吃面了，笑道："那当然，要我破，哪用得了一个月，一星期就办了。"

得，卢副局长被噎得眼凸了凸，稍给点儿阳光，这娃就灿烂得厉害啊，把警察都不放在眼里了。

连方卉婷也觉得帅朗有点离谱了，使着眼色，帅朗却拨开方便面，准备吃面了，没有注意到这个关切的眼色。童副政委圆着场，问帅朗道："大家吃面、吃面……帅朗，没你说得那么简单吧？这个案子你父亲也参与了，上次案情分析会都没说出所以然来，你比你爸还强呀？"

不错，来了个巧妙的矛盾转移，那几位警察的脸色稍好看了些，不料又听帅朗雷语惊座："我爸，他和我没法比，他都老古董了，只能抓抓火车上偷蒙拐骗的。"

"哟……"把卢副局长噎得那叫一个难受。卢副局愣了愣，问道，"那你说说，我看看你爷俩到底谁更强？"

"不是我不说，卢叔，说了我怕你们又把我当嫌疑人。"帅朗吃着面，啜着汤，含混了句。

"啧，都说了你是个好同志，谁把你当嫌疑人了……协助警方办案打击违法犯罪，这是公民的义务，我没有这个义务来要求你，不过在你的能力范围之内，不管给我们提供线索、思路或者案情，我们都是欢迎的……看看你身边的两位外勤队长，半个月没着家了，小木、小方，这一个月没过休息日了，大家这么辛苦为什么，还不就为了尽早把这伙犯罪分子绳之以法……”

卢副局长语重心长地说着，说得几位辛苦了良久的警察都心有感触，轻声喟叹着。帅朗看到了小木和方卉婷脸上的疲惫样，看到了两位外勤队长眼中的忧色，看到了童副政委未老先衰的脸色，不知不觉放下了吃面的小塑料叉，听着卢老头儿貌似恳切的话，微微的感动流淌在心底，像听到了父亲曾经的殷殷切切。自己在儿时最愿意听到的就是父亲讲警察抓坏蛋的故事，帅朗心里很清楚，自己的角色在警察和坏蛋之间更靠近后者，有防范、有戒备，原因在于自己在这些人面前有点自惭形秽。

没有说话，帅朗的动作停在那里，两位外勤队长看着，这个人丰富的经历在刑警眼中应该是很有价值的；卢副局长在盯着，似乎想以情动人，毕竟这是个警察的儿子，又有过举报立功的先例，还真希望他能带来点儿惊喜；小木在盯着，有点崇拜的意思，恨不得俩人换换位置，自己也得到领导这么重视；方卉婷斜斜地坐在会议室的角落，一直就直勾勾地看着，从认识，他就像一个谜，了解这么久，他还是个谜，从帅朗慎重而沉思的眼眸里，方卉婷看出来了，帅朗有话，有很多话……

“我知道，你们不榨干我嘴里的话是不会罢休的，不管我是嫌疑人还是知情人，或者举报人。”帅朗给了句让几位警察都翻白眼的话，不过话锋一转，平和了，“不过我理解，就像小时候我爸揍我一样，那是为我好；你们有时候不得不采取点儿非常手段，也是在为大家好。其实我从小就非常敬佩我的父亲，我恨过他，可后来我发现我恨得很没有理由，就像我进过派出所被其他警察查过一样，我恨过他们，到最后我也发现我没有恨他们的理由……其实我从小的理想也是当个警察，不过后来活得一塌糊涂，连温饱问题也解决不了，这理想就不敢想了……”

笑了，几个人都善意地笑着，都没有往下追问，知道这个话匣子打开了，那个防范的戒备也放开了。

“我知道的，我都说了，如果你们还想往下听，就都是我猜的了……我从小最喜欢的就是听我爸讲几个曲折离奇的侦破故事，然后猜猜凶手是谁，后来就养成了个不怎么好的习惯，喜欢用阴暗的心理猜度身边人的心思……当然，也包括我接触到的事……五一的时候，方姐和小木一起接我回铁路家属院看我父亲，这事还没谢谢方姐、小木，还有卢叔、童叔……那天是我第一次听到这个案子，我也是过了很久才把四月十九号发生的事和整个案子联系到了一起……事实我就不多讲了，我说说我的想法吧。”帅朗说着，眼睛很空洞，思维停留在那一天，脑海里闪过的影像是拉着桑雅一起狂奔，是被一帮飞车仔拳打脚踢，然后被关押在黑洞洞的小屋里，再然后是两个人脱逃……

说想法？续队长和邢组长奇怪了，不过看帅朗说得正色，没敢打断。

“你们别期待我认识嫌疑人，没用，我真不认识，从方姐和小木嘴里听到案发经过之后，除了银行卡贩那一段，我想，这个案子由五部分组成：第一，卡贩子不说了；第二，应该有一个联系幕后策划的人，这个人同时关联卡贩，甚至还直接组织取款，我想“山猫”做这个角色很合适，毕竟幕后不会直接招募取款人；第三，取款人，这是一个机动队伍，从他们的交通工具上看，应该就是在当地招募的，而且处在这个案子的最底层；第四，幕后人，暂定为梁根邦；第五，梁根邦身后的人……”

“等等，你是说，梁根邦也不是最终嫌疑人？”卢副局长插了句，正问到了大家关心的要害。

这个庞大的犯罪格局，如果真像帅朗所说这么复杂，那连省厅对此案的定性都给打破了，几双眼睛都带着诧异、愕然和惊讶，目光投向侃侃而谈，还不知道自己捅了多大窟窿的帅朗………

第四章
最终嫌疑人

最终嫌疑人，这个概念对于帅朗不是太清楚，毕竟不在其位，不谋其政，没有听到卢副局长话里的意思，于是话卡住了。

其他在座的可就懂了，基于五月一日对四位被捕银行卡犯罪嫌疑人的审讯，已查出了取款的有三张银行卡来自豆学文（豆芽），另外反骗工作组一直把视线锁定在绰号为“山猫”的以及最终嫌疑人“邦爷”的排查上。省厅的督导经过对案情的综合分析，同意市工作组的方案，不过帅朗这样五部分一分，好像梁根邦在整个案件里，倒成了一个有点级别的马仔而不是像已经定性的最终嫌疑人。

可能吗？这下子大家都拿捏不准了，毕竟真相没出来的时候，所有的猜想都会有它的合理性。可宁愿置疑帅朗，也不能置疑领导和领导的领导吧，这个跨省诈骗案规格已经提高了不少，总不能因为某个人的想法，再把侦破方向调整吧？

所有人都没吭声，卢副局长解释道：“梁根邦如果不是最终嫌疑人，那就意味着中州的发案仅仅是掀开了冰山一角，很可能还有许多地方和梁根邦同样身份的人在实施诈骗犯罪，那么他们的上线又是谁？我是说，可能吗？要这样的话，岂不成了一个全国性的诈骗组织了，像梁根邦这样的人，南下、北上、西征、东进……”

像个笑话，几位警察都笑了笑，执法能力和犯罪多样化发展几乎是同步的，现在已经日臻完善的警务防控体系，个案的新型犯罪不稀罕，可要发展到一个严密的犯罪网络，那几乎要视警察于无物了。

几个人的笑意对帅朗有点刺激了，明显被人蔑视了不是，干脆小胡同里赶猪，直来直去了，帅朗反驳着卢副局长的话道：“不是可能，是根本就存在。每一种新型犯罪都是出现之后才有警务的认识、防控，这个程序颠倒不过来，不可能警察比犯罪分子想到前面，防控还未发生过的犯罪行为……这个案子，其实我是把它当成一个骗局来看的，比如我是大佬，首先，我做一个发财的构想，诈骗里，这叫‘做局人’，我要做的，就是设好整体的框架。第一步，需要招募用于实施诈骗的话务员，也就是通过电话和受害人直接联系的，这一步很关键，能通过对话掌握对方的心理，用语言诱导对方上当，这可不是天生就会的，而且不能长期用相同的声音；第二步，需要收集实施诈骗的信息以选准对象，这和无选择群发短信乱放中奖广告不同，他们有选择地针对特定目标，而且得手了，那么这个信息来源肯定有一个特殊渠道；第三步，找一个代理人，也就是像梁根邦这样的角色，让这种角色再向下发展，招募取款人。

“这样的话，就形成了从信息收集、实施诈骗、分流赃款，到异地取款一个完整的链条……可以把这个理解为老式骗局中的梗媒、选媒和风媒，意思是有人探底、有人选目标、有人实施诈骗、有人负责断后，一个骗局不可能是一两个人做成的，他们之间各有分工，再加上现代科技手段的运用，已经把跨省、跨市甚至跨国实施变成一种可能……我之所以说梁根邦不可能，是因为，你们看他的组织构成，以痞子流氓以及无业人员为主，有很多环节这些人根本办不了，那怎么才能接触到受害人特定的信息？比如怎么和受害人对话，并通过电话实施诈骗？怎么才能通过网络银行短时间里把钱分流到二十余个不同的账户里，而且能够躲避警方的追查？我觉得这几点都超过梁根邦的能力了，唯一的解释就是他们背后还有人……”

帅朗貌似省厅来的督导，讲得头头是道，听者却是一头雾水，恍惚中产生了一个错觉，似乎真是上级来人了，连卢副局长也听得入迷了，津津有味咂摸着这段话，非常有合理性。续队长也听出帅朗的意思了，瞅了个空儿问了句：“你的意思是，‘四·一九’电信诈骗案，仅仅是骗局中的一个剪影？或者说是整个犯罪实施中很小的一个部分？”

“对，就是这个意思……对于全局，我是无能为力的，VIOP网络电话端口肯定是远程设置的，没准儿在境外，不过破解这个骗局中小小的一个环节，应该不算很难……好，咱们就从取款人开始，其实从他们实施作案的手法上，已经暴露了太多的破绽……”帅朗道，稍稍停顿，再看众人，两位外勤队长有点迷惑，迷惑中还有点挂不住，似乎觉得帅朗说得这么简单有点说不过去。

“我没有针对谁的意思啊，这都是我的想法，如果不对，就当我胡扯……如果听不下去，可以随时叫停。”帅朗道，征询了一眼，一群警察都没有吭声，都直愣愣地看着等下文，就听帅朗接着说，“二十余个取款点的ATM机，我相信你们肯定通过监控查了，而且没有查到嫌疑人去掉面罩的图像，对吧？如果拍摄到的话，那你们抓他们应该有突破了。”

微微地一惊，续队长下意识地点点头，确实没有，理论上是嫌疑人取款之后从取款点出来，掀掉面罩，即便是离开，也应该在监控上留有影像。奇怪的是，通过体形体貌的对比，居然没有发现很吻合的，有四位疑似的嫌疑人，查证之后，都不是，这是”四·一九“案子纠结的地方。

“应该是钻胡同走了，咱们中州的胡同多，全国有名。”邢队长悻然地说了句。

“对呀，二十几个点，所有人都钻胡同走，这说明了什么？首先肯定不是流窜作案，生打生钻进咱们中州胡同，一多半都出不来；第二，暴露了，不管是组织策划还是实施取款的，应该都是中州土生土长的人，最起码大部分是，否则选择取款点为什么都靠近新旧城建的边缘？最远两地甚至相差十几公里？对，我想起来了，十七公里……其实大家想过没有，要是个土包子作案，直接到一个二十四小时营业的大银行，七八台甚至十几台柜员机，取一百万都没问题……对吧？何必这么麻烦呢？”

帅朗说完，有些人的思路开始开阔了。如果从手法上判断的话，那能说明的东西就多了，续队长有些恍然大悟的感觉，是那种答案并不难却纠结了很久的恍然大悟，如果大部分人都钻胡同，那么只有一个说法，那就是对胡同很熟悉……如果是流窜作案，他们根本不用这么麻烦，选择这么多取款点，所以两面的相互反证指向一个很确定的判断：本地人。

喜色一来，两位外勤队长都不自然地向帅朗的座位凑了凑，眼睛直勾勾地盯着，上心了。

等了片刻，帅朗接着说：“这能说明，肯定是土生土长的中州人，他们在策划的时候不知不觉地把这个地理优势用上了……当然，同时也说明策划者的反侦查意识非常强，不仅把反侦查运用到案发当时，而且延伸到案发之后，所以，取款之后，他们就像人间蒸发了一样，消失了……”

“那依你的想法，还没法子找到他们是不是？”卢副局长问，有点失望。

“不，我刚才说了，破解他们这个小把戏也不难……先前我说过，在农科院西餐厅周边的监控里，应该能拍到他们没蒙面的影像，如果你们嫌那个甄别方法麻烦的话，还有更简单的办法……”帅朗道。

看来今天是语不惊人死不休了，一说居然还有办法，卢副局长、童副政委以及两位外勤队长，兴趣和好奇心全调动起来了，目光全部聚集在帅朗身上。这个即将揭出来的精彩让小木激动得不停地搓手，不停地看着方卉婷，敢情没白捡帅朗，每回都捡着宝了，方卉婷笑了笑，抬头示意下水杯，于是小木赶紧倒了几杯热水，放到了几步之外聚着的五个人面前……

还有简单的办法吗？似乎有，帅朗生怕别人听不懂似的，放下水杯，用手比画道：“所有的骗局，之所以能瞒天过海，是因为过程是连续性的，乍一眼什么都看不出来，只有惊讶它产生的结果，就像魔术一样。不过你们要把动作分解一下的话，就看清了，就像400次/秒的快门拍摄子弹爆炸瞬间一样，就像慢动作回放灌篮动作一样……比如开枪、上膛、抠扳机、出膛、旋转、击中……而这么繁复的动作，一眼看过，只有一个动作，就是枪响击中目标……破绽就在分解这个罪案实施的过程里……”

“联系那天晚上发生的事，比如我是梁根邦，找到了和我有怨的那个女人，我不会亲自出面，于是我让手下把招募的飞车仔全调动起来堵人……在这个事之前或之后，应该之后，我得到了上线的通知，诈骗到的钱到账了，在多长时间里全分流到他提供的银行卡里……所以，他要立刻组织实施犯罪……也就是把这个钱安全地取出来，怎么取呢？这里头学问大了……”

帅朗头脑无比清晰地捋着这个案情，就像他编排飞鹏那么清晰，只不过一个是设计，一个是通过结果猜想。这个猜想把众人兴趣引到了极致，像在观摩一个罪案片一样，步步都是悬念……

“我给大家慢放这个过程……得到消息，我会迅速把准备好的卡号提供给上线，或者这个卡号已经提供给上线了，只待骗到钱，随时通知人取钱。上线会把钱分流成小额，这个时间不会太长，半小时吧，这个消息应该只有梁根邦能掌握……与此同时，招募和指挥飞车仔的人也行动了，他需要做的是把已经招募好的飞车仔聚集到一起，或者分批，或者让他们到指定位置……以诈骗案的特征来看，他们需要保证最好的保密性质，聚集不利于保密、太过分散又拖时间，从取款点的分布位置看，我想分批的可能性大，破绽就在这儿……”

帅朗道，轻抿了一口水，看看眼睛瞪得溜圆听得入神的众人，清清嗓子说：“还是在保密上。大家想想，招募取款人出于安全考虑，应该不是长期联系，而且即便联系也不是很深的关系，在这种情况下，他们要成功实施这个罪案，最大的难点在哪儿?”

没人吭声，似乎没人敢挑战这么高的智商，也没人敢打断这个精彩的故事。

“应该在对这些人的掌握上，必须保证他们听话。”续队长很有实践经验，接了一句。

“对，不过也不对，应该是钱……难点就在钱上，一切都是为了钱，既然联系不紧密，他们难道不怕这些烂人取了两三万，自己揣腰包里跑了？这点儿胆子他们是有的，敢取款，都不是什么好料……人又这么多，十几个人，大家想想，他们怎么样能保证取出来的赃款能安全回到自己手里而不被这些联系并不紧密的替死鬼私吞呢？不要猜是一对一跟人啊，要那样的话，和他们以前精巧的选址就不配套了。”帅朗又道。

“应该是有让取款人忌惮的事，他们不敢私吞吧?”续队长猜了句。

“要不慑于‘邦爷’的威名?”邢组长也猜了句。

都不确定，卢副局长敲敲桌子，抬头示意道：“听帅朗说。”

于是大家都笑了，此时帅朗成了不容置疑的权威了。帅朗不好意思地笑道：“你们的办法我想过，不过几万块钱而已，能有什么忌惮的事？而且这么多人，怎么做？扣住他的家人，不至于吧？拿住这些人的小辫，好像也不可能……慑于‘邦爷’的威名也说不通，诈骗犯藏得越深越好，树大招风的道理这个邦爷不可能不知道，如果真有那么大威名，就不会你们查了这么长时间还只是得了个照片……大家连他的相貌都不太清楚，梁根邦这个名字真假都无从查实。威从何来，名从何来……我想，还在钱上。你们想过没有，有个简单的方式可以把这个问题解决了。比如售黑彩兑奖，境内的都要给境外的交纳一定的抵押金，以防中奖之后庄家溜了……

现在做生意也是，先款后货的多，再不济也是货到付款……你们再联想一下洗钱，用十万可以换回来路不明的十二三万，或者更多的赃款……这个，相当于一桩生意。”

“哦，我明白了……”续队长一拍桌子，一指帅朗道，“你的意思是一手交钱、一手拿卡……要不就是先收钱了。”

“对，这是最安全最有可能的一种，取款之后就是整个犯罪过程的结束，不需要再坐地分赃，不需要再聚集到一起论功行赏，在此之前已经按比例收回赃款了，取完款大家各奔东西，谁也不管谁了。所有方式里，只有这种方式安全系数最高。”帅朗道。

“可要是这样的话……取款人凭什么相信梁根邦给的卡里有钱，而且要高于他要交给梁根邦的钱？”邢组长问了个尖锐的问题。

“这个就是犯罪嫌疑人之间的那种特殊信任了。这种信任可以建立在他们走上犯罪道路之前，也可以建立在他们成功实施数次犯罪之后，比如现在有句难听的话叫：越是涉黑的生意，他越得讲信誉，否则没人敢相信，他们就做不下去……”帅朗给了名轻飘飘的反驳，这个道理恐怕在座的警察应该懂，不过即便是懂，也好像一时难以苟同。

差不多能理解，不过对于这个大胆的猜测还是颇有疑虑，全盘都是猜测，让几位莫衷一是，不敢妄下断言，毕竟警察的思维方式和别人不一样，什么事都要讲证据，想了一大会儿，不知不觉点了几支烟，半晌续队长才出声问道：“如果你的假设都成立，那好，怎么找呢？”

“如果那天围堵我的那帮人就是取款队伍，他们总不能打着架兜里还揣着几万块钱吧？不怕不小心丢了？如果那天不是他们围堵，可以确认从诈骗到手直到取款结束不过四小时，难道那天所有的取款人兜里都装着几万块钱准备好了？他们难道知道当天有生意了？很简单，在接到上线通知分流赃款时，取款人应该同时接到了通知，准备钱……如果准备钱，他们应该在当晚八点到取款开始的时间里，在市区某个柜员机上取过钱……反侦查可以运用到案发之中之后，总不能之前他们还做着防备吧，这个非常容易验证，调一下全市的所有柜员机记录就知道了……相互比对体貌特征。”帅朗大胆猜测道。

很大胆，胆大到没谱了，大到在座的警察不敢相信了，目光看着帅朗的时候渐渐透着几分怀疑。帅朗干脆破罐破摔到底了，干脆又大胆地猜测了一句：“甚至于比对都没有那么麻烦，现在谁也不会装着大额现钞，我想说不定有些账户头天晚上取了款，没准儿第二天、第三天会存进去钱……这些就应该是那些取款人，我想因为他们精巧的设计和很强的反侦查意识应该给他们足够的自信了，而且这个成功的次数应该不止一回。有信息反映说‘邦爷’半年整了一千多万，那么跟着梁根邦发财的当然也应该不少喽……就这些，我想到的就这些，有多少能够证实，我还真不知道。”

“这个……这个有些匪夷所思了啊。”卢副局长欠欠身子，长时间未动，身体有点僵。

童副政委在思考，额头上皱了很深的皱纹，那两位负责案子的外勤队长也似有不信，不过丝丝入扣的分析又挑不出毛病来，半天续队长才挑了个刺：“这样，帅朗，我们换位思考一下，如果我和你密谋干坏事，你相信我不会坑你，我也相信你不会私吞，如果基于这种信任的话，那就不需要见卡付钱了，也没有取款这一说了……再或者，在实施之前你作为取款人对我已经有点抵押，好像也不存在取款这一说了，我有恃无恐，不怕你私吞……如果这样考虑的话，是不是你的推测就无法成立了？”

很有可能的设定。或许是对帅朗直接猜测取款人的行为觉得太过大胆，有点没谱，给了两个可能的设定，帅朗想了想，反驳道：“那当然，很可能是这样。不过续队长您想过没有，越是高明的骗局用的越是简单常用的办法，华尔街的骗局几百个亿，西方话叫庞氏骗局，咱中国比西方可早多了，叫拆东墙补西墙……所有的犯罪者，特别是高智商的犯罪者，他们会下意识地选择最直接、最便捷、最安全和最有利于自己的手法。这个选择取款点的方式、招募飞车仔的方式，还有他们案发后蒸发的方式，都足以说明策划人的智商很高……如果以您的置疑，他们取钱之后还没有结束，需要这些人聚集到某个地方交回赃款，毕竟这是大伙儿骗来的钱，他们留得那份很少……或者需要个中间人挨着个把这些取款人的钱再收回来，您想想，这可都是钻小胡同走了，有那么容易再聚一起吗？完成这一步需要多长时间？他们难道不怕夜长梦多吗？他们难道不怕有人起歹意出意外吗？毕竟是钱呐……即便您坚持他们之间有信任、有抵押，我也不赞同。第一，有信任就意味着交道打得很多，这点对于犯罪者特别是诈骗嫌疑人来说就不那么安全了，我觉得他不会选择；第二，有所抵押，抵押什么？这可是随机的诈骗案，六点之前恐怕连梁根邦都不知道自己得到了钱……”

帅朗侃侃而谈，虽是猜测，但像证据一样支持着先前的猜测。让续队长点点头，觉得可能性更大了几分，看着众人被说服，帅朗那份得意之情油然而生。

其实还有一个有事实根据的推测帅朗没有说，那天晚上和桑雅被关押在不知名的乡下，从进去到捅开手铐溜走不过一个多小时，追兵就来了，去掉路上的时间，那就应该是作案的时间，这同样能支持先前的推测，也就是说，如果十几个钻小胡同走的嫌疑人全部再聚集起来交赃款，时间根本赶不过来。当然，这一点帅朗没有说，否则说了人家肯定要追问来的什么人、来了几个、开得什么车，而那天只顾跑了，吓得根本没回头看。

忽悠结束了，帅朗气定神闲地总结道：“破案有很多路子，纷杂的线索有时候会给出许许多多不同的思路，但你必须选择一种，最了解警察的莫过于罪犯，他们犯罪之前会下意识地从警察的角度来斟酌自己手法的得失，久而久之会习惯性养成反侦查意识……所以你不能站在警察的角度来选择你的侦破思路，那样对新人勉强可以，对于有反侦察意识的罪犯，很容易被他们引进死胡同……你们现在已经进了死胡同，因为你们能想到的，他们已经想到了，什么也没有留给你们……”

“有道理，说得好……就是这么个意思。”邢组长听得兴起，竖起大拇指，那位续队长也点点头，即便帅朗说得有所偏差，也能够成为对犯罪行为、过程的一个完整推测，合理性越强的推测对于侦破的帮助就会越大。几位警察记着要点，不时地问着帅朗某些细节，帅朗一一作答，气氛从紧张缓释到了轻松，卢副局长看着两位外勤这么推崇，奇怪地问着帅朗：“帅朗，这些……你从哪儿学到的？很专业嘛。”

“哦，那年我报考省警校了，我爸教的。”帅朗道，不好意思了。

“那后来呢？”童副政委问了个不该问的问题。

“嘿嘿……没录取，人家根本不考这个，我爸白教了……嘿嘿。”帅朗笑着，低了低头。

一干人都呵呵笑了，对这个落榜生给予了善意的一笑，卢副局长征询着那两位要不按这个思路查一下，这个记录调用不难，续队长和邢组长点头同意了，回头笑着对帅朗说：“帅朗，看来你和你爸差不多，有其父必有其子没错啊，都有点未卜先知的本事……你还猜到什么了？比如，接下来……”

“接下来肯定是指认关押我的窝点吧？”帅朗愣眼道，这是半夜唯一能干的事了。“猜对了，甭跟他解释了，这孩子比谁都明白。”卢副局长笑了笑，起身了，敢情是等着帅朗自己说出来，于是安排着其他人抓紧时间休息，小木和方卉婷轮流开车，续队长领着一队外勤护队，三辆车趁着夜色上路了……

乡村的夜在月色隐去之后，就未必处处都透着美了，黑漆漆的，伸手不见五指，深色的苍穹笼罩着一片混沌，即便是极目，也只能看到树梢的房脊的影子。耳边掠过的微微风声，夹杂着蛐蛐不知疲倦的叫声，偶尔会猝来一两声夜鸮或者蝙蝠的嘶声，立刻会划破寂静，给身处其间的人平添一股怵然的凉意。

“邢组长，要不咱们冲进去得了？这得等到什么时候，都四点多了……再过一个多小时可就天亮了。”

隐没在夜色中的一辆警车里，续队长看着表，又一次征询邢组长，用了一个多小时到了帅朗指定的地方，这个地方却是已经出了中州市的辖区，在中州和长葛的交界地带，隶属于长葛市韩王乡河渚村。这种地带都是警力防范薄弱的地区，到达目的地联系了市局，联系了当地派出所，足足两小时，当地的警力还没有赶到。

邢组长睁了睁眼，看看四周黑沉沉的夜色，同来的四名外勤队员加上小木都被派到不远处的目标建筑蹲守，夜深露重，这条件可是够艰苦的了，不过还是没有答应续队长的要求，摇摇头道：“再等等……万一闯错地方怎么交待，现在警风警纪抓得这么严，别撞那个晦气啊……这又是在村里，又是跨市……”

意思很明确，情况不明，不能擅闯，要搁以前，执行警务，差不多刑警就敢破门抓人，不过现在情况不一样了，警察没那么好当了，抓对十个嫌疑人的功劳没有抓错一个普通人的过错大，续队长也知道邢组长的这层顾虑，很认可地说：“错不了……离长葛四十公里左右，建筑物距公路八百米，参照物是一座移动信号铁塔，离下一个村不足五公里，下一个村对面有灌渠，渠宽一米五左右，东西走向……帅朗记得这么清，能错了才怪呢。”

“那就更得等等了，有地方警力的支持，我们顺理成章搜查多好……反正都等了两个多小时了，还在乎再等一会儿？”邢组长说。

这话倒在理，续兵无言了，叹了口气，有点心疼还窝在建筑物四周的队员，这种闷热潮湿的天气估计少不了蚊叮虫咬，不过也没办法，吃的就是这碗饭，当刑警跑外勤，都是从这种生活中过来的。他伸了个懒腰，问了几声蹲守的外勤，又问邢组长道：“老邢，你看帅朗这娃怎么样？”

“什么怎么样？”

“人呀。”

“人怎么了？”

“啧，我是说，你觉不觉得这娃有点邪门啊……”

“有吗？”

“怎么，你没发现呀？你看啊，机场路传销窝点是他捅出来的，这是我进工作组以前的事，详细情况我倒不知道，不过后来我到工作组刚接手电信诈骗案调查后，居然又是小木和方卉婷带回消息来了，接着就是一窝银行卡贩落网，把省厅都惊动了，调查了二十天只画出几张图像来……又是今天个无意中，嗨，这俩人又把帅朗带回来了，他还知道案情……不邪门儿呀？”

续兵奇怪地问着，太多的巧合在任何一个警察眼里，都值得怀疑。一说，这个邢组长也觉得似乎真邪门了，狐疑地问了句：“你怀疑什么？他也参与诈骗了。”

“这个倒不至于……你想过没有，他动机何在？”续队长问。

“动机？哟，还真看不出来。”

“对了，问题就在这儿……你说他要是涉黑的人吧，这么胡捅一气，下场肯定三刀六洞被人灭口，迟早要横尸街头。但凡沾上点儿黑事，一般人不会选择和我们合作。可你要说他是老实百姓，这也说不通呀，我听着他分析案情，比我都专业……我就奇怪了，老帅家里怎么出了这么一怪胎。”续兵诧异道。

“怪胎是肯定的，不过帮我们的忙不是什么坏事嘛，别往坏处想，真要找动机，我倒想出来一个……你难道没看出来？”邢组长问。

“有吗？”轮到续兵不相信了。

“当然有了。”

“是什么？”

“是个人呀？”

“谁？”

“嗯……那儿猫着的。”

“你是说方卉婷？”

“对呀。”

邢组长年纪稍大，看人事洞明，小声解释道：“我看这小子瞅方卉婷的眼神就不一样，看我们都是直视，很坦然，可每每瞟方卉婷的时候，都是贼头贼脑的，关键是方卉婷好像看他也不一样，好像俩人之间有什么……说不上来，肯定不是一般警察和知情人那种关系，你看他帮咱们分析案子多上劲，我估计有一半是冲方卉婷来的……”

“不能吧。”续兵这个粗线条的警察有点大跌眼镜，想了想，晚上在监控中心，倒还真想起帅朗和方卉婷隔着两张桌子距离，还真有那么点儿不自然，不过马上又否定，直言道：“不对，老邢你太牵强附会了，咱们外勤组里的大小光棍，谁看见方卉婷也那德行……别说他们，就省厅来的骆督查，不也跟在这姑娘屁股后转悠吗。”

“是啊，都想搏千金一笑，帅朗倒想搏咱们警花一笑，那得抖搂出点儿真材实料来呀？”邢组长开着玩笑道。

“这话题以后甭提啊，要这样破案子，我脸都没地儿搁，什么时候咱们警察破案也得借美女效应，膈应人不是？”续兵不乐意了，斥了句，这时电话响了，一听劲来了，是乡派出所的联系人终于来了。

来了一辆老掉牙的面包警车，一位协警和派出所的指导员，粗略一问情况，带着治安联络员，三个人打着手电筒，深一脚浅一脚地进了村，在一片狗吠声中悄悄地敲开了村治保的家门。披着衣服的副村长兼河渚村治保主任把来人请进屋里，没等坐下，三张恢复的肖像便递了上来。

有点睡眼蒙眬兼老眼昏花的治保主任一瞅肖像，愣了愣，问道：“嗯？

村头老徐家歪嘴……画得挺像的嘛，你们进来的时候就路过，咋？犯事啦？”

一夜没有白费，续队长、邢组长怔了怔，一脸喜色地坐着，烟递过去了……

五点了，接近天亮了，方卉婷闭眼假寐，第N次听到后座的呼噜声又抑扬顿挫地响起时，气愤地抓起了在副驾上扔着的警帽朝着后座砸了过去。这一砸，正砸到帅朗脸上，睡梦中的帅朗“嗯”了声，一骨碌坐起来，横声骂道：“谁他妈敢动我……”

刚做梦梦到了货柜车队浩浩荡荡朝景区开来，梦见了狞笑着的林鹏飞，梦见了辛辛苦苦打下的市场被飞鹏大批量的倾销货冲得七零八落，梦见了叶育民、秦苒、李正义、闫副总还有白所长，一干人朝着自己狞笑，就像所有的努力最后都付诸东流一样，又一次被无情的现实打回原形，只得带着程拐、罗嗦一群货色黯然退场……

“睡觉做梦都骂人，你可真可以，从找着地方就一直打呼噜……”黑暗里有个脆声喝叱，很生气。

噢，明白了，原来是做梦，帅朗舒了口气，窝在后座睡觉，被憋得有点难受，边活动着脖子边说：“拜托，我都一天没睡好觉了，我容易吗我？”

“好像谁睡了似的。”

“你们是警察，应该的，我算什么？我可没义务跟着你们吃苦受累啊……”

“谁让你来的，稀罕……”

“你看你这人，要不冲着你，我还不来呢。”

“少来了，还没准儿有什么隐情呢……嗨，去哪儿……”

“我放放水，你也管呀？”

一问一呛、一呛一答，问答都含着相当浓的火药味。帅朗开门下车，方卉婷喊了句却是得到了这么个回答，气愤愤地不去理会了。前半夜忙着分析，中半夜忙着找这个窝点，后半夜外勤组一蹲守，留在车上只顾听帅朗打呼噜了。一夜没有休息好，有点疲惫，放下了车窗，透进来点儿清新、凉意的空气，方卉婷也跳下车，活动一下四肢。

此时身处的地方在路沿下的几十米外的林子边，眼前是一垄菜园地，再往前是麦地，麦地再往前几十米就是目标建筑，毕竟是客人，续队长和邢组长还是蛮客气的，把客人和女人留在目标的最远处，这其实就是外勤组最好的待遇了。

天还暗着，不过薄雾冥冥中已经开始透亮了，四处看了看，却是不见帅朗的影子，方卉婷气咻咻地腹诽了句，自顾自地上了车，坐到了驾驶位置，拧着矿泉水抿了口。很累，累得过头了，反而休息不了了，即便是闭着眼，也在心揪着目标现场的情况，也在想着案情的繁复，更是期冀着在今天的行动中会有所突破，打破目前的僵局。这些天，围绕着豆学文（豆芽）交代的一个绰号叫“山猫”的人，已经找了全市不下几十个配货处，到现在还没有找到有价值的线索，昨天晚上听到帅朗一番分析，免不了被他的思路左右，要是正如帅朗猜想，那离最终嫌疑人还有多远，可想而知。

对了，帅朗……偏偏想和他说话的时候，人却不见了，这多半天还没有回来，方卉婷有点焦灼了，可地形不熟，情况不明，天色未亮，光剩下干着急了。

就是啊，有点着急，着急地下车，在不远处转了一圈，又回了车上。想通电话告诉续队长，又生怕打扰。无计可施之时，又剩下愤愤埋怨帅朗了……埋怨什么呢？哦，好像没有很实质性的理由，埋怨这人真没眼力，好容易有了个独处的时间，原本方卉婷会以为帅朗说些什么让自己脸红的话呢，甚至于想好了对策，谁知道这货只顾打呼噜睡大觉。当然也埋怨帅朗有那么点儿轻慢自己了，甚至于隐隐有点后悔昨个见面时对帅朗故作矜持，不过，要是不那样，又能怎么样呢？要不是工作实在忙得焦头烂额，甚至于方卉婷会埋怨帅朗这人连个电话都没给自己打……对了，埋怨了一大会儿，又不禁担心起来，这黑灯瞎火荒郊野外，帅朗不会被狼叼走了吧！

天真无邪、如花似玉、残花败柳、河东狮吼、歇斯底里………这几个词可以勾勒出一个女人成长的轨迹，不管在这个轨迹上的哪一个环节，都免不了有那么点儿神经质以及莫名其妙的烦恼。

方卉婷似乎就被这种小恼烦搞得心神不宁，不时地将头探出车窗外，渐渐晦明的天色里，空无人影，只有不远处的公路偶尔会驶过大小车辆，连续兵和邢组也看不到。正心烦间，窸窸窣窣像有什么动物爬行的声音在车四周响，吓了她一跳，下意识地摇紧了车窗，手伸向步话……

“笃……笃……笃……”声音诡异。

“啊……”短促一声，方卉婷一惊一吒，没回过神来。门“嗒”的一声一开，像裹挟着一阵乡间的轻风进来一个人影：“给！”

“什么？”方卉婷一定神，是帅朗，正“咯嚓咯嚓”啃着什么，啃的声音很脆。

“香瓜……可好吃了。”帅朗道，一手拿着一个啃着，另一手递着一个，递近了示意道，“吃啊，这可比方便面好多了，绿色食品，快吃呀！”

帅朗一个瓜已经快吃完了，抽了张纸巾擦着嘴，看方卉婷没动，还以为城里姑娘真没见过乡下瓜似的，拿过来手一敲一掰，又递上来了。方卉婷机械地接到手里，在这个闷热的环境里坐久了，特别是饥渴久了，矿泉水已经淡而无味了，此时闻到香瓜带着青草和晨露的新鲜味道，放在嘴边轻咬了一口，脆、香、甜、润，一嚼精神了，接连不断地“咯吱咯吱”啃着。

“好吃吗？”帅朗问道。

“嗯，好吃。”方卉婷还真像头回下乡的城里妞，吃得来劲。

“城里吃不上这玩意儿，就有也是大棚里的，长得像，吃得味道根本不对。”帅朗解释着。

“哪儿来的？”方卉婷边吃边奇怪地问道。

“哦，林子后头，小斜坡上，都不是大棚的，肯定是村里的自留地，个不大，味道贼甜……”帅朗道。

“偷的？”方卉婷一噎，愣住了。

“大清早的，我没地付钱呀？”帅朗狡辩着。

“你偷来的东西，给警察吃？”方卉婷气结着扬手就要打帅朗。

帅朗一缩脖子道：“偷都偷了，吃都吃了，多大个错似的……那你吐出来。”

方卉婷被气得没治了，哼了哼，扬了扬头，使劲咬了一口瓜，睥睨地看着帅朗，吃了都不领情，斥了句：“反正你是贼，我怕什么？切……”

“哟？有当黑警察的潜质了啊……光吃不往外吐，哈哈……”帅朗拍着大腿，呵呵笑着，方卉婷也不理会这货，虽然不理会，可总觉得和他在一起的时候挺高兴，总比一天面对严肃的同事们高兴，在帅朗的脸上仿佛永远也见不到愁容。帅朗回头看着方卉婷，那吃瓜的动作蛮优雅，小嘴轻抿着汁液、贝齿轻咬着晶莹的瓜片，即便疲惫的脸色也掩不住秀丽可人，特别是配着肃穆的警服，那可是另一番风情。

“看什么？”方卉婷叱了句，瞪着帅朗，像是窥破帅朗的坏心思了。帅朗嘿嘿一笑：“看你警服呗！”

“警服有什么好看的，对了，是你没实现的理想，是吧？”方卉婷道。

“不是这个，我是说，男人穿上警服，怎么看怎么威风。这女人穿上了警服，怎么看，怎么像诱惑……”帅朗直白道。方卉婷脸侧过了一边道：“狗嘴里吐不出象牙来。”

帅朗呵呵笑着不敢越界了。方卉婷抽了张纸巾擦着手，那不假辞色的样子当然和帅朗的嘻皮笑脸格格不入了，即便有过一次倾情长吻，那个猝来猝去的激情早随着时间磨去了不少，从方卉婷丝毫不露端倪的目光中，帅朗一点儿也不敢再抱旧情重燃的可能了，更何况不远处还蹲守着外勤，那帮货随时都有可能回来。

失望，很失望，帅朗靠着副驾驶座仰头长叹，闭上了眼睛，哀叹的内容是：哥贼胆还是不够肥呀！明摆着这么水灵的警花就在跟前却不敢下手……

“帅朗……帅朗，跟你说话呢？”方卉婷叫着帅朗，看这货闭目养神还以为又要睡过去打呼噜，推了把帅朗问道，“你说这趟会不会抓着个嫌疑人？要是那样收获可就大了。”

“不可能。”帅朗道。

“为什么？”方卉婷问道。

“线索肯定会有，收获不会太大，你从嫌疑人的行为特征分析分析，要是梁根邦真蠢到这个暴露的窝点还敢使用，那你们抓他就不应该这么费劲了。我想，顶多能查到某个嫌疑人的线索。”帅朗道。

“你也懂犯罪行为分析？”方卉婷奇怪地问，那是自己在警官大学的一门学科，而且是选修的。

“我爸懂，他有些书我浏览过，也没什么新意呀，就是讲怎么通过心理、细节、行为分析犯罪，说白了就是性格决定行为，每个罪案都有特别的行为特征，好像就是你们找的犯罪规律……其实不仅仅对于犯罪，就日常生活也是一样的，每个人都有特别的行为特征，就像每个人的指纹一样，都是独一无二的……”帅朗白活着，就像猜测林鹏飞的心理一样，这些日子感觉这玩意儿还是挺管用的，就看你怎么用了。

帅朗是缓缓道来，可方卉婷的惊讶就更甚了，这些话像个法学理论专业毕业生说的，可眼前明明不是那类货色呀！这么侃侃而谈，这么镇定自若，这么雍容大气，让方卉婷免不了忆起几小时前在监控中心的长篇大论，于是饶有兴致地盯着帅朗，盯着仰头眯着眼似小憩的帅朗，试图看清这个每每给自己惊讶的人。

“看我干什么？”帅朗反过来道，训着方卉婷。

方卉婷抿嘴笑着，鼻子哼了声道：“观察你的行为特征喽。”

“你不行，这行我爸最厉害，现在我估计我比我爸厉害。”

“吹吧你。”

“真不吹，我爸为什么厉害你知道不？他在列车上跑了二十多年，千人万面已经看得了然于心了，而你呢，就在你们那个小圈子里看一个一个警察，可能比他强吗？跟我你就更没法比了，我们一天推销卖东西，什么样的歪瓜裂枣都得学会对付……”

帅朗白活着自己的实践经验，这中间的差距自然不是一点半点儿，甚至于帅朗觉得，分局刑侦上那位刘清，反骗组的续兵、老邢应该都是此道中人，独独像方卉婷和小木这样的菜鸟，恐怕提不到桌面上来。

这么一说，方卉婷虽然信服，可嘴上不服，而且对帅朗的轻视很不悦，挖苦了句：“哦，当然没法和你比，你还让什么凤仪轩的盛设计师教你干什么来着？搭讪？帅朗，敢情你这是想修炼得男女通吃是不是？”

“呵呵，你还别挖苦我，世事处处皆学问，这几个月我是感触良多呀，特别是跟盛设计师还有一位大师学了不少东西。比如你，我就能看出好多行为特征来。”帅朗一指方卉婷道。

“我？看出什么来了？”方卉婷吓了一跳。

“比如你的随身物品，女包……女人随身的女包会透露出主人的性格秘密，比如喜爱无带包或者很小手提包的女性，一般洒脱自信，应变能力强；喜欢大包的女性一般外刚内柔；颜色的选择呢，偏暗色表明女性成熟而且知性，偏浅色的表明女性热情，偏花的表明女性缺乏主见，偏暖色的又能反映出女性在性格上的懦弱……”帅朗得意地显摆着从盛小珊那里学来的关于怎么看妞的理论，听得方卉婷一愣一愣的，方卉婷正要说话，不料被帅朗伸手制止了，“你别反驳，我知道你不爱带包，喜欢随手把东西塞口袋里对吗？这种情况女性多属于强势女人，追求自由，渴望与男人平起平坐，你就属于这种……所以很多男人对你敬而远之，不管事业型、成功型，还是强势型的女人，都不怎么招男人待见啊……”

方卉婷愣了，有点似是而非，又有点焦糊味，其实谁又能真把自己的性格用语言表达得清清楚楚呢。于是她愣了，愣着在咂摸帅朗的话，强势好像很对，最起码在很多男性面前，她永远占据着主动和主导的位置，不容对方置疑；说追求自由也对，不过也不对，现在不都追求自由嘛；说男人敬而远之，好像也对，就自己这个警官学校出来的，名头吓人，工作一般，家境不好不坏，要找个门当户对的对象何其难也！父母觉得合适的也不是没有，不过相亲之后，基本都被方卉婷询问嫌疑人的语气吓跑了。

“哎……说对了吧。其实你需要的是理解、欣赏、支持……这是你内心的渴望，对吧？”帅朗很自信地说。是的，当然需要理解、欣赏和支持，只不过这世界上不需要这三样东西的人不多。

方卉婷这会儿听得有点动容了，作为警察，当然需要有个人理解她的职业、理解她的无奈、欣赏她的作为以及支持她的事业，想了想，方卉婷笑了笑，点点头，似乎听到这么暖心的话不容易。

“认可就好，我就是理解、欣赏和支持你的那个人……”

帅朗真神了，直言不讳道。

方卉婷“扑哧”一笑，斜眼瞟着帅朗，翻着白眼道：“就你？”

“我怎么了，我觉得我挺好，比如今天，你像一个失去航向的小船，我是你的灯塔……要不俺来干吗来了，冬天送火盆、夏天送冰棍，就冲着你来了啊……”

帅朗的嘴不停地嘚啵着，手舞着表白，方卉婷却笑意更甚，逗着帅朗：“你酸不酸？姐的跟班多了啊，不缺你一个，来，来，再给姐酸几个。”

小指头一勾，眼神一瞟，嘴唇儿一翘，近距离刺激着帅朗，帅朗貌似表演一番道：“还要酸呀？这不明摆着吗？你要是月亮，我就是围在你身边最亮的星星，衬托你的皎洁；你要是鲜花，俺就是陪衬你的绿叶，衬托你的娇艳；你要是警察……俺就是你胸前的勋章，衬托你的……”

挥舞着的手，在方卉婷的笑声中，做了一个很浅显的动作，要做方卉婷胸前的勋章，为了表明心迹，那手顺理成章在方卉婷胸前一摸，方卉婷一愣，全身一颤，连躲也忘了，帅朗轻抚成了龙爪，捏捏后终于完成了很酸的表白：“衬托你的骄傲……”

啊……方卉婷圆睁的眼半晌才反应过来，第一个反应是来了个抱头膝顶的动作，却不料忘了自己是在车上，一下子倒把帅朗抱在怀里，成了喂奶动作，白白又便宜了帅朗一把，羞气之下双手掐着帅朗脖子，恶狠狠地掐着。没料到这货敢在这个时候非礼，无意识之下掐得很凶，帅朗大张着嘴：“啊啊啊……救命……谋杀……呃！”

“我非杀了……你。”方卉婷没来由地气急败坏，手劲加大，帅朗被掐得舌头外吐，龇牙咧嘴。好在僵持时步话机里喊着让方卉婷归队，直接上路，帅朗指着步话机提醒着方卉婷回话。方卉婷半晌才放了帅朗，拿起步话机的方卉婷扬手要打，吓得帅朗赶紧抱头。缓了口气，方卉婷这才挂上步话机，倒着车上了路，天色渐明，两辆警车正从目标建筑方向驶来，车到路面上稍稍一停，帅朗却是迫不及待地跳下车，说什么也不坐方卉婷驾的车了，哄着小木去，说有好吃的香瓜，小木乐得屁颠屁颠上了这辆车，还没打招呼，倒被方卉婷剜了一眼。

不料帅朗也没上这辆，一上车就被驾车的刑警拦下了，那位警察拦着帅朗从另一面下了车，并招着手示意着帅朗过来，然后莫名其妙地等着续队长、邢组长和地方派出所的告别，一句话也不说，等得帅朗心怦怦地跳。半天才见续兵奔上来，几分喜出望外地拉着帅朗，透着车窗瞅了眼后厢关着的人。

正是老歪，那歪嘴的样子帅朗记得很清楚，一眼过后帅朗紧张兮兮地回头问道：“这么简单就抓住了？”

“巧了……呵呵……”续队长笑着解释道。老歪叫徐福详，溜了一个多月觉得没事，前天才回家，没想到恰巧给撞了个正着，村治保敲门，外勤冲进去就把这货堵床上了。这让全队都有点喜出望外，一个身份的确定就意味着要扯出一窝来，最起码在他们身边所有人的身份就没有秘密可言了，这个僵局的豁口终究还是被撕开了。续队长这个大高个双手握着帅朗谢着，恨不能把帅朗抱起来亲几口；邢组长也上来了，嘱咐帅朗一定要保守好秘密，而且帅朗不能坐这辆车；市反骗中心的命令已经来了，要半路突审呢……于是帅朗绕了个圈，又悻悻回了方卉婷驾着的那辆车上。

没想到这嫌疑人能蠢到这种程度，居然半路回来了，以帅朗的估计，顶多能找个线索，不料有这么大的收获，要这样的话……很快警察能查到憨强和老铲……之后应该能牵出“山猫”和梁根邦来……如果梁根邦知悉自己已经岌岌可危，应该没有时间再去对付桑雅，桑雅就不至于落到这帮涉黑涉骗的人手中了，安全系数相对提高了……不过这同样是个剜肉补疮的办法，万一梁根邦落网了，那么自己也就亲手把桑雅送进监狱了，但是帅朗宁愿桑雅落到警察手里，也不愿看到她落在梁根邦的手里……

有时候权衡是很难的，选择也是很难的，帅朗没想到这么快，也没有想通自己这是对还是错，开门上车。车队出发的时候，小木在前座啃着香瓜，回头问缩头缩脑的帅朗道：“帅朗，抓着人了，你怎么不高兴?”

“呵呵……有些人刚才推测了，咱们抓不到人。”方卉婷嗤鼻挖苦了帅朗一句。

“失误、失误……人民警察不得不服啊。”帅朗摸着还隐隐作痛的脖子，心有余悸地说，这才想着女人不能乱招惹。

“那是，我们不放过任何可能的疑点……你不服这帮刑警还真不行，墙角草棵里蹲了三个多小时，身上被蚊子咬了一片红疙瘩，愣是一声没吭，嫌疑人穿着裤衩从窗上跳下来，一把就被摁倒了……不过帅朗你也可以啊，眼光挺准，徐福详确实是个老痞子，劳教过三年。”

小木喜出望外，恨不得把经过和盘托出，第一次参加外勤排查，倒成抓捕的了，而且这么大收获，看样子乐得不轻。不过乐呵呵地说了半天，驾车的方卉婷和后座的帅朗都不吭声，好像根本对这个意外之喜没反应一般，小木悄悄地瞟了一眼正襟危坐开车的方卉婷，又回头看看抱头假寐的帅朗，突然觉得有点莫名其妙的尴尬，自己像成了插在俩人中间的大灯泡一样……

就在这个尴尬中，往中州返程了，一路上没说话……

“喂……哦，杜姐，没事…真没事了，我现在随时就可以回去……为什么还不回去？呵呵，这不就准备回去嘛，昨晚怎么样？李正义没有叽叽歪歪吧……呵呵……那好啊，想和咱们重续前缘是好事呀，为什么不答应？以后谁找咱们合作都答应，咱们可是大客户，客大不欺店都说不过去……什么？林鹏飞住院了？被咱们气得吐血了？不至于吧？那么大身家，咱们才坑了他多少……谁告诉你的？又是李正义……这个货不能共事，纯粹一个小人，看林鹏飞住院，又觉得有机可乘了，想拿咱们当枪使呢……一会儿再说，我得挂了……”

帅朗急促地挂了杜玉芬的电话，保持着正襟危坐的姿势，是因为听到了很重的皮鞋声传来，此时身处的是童副政委的办公室，除了一桌、一组沙发，都是档案柜，寒酸得厉害。皮鞋声音在门口不远处停住了，半晌没进来，帅朗又掏着手机看了看时间，已经八点五十分了，从河渚村回来，吃了早饭就一直在这儿干坐着，人家不说留，也没说让走，搞得帅朗心里惴惴不安，生怕什么地方漏了嘴，又被揪着盘问一两天，那可惨了。

门一推，人进来了，是童副政委和邢组长。干干瘦瘦的邢组长叫邢爱国，今儿早上帅朗从小木那漏嘴里才听说他是来自市局直属刑事侦察技术研究处的，要说级别比续兵还要高，帅朗从他舒展的脸上，隐隐猜到了一件事：没事了。

这是最佳效果，注意力将会全部被吸引到浮出水面的案情上，景区那点儿砸摊抢生意的烂事在这些警察眼里，恐怕算不上什么事了。不过，从这里出去以后，不管在景区派出所还是在竞争者眼里，恐怕他们都得另眼相看了，毕竟警察这个系统对于普通人来说是个神秘的存在，帅朗心里都盘算了，以后逢人吹嘘的资本，从今天开始全有了。

没事了，童副政委脸上的表情写得更明显，进门便笑了笑，向帅朗走来，开了个玩笑道："实在不好意思啊，帅朗，耽误了你这么长时间，不过我看你挺喜欢这儿的是不是？有什么需要我们帮忙的地方，尽管开口啊。"

"挺好……我还真有需要您帮忙的，童叔，你们这儿招聘警察不？要不我来应聘怎么样？"帅朗顺竿爬了。一爬，把童副政委和邢组长结结实实地噎了一家伙，就这一堆案底的，恐怕连报名资格都没有，童副政委和邢组长面面相觑。童辉语结道："这个……这个可以考虑，我请示一下领导……"

"明显是糊弄我嘛……"帅朗不悦道。邢组长笑了笑没接话茬儿，帅朗却是退而求其次了，正色问道："要不童叔这样，咱们跟国外电影一样，我帮你们忙了，你把我案底给我销销怎么样？不就点儿打架偷东西的事，我早改过自新了……可这玩意儿在档案里是个大麻烦啊，别说考公务员了，就像样点儿的大公司，他们一查，直接就给捋下来，面试资格都没有……"

童辉使劲抿抿嘴，没想到这货还真是大言不惭，提了个无法满足的要求，看了看邢组长。邢组长给领导解围了，劝着帅朗道："好，这事我们考虑着，不过难度太大，需要时间啊……帅朗，这样……我们这工作性质特殊，这个……"

"想打发我走，那明说呀，我又不准备赖着你们……"帅朗给了一个理解的笑容。其实他一进门就看出来了，不过几句倒说得俩警察很不好意思说这句卸磨赶驴的话，童副政委笑着伸手握了握，邢组长搭着帅朗的肩膀，直说安排个车送人。不料帅朗坚决推辞着说：“咋说呢，不用，真不用。不过那几个当天抓我时，把我的钱包搜走了，里面有一千八百多块，对了，还有一块手表，老贵了，好几千呢，一定给我找回来……不冲这个，我还不举报他们呢，我从来没吃过这么大亏……”

一路上嗒嗒嗒嗒嘴巴不停，既有要求，又有原因，只不过在邢组长听来，差不多要成为一个很合理的动机了，对于这个受害者给予了几分必要的安抚，一直送到楼门口。帅朗坚决辞着不让送，自顾自地向大门外走去，几次回头招手再见，不过心里却是暗道万幸……

“他提供的情况，全部能印证吗？”童副政委看着帅朗的背影消失在大门之外，随意问了一句。

“基本可以证实，据徐福详初步交待，当天确实接到了‘山猫’的电话，让他们在萨莉西餐厅堵一个叫小玉的女人，据说这个女人偷了梁根邦不少钱，纯属报复来了……之后打架、堵人、绑架、关押，和帅朗所说基本一致，甚至包括他的钱包、手表被搜走的事……刚刚我派外勤专程跑了趟凤仪轩，据那里的设计师盛小珊提供的证词，当天确实是她请帅朗到萨莉西餐厅吃饭，而且是她让帅朗去和临窗坐着的一位红衣女郎搭讪……可以确定是个巧合。”

邢组长大致说了一遍，能证实的基本都证实了，那么此时重点就不在帅朗身上了，被抓的嫌疑人正在预审，帅朗所提供的案前比对也正在紧锣密鼓地进行。回头走了几步，邢组长见童副政委一言未发，好像在想着什么，出声问了句：“童副政委，怎么，您觉得他身上还有疑点？”

“那倒没有，我在想其他……”童副政委回头，指指大门之外，怀疑地说了句：“这家伙言不由衷啊，你想想，又做生意，又搞形象设计，又学怎么社交搭讪，别以为我不懂，这纯粹是学怎么勾搭女人的……有这么好的生活，还当什么警察，纯属一派胡言……”

一怔，邢组长笑了笑，跟着童副政委的步伐上楼了。

没事了……没事了……出了院门，紧走几步，靠着墙根的帅朗回头瞧了瞧，状似大难得脱般长舒了一口气，不是一口，舒了好几口。从昨个召集人马乱捅一气开始，心里就绷了根弦，不管是陷到景区里的事出不来，还是陷到案子里出不来，都是麻烦一大件，可这趟心跳好歹玩得出来了，这让帅朗在忍不住庆幸之余，又觉得智商上那份优越感格外强烈了。

不管怎么说，景区和车站市场是咱的啦，有了这回事，没人敢碰咱了，那以后钱是哗哗地来……

不管怎么说吧，咱现在是警察的座上客了，以后谁再找大爷麻烦，就说卢副局长是咱叔，刑警队都是我哥们，吓死个他……

心跳之后又涌上来几分狂喜，免不了憧憬打开了发财大门，免不了来个鸡生蛋、蛋生鸡的推衍，一直联想到几年后的家财万贯，都说运气来了城墙也挡不住，一点儿没错，瞧咱这光手光屁股，今年夏天不照样发个小财。

一会儿狂喜、一会儿沉思，帅朗有点压抑不住即将发财带来的冲动了，在墙根站了好半天，才想起还有事呢。是先回景区见见杜姐和那群哥们儿呢？还是到洗浴中心洗洗晦气？以前出来，第一件事就是洗个澡……不对，今天不行，好运气都是警察带给的，这可不能叫晦气……得意扬扬刚要迈步，身一直，尔后一僵，眼一愣，站在当场了。

出意外了……面前不远，路牙之上，站着个俏生生的警察，女的，正似笑非笑地盯着自己，刚刚只顾偷着乐了，可不知道这警妞什么时候盯上自己了，一回头看到了一辆警车归队，敢情人家是下车早看了好久了。

正是方卉婷，站在那儿好像等着帅朗打招呼，不过那眼神像狩猎者一样让帅朗隐隐嗅到了一丝危险的气息……对，摸了人家一下，看来白摸不了，帅朗不自然地五指动动，艰难地伸缩着，脑中霎时掠过抚着的那种柔软、弹性和心动的感觉，看来摸警花是比摸其他妞有成就感……不过另一只手却下意识地摸摸脖子，那是被掐疼的地方，天下人心就数女人心难捉摸，第一回亲了亲，差点儿被扇成猪头，第二回摸了吧，又差点儿被掐得背过气去……这妞泡得，真要命了……

于是帅朗有点怵了，即便对着玲珑有致的制服诱惑，即便对着勾魂摄魄的姣容玉面，也有点站立不安了。他退缩着，趋步着，瞅瞅环境，前面是大路，后面是高墙，左边是监控中心，就右边一条路了，于是……帅朗做了个很不爷们儿的动作，脚慢慢挪着，向右方挪动着，躲闪着方卉婷的眼神，准备开溜了。

帅朗小步快走起来，后面高跟鞋“噔噔噔”就追上来了。偏偏帅朗又不敢奔，这一奔不成警察抓小偷了，何况后面是个美女警察，此时路上这么多人，恐怕不缺见美勇为表现一下的……于是稍稍加快步伐，没走几步，感觉后面的步幅加快，干脆一停，有点心虚地对方卉婷说：“别追我啊，我看见你就烦。”

“我怎么看你就喜欢呀，一点儿不烦。”

方卉婷紧跟几步，挡在帅朗面前，眉开眼笑，不过像笑里藏刀，直逼着帅朗，她前进一步，帅朗后退一步，再进一步，再退一步，几步之后，帅朗后背一碰，撞墙了，退无可退了，方卉婷一伸胳膊把帅朗的去路堵住了。

“方姐，我……那个……我急着回去做生意，要不……那个……”

帅朗赶紧解释着，你说也奇怪，人少的时候，一般是男人胆大，可人多的时候，就调了个个了，女人胆大了。两人僵在人行道边上，不时有过往的路人投过来诧异一瞥，反倒让帅朗觉得无所适从了，方卉婷反倒大大方方，就像路上堵夜不归宿的爷们儿一般。帅朗解释着，顿觉语言的匮乏，声音越来越小，看着方卉婷的眼睛，说不上话来了。

“不告别一下就走啊？”方卉婷突然问了句，媚眼飞过，不像挑逗，像挑衅。

“告别，告别……那，再见……”帅朗从美女的凝视中回过神来，道了个别，刚要走，不料方卉婷一抬腿，手脚同时挡着，帅朗不知该如何是好了。

“你以为非礼本姑娘就没事了，是不是?”方卉婷揶揄地问着，像找后账来了。

“我……”帅朗本来想来句“要不你委身于哥”得了，不料对着方卉婷清澈而不善的眼光，不敢调戏了，解释道，“对不起，我是一时不慎，被方姐您的倾城容颜所迷……所以铸下大错……”

“呵呵……”方卉婷笑着。帅朗说着眼珠滴溜溜转着，眼光一碰触，方卉婷猛地想起自己是问罪来了，不能嬉皮笑脸，脸一拉，斥道：“道个歉就完了？怎么好事都让你占了?”

“多大个事，隔着衣服没感觉出什么来呀?”帅朗辩了句。方卉婷眉一挑，手一扬，帅朗一紧张，一捂脸，赶紧转话题道：“饶命饶命，你都差点儿把我掐死了，还要怎么着?”

“哼，让你长长记性!”方卉婷很生气，“啪”的一声从帅朗脑袋上扇过。帅朗看到近在咫尺的方卉婷银牙紧咬，脸色泛青，估计那事着实有点惹着她了，诚恳地解释道：“长了，一定长记性，我保证，这次记性肯定长。”

“这么个保证就想让我放过你?”方卉婷质问着。

“那还要怎么样？好，我保证……”帅朗一正色，左手来了个发誓动作，“以后毕恭毕敬……嗷!”

一声惨叫，帅朗疼得弯下腰了，却是方卉婷猝不及防给了个膝撞动作，直顶在小腹柔软部位，帅朗弯腰，刚要勉力支起身来，不料背后一疼，又吃了一个肘拳，帅朗那个苦呀，边揉着小腹边冤屈地求道：“哦哟，我就摸了一把，不至于往死里打吧……”

“再说……再说……混蛋，让你憋坏水……王八蛋，让你欺负姑奶奶……”

方卉婷听得更不入耳了，有点气急败坏，上一拳、下一腿、左一腿、右一踢，骂一句，揍一下，几下之后气发泄得差不多了，刚喘过来歇口气，眼睛一扫，坏了，大街上打酱油路过的不少，指指点点，早围了一堆人，实在有辱斯文，而且自己还穿着警服，刚刚只顾发泄，这下坏了……紧张了一秒，方卉婷眼珠一转，计上心头了，故意放大了声音，故意扮着很泼妇的样子，干脆一不做二不休，上前腾地又踹了帅朗一脚，大声叫嚣道："有俩臭钱了不起呀？夜不归宿、勾引别人老婆，你什么东西……回去告诉你爸妈，姑奶奶不跟他儿子过了……"

一句嚣张罢了，掉头就走，貌似气不自胜，捂着脸快步出了人群。

"哟，这俩打得凶啊，女的打男的。"

"活该，勾引别人老婆，这王八蛋……"

"你看你看，明显理亏，他都不敢还手……"

"走了，走了，小两口打架有什么看的……"

不明真相的围观，男的女的老的少的，不大不小一个圈子以方卉婷的掩面而逃散了，这位挨揍的还真像犯了错，起身、低头，面朝墙，人往前走，迅速加快了步伐……等方卉婷快进大门时远远看了一眼，帅朗早溜得没影了。

"哼，非礼姑奶奶，让你小子吃不了兜着走，挨顿揍没地儿诉苦去……"方卉婷气顺了，得意了，颇为自己刚刚的急中生智得意不已，就这事，揍了他都没有群众同情，只觉得打得有点轻。

方卉婷终于长长地舒了一口气，眼前还萦绕着不久前在凤仪轩见到的那位盛设计师，貌似很有优越感的女人，对警察的到来爱理不理，看着就让方卉婷来气。而且询问之下，是给帅朗设计形象的，而且教帅朗怎么搭讪，虽然证明了那天碰到小玉纯属巧合，不过让方卉婷气愤的是，帅朗居然跟着一位这样的女人去学习怎么勾搭别的女人，你说这能不气吗？

算了，不去想他了……方卉婷向队里走着，和门房打着招呼，一夜未眠，有点疲惫，偷偷打了个哈欠，进了楼门。本来生活紧张而又充实，不过遇到帅朗之后心理上的平静又被打乱了，甚至不时地拉拉身上的警服，抚平衣服上的褶皱，似乎生怕别人发现那里被一双咸猪手袭击过似的……对了，不能想这个，一想心怦怦乱跳，脸上发烧，恨不得再摁着帅朗痛扁一顿……

可怎么能不想呢？想到了帅朗每每轻叩在自己心坎上的话，想到了帅朗嬉皮笑脸总是无忧无虑的样子，甚至于想到了一个多月前的晚上，在机场路那幢居民楼顶，很惊艳、很刺激、很让人回味的深吻……那时候感觉他的双臂那么有力，抱着自己，自己几乎要融化一样。即便那肯定不是爱情，可让身处其间的自己如此忘情，很多时候会让方卉婷误以为自己喜欢上了这个混混儿。

不能走神啊，一走神就出事，办公室在三楼，方卉婷边想边走，糊里糊涂地走到四层了，又上了一层，到顶了，没路了，才发现自己走错了地方，悻然一拍脑门儿，下定决心不再去想。回头下了楼，正下着楼，却听得踢踢踏踏的脚步声，卢副局长、童副政委、邢组长以及省厅两位督导，像失火一样，一窝蜂出来，往楼下奔，平时碰面总要打个招呼的，不过今天邪性了，一阵风全跑下楼了……

有事了？方卉婷跟着众人，远远地下了楼，正巧小木从楼下一脸喜色地奔上来，方卉婷一把揪着他："怎么了？"

"找到人了……对上了。"小木喜滋滋地说着。

"什么对上了？"方卉婷愣了愣。

"监控呀……把蒙面的和没蒙面的，从衣着上对上了……蒙面的以前还真取了一次款……走，走，看看去，两头都对上了，那边嫌疑人也交待，飞车仔都是先付款，后拿卡……"小木喜不自胜了。

说着走着，到了三楼的技侦比对地方，十数台电脑"嗡嗡"声响，一屋子热气扑面，空调开着也挡不住这么多台电脑，这么多人在里面，放在屏幕上的两张对比图，一个蒙面，一个没蒙面，没蒙面的图像是依照刚刚从银行传过来交易记录时间，比对时间提取的图像……

对上了，即便是肉眼，也能观察到相似点极多，一位技侦人员介绍道："我们做过技术处理，身高、体型吻合……近距离画面拍摄到了他的手，大家看，中指这儿有个创可贴……大图的对比，虽然衣服没有任何标识，不过款式相同，关键是这儿，鞋，特步运动鞋……两个取款时间相差一小时零二十六分，取款地点相差七点九公里，这个取款地就在距农科院不远的工行分理处……基本可以确认是同一个人……"

几个细节的比对，把困扰监控排查一个多月的问题解决了，那张留着小胡子的面貌清晰地展现在众人眼前了，又是一个嫌疑人。

"神了，分毫不差啊……我可第一回碰见这种人，能把犯罪过程猜得这么准确……"续兵队长拿着第一张打印的成像，小声和卢副局长说了句。卢副局长也是喜色外露，安排着发排查通报，这些人的查找恐怕得通过派出所的基层警力了，不料这句话好像刺痛了谁，有个声音说："续队长，这是昨天晚上那位知情人说的……就那个傻乎乎的黑个子？"

是省厅督导，续队长点点头，没多说，相比于眼前这个上级的人，倒是更喜欢帅朗那个小混混一点儿。

这位督导蹙蹙眉，旋即脸色舒展了，笑道："很简单嘛，就是得到取款消息之后，分批取了款，然后从组织者手里购到存在赃款的银行卡，二次取款……这样的话，取款一结束，就是整个罪案的实施完成，避免了更多的麻烦，比如把这十几位取款者重新聚集起来，比如可能遇到我们警方排查巡逻，全部避过去了。这一点更能说明我们针对的是一位反侦查意识很强的罪犯……他选择的这个途径是最快的一种……"

说者侃侃而谈，听者唯唯喏喏，人群后面听着的小木低头朝方卉婷做了个鬼脸，这话很耳熟，从专业角度而言无懈可击，只不过发生在事后就没什么语惊四座的了，毕竟前一日大家都听过了，而且比他的分析精彩得多。事实确实很简单，不过是发现之后，大家都觉得简单而已。

方卉婷悄悄退了出来，对于纠结这么长时间的案子也可以松一口气了，有了肖像的排查就不用她和小木一家一家挨着问一个不确定的绰号来源了，一夜未眠，现在最想做的是找个地方好好休息一下，办公室不行，肯定是电话响个不停……想了想，直接下了楼，干脆坐到了车上，惬意地靠着座位，不经意间看到车窗前还放了个甜瓜，就剩一个了，其他几个被小木和外勤们分了。方卉婷忽地又想起了在河渚村，贼头贼脑偷瓜回来，一脸窃喜给自己瓜的帅朗，那样子甭提多乐呵了。

又想起那个不愿想的人了，其实刚刚也没想着揍他的，只不过见盛小珊的时候有点来气，恰恰归队时又看到这货躲在墙根偷笑，说话又难听，忍不住就出手了，要是当时……方卉婷臆想着，要是当时他再说上几句姐是红花，他当绿叶的酸话，没准儿就放过他了……

打个电话？方卉婷摸出了手机，翻查着帅朗的号码，每每翻查到号码，她就踌躇，很多次，为了保持淑女的矜持，都不愿意先打电话邀约，尽管有时候也想……这一次，算了，就当姐安慰安慰他了……方卉婷笑着，拨通了电话，通了，而且有人接，半天谁也没有先说话，方卉婷这次主动了，忍着笑问："还疼吗？"

"别卖好啊，告诉你，我报警了。"电话里帅朗发出气咻咻的声音。

"是吗？告诉我报哪儿了，我查查，是不是有人报案说被女人当街打了……"方卉婷调戏道。电话里没音了，果真是无处诉苦。半晌没音，方卉婷换了个平和的语气说："对不起啊，我突然觉得不该打你，很没风度。"

"对不起就完了？"帅朗道。

"你还想怎么着？能让本姑娘说句对不起，已经给你很大的面子了啊。"方卉婷笑道。

稍倾，对方似乎真不介意了，不过却传来了一句话："我不想怎么样，这样吧，下次碰见，再让我摸一次，不跟你计较了……哈哈哈……"

对着手机呸了口，腾地挂了手机，方卉婷一气之下差点儿把自己的手机扔了，本来心情颇好，又被刺激得坐卧不安了，气咻咻地想了良久，才发现一个严重的事实：这货脸皮不是一般的厚，其实自己根本不用顾及他的感受。一顾及，反而是找上门让人调戏了。

于是，刚有了点儿好感又没了，方卉婷气哼哼地摁着手机键，发了个很没威胁力的短信："你等着，姑奶奶跟你没完……"

景区的景色其实千篇一律，川流不息的大巴车来来往往，每每一停之下，挤挤攘攘的人群涌动着。炎热的天气里，当地导游也是短袖薄裙"人"字拖的清凉打扮。都冲着观景来了，因人而名的景总没有天然而成的景色那么有看头，还是在五龙观景点看黄河的居多，每年雨季站在十几米高的观景台上，脚踩着隆隆的涛声，眼看着滚滚浊流，会感受到"君不见黄河之水天上来，奔流到海不复回"的浩荡气势。

只不过炎热的天气、熙攘的人群、轰轰的马达、导游小姐的脆声，还有小贩不时的叫卖，在这样的环境里，恐怕观景的心情会破坏掉一大半。古清治站在观景台上已经半个多小时了，甚至于连他也诧异数年未至的黄河景区能够如此热闹，上午九点开始就像赶集一样，时聚时散的人群较之市区那个繁华商业区都不逊色。

远远地看到了寇仲和黄晓的身形，一个干瘦，一个肥硕，俩人几乎是挤到观景台前的，到了，扶着铁链栏边，黄晓大口大口地灌着冰镇饮料，寇仲却是拭着满头大汗，绸衫丝裤，戴了顶草帽的古清治笑着摇了摇头，干脆摆摆手示意着走。黄晓巴不得回车里吹空调，应了声，先自朝停车场奔去了，寇仲却是不忘师爸关心的事，边下着台阶边说："看来传言不虚，他们昨个还真干了一场，这摊子嘛，还在帅朗这帮人手里，今儿市场摊位上大部分都是百事、美年达，这个产品的代理是正浓……这里头究竟发生了什么我还弄不清楚，好像听说昨天把飞鹏直销的十几个直销点全拔了，我认识的几个配货商对这群人也有所耳闻。呵呵，说起来小帅还真够种，谁不给他们供货，他们就在谁的批发区域里捣蛋，这小子再往下发展，就快成黑社会了啊……”

“呵呵……他应该姓灰，不姓黑。对了，山雄那边有什么消息，人出来了吗？这事说大不大，说小不小，对方是个大公司，整他这小痞子很容易啊……”古清治关切地问了句。

“好像昨天晚上就出来了，山雄通过刘经理的关系认识了这儿的白所长，不过昨天晚上出来，又被市局的警察带走了……也不知道是有事带走了，还是没事保走了，这就整不清楚了……”寇仲道，支离破碎的消息，有时候只能凭判断了。

“那肯定就是其他事喽，不管什么事，这里的事肯定有借口躲过去了，既然市场还在他们手里，那说明就没事；如果这一次也没事，对方这个大公司暂时拿他们没治了……最起码短期应该如此，帅朗在轻重上把握得很好，不贪，见机溜得快，呵呵，比你强不少啊，你当年入行时，望风都能被人揪住……”古清治笑了笑，或许已经判断到帅朗胜出一筹，不会担心了，捎带着开了寇仲个玩笑，寇仲不好意思地笑了笑，听得出话里师爸对这个人还是欣赏有加，小心翼翼地劝了句：“师爸，我怎么觉得这小伙和咱们不太是一路呀？”

“为什么？”古清治问道。

“身上的事本来就多，又和警察走得很近。我记得入门时候您教我们，咱们是江相派，所谓江相，江湖之相（宰相），上不入公门、下不沾绿林，是个独立的存在，我怕他和咱们坐不到一桌上……”

“哎，树倒猢狲散，墙倒众人推，还有什么资格自称江湖之相……不过你刚才说的一点很符合他，上不入公门、下不沾绿林，这是为了保证当年江相的神秘性，教我们独善其身，放在今天呢，也可以这样理解，不黑不白，这就是我说他姓灰的意思……”

古清治几分落寂、几分玩味地解释了一句，很少提及江相这个名字，是因为这个故事早在若干年前就成了传说，而传说中的人早已死于非命。

车来了，黄晓停在路边摁着喇叭，俩人一前一后到了车前，寇仲给师爸扶着车窗进门，坐下来起步时，又有点不确定地问道："师爸，他以前是个穷小子，都不爱搭理咱们，现在眼看着要发点儿小财了，弄不好更不搭理咱们了……"

"你又错了……"古清治笑道，"如果一直混迹在底层，会被压抑得缩手缩脚，最后畏首畏尾，终究是一无是处。古人讲何世无英才、遗之在草泽就是这个意思，生活压力把天才变成庸才蠢材，一点儿问题都没有……我本来想挑起他的欲望，不过看来我白费心了，他有自己的欲望，挣点儿钱是好事，越挣欲望越大，欲壑越难填，我想很快有一天，他会把我当他身边的资源使用的……呵呵，警察他都敢用，何况我们……"

古清治看看黄晓，根本没在听，回头扫了一眼寇仲，也是有点茫然，这两娃是他块心病，没上过什么学，单纯接受的都是骗子教育，从看相算命到因人设局都会，不过仅限于言听计从，很少有什么主见，于是古清治把话题往简单处放了放，问道："你们觉得帅朗接下来会怎么办？黄晓，你说呢？"

"嗯……守着摊发财呗。"黄晓脱口而出。

"要是人家不依不饶呢？我是说被坑的那家公司……如果发展到愈演愈烈，最后输的肯定是势薄的一方。"古清治分析道。

"那……我想不出来。"黄晓道。

"寇仲，你也做几年生意了，你说呢？"

"价格体系飞鹏饮业不敢动，我觉着他们输就输在一直就想顾大局上，而且这片市场是飞鹏的直配，真要横下心来，其实有更简单的办法，化整为零，让批发商或者培养小批发商向这片倾销货源，只要稳住代理面上的格局，下面任凭他们乱，以帅朗他们的资金和能力，坚持不了多久，挣不了钱，他自然就会退场……”寇仲白活着生意经。

“嗯，好办法……不过你是站在强势一方，所谓事不关己，关己则乱，真在那个位置上，恐怕没有那么容易下这么大决心。反过来讲，如果你站在帅朗的角度，对方下了决心要赶走你，就遇到你说的情况……你怎么做?”古清治问。

“兵来将挡、水来土掩吧，太悬殊，真想守着这个摇钱树发财没那么容易，掀摊赶人的法子救得了一时，救不了一世，不是长久之计……当务之急，能捞多少捞多少。”寇仲给了个不乐观的估计。

“呵呵……要是那样，就落了下乘了。”古清治摇摇头，又说了一句寇仲不太明白的话，似乎另有所指，似乎在委婉地指出他的办法好像还不算个好办法。寇仲诧异道：“那您说，他会怎么样?”

“我也想不出来，这就是我对他好奇的地方，因为看不透，所以才格外好奇。在他身上出乎意料的事太多，比如我们想他会输，结果他一次一次胜出一筹；比如我们想他迟早会退场，说不定他还就坐住庄了……”古清治道，还是忍不住好奇。

“那……要是他真被赶了，我们帮不帮……我想过了，帮他也容易，差不多个像样的品牌，砸两百万，用不了一年就做起来了，最起码跻身二、三流的代理商没问题，现在饮料市场也是个混战市场，不过总的说来还是投入决定产出的……”

寇仲侃侃谈着，声音很平和，不过在师爸回头一眼扫过之后，顿住了，本来以为会遂着师爸的心意，不料古清治扭回头，坐正了，迸出来两个很没有感情的字眼：“不帮!”

一面是极度欣赏，一面是吝于援手，寇仲仍然是揣摩不透师爸真正的心思究竟何在。车上了景区路，视野开阔了，车加速了，古清治放眼四顾，公路之外，若隐若现的矮丘间浊流滚滚，不知它来自何方，亦不知它将去向何处……

第五章
无赖也成抢手货

整十一时，帅朗意外地出现在侨光医院住院部门外。

不是犹豫不决而徘徊，而是十分钟前到这里的时候，被看门的挡在门外了，好话说了一箩筐，还是不让进，因为不是探视时间，没有院方特许，就是不让你进。

“嗨，太狗眼看人低了吧!”

此时，一辆黑色的奥迪 SUV 式大排量车毫无阻碍地进了自动门，把在路对面看着的帅朗看傻了，敢情是看派头啊。一瞅那车进去，帅朗又一次大摇大摆地向住院部大门走去，这地方着实不错，九层综合住院楼进进出出的小护士个顶个水灵，绿化也好，中州这个地方阳光明媚、绿树成荫、花草一院的地方不多，不管承认不承认，有钱能买来的确实不多，这不，门都难进，帅朗刚到门口，那两个保安一杵，又拦着去路。

“二位，不至于这样吧？我真去看病人。”帅朗求着，说着好话。俩人没吭声，帅朗一指刚刚停下的车：“他们不是你们医院的，怎么能随便进？都是探病，我就不能进?”

“大哥，你要开个奔驰来，我也不敢拦你。”一位小个子保安，诚实地给了帅朗个难堪。

“我们这地住的不是老板就是领导，你连病人住几号房也说不上来，我们怎么让你进？”另一位火眼金睛，识破帅朗的冒牌家属身份了。

“我知道叫什么名字，你们查查不就行了？”帅朗辩道。

“你以为你是院长呀？”小个子保安呛了句，把帅朗顶回去了。

阎王好斗，小鬼难缠，遇到看人下菜的保安把帅朗难住了，眼瞅着你是步行过来的，人家根本不理你，把帅朗气得直翻白眼，退了两步，看着环境，思谋着是不是门诊和住院地方有可乘之机。不过眼睛看到车里刚刚下来的人时，帅朗乐了，立马笑容满面，扯着嗓子喊道：“嗨……嗨……师……师……师娅妮……嗨，这儿……我呀？不认识了，帅朗呀……”

下车的一男一女，捧着探视的礼品和鲜花，很正式的装束，不过那位OL装的女人帅朗认出来了，是锐仕猎头的师娅妮，曾经被“岗板日川”调戏过的那位职业妞。本来不好意思打招呼的，不过帅朗脸皮向来厚，又是不得已，只得通过招手求助了。

那个妞和随行的男人耳语了几句，朝着帅朗来了，隔着医院的铁艺栅栏说了几句。果真是人和人不能比，师娅妮和保安一说也同样是探病的，得，保安二话不说把人放进去了，让帅朗又暗自郁闷了一下，这人和人比，差别就是大呀。

“嗨，嗨……进这地方都得讲个身份啊。谢谢啊……”帅朗捧了一束康乃馨，回头谢师娅妮时，想起了曾经的那么点儿不快，有点不好意思地笑道，“再次感谢您，还是你们修养好，不计前嫌……呵呵，上次那个事，对不起啊……”

那个事嘛，好像这位师妞也没怎么介怀，她笑了笑，扶了扶眼镜，很文雅，像这么文雅的姑娘自然不会和帅朗这号没皮没脸的计较了，边走边说：“那你也帮我个忙。”

“你说，能办到一定办到。”

“当然能办到。看到我们老板了吗，他对你很好奇，我介绍你们认识一下……”

“合适吗？这么大老板……”

帅朗看看这人的奥迪车，这种车八成比轿车还贵，很有气派，再看住院部门口站着的那位，一米八的大高个子，笑得比阳光还灿烂，看样子不过三十出头的年纪。自己刚被保安糗了一顿，进不了门，肯定让人家看在眼里，帅朗有点难堪。

“都快到眼前了，还问合适不合适？”

师娅妮笑着回了句，赶鸭子上架了，几步到了经理面前，介绍着这是帅朗，这是我们锐仕猎头公司的中州区经理廖厚卿，一介绍，那人挺客气，递着张名片，帅朗双手接着看看，装到口袋里，却是没有名片回敬，那经理知道帅朗的身份倒也不介意，笑着问帅朗找到工作了吗？

帅朗摇摇头道：“没有。”

“有兴趣到我们锐仕猎头公司实习吗？”廖经理很客气地邀着。

一刹那，帅朗突然想起自己还是个失业青年，突然想起两年来每每都被失业困扰着，而现在失业时间很长了，已经没有这种感觉了。如果放在以往，哪怕月薪千把块的工作，对他都是很有吸引力的，可这会儿，好歹也算个大公司的锐仕邀约，帅朗倒觉得……怎么嘚瑟来着，哥还真不想去！

一迟疑，以为帅朗对本行不了解，廖经理笑吟吟地邀请道：“我们公司是家全国连锁的企业，有一万多名员工，人才信息库容量迄今为止已经逾六百多万人注册记录，可以实现跨省、跨市甚至跨国人才交流……这是份很有前景的职业，在国外很流行通过猎头公司寻求适合自己的职业……”

“等等，廖经理，我没觉得我是人才呀？”帅朗打断了廖厚卿的话。这两位倒被帅朗的大实话逗笑了，师娅妮也觉得帅朗蛮可爱的，可爱到有点傻的程度，不过廖经理似乎别有钟情，拍拍帅朗肩膀道：“是个人，就有才，到了适合他的环境，就叫人才……还记得你做过的那份测试题吗？那是一份对测试者观察力、判断力综合评价的抽象试题，主要考的是你眼睛里神经元和思维反应速度的契合程度，一般我们公司的从业专业人员考到八十分就了不得了，我听娅妮说你是几分钟一挥而就……考满分，我还真是第一次见，想不想到我们公司遛遛，炼炼你是不是块真金？”

看来好奇之处就在这里，这个廖经理无意中看到试题之后一直耿耿于怀，此番遇见了，细细打量之下倒没看出什么特异之处来，就是比平常人黑了点儿。不过人不可貌相，廖经理还是抛了个橄榄枝，要真是块料，放到公司锻炼几年，没准儿还真能成个小猎头。

帅朗也被夸得好奇心上来了，看着廖经理打量自己，于是很诧异、很财迷地向了句：“多少薪水？”

“实习期月薪三千，能独立做业务时，按业务量提成……好猎头月薪过万很容易的哦。”廖经理笑着给了个诱惑。所有招聘都一样，只给你诱惑，不会给你承诺，即便有承诺，也是忽悠人的。

“那算了，忒少了，就这工资，置房娶媳妇还得二十年……不过廖经理，谢谢你啊，是个人就有才，说得真好……”帅朗回拒了。

廖厚卿一愣，没想到这个诱惑都不够，理论上就这个价格，招个名牌大学毕业生都没问题，毕竟中州和京上广还是有差别的，好歹也是经理出面，这都被拒绝，有点奇怪了。他看了师娅妮一眼，师娅妮正在暗笑，看来雷欣蕾和韩同港讲得不错，这就是混混儿，很实用主义。

“那……能冒昧问一句，是嫌薪水低，还是您有高就了？”廖经理问道。

“有了，不过不是高就。”帅朗道，笑着对诧异的廖经理释疑道，“当二道贩子，卖饮料小副食，我给别人打工打了几年了，刚学会给自己打工，没人管着的生活挺好……总不能再倒回去吧？所以，谢谢廖经理，谢谢师女士……”

帅朗很客气地婉拒了，现在更明显地感觉到了那个朝九晚五、月月考勤的生活对自己已经缺乏吸引力了。只不过这样一来，就让无意碰到的两位失望了，廖经理似乎对于这么个良材美质甘当烧火劈材很失望，师娅妮耸耸肩，给了帅朗个无奈的表情，握手作别着，先一步进门厅了。帅朗却不愿再多说，有意放慢了脚步，看着俩人上楼，这才准备到门厅值班处查查，到底林鹏飞住哪儿了，突然感觉探病比搞几千件货都难。

刚进门厅，正揣摩着朝什么地儿问呢，后面有人喊着帅朗的名字，帅朗奇也怪哉，明明是个陌生的地方，还净遇着熟人，声音特熟悉和亲切，一回头，他顿时愣住了。

同样是捧着一束康乃馨在胸前，不过随意搭在肩上的那条乌黑锃亮的大辫子，像有魔力般地冲击着帅朗的视线，一愣之下话都结巴了，然后喜出望外地说："你……你……你，雪娜，你怎么在这儿?"

"那你怎么也在这儿?"王雪娜貌似很高兴的样子，很意外。

"我探视个病人呗……一朋友病了。"帅朗道，笑着时一愣。王雪娜的身后还跟着位中年的美妇，个子不高，很恬静，一瞅就是贤妻良母的样子，再一瞅绝对是娘俩，眉眼像一个模子刻出来的，笑着问了句，王雪娜介绍着这是同学。似乎连脾气都一样，那美妇抚着女儿肩膀说了句"先上去了"，似乎在有意地给女儿留着私密空间，看得帅朗好不眼热。

"你妈妈跟你长得真一样……"帅朗目送着这位伯母，回头上上下下打量着王雪娜，还是那番活力四射、娇小玲珑的样子，实在有点小了，穿着连衣裙，放在高中里都不像个高三学生，清纯得呀，就跟那花骨朵儿一样，都忍不下心来下手。笑眯眯的帅朗一瞅一看，王雪娜似乎早窥破了他的不良用心，剜了他一眼道："这么长时候没见你，一点儿长进都没有……我问你，上次在黄河景区，怎么看见我就跑了?"

"你们同学一起玩呢，你说把我拉到你面前，不有点煞风景不是？呵呵……"帅朗不好意思道。

即便理解，王雪娜似乎还是很不高兴，她瞪了帅朗一眼，看着晒得黝黑的帅朗，想想在人才市场挤攘的初见，即便没有温情了，也还留着份关切，于是轻声问道："找到工作了吗？"

"没有。"帅朗像犯错一样，这个问题好难回答。

"不能吧？你在人才市场里那么会挤，赶紧找呀？"王雪娜道。

一愣，一发怔，帅朗像无计可施一样看着王雪娜，就像那日在人才市场王雪娜无计可施地看着帅朗一样，两个人像有了某种默契，俱是扑哧一笑。

"你呢？别光问我呀？"帅朗一笑，冰释了俩人那么一点点芥蒂，边往楼上走着，王雪娜边笑道："准备论文答辩，然后毕业，然后……别问我，我还不知道我爸怎么安排的，读研的可能性比较大吧？"

"有个好爸就是管用啊……不过老是念书，念书，多没意思，等念出来都快三十了，谈对象都耽误了。"帅朗开玩笑道。

"呵呵……哪像你找工作，找工作，找得不也连谈对象也顾不上了……呵呵……"王雪娜毫无心机地笑着。

"这倒是啊……这段时间把我忙得，还说那时候下决心追你呢，回头都给误了。"帅朗委婉地把话题转移到俩人身上了，悄悄地瞥了眼王雪娜。

没法说，那天刚下决心，此生此世对雪娜妹妹忠贞不渝，要铁了心追到手，谁知道回头就和桑雅上床了……再回头又发现，男人真难呀……你说这让人情何以堪？

王雪娜同样瞟了帅朗一眼，再单纯的女人对于来自异性的欣赏和艳羡都会十成十的敏感，给了帅朗一个似是而非的答案："是吗？我好像觉得你不怎么遗憾呀？"

"不不不，很遗憾……你不知道我有多怀念咱们一块儿工作的时候。"帅朗厚着脸皮说。

"卖假酒呀？算了吧你……"王雪娜吐着舌头，做了个鬼脸，而且转移了这个话题，上了一层楼，王雪娜看帅朗一直跟着自己，倒奇怪了："你探视的病人在几楼？"

"哟，我忘了问了……这个。"帅朗一愣，把正事耽误了，摸着手机，又觉得这话实在不好说了，干脆装起来，不理这茬了，关心地问着王雪娜："我不着急，你呢？不是王老师病了吧？"

"不是，我姨夫……做生意被人坑了一把，气坏了。"王雪娜道。

"哎呀，现在处处得小心，奸商太多，老实人吃亏呀……"帅朗安慰着，语重心长，言辞恳切。

"可不，把我姨夫气得差点儿吐血……辛辛苦苦几十年创业，还没受过这么大窝囊气，我听我姨说，那人和警察穿一条裤子，派出所都不管他们……"王雪娜很担忧地说。

帅朗又一次愣了，突然想到了什么，眼睛慢慢惊异了，紧张地、小心翼翼地问："你……姨……夫，是做饮料生意的？"

"是啊，飞鹏饮业，很出名的……我听我姨说，被群流氓地痞坑了一把，把他们的货强买上，又回头兑给了我姨夫公司，里里外外坑得我姨夫赔了一百多万，气病了……咦？帅朗，你怎么了？"

王雪娜看着帅朗，帅朗大张着嘴，眼凸舌结、神情紧张，不问还好，好半天，一个字也没憋出来……

就是啊，总不能说，哥就是坑你姨夫那奸商吧？

"到底怎么回事？"

王雪娜皱着眉，剜着吞吞吐吐、闪烁其词的帅朗。

"没怎么回事呀。"帅朗无辜道。

"我怎么觉得像有事呀？"王雪娜看着帅朗，这会儿细细打量之下，倒真发现他跟以前着实有所不同了，闲庭信步般地站着，手捧着一束康乃馨，人也蛮精神，不像以前在人才市场遇见的那个帅朗，一瞅就是个混迹久了的老油条。不过越是这样，越让王雪娜怀疑了，她小心翼翼地问道：

“你不会……”

“别瞎猜……”帅朗打断了，生怕王雪娜真从卖劣酒上联系到坑人家亲戚，一打断，立马很正色地重复道，“我真是你姨夫的仰慕者，你怎么就不信呢？中州白手起家的企业家不多，你姨夫就算一个，我听说他起步的时候，二十世纪八十年代不过是在火车站周边卖冰棍摆饮料摊的，没错吧？俗话说，创业难、守业更难，你姨夫不但创业了，而且守着飞鹏饮业还蒸蒸日上了，这种人物不仰慕都不成，你说对不对？哟，你没发现，咱们还心有灵犀呢，都拿着康乃馨来了……嘿嘿……”

话题被转移了，说得振振有词、煞有介事，你想怀疑都不成，再说就帅朗这身份，好像还站不到和林鹏飞同等竞争的对立面，王雪娜那份刚升起的怀疑立刻消失了。

旧疑刚去，新疑又来，王雪娜没理会帅朗的套近乎，很警惕地问道：“那你什么意思？又想通过我引见？”

“哦，有这层意思……不过决定权在你，我们其实认识。”帅朗松了口气。

“不行……别的事我可以帮你，这事我帮不了，我姨嫁给林鹏飞的时候，我姥姥、我妈都不同意，好多年都没上门，等有钱了，人脸也大了，我们家就更不能求人家了……也就是亲戚间逢年过节走动走动，再说引见你干吗……哦，对了，你想卖可口可乐？那也不用找他呀。”王雪娜道。

“得，得，你忙你的，甭管我了……”帅朗挥手打发着，看王雪娜也有难色，这倒有点强求了，不过一转身又回过头来问，“那……你姨夫在哪个病房，总能告诉我吧？”

“还说认识……切！三零三……人家不见外人啊，别乱闯，免得人家把你赶出来……”王雪娜见帅朗态度很不友好，也没好话了，说了句抬步就走。上楼梯时，站着的帅朗说：“哎，雪娜，其实你姨夫现在最想见的人是我，你信不？”

“信你才见鬼!”王雪娜脚步不停，头一甩，大辫子画了条弧线，径直上楼了，看得帅朗傻了吧唧地怔了良久。

完了，从俩人日渐平淡的言语中，从王雪娜很不相信的眼神中，帅朗知道自己完了，如果以前混吃混喝尚属无奈，可以理解，那现在攀权附贵，恐怕人家理解不了了；如果以前尚有万分之一的机会能把学妹追到手，那几次食言加之成见渐深，恐怕机会已经丧失殆尽了。

遗憾吗？遗憾，谁说不遗憾……即便是把桑雅的万种风情和学妹的清纯秀丽放在一起，也是各有千秋，殊难取舍，要娶老婆，就娶个这样的，帅朗想起了雪娜妈妈那个恬静、雍容的样子，免不了要憧憬将来咱孩子他妈就这样……当然，也有点舍不得桑雅，只不过伊人已去，未知归期，说不定这辈子都见不着了，还真让帅朗有那么点儿遗憾。

“怎么好容易看上俩，一个不见了，一个不理我……怪不得商场这么得意，敢情是情场要失意啊。”

帅朗想着，走着，给自己找了个似是而非的安慰，上三楼了，从楼梯拐进甬道，一看眼前的场景，着实吃了一惊。

人，很多人，提着礼品的、捧着鲜花的，有厂家派的探视代表，有想跟林总套近乎的批发，还有平时就有来往的生意伙伴，即便是自己没来，也派个副总、秘书来，即便是真抽不出时间来，也订购个花什么的，让礼仪公司送来。这可真够助理秦苒忙活的了，一会儿收花签字，一会儿放下礼品和来人解释着林总确实身体不适，慰问一定转达，真碰上婉拒不了的来客，只好照实说了，家人都在病房，进去着实不合适什么的……多数被挡在病房之外，真有想进去寒暄几句的，也是进门不久便出来了，里面确实是一大家子在。

说什么来着，富在深山有远亲，何况是闹市呢。

病重吗？不重。

屋里林夫人和姐姐拉着家长，血压高、血脂稠、头痛耳鸣、间歇性盗汗，一半是富贵病，一半是生意上的事给搅和的，不过在场的都知道是被人坑了一家伙，这话都没有明说而已，那样好像显得林总很没气量不是？

也就是来慰问下而已，王雪娜进了病房，看着有点憔悴的姨夫，客套了几句，轻手轻脚地把一束花插到了床头柜上，环视一家子，姨夫这边的亲戚也来五六位，老的少的两口子的，不过大多数都不认识。两套间的病房，一间差不多要成专门的会客室了，看着妈妈和姨唠得来劲，王雪娜很懂事地找着杯子，给躺在病床上的姨夫倒了杯水，轻手轻脚地放到床上柜上时，林鹏飞有反应了，笑了笑说：“和你妈妈长得真一样……今年要毕业了吧，娜娜？”

“嗯……”王雪娜笑笑，点点头。

“来姨夫公司帮忙怎么样？”林鹏飞随意问道，支起了身。

王雪娜摇摇头，笑而未语，林鹏飞接过水，自嘲地笑道：“怎么？看不上姨夫的公司？”

“我爸让我读研，不过就算不读研，我也想自己找工作……姨夫，我实习时在超市打工，工作了一个月，还挣了两千块呢……”王雪娜笑着坐到姨夫床边。对于这个不起眼的数字，林鹏飞感慨万千了，水刚沾唇便放到一边叹道：“好……好，你爸做学问比我强，教的好女儿，我可没把你哥林峰教好，送到加拿大几年了，除了要钱，根本想不起他还有爸妈来……”

“姨夫，我哥是不是不回来了？”王雪娜问了句。

“还回来干什么？汉语都说不利索了……留家里吧，怕他窝里扎不成才，送出去吧，他连家都不要了……两难呀……”林鹏飞若有所思，看着这一家子，有点眼热，身体境况渐差时，越容易感受身边的亲情和关怀，其实有时候在生意和生活之间也是个两难选择。

安生也安生不了了，一屋子说话问候不断时，门外的秦苒轻手轻脚地推门进来了，附着林总的耳朵说了几句话，王雪娜明显地看到姨夫脸色一青，急着就要下床，不料林鹏飞霎时又做了个决定，回身又躺回床上，想了想，示意着众人道：“都出去吧……我会个客人……”

林夫人知道丈夫生意忙，虽有不悦，可没有违拗，歉意地请着娘家和夫家的亲戚出去，示意着秦苒安排中午饭。门开时，一位黑黑的个子、捧着一束康乃馨的男子站在门前，出门的亲戚却都是不认识，侧身让过，王雪娜和母亲牵着手出门，乍一看，吓了一跳，回头又看看躺着的姨夫，有点不信……可由不得她不信，帅朗笑了笑示意着，跟着秦苒进了病房，尔后只见秦苒从外面带上了门……

“你同学怎么认识你姨夫？”王雪娜妈妈诧异地问了句。王雪娜撇撇嘴道：“我也不知道。”

“不对呀……”不远处，刚刚从病房出来的廖厚卿，看这情形，小声地问师娅妮，“这到底是什么人？咱们都是进去说句客套话就出来了，怎么还单独见他？”

“我也不知道。”师娅妮诧异地看着，有点惊讶。

“回头约约帅朗，没准儿他和林总有什么私交，飞鹏可是大户，能把他们的招聘揽下来，可有的赚了。”廖厚卿已经发现了潜在的商机。

“我试试吧……”师娅妮一脸难色，霎时想起了帅朗给她出过的那几个流氓难题……

洁白的空间，静谧、安详，窗台上鲜花摆满了，床头柜上放的慰问品一大堆，帅朗拿着康乃馨放也没地方放，稍有尴尬地站在病房的中央，面对着半躺着，正面无表情地审视着自己的林鹏飞。

这位年过半百的林总看上去比实际年龄要小得多，但比在五龙景点见过的那位却苍老了不少。人靠衣装马靠鞍，没有西装革履金玉其外，此时躺在床上身着病服的林鹏飞也像个普通爷们儿，像中州大多数营养过剩的爷们儿一样，肚子有点鼓，脸上有点浮肿，优越得看不到这个年龄应有的皱纹。

林鹏飞也在审视着面前这位利利索索的小伙，与记忆中那个在景点见过的人怎么也联系不到一起。那个烈日下挥汗如雨搬着成件饮料的人，从来没有想过他有一天能成为自己的对手，从来也没有想过他还会再一次站到自己面前，而在这种情况下，他来探病，施舍和嘲弄，就像明讽。

可他还是没有拒绝，因为有很多的好奇心压抑在心里，因为这次输得糊里糊涂，因为接下来连他也不知道该怎么样针对这件事、这个人。

“坐吧，别客气……”林鹏飞半晌才来了个风度，不得已的风度。

帅朗拉着椅子，坐下了，随手把花插到了床头柜上的花瓶里，那里面已经快插满了，胡乱地插进去，回头轻声说了句：“林总，对不起。”

“对不起?”林鹏飞一愣，一怔，然后笑道，“对不起什么？呵呵……你别拐弯抹角，直说你的来意，生意上没有什么对不起，你这一手玩得很漂亮，坑走我十几万货款不说，还把我拖进泥潭里……现在市电视台开价五十万赞助，晚报社的态度还不明朗，你一句对不起，能值这一百多万?”

预期目的达到了，不过这会儿让帅朗又有点不忍了，他稍显难堪地说：“本来我们就是想混碗饭，有些事是逼出来的，要不是您逼得太急，恐怕我们也走不了这么远……”

“没事，我赔得起，更陪得起……不管你在市公安局有什么关系，有什么后台，有什么保护伞，我们都陪得起。”林鹏飞稍有忿意，很大气地说。帅朗顺竿恭维了一句：“那当然，中州全市占全省业务量不到十分之一，景区占全市不到五分之一，也就集中在盛夏旺季，平时景区不过日均几百件销量。”

“哦？看来把我摸得挺清……怎么听你的口气，像是来讲和来了?”林鹏飞身子动了动，脸色稍缓，暂时无计可施之时，面对对手如此谦恭，倒是一种比良药还好的安慰。

有个词叫不卑不亢，不过不卑不亢的度可不好把握，帅朗知道两个方向都不能表现得太过了，笑了笑纠正了句：“不是讲和，是合作。”

“合作？哈哈……”林鹏飞知道帅朗的身家，也知道他的来历，一听倒不禁莞尔了，笑着反问，“你觉得我们有合作的基础还是有合作的可能？景区车站两个巴掌大的市场，动摇不了飞鹏的根基，即便你撑得过夏天，你撑不过淡季；你撑得过今年，撑不过明年，有必要合作吗？”

笑着，很尽情地嗤笑着，终于有了这么个发泄的机会，一直等到林鹏飞笑停了，帅朗才摸着口袋，把几张打印的策划书递给林鹏飞。林鹏飞狐疑地看着帅朗，不过忍不住有几分好奇，还是拿到了手里仔细浏览了一遍，边浏览边有点诧异地看了帅朗几眼。

这是份营销的策划，列车市场的营销策划，生意人对生意都很感兴趣，针对列车形容成了“流动市场”的策划看来着实有看头。林鹏飞边看边琢磨着这个机遇的可能性，一辆列车数十节车厢，中州是个铁路枢纽，除了车站固定的大市，列车的销售一直就属于一个混战市场区域，本市的代理、外市的代理，都通过各式各样的人脉把生意往列车上做，这一块市场如果自上而下统一的话，一百万旅客的日流量能产生多少效应可想而知。

看了一遍，又草草重复一遍，林鹏飞面无表情地递给帅朗道：“这不是你做的。”

“何以见得？”帅朗问，这小老头儿眼光不错。

“你是野路子，这份策划很专业，你做不出来。”林鹏飞道。

“呵呵……高见，确实不是我做的，不过林总，您觉得可行性如何？”帅朗问。

“没那么容易，铁老大为什么叫铁老大，就是因为老大作派，旺季时我们三番五请都拨不到车皮，在人家的地盘上做生意，说句不好听的，这俩小钱，人家根本看不上……你想和铁路后勤合作，打上‘铁路专供’的旗号，谈何容易？”林鹏飞摇摇头。

“也不是就不可能，中州铁路局四处有位后勤处长姓牛，就是在货场天天截你们货的那个大牛的亲舅舅，要是外甥做生意，当舅舅的举手之劳，应该不是大问题……这个方式要扩张到全市两个铁路枢纽，有可口可乐和雪碧的品牌效应，无非是专门做个外包装而已，同样也能彰显铁老大与众不同的气派，我想公关到位的话应该不是大问题……这块市场现在比较乱，一部分是批发商私下往火车上塞货、一部分是列车员打着餐车供应的名义出私货，从中州开始，周边一共七个铁路站，年运送旅客量一点三亿左右，别说全部谈下来，就谈一两个站，效益都是非常可观的，这几乎相当于再造一个中州市场，而且没有淡旺季之分……”

帅朗很神往地说着市场前景，很诱人，明显地诱住了林鹏飞。作为行内领军企业，岂能不知此中问题，中州这个大市养的不止一百个品种的饮料，靠的就是人多，列车上人多，所以列车的拼抢也就更激烈，那些卖货的更倾向于出售价低利高的小牌货，真要统一这个市场，那难度可不是一点半点儿。

不过林鹏飞相信要是真有这么一群野路子的人干，没准儿还有希望，笑了笑反问道：“有这么好的生意，你还会找我？”

“不，我干不来，即便是干得来，也是小打小闹，成不了多大气候，就我这个身份，站到铁路局领导面前恐怕没人相信……你们就不一样，大公司一出面，好歹有谈头，公关再做到位，不过是拿一纸批文而已，甚至于批文也不要，下个非正式通知……这根鸡毛拿到手里，到了基层就能当令箭用了，然后大批量的货可以堂而皇之地储存在铁路货场，配货到各个车站，和后勤的餐车一起走……这个市场条件不比景区差，我抢你一个，再送你一个，扯平了啊。”帅朗笑道。

“你想来做这个事？”林鹏飞突然问道，似乎窥破了帅朗来此的意思，此时在斟酌如果真是这样，自己该如何表态。

“呵呵……我就想来做这件事的，恐怕林总未必愿意收吧？”帅朗笑道，颇有点自知之明，一扬手中的策划道，“让这个人帮你做如何？”

“你给我推荐人?”林鹏飞感觉怪怪的，有点揣不透了，问道，“谁呀?”

“杜玉芬。”帅朗道。

“她?!”林鹏飞怔了一下，没想到是这个结果。

“原正浓的副总，分量够吧？路子也不像我们这么野，能力嘛，你也知道……我是无意中从她的PDA里发现的这份未完结的策划书的，李正义有点不识人了，因为一点儿蝇头小利放走了这么一位大将。怎么，林总不愿意招聘这么个熟手？在她的PDA里我还发现了全省的代理、批发名录，中州市各批发商的销售点，精确到每个业主的人名和规模了……我们在景区抢滩市场后不到五小时，她就找上门要和我们合作了……我觉得她的眼光不比您手下那位差吧?”帅朗推荐了个重磅人物，这也是心里纠结的一件事。

“如果她愿意，这个问题不大……只是你今天来，就是为了这个?”林鹏飞似乎很诧异，很不理解，总觉得帅朗会有更深的理由。

“对，就为了这个!”帅朗道。

有时候，事情的发展很是诡异难测，比如对于韩同港就是如此。景区的事件要发生在别人身上他不敢妄下断言，可要发生在帅朗身上，他估计十有八九是捣了鬼了，连着几日，只怕这条新闻真播出来引起轩然大波然后是追究责任，那自己也逃不了干系，不过奇怪的是，时隔三日之后，韩同港被报社总编、社长叫到了办公室大大勉励了一番，然后安排他们播发一个整版采访，题目叫《发展中的飞鹏饮业》，配图是飞鹏公司的厂区以及总经理林鹏飞的照片，再加上几副装帧精美的销售网点，署名是：本社特约。

韩同港有点迷糊，隐隐猜到了什么，可不敢断言，但这种纯粹软广告性质的报道，就不是报社人都知道这玩意儿得花钱买，而且价值不菲。又过了数日，社里传出来实习转聘任，正式签约一批员工，这事又让韩同港心虚不已，这种事和软广告的事如出一辙，也是要花钱买，而自己缺的就是那玩意儿。不过奇怪的是，还没琢磨好怎么送、送多少，名单倒先公布了，韩同港在公布名单上第一眼就看到了自己的名字，排在末位。这下子乐坏了，毕业两年也找了两三份工作，好歹这回总能安生下来了……直到正式聘任。后来请社里人吃饭时候，有位年长的同事酒后无意吐露了飞鹏把四十万半年广告份额全给了晚报社，韩同港对所有发生的诡异之事才有了一个明确的认识，一切都是因景区那个拍摄而起，敢情自己辛辛苦苦、兢兢业业工作，倒不如那个无良偷拍画面管用……

有时候，事情的发展总是那么出乎意料，最起码对于李正义，今年夏天足够出乎意料了；先是销售骤增，然后骤减；然后又是骤增，林鹏飞住院，飞鹏饮业在景区和车站两个地方发展势微，明显地让他感觉到机会很大，私下里答应给杜玉芬供货是出于无奈，但又何尝不暗自窃喜呢?

不过，好景只持续了三天，然后又迎来了销售量的骤减，停留到了五月初的出货水平，而且杜玉芬也停止要货了，有点心虚的李正义私下里往景区和车站跑了不下五趟，傻眼了，铺天盖地，入眼的全是飞鹏的可口可乐、新上市的零度可乐、各式包装的汇源系列再加上那个阴魂不散的沃尔玛，满满当当，柜上已经看不见百事、百味哪怕一瓶饮料。这不用说，李正义立即判断出帅朗和林鹏飞达成某种共识了，只是有点不太明白，林鹏飞如何咽得下这口气。

又过了数日，正浓每日销售数据骤减，居然出现了旗下批发商销售零数据的情况。李正义安排销售人员细访才发现，是东、西客站周边的三个批发商，铁路货场不知道什么时候安插进了飞鹏产品的配货处，向列车以及车站周边配货只需要十分钟，在价格差异不大的情况下，速度就成了决胜因素了，再往深入了解，居然向列车的配货也渐成气候，以往私下上货的餐车乘务员也开始公开上货场给的配货，而且据说是西客站内部的土政策，只允许上内部货场的配货。

搞营销的都知道这是怎么回事，不用说，是帅朗这帮铁路子弟近水楼台先得月了。李正义大呼失策之下，又回头数次邀约杜玉芬，本来想省些副总的高年薪，谁承想弄巧成拙了，没想到杜玉芬这么有眼光，看上的一帮草头兵还真快成气候了。

这么做是不是有点丢份了？毕竟是李正义把人家赶走的，再回头说好话是不是很没面子？千万别这么想，生意人不讲什么好马不吃回头草，只认有奶就是妈、有钱就是爹，现在明摆着杜玉芬能左右景区、车站、列车的几块市场份额，让李正义这个代理叫姑奶奶没准儿都愿意。

不过这位姑奶奶脸大了，李正义一直没邀出来……

有时候吧，事情的发展也有让人哭笑不得的时候，对于景区派出所白所长就是如此。

景区的治安事件过了十天才有了个眉目，民警多方查找，还真找到了那个开三轮车掀飞鹏摊位的主儿了，口供问出来让人哭笑不得，他是在水渠工地干活的，半路被人拦着交给了这任务，代价居然是一条黄金叶烟，四块钱一包那种……谁交的这任务呢？是个老乡，济源的，长啥样儿能说清，叫啥说不清，问来问去再没有价值的信息了，于是所里根据治安管理处罚条例对这个民工处以三千元的罚款……处理结果交回了分局，分局没回音……分局没回音倒罢了，飞鹏饮业可不知道怎么回音了，居然给送来一面锦旗，上书八个大字：捍社会之安定，卫百姓之财富。

白所长哭笑不得，没好意思挂。私下里问帅朗怎么回事，帅朗电话里笑着说：“没事，挂吧，现在飞鹏跟咱们穿一条裤子，分局根本不管了……”于是白所长就挂上了，和所长办那一面墙的锦旗挂到了一起。

对了，还有那位被罚款的民工，处理结果出来了，他根本就没钱，关了两天还得管饭，于是两天后白所长示意把人放了……放了吧，还没完，五龙村里又做了面锦旗给送来了，村长支书带队，坐在所长办公室里，一村来了十几个人，就着景区执法，保护大伙儿的利益一事，把所长捧上天了，而且就一面破锦旗，十几个爷们儿抽掉了所长两三包好烟，回头一问是帅朗出的馊主意，送走人，白所长气哼哼地在电话里骂着帅朗：“有完没完？到此为止啊，怕别人不知道地方保护主义咋地……”

事情有时候也阴差阳错，医院的探视最终赢得了飞鹏的配货，不过在外人嘴里，说得就不好听了，什么这些人最终妥协了，什么这些人当初看就成不了气候，还有什么人家飞鹏大公司施加压力，他们不敢不买账，反正传什么的都有，不过宗旨都是在证明自己当初的判断，毕竟小门小户斗不过人家大公司不是？连帅朗身边的几个兄弟也颇有微词，除了程拐能理解帅朗的苦心，除了杜玉芬能明白帅朗的眼光，余下这几位颇觉得丢面子了。现在不仅饮料给飞鹏销售，而且要比分销价多付货柜车到付的运费，飞鹏下面的库管也不是什么好东西，配货老往货里塞保质期快到的产品，光这些还不说，因为卖飞鹏的货让其他小代理着实嗤笑了一番，接踵而来的又是要针对景区整片市场统筹规划，有意识销售飞鹏的货源就意味着要缩减其他小品牌的上货，好在和谁也没有协议，当面能叫哥，过后能胡说，不过这样的后果是配货经常撞车，和其他小批发商的磨擦不断，口角常有。每每遇到兄弟们说丢份的事，帅朗总是语重心长地胡扯道：“兄弟们呐，兜里有钱就行了，要脸干吗？你那脸就值钱呀？到了银行能刷卡？还是请妞吃饭能埋单……他们扯闲话，咱们数钱玩，谁舒坦？”

每次就这么扯过去了，扯了数日，而且每天能数钱玩，舒坦之后，倒真没人提丢脸面的事了……

这一日韩同港从总编室出来，又是一脸喜色，窃喜的喜色，什么喜呢？签约了，转正了，再不用挂着实习的名头领三千元月薪了，正式的和临时的差一千多元呢，而且实习的根本没有署名权，毕竟两年来朝思暮想、日盼夜盼的理想终于实现了，这得意之下，总觉得缺了点儿什么……对，不能衣锦夜行不是？

回到了满是隔断的编辑室，压抑着心里的喜悦，瞅了个空儿，转到了卫生间，拨着帅朗的电话道：“喂……帅朗，告诉你个好消息，哥转正了，正式进编，能混这碗饭不容易啊，咱又不是专业对口新闻系毕业的……啥也甭说了……中午，请你小子吃饭，哥这么大喜事得好好喝喝，敢不给面子，小心打上门去啊，这么大事缺了你怎么行……”

帅朗答应了，电话没完，又有来电了，韩同港一看是于记者的电话，让帅朗稍稍等着，去接另一个电话，立时传来了很轻的喁喁软语：“小韩，我于芳珉……还记得我吗？”

“瞧您说的，怎么敢忘了……于大姐，怎么了？”

“嗯，上次的新闻爆料不错，我觉得应该谢谢您。”

“客气什么？咱们报社和电视台不是共建单位吗，再说这是我们总编安排的，我就一跑腿的……”

“谦虚什么呀？要不是你这条新闻，我还拿不着单位今年上半年大奖呢……怎么样，请你吃饭，有时间吗？”

“有……有……”

“那好，下班我在丽华酒店等你，离你报社不远……”

“好的，那下班联系……”

韩同港不假思索地应了于记者的邀请，从喁喁软语中感觉到了一丝暧昧的味道，上次电视台去采访，和这位女记者打过交道，很漂亮，很会说话。韩同港对着盥洗镜子看看自己，一抹长发自然波纹，乍看英气逼人，细看帅气一身，说不定，那位女记者对自己还真是一见钟情了……想着想着，电话又响了，一拿起来见是帅朗的电话，霎时想起吃饭一茬了，坏了，请得太早了，接着电话赶紧解释道：“帅朗，实在不好意思，今天吃饭取消……”

“玩我是不是？知不知道我现在时间有多宝贵，分分钟都能挣好几块钱……”

“少扯，没办法，有位美女请我吃饭，我实在不好意思拒绝……别说哥重色轻友啊，这么多年我独守空房容易不？好容易有个机会，没准儿就擦出爱情火花来了……成不成我得试试，你得靠边站啊，改天哥专程请你们几个。”韩同港不带客气地解释道。

半天听到了帅朗个回音：“你大爷的，我也正要跟你说有美女请我吃饭，你靠边站呢……哈哈……”

正午时，下了出租车的帅朗正装一身站在丽华酒店门口，处在文化路终端的这个酒店还是蛮上档次的，帅朗下意识地看看自己身上身下的打扮，好歹配得上这个档次，迈着大步走向酒店门厅时，远远地看到那位高个子廖经理和师娅妮迎了上来，旁边还多了一位美女。谁呢？雷欣蕾，既是同学又是朋友的前女友，还是中州大学当年的校花，也亏得这位校花，才能把帅朗请到了，四个人握手寒暄着，直往门厅里走着，早有迎宾把几个人领上了三层的包厢。

小店吃味道，大店吃环境，向来如此，进包厢便是整洁的桌布，玲珑的餐具，空调开着，很惬意的空间，不大的桌子坐了四个人不觉得拥挤。廖经理在帅朗左边，雷欣蕾在右边，师娅妮靠着门，倒成了应声的丫环，随时叫着服务员，几个人客气地点了几个应景的菜肴，要几瓶啤酒，刚点完菜，帅朗给廖厚卿这预防针打上了：“廖经理，您请我真没什么用，我和林鹏飞真没什么关系……不信你问欣蕾，我就业问题都没解决呢，我真帮不上您……”

很直白，雷欣蕾笑了笑，当年的校花，而且是才子韩同港配对的校花，曾经很让中州大学的色狼们垂涎不已。帅朗暗瞟着，头发烫了，有几缕黄的，眉修过，身上香水味很浓郁，要比在学校时更靓了几分，特别是笑着的时候眼睛也像在笑，免不了让帅朗心里暗自揣度着，这朵花也不知道被韩老大摧残过没有？

旁边的廖厚卿可没有看出帅朗这等龌龊心思，笑着给帅朗斟了杯水道：“您多虑了啊，我还真不是为那事来的，能把我们内部测试做满分的人才呀，我还真不想错过，怎么样？帅老弟，我们锐仕诚邀您加盟如何？”

没反应，廖厚卿身子稍倾看着帅朗，正襟危坐的帅朗只是眼睛斜瞟着雷欣蕾，手指修长而指甲很短，指尖的颜色稍暗，那是长期用电脑留下的毛病；腕上的表看不出牌子，应该是实用型的；脖子、耳垂上没有饰品；随身带着的包是个仿制品，帅朗这贼眼瞧到了边上的磨损，颜色稍浅……以盛小珊教的那番判断，帅朗看出来很多信息，应该差不多和韩老大的境况类似。

这校花还是没眼力啊，当初跟了我多好……哥在三十岁以前肯定买得起房。帅朗暗自生着歪心眼，自打几日前雷欣蕾主动打电话邀约，着实让帅朗的虚荣心小小满足了一下，而且婉拒之后又邀了几次才成，这虚荣心可算是膨胀了。

“帅朗……”

“帅朗……”

廖厚卿连叫两声，帅朗这才反应过来。师娅妮看出帅朗的眼神不对了，笑了笑。那位校花妞对把男人迷住的事情似乎已经司空见惯，笑着不以为然。廖经理问道：“怎么样，我刚才说的你觉得怎么样？”

“好啊，说得不错呀。”帅朗随意应了句。

“哟，那我得欢迎你入职了啊。”廖经理伸着大手，直朝帅朗握上来，帅朗糊里糊涂地被握着，这才愣着问：“什么？什么入职？”

“咦？我说诚邀您加盟，您不是说好啊……其实呀，自从看到您那份答卷，我就很想见见真人，一见之下，果然是名不虚传……我听说呀，您从飞鹏饮业手里生生挖走一块大市场，这事不假吧？本来今天应届毕业生招聘我们已经差不多谈妥了，就是因为您这事，给搁住了……”廖经理有的放矢了，敢情是打探了个差不多，觉得这么个重量级的人物有用了，说话间不吝恭维言辞。雷欣蕾瞅着空儿打趣了一句：“帅朗，你别跩成这样行不行？我请都得请你几次！怎么？发了财就忘了老同学了？”

师娅妮“哧”一笑，帅朗稍显难堪地说：“这……不……还没发财呢吗？”

“迟早的事。”师娅妮接着说上了，“市场在你手里，你说了算……别说你成为飞鹏的合作商，你知道每年他们挑主管一级的人有多严？大本毕业，有三年以上相关工作经验，而且得有实绩摆着，进去薪水高是高，可得从一线做起，淘汰率非常高……”

“洋品牌都是靠高淘汰率做出来的，最可怜的是底层销售，平均两个月换一茬儿。”帅朗加了句，摇摇头，这是实情，不过一说，他想起来了，“对呀，廖经理，我卖饮料呢，我去你们锐仕干吗？”

“兄弟，你眼光得放长远一点儿……你瞧我的身份。”廖厚卿递着张名片，是自己的，背后密密麻麻一堆字，就听他解释道，“我现在不但是锐仕的中州区经理，而且兼着数家公司的人力资源顾问，有机电行业的，有餐饮行业的、有IT行业的……认识的人多，接触的行业也多，对你以后的发展很有好处的啊……”

“哦，我有点懂了。”帅朗点点头，像是恍然大悟一样，他问道，“其实兼着顾问也收钱，对吧？”

“对呀，天下哪有免费的午餐。”廖经理道，这孩子上路了。

“我可以不上班，然后有业务拉回来，就有收入？”帅朗侧头问。

“对呀，按劳取酬，天经地义呀。”廖经理再答。

“懂了，比如我把飞鹏的招聘业务揽下来，飞鹏得付我们费用，然后应聘者也付费用……再然后，这钱收回来，咱们俩私底下分分，对不对？”帅朗捋清了。

廖厚卿一愣，师娅妮抿着嘴笑，雷欣蕾“扑哧”一声把茶水喷了出来。怔了下，廖经理自嘲似的点点头道：“就这么回事，我们出卖的眼力和智商，按价取酬而已。”

“那直说吧……”帅朗道着，酒上来了，拎着瓶子倒着大杯，直来直去了，“我到你公司任职，你给我多少钱？先不说提成，说月薪。”

这么直白讨要薪水还是第一回见，师娅妮和雷欣蕾相视而笑，估计哪个猎头也不敢把这号货色猎回来，也就廖经理觉得这人和飞鹏饮业很有关系，有利用价值而已。月薪的事嘛，把廖经理也难住了，盘算着高了不划算，低了人不干，咬咬牙道：“月薪比照我们公司主管位置，底薪六千如何？”

“不干，太低了……”

帅朗翻白眼了，那两位姑娘噎住了，这个薪水在中州算相当不错的了，和之前雷欣蕾所说的帅朗根本就是个无业人员出入很大，听这口吻，他像待价而沽的高级人才。

高级吗？明显不像，看这人端着大杯一口喝半瓶啤酒的德行就不像。师娅妮和雷欣蕾面面相觑，早知道这个人很雷，可没想到能雷到这种程度。廖经理有点难堪，很客气地问：“那您的薪酬期望是多少？”

“月薪一万，配辆车，不低于二十万的车，再给点儿安家费，我连住的地方都没有……现在人家大公司招聘都这样，一招聘进来立马车房什么都配上了，就差发老婆了……”帅朗正色说着，似乎要坐地起价了。这下谁也笑不出来了，师娅妮怔着看着经理，雷欣蕾有点后悔把帅朗请到一桌上了，廖厚卿憋着一口气，要那样的话，投资风险明显太大，特别是投到这个人身上。

“我上趟洗手间……”

帅朗咬着嘴唇告辞着，一出了门，想着廖厚卿那个哭笑不得的苦瓜脸，一路笑着直奔洗手间，心里暗道：“都是坑爹货，想讨我便宜，我还不知道占谁便宜去呢……”

第一道凉菜上来时，因为要请的人离座了，都没有人动筷子。自打帅朗放了个雷出去，小包厢里就一直显得很沉闷，半晌这位廖经理才出声问雷欣蕾：“欣蕾，您这位同学挺有个性的啊。”

“呵呵……他一直就很有个性。”雷欣蕾笑了笑道。对于此番受邀觉得有辱使命了，在此之前一直向师娅妮强调自己这位同学是狗肉丸子，上不了席面的，上次请韩同港，韩同港说的也是同样的话，可奇怪的是，锐仕好歹也算个大公司，就不知道为什么会追着这个人不放。

“你们……同学很久了？”

“大学四年同学，不是一个班。”

“那你对他印象如何？”

“印象？”

“我不是指男女之间……我意思是说，你觉得他有什么过人之处？”

廖经理几分不确定地委婉地问着，刚刚从帅朗眼睛里看到了男人共通的东西，不过怨不得帅朗，廖厚卿看着端坐的雷欣蕾，长发披肩，明眸墨眉，算得上个美人坯子了，怨不得半年前锐仕推荐她到一家做外贸进出口生意的公司，老板一眼就相中了。像这种脸蛋和才干都有点儿的精明女人，要让廖厚卿下定义，肯定只有两个字：很贵！

不过这回没那心思，看着雷欣蕾时，问到帅朗，却从她脸部表情上没有看到任何痕迹，似乎对于这位让锐仕感兴趣的男人根本没有很深刻的印象。

嗯？有了，一问过人之处，雷欣蕾稍稍一愣，突然迸了句：“打架算不算？”

“打架？”师娅妮和廖经理同时惊讶。

“嗯，打架……”雷欣蕾笑着解释道，“别的长处我没看出来，不过这个长处同学里都知道，大二时候吧，他和体育系的几个男生打架吃了亏，然后招了二十几个人来报复，几十个人的混战，从男生宿舍一直追打到校园里，打得可凶了，那天下午女生差不多都没敢出宿舍门……因此他差点儿被学校开除，不过没被开除也差不多，多读了两年，好像去年年底才拿到毕业证……”

雷欣蕾笑着说着记忆犹新的往事，只不过隐去了那次打架的诱因跟自己有关，说到那次打架风波，免不了对始作俑者有所怵然，或许正是因为那件事才对这位另类的同学惧而远之吧。寥寥几句说来，师娅妮倒来了个疑问：“欣蕾，连毕业证也没有，他怎么找工作？”

“混呗……上次和韩同港吃饭没听他说嘛，一年得换三五回工作，失业时候比就业时候多，这快三年了。”雷欣蕾道。

“对了，廖经理，那位韩记者也给了我一封简历，这个人我感觉还是蛮靠谱的，谈吐不俗，专业很扎实，在省级报刊上发表过不少文章……”师娅妮轻声提示着，作为上次韩同港请客的一个小回报了。那次韩同港也倒了一番苦水，一年多没转正，早有跳槽的想法了。不料提示没起作用，廖经理心里似有所想，摇摇头道：“笔杆子好找，写应景文的多了……他要是有意向，可以给他介绍几家公司……小师，你和这个人打过交道，你感觉怎么样？”

“没什么感觉，就跟个无赖一样。”师娅妮脱口回了句，见了帅朗没几次，每次都有这种感觉。

“你觉得这个人如果放在我们锐仕，如何？”廖经理像拿不定主意，单刀直入了。

“您真要招他？”师娅妮吓了一跳。

“廖经理，那条件不至于你们也答应吧？”雷欣蕾眼皮跳了跳，要是帅朗提的无理条件也能答应，那也太没天理了。

“现在不是我招不招的问题，而是人家愿不愿意来的问题。你们可能不了解饮料市场，这个我倒侧面了解了一下，现在他们通过飞鹏饮业的配货日销量在七千件左右，还在增长，每件分销和批发之间平均差价大致在五块钱左右，你们算一算，他们的日收入多少、月收入多少？”廖经理很正色地说着。

“五七，三万五？”师娅妮一算账，眼睛直了下。

“那一个月岂不是快挣一百万了？”雷欣蕾算了下，吓了一跳，没看出来。

“没那么多，可也少不了，他靠着这日收入三万多的利润，已经养了自己的一个小团队，否则怎么和飞鹏抗衡，最后还从飞鹏的市场里分了一杯羹？我倒觉得他提的这个条件不算高，我担心的是，他根本没心思帮我们做……其实这个生意还是蛮划算的，只要把飞鹏一家的招聘和培训都拿下了，足够养活他了，再有点儿其他业务就都是盈余了……要不这样，欣蕾，你们同学好说话，这事您帮我们侧面打听打听，别担心费用，我都包了，还有你那外贸生意要是做得不舒服，可以来我们锐仕呀……”

廖经理侃侃谈着，看来有点想借雷欣蕾拉拢帅朗的意思。此时，不管是雷欣蕾还是师娅妮，都听出来廖经理的招揽意思，俩人两眼有点发愣，让经理这么赏识而且要聘之而后快，偏偏是个一无是处的货色，实在是有点没天理了……

“喂，老韩，又怎么了？”帅朗一手拿着电话喊着，一手提着裤子。

“你在哪儿，帅朗？”电话问着。

“我在……”帅朗正要说话，感觉电话里的声音好像和身后的声音重合了。一回头，韩同港也拿着电话进了卫生间，眼一直，惊讶道：“哇？你怎么在这儿……我没请你，你怎么就来了？”

“就你能请我呀？好几个美女排着队请我呢……要请赶紧请啊，要不过两天预约不上了。”帅朗道。

“踯得你……哪个美女请你，呵呵……”

“嘿嘿，绝对是你认可的美女，哎，别说我呀。你请的哪位？老大你行不行呀？不行我来啊……”

“算了，我那位要见了，得馋死你……”

“少来了，我那两个美女你见了，你得死缠着她们……”

俩哥们多日未见，一见废话连篇。在盥洗镜前，老韩看帅朗很得体的打扮，瞪了一眼，很不屑地说：“你现在挺人模狗样的啊，一个多月没回东关了，真发了？发了多少？报个数，等着兄弟们开刀问宰。”

“卖饮料能发多少，一瓶才两块五，坑爹坑到头能卖三块，你说能挣多少？”帅朗诌了个瞎话，这么一问，成功地把韩同港引进坑里了，是啊，一瓶全挣了才三块，能卖多少？于是老韩又语重心长地教育道：“你干什么就是不走正道，卖饮料就卖饮料，你掀人家直销点干吗？光知道一天在外头找事惹事，你生意能做好呀？你要踏踏实实做生意，肯定比别人强，可不能这样老胡来吧？”

“别别……不讨论生意，讨论讨论美女，哎，老大，到底谁请你的？”帅朗拦住了韩同港的话题。一说这个，老韩更有优越性了，得意道：“女记者，对了，这事还得托你福啊，要不是那次报道，我还认识不了于记者呢……你见过，中州新闻里经常有她的现场采访，我就不引见了，免得你小子生歪心眼。”

“你跩个屁呀，知道谁请我吃饭吗？”

“谁呀？”

“雷欣蕾，你前女友。”

“什么？”

“吓着了吧？哈哈……校花终于幡然悔悟，蹬了你之后，发现我比你强了……于是请我来了，哈哈……”

“你他妈成心恶心我是不是？”

“哟哟哟……哥哎，甭生气，和锐仕公司的一起来的，还是上次那烂事，想请我入职呢……”

“真的？”

“真的，还有那个师娅妮、廖厚卿……”

“完了……锐仕算是瞎了眼了，招人当猎头，猎艳还差不多。”

“对呀，你说得有道理。”帅朗来了个恍然大悟道，“我怎么没想到还有这一茬，就咱现在的身份去勾搭小姑娘，我还真得好好考虑考虑。”

俩人瞎扯着，虽是同路，却有殊途，出卫生间几步，韩同港想起什么了，一把揪住帅朗，停下了，正色道：“对了对了，光和你闲扯，把正事误了，我刚才打电话正要告诉你……田园和平果到景区找你去了。”

“什么？找我不打电话，有事呀？”帅朗问，韩同港点点头，确实有事，看样子还很有点难色，几番追问，老韩才爆了句让帅朗吃惊的事：“田园失业了。”

帅朗哭笑不得了，没承想一个月没见着，倒出了这等变故。再细问却不是田园的原因，而是供职的那家老板被人结结实实骗了一把，两批货通过货运公司外销，不过这家搞物流的货运倒了，连货带款全被卷走了。城门失火自然殃及池鱼，供职这家亏了几十万，连工资也发不出了，田园已经有一星期没上班了……

“我处理吧，老田没受过这种打击，辛辛苦苦干了这么些年，啥也没落着，肯定难过得很……”

帅朗摇摇头，叹着气说着，打发走了韩同港，往楼下走着，很郁闷，郁闷中甚至有点替田园难过，现在倒能体会到自己长期失业给几位哥们带来的是什么感受了。一帮哥们要是都好过了，吃喝玩乐啥都好说，谁落难了，谁过不去了，总会让其他人心里有点不舒服，像堵了块石头。

走到楼梯口，帅朗才想起来还有廖经理请客的那几位等着，不过此时那份促狭的心情可没了，到了包厢前推门而进时，那几位眼光齐刷刷都盯过来了。廖经理一脸悦色迎上来，师娅妮和雷欣蕾还是初见时那般惊讶目光，帅朗可没心思揣摩这些变化，双手合十歉意地说：“对不起啊，廖经理，我顾不上吃你这一顿了，我一哥们有事了，我得去看看……”

"哎，这……这怎么可以？什么事？我们能帮帮忙吗？"廖厚卿很热心地问着。

"失业了……"帅朗道。

"哦，那不正好？我们猎头专给人找工作的。"廖厚卿自告奋勇道。

"算了，他长得不怎么招人待见，打死他，他也不去面试。"帅朗摇摇头，告辞，走了一步，回头歉意地笑了笑，"单我买了，各位，实在抱歉，改天我请大伙儿……"

说着话，帅朗在众人诧异的目光中匆匆下楼去了，到了吧台报了包厢刷了卡。刚出门厅，廖厚卿和师娅妮追出来了，这位猎头喊着帅朗，上前道："帅老弟，这样，你的条件我可以接受，改天我约你到我公司，咱们坐下来细谈……一切以你为主，怎么样？"

"再说吧……"帅朗回头撂了句，上了出租车匆匆而去，看样子确实很急。

廖厚卿指着出租车的车影和师娅妮说了句："跩吧？这一万月薪都未必请得动。"

"廖经理，咱们公司三十多人，最低学历都是大本，十位留过洋、十二位有硕士学历，就大本学历的也得有本行业五年以上从业经验才能坐到主管位置，您起步给他这么高待遇，别人会怎么想？"师娅妮诚恳地劝了句，她不反对招聘，可反对的是这么没天理的招聘。

"黑猫白猫，抓着老鼠就是好猫，现在是个效益和效率的年代，我得看成效，不能看你们对他的成见呀……"

廖经理说了句，师娅妮跟着经理默默回返。对于老板这么功利，着实有点气结……

五龙村口，那幢四分地的破民房稍稍整饬了一下，墙粉刷了一遍，院子整平了，这个地方已经成了景区饮料以及小副食品的中转地，连日来货柜车来往，把路都压宽了几米。和以前相比没有太大的变化，唯一的变化就是安生了点儿，不用黑天半夜遍地跑着找货源了。

这地方已经成了老皮从济源带来的那群帮工的栖身之地了，灶火和锅碗瓢盆都是现成的，大中午煮了黄河鲤鱼款待远客。等帅朗回来时，午休的午休去了，干活的干活去了，程拐却是和田园、平果喝得来劲，一桌子狼籍，本来还有点生怕田园想不开，这下子倒好，又有点愣然了，敢情田园这货也神经大条，根本不在乎失业这回事。

仨哥们围着坐下来，帅朗这才想起还没有吃饭，铲着锅里的剩米饭，程拐忙着切白菜给帅朗胡乱凑和点儿。坐着吃的时候，帅朗边吃边饶有兴致地盯着月余未见的田园和平果。这俩一胖一瘦像天生的一样，这么长时间不见，胖的没瘦、瘦的没胖，没发现什么实质性变化，帅朗边吃边问道："来也不打电话？平果，特别是你，可以呀，我来都一个多月了，这才想起看我来了。"

"忙呗，这不来看了。"小平果笑着，就数他年纪小，玩心颇重，此番来景区处处好奇，不过更好奇的是帅朗成了这个样子，不太相信地问道："忽悠哥，都说你发了点儿小财，我看着怎么不像呀？这破院子，比我们老家那地方还破。"

"钱是一分一分挣的，一夜暴富心理要不得的……一个月我能发到什么水平？"帅朗道着。正巧程拐端着菜进来了，放下菜嘿嘿笑了笑说："甭听他忽悠啊，我们兄弟几个数他了，我都挣小十万了，他挣得可比我多，要宰赶紧点儿，过了这茬他又得哭穷了……"

"嗯……不是吧？"平果吓了一跳，愣眼瞧着田园，田园也仿佛噎了一下，似乎很难接受兄弟几个人能有富人出现似的。

"那我得巴结巴结……"平果乐了，高兴地先给帅朗倒了杯水，尔后装模作样地给帅朗捏着肩膀，边捏边喊着田园道，"快点儿呀，田老屁，赶紧巴结巴结二哥。"

“哎，对对对……”田园一愣，想起来了，翻身拿着床上带来的包，抽了个上网本。帅朗一看，感觉礼重得很，愣了一下，问道：“不会吧，送我笔记本？你什么时候这么大方了？”

“不不不，借你看看。”田园强调着“借”字。

“你俩是不是调戏我来了，大老远跑来吃我一顿，就借我看看？”帅朗故作生气地训着。

“哦哟，内容比形式更重要啊，忽悠哥。”平果捏着肩膀，淫笑着说。帅朗眉毛一挑，用筷子指着电脑问：“有新货？”

“那当然，全系列。”田园神神秘秘说着。

“花花公子的，清一水的金发美女。”田园眼睛一眯，撩到帅朗的痒处了，帅朗早放下筷子，支着耳朵听上了，后面的平果又说：“五百个G自带硬盘，够二哥你看到精尽人亡了。”

“我先看……”

有人更痒了，半路杀出个程咬金来，却是程拐，一把夺走了田园手上的上网本，奸笑着出门了，三个人拦也拦不住。帅朗笑道：“算了，他想上火让他上去吧……你们俩，甭跟我来收买这一套啊，说，什么事？”

什么事呢，帅朗心里知道，故意问了句，平果和田园互视着，没吭声，像有难言之隐。

“老田，你失业了不早说，咱们几个都是你拉我扯，相互帮衬着过来的，有事还怕告诉我呀？”帅朗用埋怨的口吻说了句。一说这，田园和平果脸有讪笑，不像刚才那么眉飞色舞了，总归不是件高兴的事。帅朗干脆直接问道：“借钱来的吧？要不不会这么上心……说吧，要多少？”

很豪爽，一如往常，平果和田园心里一暖，不过平果却摇摇头道：“不是。”

“找工作要帮忙？那你们说吧，怎么帮？只要我帮得上，没说的。”帅朗道。

“不是。”田园也摇摇头。

“嘿哟……那我就不明白了。肯定有事，到底想干什么？咱几个感情不至于深到专程送片，礼轻情意重的水平吧？”帅朗笑着奇也怪哉地问道。

“我们……田老屁，你说。”平果捅捅田园。田园咳了几声，正正身子，很诚恳地说着：“二哥，我们也来跟你干，怎么样？”

“啊？”帅朗瞠目结舌，吓了一跳，愕然问道，“你们怎么想起这个来了？”

“失业了，我对那行也失望了，再去找，还是卖配件的活，没意思。”田园有点失落地说。

“二哥，我也跟你混，怎么样？到哪儿打工都是被剥削，还不如来这儿被你剥削呢。”平果来了句。

帅朗无语了，像被雷击了，呆坐在凳子上，一会儿看看模样俊俏的平果，一会儿看看憨头肥脑的田园，像是打量这俩货值几何，不过打量来打量去，眼光闪烁着像拿不定主意。

一不表态，平果失望了，一指帅朗道：“完了，老屁，咱们回吧，二哥不是以前的二哥了，嫌咱们累赘呢。”

“不至于吧？二哥，你真不管我们了？”田园稍有紧张地问，生怕听到拒绝和推托的言辞。

慢慢地，帅朗的眼睛里浮出了笑意，像是想到了什么，笑道：“俩傻逑，二哥正在想怎么让你们俩也成为有钱人呢，光被别人剥削有意思呀？留下吧，不过别叫苦别喊累啊，这地方还真缺人手，就怕你们干不了，干不了自己走了，可别怨我啊。”

“那是，大不了再回去找工作呗，我们才不在乎呢……二哥，喝水喝水……”小平果高兴了。

“干得了，有什么干不了的，这几年怎么过的？除了没卖身，什么都卖过，早没脸没皮了。”田园也白活着。

这下子乐了，重聚首免不了话题一堆。说着吃着，谈兴颇浓，倒没什么胃口了，碗撂一边，帅朗干脆从床底拖出件啤酒来，要和兄弟们来一件了。不料一个瓶盖刚咬开，电话来了几个，不是配货缺了，就是人手缺了，帅朗却是难得这等兴致颇高，骂了两句先支撑着，非要喝个痛快……

不料就是痛快不了，半瓶刚下，门外车响，噔噔噔高跟鞋声音颇是悦耳，有人喊着帅朗的名字，声音很不友善，眨眼推门进来，一看钻屋子里喝酒呢，那女人冷眼看着，招手喊道："帅朗，你出来，我有话问你。"

态度很不友好，不过帅朗态度倒是很好，辞了句，屁颠屁颠赶紧起身出去了。

"老屁，不会是二嫂吧？这么踋？没见过这么跟二哥说话的。"平果小声问着，支着脖子看着那女人拉着帅朗出了院门，那女人中等个子，身材很丰腴，平果没来由地觉得那女人跟二哥很般配。

"嗯，有可能。"田园灌着啤酒点点头，神色凛然下着定义，"怪不得咱们精心收集的片子都没有引起他的欲望，问题敢情出在这儿呢，瞧刚才那妞多丰满……二哥现在升级了啊，从观摩派晋升到实战派了。"

两个人咬上耳朵了，免不了猜测得淫话连篇、浪笑连连。不过更高兴的是，什么都没有变，来时的担心都是多余的，不管是发了点儿小财还是泡了个丰腴妞，二哥还是二哥，对兄弟们，那是没说的………

女人发飙了可不得了，帅朗几乎是被杜玉芬揪着肩膀拉出门的，出了门刚站定，似乎话还不太方便说，干脆又拉着往房背后走，帅朗叫了几声杜姐。兴师问罪来的杜玉芬都没有理会，揪到了房背后，站定之时，凤眼含威、目光凌厉地盯着帅朗，好像受很大委屈一般质问道："为什么瞒着我？"

"什么瞒着你了？"帅朗愣了。

"秦苒和闫景钟都说了，你还装蒜。"杜玉芬训斥着。

"说什么了？"帅朗一下没整明白。

"你再装……"杜玉芬像是委屈无处发泄似的，气愤愤地推了帅朗一把，帅朗看杜玉芬着实气得不轻，忙追问到底怎么一回事。杜玉芬语速飞快，爆豆般把原委一说，敢情是秦苒和闫副总今天请客，杜玉芬还以为是商量铁路配货的细节，兴冲冲去了才知道，闫副总是代林总出面谈的，还随行了公司人力资源部的人，张口就问了个让杜玉芬摸不着头脑的问题：什么时候来公司签劳动合同？

"哦，你说这事呀？呵呵……"帅朗一听，笑了。

"还笑！好笑啊？"杜玉芬斥了句。

"高兴呀，为你高兴呀！你已经通过这事证明了自己的价值，他们求贤若渴上门了，这不是好事吗？"帅朗道着，着实替杜玉芬高兴，听话音好像是营销总监，几乎是给杜玉芬量身定做了的一个职位。

"好什么好？本来正浓和飞鹏就是竞争对手，咱们又和人家掐了这么长时候，我好意思去呀？别人会怎么看我？"杜玉芬有点为难，一看帅朗无动于衷，很生气地直揪着帅朗领口质问，"我问你，是不是你根本就知道？"

"知道，不但知道，还是我给林鹏飞提的议。"

"我 PDA 里列车流动市场营销方案是你给他们看的？"

"是啊，李正义不识货，我替你找了个识货的。"

"那你也得提前和我商量一下呀！"

"我这不是想给你个惊喜吗？"

"还惊喜？我看是你暗地偷着乐，把我给卖了吧？"

"呵呵……价格合适，迟早都要卖的。"

"你……"

杜玉芬揪着帅朗，几句质问，帅朗对答如流，看得出来是早有预谋的，杜玉芬被帅朗这个无所谓的态度气着了，扬手就要打，不过对着帅朗不闪不避以及笑吟吟的眼光，又下不了手了，生气地一把推开帅朗，敢情还真被这事气得不轻。当然，最生气的地方莫过于帅朗每每都是偷偷摸摸行事，根本没有和自己商量过。

“杜姐，你说这个职位怎么样吧？难道你真就一点儿都不动心？”帅朗出声问着，支着脖子探寻着。杜玉芬似乎很难决断，咂巴着嘴，欲言又止，这要放在以前，肯定是很有诱惑的一份职业，不过出了这事以后，先离职正浓、后挑战飞鹏，最后再到飞鹏任职，总觉得哪里有个小疙瘩没有解开。

肯定动心，顶多就是心里不舒服，帅朗看在眼里，笑着又问：“就咱们这儿，破砖烂瓦、漏房矮墙、烂人一群、痞子一堆，难道比飞鹏营销总监对你还有吸引力吗？大公司什么做派您知道，飞鹏可比正浓强多了，今天往后，您就可以安安生生、舒舒服服坐在宽大整洁明亮的总监办公室里，泡上一杯咖啡、听着个小音乐，然后打几个电话，事就办了……难道还想和我们一起摸爬滚打，风吹日晒？”

“这么好，你为什么不去？”杜玉芬反诘了句，气消了几分。

“我倒想去，他不敢要呀，再把他们老总气吐血了怎么办？”帅朗道。

杜玉芬本来虎着脸，一下子被逗笑了，一笑恰似百花齐放。这段时间在景区、车站，最开心的莫过于能够这样无所顾忌地笑，能够不考虑身份和影响，什么都不考虑地开怀大笑，笑的时候，杜玉芬看到了帅朗扬着脸，嘿嘿地在应着笑，相处久了，多少了解点儿帅朗的性子，这人皮笑肉不笑，明显有奸诈成分。笑着的杜玉芬脸色一拉，来了个戛然而止，突然间晴转多云，瞪了帅朗一眼。

“别矫情啊，适合的就是最好的，你去和我其实关系不大，是你关于列车流动市场开发的构想打动林鹏飞了，你要真跟我身边程拐、罗嗦、老黄、老皮这群货色一样，咱就倒贴，人家也不敢要不是？人能找着适合自己位置的时候不多，这次我觉得就是……”帅朗诚恳了，这份诚恳很有说服力，让杜玉芬心里存着的那点儿芥蒂去了一大半，不过还缺乏那么点儿认同。杜玉芬盯着帅朗，仿佛在捕捉帅朗表情中的纰漏，片刻之后才狐疑地问：“你不会又准备坑林鹏飞一下吧？”

“至于吗？林鹏飞那么好坑呀？咱们现在的命脉都卡在他手上了，要不是您和大牛极力在车站推广，销售量一直攀升，我想他都没这么快邀您入职，这是个不见兔子不撒鹰的主儿，其实这一场下来，相当于一个市场置换，我们掌握了景区和车站市场份额，但将来扩大的市场份额要比我们抢走的多，只要走的还都是飞鹏的货，赔了赚了他自己算得清……现在这种情况，别说我不敢坑他，我都得防着他坑我。”帅朗解释道。

“那你呢？我……”杜玉芬抿抿嘴，又是一个欲言难言。

“舍不得我啊？”帅朗没正形地来了句。杜玉芬翻着白眼，针锋相对：“啊，舍不得，怎么了？这趟生意咱们绑在一起的，末了了，把我踢出去了，是不是？”

“你在正浓年薪不到十万，那儿不算奖金和补助，年薪都十几万了，吃亏讨便宜，账就不细算了……你想过没有，杜姐，谁可都没有前后眼，将来要发生什么都说不准，咱们真一直绑一块儿，说好听是一荣俱荣，可要不好听，就是一毁俱毁，翻身机会都没有。这样多好，你将来过得不舒服，说不定我混起来了可以帮你一把；要是我混惨了，说不定您还能像这次一样拉我一把。那叫怎么说来着，对，咱们两颗鸡蛋，不能放一个篮子里，是吧？”帅朗笑着，像一块渐消渐融的冰，不经意地两手抬着。在帅朗说话的时候，杜玉芬帮帅朗整理衬衣领子被自己拉皱的地方，说话的帅朗声音渐渐放低，眼睛往下瞟，那双灵巧白皙的手，像带着几分羞涩一般，抚着已经很平整的衣领，将即未即、似离未离，一直在自己的胸前停留着。不知道是被帅朗的几句话触动了，还是心里已经固有了那份不舍，杜玉芬像当初上贼船一般叹道：“好是好，总是让人心里有点不那么舒服，你和大家解释一下啊……嗯？”

杜玉芬说着说着突然停下了，眼睛惊讶地看上了帅朗，不为别的，是因为自己给他整衣领的手，被一双咸猪手捉住了，像瞬间过电一样。杜玉芬微微颤了颤，直视着帅朗，帅朗依然那副貌似纯良的奸诈笑容，正坏坏地看着自己和把玩着自己的手，杜玉芬下意识地往回抽了抽，没抽动，于是坦然放着，往前，手指触着帅朗龇开的嘴巴，戏谑了句：“怎么？赶都赶我走了，还想趁机非礼？”

“早就想了，只是没机会……杜姐你真漂亮……”帅朗捉着杜玉芬的手，舍不得放开，好不容易这个晌午没人，好不容易他俩碰撞出了点儿小火花，怎么着也得借题发挥一下。杜玉芬一听这话，咬着嘴唇浅笑着，窥破了帅朗的歪心思，逗他道：“男人在说这句赞美辞时，心里总是藏着龌龊的念头，你还是甭表扬了啊。”

“咦，这都被你看出来了？”帅朗故作惊讶，没皮没脸地笑了笑，在杜玉芬手上轻轻来了个绅士吻礼，尔后很期待地看着杜玉芬，“难道分别了，都不来个吻别？多遗憾。”

“有你这话已经把浪漫意境破坏无遗了，省省吧啊，你就不是那块料。”杜玉芬抽出手来，两指戏谑地挑了挑帅朗下巴，一下子把那层伪浪漫的气氛戳破了，搞得本来有点歪心思的帅朗好不懊丧。杜玉芬看着失落的帅朗先是咯咯笑了好大一会儿，然后揽着肩，像安慰一般轻啄了下帅朗的脸蛋，只当吻别了，小声正色教育着帅朗：“不要试图用男女关系破坏咱们好不容易建立的友谊基础啊，不是所有的女人都会被花言巧语蛊惑的啊。”

“破坏什么呀？这么熟悉了，哪好意思下手……”帅朗侧头看着杜玉芬，是那种后悔下手太晚的眼神。杜玉芬又好气又好笑地将帅朗脑袋拧正了，强行把帅朗的眼光移向他处。

就是啊，快一块儿玩成哥们了，还真发展不到奸情轨道上，俩人商量着晚上一块儿聚一聚，这帮兄弟们都好说，两瓶酒下去，解释都不用解释了。帅朗猛然停下了，杜玉芬正要问，不料帅朗“嘘”了一声示意噤声，然后很凛然地小声道：“你听！”

听什么？杜玉芬顿时竖起耳朵了，隐隐约约听到哪里有响动，像人声。帅朗拉着杜玉芬，循着声音的方向蹑手蹑脚走了几米，房背后一人多高的幼林里，果真有声音……啊！啊！哦！俱是单音节，女人的声音，像痛楚、欢愉，更像畅快淋漓地发泄。杜玉芬听明白了，蹙着眉，在背后使劲拧了帅朗一把，景区经常有成对男女游客找避静地方打野战，看帅朗瞬间这么来劲，八成是要去偷窥了。

“哎，别去……”

杜玉芬小声叫了句，没拉着这个窥探欲极强的，就见帅朗满脸窃喜，偷偷摸摸，悄无声息地向着林边摸去，然后靠在一棵小树旁，似乎是看到了，不过立马像泄气一样，没那份心劲了。杜玉芬觉得奇怪了，这才慢步趋上来，到了帅朗身边，顺着帅朗的手指一看，差点儿笑翻了。哪是什么野战，是程拐正躺在几米之外的树下，头枕着胳膊，光着脚丫，跷着二郎腿，腿上正放着那台上网本，看得颇为来劲，根本没发现身后有人。

帅朗鼻子都快气歪了，走了好远，杜玉芬才笑着故意问着帅朗：“程洋，看什么呢?”

“行为艺术片呗，程洋因为身体原因，所以对欧美行为艺术特别感兴趣。”帅朗也故意道。

“少来了，你们男人就没几个好货色，净看这乱七八糟的片，也不脸红。”杜玉芬借机教育了帅朗一句。

“知道还问，一听你也看过。”帅朗一翻白眼，一扬头，反诘了句，噎着杜玉芬。

杜玉芬脚步稍停，看帅朗那么懊丧的表情，没来由地觉得非常好笑，似乎没有窥探到行为艺术比他没有实施行为还要懊丧，其实……杜玉芬在暗想着，其实一点儿不介意刚吻别一下，只不过这货一点儿正形也没有，实在让她接受不了，或者从心里讲，不想用男女关系破坏这份友谊……

帅朗送走了杜玉芬，又气哼哼跑进小树林，把正在树荫下乐滋滋看行为艺术片的程拐踢了几脚，很野蛮兼粗暴地把上网本抢走了。就是嘛，光顾一天挣钱，把这调调都快忘了，调情太累、泡妞贼贵，还是看看片子过过眼瘾最实惠……

第六章
欺师灭祖的大师兄

午后，市区，凤仪轩。

有闲阶级的生活方式和普通人还是有很大差异的，天气越热，凤仪轩的生意便越好，据说本市不少名媛贵妇都经常出入这里。后来因为这个原因，男士休闲养生的生意也跟着旺起来，据说不少钻石王老五以及钻石非王老五都热衷于在这里认识几位行走于上流社会的人物，而且经营者眼光也独到，有时候会安排诸如桥牌、保龄球、高尔夫球之类的活动邀会员参与，名为活动，其实目的是促进男女之间的关系而已。前几天还爆了个小新闻，据说本市搞进出口生意的一位大富婆，是凤仪轩的会员，经常来美容，不知道怎么看上了一个做头发的小帅哥，结果买了幢别墅把小哥养起来了。看看，“逆包养”都出来了，还能有啥事稀罕的？

所以古老头儿来这儿从来没有引起别人太多的注意，每次来这不过是修修发、洗洗澡，有时候邀几位朋友一起聊聊天、下下棋。当然，茶是免不了的，凤仪轩也是根据客户的需要订制服务，每次古老头儿来，总在六层的同一个会客室里摆好茶具和热水器具，喝喝聊聊，差不多一下午就过去了。

今天稍稍有了点儿变化，像往常一样，盛小珊在门口接到了古大爷，公司是按客户消费的额度给员工提成的，别人不怎么清楚，可盛小珊心里清楚这位没什么恶癖的可爱大爷这一年多可是给她创收最多的客户，每每招待都十分殷勤。不过今天一见面，上了房间，没开水，没斟茶，古大爷阴着脸只说还有几位朋友要来，盛小珊瞅着架势不对，没敢多问，下楼恭迎几位来客了。

是谁呢？肯定不是女人，盛小珊坐在门厅的会客室揣度着，自打认识古清治，就没见过他身边有女人，在作风上基本是自己接触过的最绅士的男人。不像有些老头儿，明显看着都干不动那调调了，还来这儿消遣，居然还对小服务员动手动脚。

不过，是男人就不好猜测了，因为一年中看到老头儿会过的男人还真是形形色色，年轻的、中年的、老年的，丑的、帅的，很有派、很有范的，甚至长得很猥琐的，哪种都有。对了，还得加上一句，就是没有盛小珊认识的。上一次来是三个人，坐在一起聊得却是饮料市场大战什么的，盛小珊听到了一个熟悉的名字，帅朗。似乎那个帅朗在外面闯出了点儿什么门道，这倒让她有点兴趣了，再加上有两位警察来核实过四月十九日的事后，免不了让盛小珊对于那个很长时间未见的帅朗有点怀念了。

怎么说呢，那个人很好玩，那天晚上是她撺掇那货去和那位红衣女郎搭讪，结果不知道如何，倒把警察招来了，原因究竟是什么，她无从得知。

奇怪，反正是很奇怪，凡古清治身边的人都很奇怪。

来了，又来了个奇怪的人，盛小珊一眼就猜出来应该是来找古清治的人，身穿绸衫，衫上绣着古朴图案，大背头，很有派，人很瘦，不过脸上有点阴气，像电影里经常和鬼打交道的非人类。到了吧台前一问，盛小珊背后听到了确实是找古清治，于是就彬彬有礼请着他直上了六层……下了楼，又来了一位，一位中年男子，胖胖的脸，小眼，像个奸商，凤仪轩难得来这种范儿的人，一问，盛小珊又送上了六层……又过了一会儿，来了位威武雄猛的中原大汉，气宇不凡，再一问，又送上了六层。

送上去三个人，终于来全乎了，盛小珊把洗过的茶器具放在房间里，压抑着好奇，悄悄地退出去了……

盛小珊这位设计师不算很迷人，不过气质很清雅，柔顺的半长黑发刚刚及肩，感觉不长不短；标准的瓜子脸型，感觉不瘦不胖；淡妆素衣，感觉不艳不俗；言行举止非常得体，对于陌生的来人并没有表现出有什么惊讶的表情，出门时轻轻掩上了门，优雅的高跟鞋声音轻叩着地面，很悦耳……

对了，只能听到这个悦耳的声音渐行渐远，此时才显得屋子里更沉闷了几分，古清治居中而坐，并没有像平时汲水泡茶，而是显得心事重重。难得见到这么肃穆的表情，寇仲下意识地把玩着手指，那位貌似奸商的冯山雄看着远道而来的师兄吴荫佑，这是唯一一位得了师爸真传的弟子，每年靠着游走四方给人看相算命寻龙点穴过活，此番前来，估计是师爸一年多前安排的事终于有了下落。

对，有下落了，心里那件事终于有下落，今天都很严肃，严肃到谁也没有瞥眼瞧一下刚刚出去的那位女人。

身穿绸衫的吴荫佑就坐在古清治身边，只待人一走，这才从随身的布包里掏出一个塑料袋子递给了古清治。布包有些年头了，绣着阴阳鱼图案，纯粹是走方阴阳的打扮，古清治舒了口气，看了这位弟子一眼，接到手里，貌似随意地翻阅着，第一页就觉得奇怪了，问了句：“改名了？王平？”

“嗯，改了，端木界平改成姓王名平了。”吴荫佑说。

“改得好，越普通越不引人注意，看来端木这些年比你们几个都强啊……”古清治道，照片上是一幢别墅，他对着照片上那辆奔驰多看了几眼。

“嗯，确实比我们几个强。”吴荫佑接着话茬，看着几位同行，解释着此行的经过，“我找了他一年半，一直没有下落，我想当年他卷走一千多万，肯定会隐姓埋名，肯定不会以普通人的生活方式藏着，所以我通过各省的风水界同行一直打听着他的下落，而且在他可能去的地方还请了私家侦探帮忙，不过一直没有什么下落……今年四月，我受邀到佛山给人看阴宅，在他的书房里我无意中看到了一份旧报纸，就是这一份……刊载的是新加坡华侨在当地投资的事，这个人很让我眼熟，后来我想起了，她和十几年前一直和端木厮混的那个小凤娇很像……”

“有这回事吗?”古清治亮着报纸，一副女强人挥手做演讲的图片，很漂亮的一位中年美妇，古清治可不知道弟子还有这些烂事，一问，冯山雄点点头道:“嗯，有点像。”

“她当时是什么人，你们怎么认识的。”古清治问，很小心。

“当时……”冯山雄踌躇了一下，直言了，“当时她是水木年华娱乐城里的小妈咪，二十世纪九十年代初那时候中州刚兴起这玩意儿来，我们几个经常去鬼混。端木人长得帅，我们找的是小姐，他倒好，直接勾搭了个妈咪，不但不掏钱，听说那女人还倒贴……不过，时间这么久了，我还真不敢认了……老三，你确认就是她?”

“没错，就是她。”吴荫佑确认道，还生怕别人不信似的解释道，“我当时也不敢认，这鸡头和女华侨的身份差异也太大了，后来我留了个心眼，回头查了查这个博宥投资公司，还专门以旅游名义到新加坡待了二十天。我雇了当地的私家侦探，当地私家侦探主要查婚外恋，要价很高，不过效率也不低，通过徐凤飞查到了和她来往密切的王平，一看王平的长相……不用查背景我都认得出来是端木界平，后面还有医院就医记录和签名，错不了，就是他……”

“那他现在是……海外华人?”冯山雄出声问着。

“嗯，没错，而且是有成就的海外华人，在当地投资了电子制造企业，专门生产通信器材，徐凤飞经营的风险投资公司我估计也是他的手笔，私家侦探社接业务的以为我是徐凤飞的老公，他们居然拍回一张徐凤飞和端木界平在一起的照片，两个人现在都是有身份的人了……”吴荫佑不自然地看了师爸一眼，很为难，冯山雄同样有几分难色。

“十六年了啊，变化真大呀。”古清治草草翻过，叹了口气，笑道，“婊子和骗子，一对绝配啊，呵呵，没白培养端木啊，他可比你们都强。”

强吗？当然很强，在座几位互视了一眼，心思俱是相同，即便现在全部身家加到一起，也没有十几年前那趟生意被卷走的多，更何况又过了这么多年，财富基数已经增长了十几倍，有多大差距，可想而知了。

对了，那趟生意，据说是一趟很大的买卖……寇仲心里回忆着，那时候自己还不过是个给师爸开车的司机，那趟生意做得有多大，寇仲时至今日也知之未详，只知道在关键时候被自己人骗了一把，卷走了所有钱，不但人财两空，还把师爸送进了监狱，足足待了十二年。即便没坐监的这几位，也没落好，树倒猢狲散，各管各吃饭，吴荫佑干着老本行，当了走方阴阳，后来才和冯山雄搭伴，一个买坟，一个点穴，不过串通着挣俩小钱；寇仲自己也不过做了点儿水产小买卖，如果不是四年多前师爸出狱后把几个人再聚起来，恐怕连今天的身家都没有。

一切都是拜那位端木所赐，只不过这个人还有一个特殊身份，是师爸的养子，也是最得意的弟子，更是比在座几位入门还早的大师兄。

天下最憋火的事是被人骗了还不敢吭声，更何况还是被自己人骗了，更何况连自己都是骗子，却居然被骗了。

天下最难办的事，是明知为难还不得不为的事，特别像这种对付曾经自己人的事。

没人敢吭声，表情已经表明了对此事的态度。之前师爸不遗余力地找寻此人下落，在座几位都不反对，不管是报一箭之仇还是找回损失，于情于理都说得通。不过现在明显要对付的成了一个外国人，即便是专业素质，这些年肯定已经和国际接轨，和土生土长的骗子相比，自然不可同日而语。

古清治也没吭声，两眼空洞着，是在回忆着曾经意气风发的年代，曾经纸醉金迷依红偎翠的生活，或者记忆更清的是铁窗里漫长的岁月。过了很久，才回过神来，依然是一言不发，汲着水，坐好壶，从随手带着的布包里拣拾着茶团……这是普洱中的极品——老茶头，不过品相可不敢恭维，黑乎乎的，像茅坑里的石头蛋蛋。古清治拣好一块，丢进紫砂壶里，不动声色地听着呼呼的水声，一言未发。

“师爸，咱们怎么办？”冯山雄欠了欠身子，轻声问着。

古清治动了，抬头审视着几人，当时懵然无知的年轻小伙已经人过中年，自己也已耄耋老矣，平时偶尔谈及，几个人都说找到要如何如何，不过真正找到了，却有点不知道如何是好了。古清治顿了顿，莫名其妙地说：“有句话叫善有善报、恶有恶报，这句话说得很好，记得你们入门时候是怎么学的吗？”

“七十二行，诈骗为王。”寇仲见师爸眼睛射过来，下意识地脱口而出。

“还有呢？”古清治问，却是眼光投向了吴荫佑。

“入得此行，回头莫想。”吴荫佑道。

“山雄，这几句你理解了吗？”古清治再问。

“理解了，是说这行回不了头。”冯山雄道。

“那为什么回不了头呢？”古清治又问。

这下三个人懵了，互视了眼，为钱？为女人？为地位？为过上好生活？当然一切要归结到钱上，天下熙熙，皆为利来，七十二行都脱不了这个“利”字，不过似乎师爸不会谈及这么简单的问题。

“呵呵，你们有点长进了，起码不信口开河了。”古清治笑了笑。水开了，倒了杯，第一遍洗茶，第二遍滤茶，第三遍水才盖上壶，拿在手等着，古清治慢条斯理地说，“有些人并不是因为衣食无着才骗，有些人家产万贯依然在骗，去掉钱这个表象，其实骗子存在的意义，是对世人的愚弄和通过愚弄得到的那种满足感。就像好色嗜酒一样，这种瘾已经深入我们骨子里了，所以我们停不下来，所以端木也停不下来，终有一天，还是要碰在一起的……”

“师爸，十几年了，我们可还都是土包子，要是没您点拨，我现在没准儿还是个开车给人送货的卖鱼佬……端木当年就比我们都强，这么些年过去了，我们恐怕和人家更站不到一起了。”寇仲说了句，虽然有点丧气，可并没有人提出异议，别说报什么一箭之仇，以现在双方地位的悬殊，恐怕见一面都难。

“你还没听懂。”古清治斟着茶，四个杯子依次斟着，依然慢悠悠地说，“善有善报、恶有恶报，骗子都不会有好报，既然都停不下来，那迟早都会有恶报……我已经有了，你们可能也会有，端木他根本逃不了。不是不报，时候未到，我等了十六年，这个时候……快到了。”

茶斟好了，古清治依次摆着，每人面前一杯，很小的茶碗，倾着身子端茶的冯山雄接了句：“师爸，您说吧，需要我们做什么？要不干脆点儿，花钱找人做了他。”

阴森森的，寇仲听得头皮发麻，道上因为争利刀枪不长眼要命的事倒不罕见，只不过安逸得久了，真要再掺和这事，谁都会踌躇。再看师爸，却摇摇头，示意众人品茶，随意地说：“那行你不熟悉，未必干得利索。”

“那我们怎么办？人在国外，咱们要到那个地头找人可就成了外来户了，更干不利索。”冯山雄道。

“既然不方便，那就让他回来嘛。十六年的时间，足够让他放松警惕了，十六年的荣华，足够膨胀他的自信心了，我想他一定以为我早就命丧黄泉了，就算你们在，恐怕他也不会放在眼里。”古清治道。

“这个不好办吧？”寇仲道。

“好办，给他一个不得不回来的理由。中州毕竟是他老家，总能找到理由的，人都有弱点，他的弱点不那么难找。”古清治道，手示意着，喝完茶的弟子杯子刚沾桌，又倒上了第二杯。一直未发言的吴荫佑斟酌着师爸的话，对于师爸的能力并不怀疑，想了想，只提了个小小的建议：“师爸，要这样的话，需要个生面孔。我们认识他，他也认识我们，如果我们直接出面，他马上就会联想到您还活着，不管怎么做，都不能用熟人，否则他还能想到是您在幕后。端木有多聪明不用我说了，即便我们几个卷走一千万，也未必能混到今天他这个身份吧？”

“有人选了，我给他找了个好对手……不过还需要点儿时间。既然我们栽了一次又重新爬起来了，那么这次栽倒的，就应该是他了……”

古清治轻描淡写地说着，冯山雄和吴荫佑一愣，没有省悟到找到的这个人是谁。寇仲怔了怔，想到了黄河景区，想到了那个谋面不多的年轻人，有点不太相信，不过看着师爸很严肃，压抑着这份好奇，没有再问。

于是又静默了，只听得见斟进茶杯的水声，只看得见，茶色深红如血……

世界是由形形色色的人组成的，既然有为公而忘私的，同样有事事为己的；既然有蝇蝇苟苟的，同样也不缺淡泊名利的；既然有志存高远的，当然也有得过且过的；既然有苦心孤诣的，那也不缺醉酒当歌的。

这不是想表扬谁，对照每句后面的，基本就是帅朗的生活写照，得过且过蝇蝇苟苟这么多年，终于在景区找到了一个闷声发财的机会，一天少则几千元、多则上万元的钞票揣进兜里，那叫什么感觉：从来没见过这么多钱呐！

辛苦了这么长时间，而且这段时间净想着怎么憋坏水折腾，还真没有开怀畅饮来一次对酒当歌。今儿终于有机会了，兄弟几个聚着欢送杜玉芬，杜玉芬很动情，很舍不得这帮说话办事都仗义的爷们儿，席间是频频劝酒，得，三圈过来倒让杜玉芬先喝多了。好在今天有俩闲人，派小平果把杜姐先送走了，剩下诸人难得一聚，吆五喝六开怀大喝，先啤后白，白后再加啤，他们在南郊刚出景区不远的天宇酒店喝得东倒西歪，等平果送杜玉芬回来，差不多都喝多了。

喝多了就喝多了吧，还都不服气，田园知道帅朗的性子，都快打烊了人都不走，实在架不住了，干脆要了几瓶高度西凤酒摆桌上，撺掇着帅朗和几个人对瓶吹……这办法好，吹了半瓶，呼里隆咚全栽了，终于能回家了。

于是田园、平果，加上小皮三人，像抬饮料件一样把五个喝多的抬进货厢车里，酒店里的服务员看西洋镜般地看着几个烂醉如泥的人，都远远指点着笑。就有一个稍清醒点儿的黄国强，抬上车居然爬着跳下车了，下车就下车吧，谁知道下了车当街脱了裤子，来了个随地小便，引得过往路人纷纷驻足观看，居然还有拿着手机拍照的。吓得田园几个又劝又拉，出了一身汗才把这货哄回车里，干脆货厢门一关，上锁了。

折腾，使劲折腾，哪个也不安生，安生的只有程拐，两百多斤的体重，比两头母猪还难抬，不出几身汗，根本回不了家。一路上把平果和田园累得吭哧不断，开车的皮军军倒笑了，边说边笑，你们来了，我就轻松了啊，这几个哥们不能见酒，一见酒就醉，一醉就不认识回家路了，我这一个月都送了八趟了……

田园和平果面面相觑。到了晚上十一点多才回到五龙村，下车叫着门，半天披着衣服才出来，看着三个人拽胳膊抬腿，被抬那位呼噜呼噜发臆症，那不是帅朗是谁，老皮摇摇头道：“哎呀，这几个年轻人呀，火力旺啊，咋能喝成这样？”

“这喝了就睡都不错了，还有个脱裤子在大街上不走的。”小皮说着，扶着头，干脆放到了田园肩上，田园背着，俩人护着，好在这位不怎么肥，直抬进了房间，老皮叫着俩人到屋里大坑上休息，刚放下喘了气，平果把帅朗脑袋摆正，盖上被子。刚覆好被子，因为离得太近了，醉里那位发臆症的搂着平果的脖子就来了个强行非礼，啵啵啵乱啃一通，边啃边糊里糊涂地喊道：“桑姐，我想死你了，别走、别走……”

“放开，放开，看我是谁呀？”平果手忙脚乱，使劲扯着帅朗的胳膊撂过一边，狠狠地朝臀部擂了两拳头。谁知道这货醉得早不省人事了，翻了个身，抱着枕头，骑着被子，又鼾声如雷呼呼大睡了。

田园看着笑得肚子直疼，干脆不理会了，拉着平果，出了房间，带上门，奇怪地问道：“桑姐是谁呀？你送的那位不姓桑呀？”

“屁哥，你太老土了，现在谁没几个炮友啊，总不能紧着一个妞干吧？”平果抹着脸上的唾沫，指着屋里的说了句，“现在二哥也是个小款爷了，不搞几个女人都对不起这身份。”

“那倒是……平果，说正经事啊，你真不回广告公司了？我是失业了没办法，你可还没失业啊。”田园提醒了句。俩人坐到了院子里，夏夜里的凉风习习，这个时候却是最凉爽最惬意的时候，平果一屁股坐下来，拍拍院子里码了一人多高的饮料箱，咂巴着嘴，心里无着地说：“我也不知道，不过二哥这儿，这条件实在是……咂……”

无语了，很无语了，穷乡僻壤、破房烂墙，说是留下，可留得有点心虚。想了想又安慰自己说：“不过有些事不能看表面，咱们几个就数帅朗能折腾，可你不能否认，也数人家干得漂亮。我觉得二哥说得好，打工打工，迟早落空，就业就业，迟早失业，不管干什么，都不如自己干……老屁，你不是才来一天就想打退堂鼓吧？”

“打什么退堂鼓呀？我还有地方退吗？我是担心咱们干什么？景区早被老黄、程拐、罗嗦他们几个划开片了，咱们这情况又不跟他们一样，人家社会上混得早，好歹手里有点本钱，可咱们有什么？我干了两年，除了吃饭租房，省，省，省，都没攒够一万块钱，过年过节回家我就心虚，只怕开销大了……”田园白活着难处，听得出对这次选择的担忧。平果拍着田园的肩膀道：“老屁你这人什么地方都好，就是小心眼太多不好，你觉得二哥能亏待了咱们吗?”

“那倒不会。”田园摇摇头。

“这不得了，那还怕什么?”平果不解了。

“哎哟，我是发愁呀，你说我不想回老家那小县城，可在中州混来混去还是一无所有，我可怎么办呀?房吧，我就不敢想了，老婆吧，也不敢想，你说我活得有什么劲呀?”田园感慨着，大概是受了点儿刺激，要是看着有钱人吧，还能接受，不过看着曾经一起的穷哥们脱贫了，而自己还在水深火热中，那感受可没那么好了。

“瞎活着呗，还能怎么地?我觉得二哥肯定有想法，要不不会把咱们留下来。没听他说吗，景区这儿的市场就不缺干的，没准儿咱们跟上他真能发点儿小财。”平果道。

“那样最好……”田园感慨之下，也免不了憧憬着未来，靠了靠平果，问道：“嗨，平果，你要挣了钱，你准备干什么?”

“我?呵呵，我周游世界，去泡外国妞去，啧啧啧，那生活……你呢?”

“我呀?我开家大饭店，把川鲁桂京湘各地外厨请来掌勺，我当老板，到时候我一天吃了睡，睡了吃，啥也不用干了。”

“呵呵，那敢情好，我带上一群辣妹去你店里吃去……”

“你就吹吧，还一群?没等你去吃，你就被辣妹吃了……”

“呵呵……”

清风拂来，夜凉如水，絮絮叨叨的闲话直聊到夜深，对于生活，总有那么多不如意，对于未来，总是有那么多的憧憬，两个人直谈到意兴阑珊准备回房休息时，还不忘推门看看睡着的帅朗一眼。银色的月光洒满了陋室，简易的小床上帅朗仰面朝天地躺着，鼾声阵阵，好梦正香………

七月流火，位于二马路的市公安局大院红旗招展，警车林立，来自市区各分局、各派出所的代表陆续到场，走进挂着“防抢反骗百日攻坚行动总结表彰大会”条幅的主会议厅。

又一个行动结束了，对于从事公安工作的同志们而言，这类声势浩大的行动已经成为生活中一个必要组成部分，而且一个行动的结束，就意味着另一个行动的开始。会前翻阅会议资料的公安们窃窃私语着，据说这次防抢反骗的成果不菲，挖出了一个银行卡犯罪团伙，在全省尚属首例，“四·一九”大案也取得了重大突破性进展，据说当天化妆提款的十七个嫌疑人，被刑侦支队逮了十四个，至于对其他小抢小骗团伙统计，各分局、各派出所汇集的要有一百多个，就像资料上所说的，对“净化治安环境，保障人民财产”起到了巨大的作用。

坐在前三排的都是防抢反骗工作组的成员，不过最惹眼的不是案情如何，而是前两排清一色的女警队伍：窈窕的警服，比贝雷帽还俏皮的女警帽，若隐若现地遮掩着长发，偶尔回头惊鸿一笑，总能让后座刚刚落座的铁警们挪挪身子，生怕警容哪里不整。观摩良久之后，总有小话附到邻座的同行耳边：“喂，老刘，咱们全局可就这么几朵花，都拉来啦？”

“你知道什么呀？这次抓骗子全靠网警、监控、技侦上联合作业，娘子军撑了多半边天，咱们这号大老粗，落伍啦。”另一位老警察小声白活着。

“是不是呀？你们四分局不是抓了十几个团伙吗？”

“都是街头碰瓷翻扑克牌的，三五个凑成的团伙，那玩意儿能信呀？人家这才是高科技、高智商，蒙着面提款都被提溜出来了，还是年轻人厉害啊……”

“得了吧，也就抓了一群替死鬼，那案子幕后黑手能不能揪出来还两说……”

主席台各位领导入场时，他们自动停止了小话，会议开始了，来自省厅的督导、市政府和市局的各位领导，程序都是既定的，接下来就是挨着个地发言了。发言的内容自不待说，第一句都是在省公安厅和市委、市政府的正确领导下……在全局各单位民警协作努力下……防抢反骗百日攻坚取得了圆满成功，抓获侵财类诈骗嫌疑人多少多少、挽回经济损失多少多少、立案多少多少件、侦结率多少多少，列为网上追逃多少多少……

没有什么听头，坐在二排中间的方卉婷有点走神，看着主席台上的刘局长、卢副局长和来自省厅、市政府高不可攀甚至根本不认识的领导，有点走神了。其实三个多月忙忙碌碌的工作回过头想想，连她自己也不知道究竟做了些什么，细细数数，每天都是在排查、比对、档案搜索中度过的，不过结果不错，市局参加行动的荣立集体三等功，自己和小木在市局表彰的优秀个人榜上有名，小木也如愿以偿留在了市刑侦支队，几个月前进工作组时抱着的心愿好像都达成了。在这个应该欣喜的时候，方卉婷却没来由地有点惆怅，就像心里有些什么小疙瘩没有解开的那种惆怅。

是什么呢？好像是那件案子，追查到取款人就中止了，仅仅确定了中间的“山猫”毛小义的身份，列为网上A级追逃，能不能追回来，追回来需要多久，恐怕不得而知了。不过只要不停犯案，再聪明的嫌疑人也会有撞进网的一天，这是警察的信条。作为警察，对于司空见惯的各类嫌疑人已经没有什么感觉了。

所以方卉婷惆怅的好像不是案子，自从那天当街施暴揍了帅朗一顿之后，她就一直有想和帅朗共同分享喜悦的感觉，因为很多线索都拜此人之赐，很多看似诡异实则灼见的想法也是来自他。

方卉婷没有理由地就觉得应该是和他分享，不过自从上次以后，再没有什么联系了，其实之后两天方卉婷就忍不住和帅朗联系，但是关机！再之后，还是关机。工作组撤回原单位时，方卉婷很想邀帅朗出来，只不过联系的结果还是让她郁闷：停机了。

他在干什么？我是不是把他吓着了？为什么他对我避而远之？是不是

他根本就是个逢场作戏的无良男？这个混蛋，敢非礼我，我揍得轻了……一直见不着他，用不用联系联系帅叔叔呢……很多自相矛盾的想法闪烁在脑海里，甚至于有时候会怀念抓传销人那天在顶楼上发生的事，很怀念那种纵情和几欲窒息的感觉，甚至于在这若干天里，有一种被人甩了的忿意。这些交叉情绪让方卉婷一会儿惴惴不安，一会儿心有所思，一会儿目光闪烁，一会儿愤愤不已，一会儿又是怅然若失，上台领奖时都是旁观的队友推了把才省悟过来。

会议在方卉婷糊里糊涂的感觉里结束了。离场时，方卉婷有意识地寻找人群里的小木，搭档几个月，一下各奔东西，一个在市局科室、一个在刑侦支队，这么大的城市里再见一面都未必那么容易，不过会场里都统一警装，在警服堆里找个人那叫个难，直出了会议厅都没有看到小木。

小木早跑了，从会议厅直奔出市局大门，上了辆等着的越野车，进车后随即发动，呜一声走了，小木几分兴奋地问道："续队，有任务？"

"看把你兴奋的，干过三年来你还有这心劲，我提拔你当副队长。"驾车的续队笑道，副驾上的邢组长也笑了，安慰着小木："别急，年轻人，有的是案子，先熟悉下工作再上，痕迹检验可是个细活，以后多跟队里老陈学学。"

"是，邢组长……咱们这是去干什么？我还以为有案子了。"小木应了声，不好意思地笑笑。

"找个熟人，帅朗，还记得吗？"续兵问。

"记得，哎，对了，他手机停机了，联系不上。"小木道。

"在黄河景区混呢，听白所长说，这小子发了点儿小财啊，在景区也算个小名人了。"邢组长笑道。

"这是个人精，我看他干哪行都能混出点儿名堂来。"续兵队长也不吝赞美了。

小木不解了，狐疑地问道："咱们找他干什么？"

“没什么事，有些疑点再和他做做比对。”邢组长随意说了句。续兵也接着说了一句：“主要呢，还想听听这小子的胡诌，你们别说啊，我还真觉得小帅比老帅强。上次案情分析会听老帅讲，有点空洞了啊，‘四·一九’这锅夹生饭全扔咱们支队了，我一下子还真不知道该从哪儿入手……”

两个人随意聊着，小木听明白了，不过眼珠滴溜溜转着没敢接茬，帅朗帮过几次忙，不过肯定不会是看在自己面子上，面子在哪儿呢？小木隐隐猜到了一些，但不太敢确定，不过能确定的是，肯定也不是在前面两位身上……

景区，热闹依旧，繁华依旧。从堤灌站派出所所在地到五龙中心景区，一路上车行缓慢，高峰区经常堵，一堵就是十几辆甚至几十辆大巴车，比市区堵得还厉害。好不容易到了五龙停车场，找停车位置却又花了二十几分钟，下车对着这个景区，几个人不禁倒吸了一口凉气，这么炎热的天气，游客丝毫不见减少，沿着景区小广场到半山腰雕塑像前，密密麻麻都是人，几个人左顾右盼找了好久，才见白所长带着两位协警从人堆中挤出来，边擦汗边抱歉道：“对不起啊几位……放假了，学生娃太多了，一天丢钱包几十起、打架斗殴十几起，忙得人屁股就着不了座……几位有什么需要协作的，您吭声。”

“我们找一下帅朗，前段时间老联系不上……”续兵道。

白所长咯噔了下，不过立刻反应过来了，说了句：“那好办，这小子是不是又犯事了？你们俩到工艺品店里蹲着，碰见人给我揪到派出所。”

这话管用，身后那俩壮得像小牛犊的协警捋着袖子就要走，邢组长赶紧拦着说：“别别别……不是案子，是私事，半公半私，千万别胡乱抓人啊。”

“哦……那也简单，我打个电话让他来。我知道他的电话。”白所长又道。

“这儿说话不方便，还是我们找他去吧……有些事得当面说。”续队长坚持着。

“那走，跟我来……不在店里就在五龙村，这小子现在和村里人搞得热火着呢。”

白所长背着手，一身威严警服，前面带着路，刚要出停车场，几辆自驾游的小车又钉在路上堵上了。没等所长发话，那两个协警上去二话不说，“嘭嘭嘭”拍拍车窗，眼一瞪，严词厉喝：“让开，让开，长眼睛了没有，车是这么开的吗？你们堵着，别人怎么过……”那些出门游客自然不敢惹这号人，抱着歉，倒着车。还别说，挺管用，眨眼间几辆车都让开了。

小木看这么执法直翻白眼，续兵和邢组长互视笑了笑，没吭声。其实这也没办法，每天数万数十万的游客，执法水平高不了。

前行了不远，续兵有点好奇地问：“白所，你刚才说什么商店，和帅朗有关？”

“哦，他开的……这小子是块料啊，景区这铺位可都是寸土寸金，这小子来了三个月，十二万年租金盘下了个店面，搞起工艺品来了……”白所长道，听不出褒贬来。

“是吗？没看出他有艺术细胞啊……你们看出来了吗？”邢组长笑着打趣道。

没有，小木摇摇头，续兵笑了笑。离停车场有一公里左右就到了，一排商铺正在沿山而上的阶下，五六家商铺都是门庭若市，白所长带着人挤进了门，示意着两位小协警别跟了，估计没什么事。

进门时店里挤了一堆游客，却是连话也说不上，续兵个子高，看着柜台后并不是帅朗，是位很有型的大胖子，正向游客兜售一个做工精美的沙漏：“这是黄河河床底的细沙，经过九九八十一遍筛选而成，外层是鸣沙山上的石英为原料做的玻璃，沙漏完正好十二时辰、二十四小时，一天时间。出了这儿可没这店了啊，我们独家生产经营，中州别无分店……要不看看这个，黄河母亲石雕，用材是汉白玉，光这块石头就值一百多，雕成像需要花费十天时间，售价一百八，既有欣赏价值，又有收藏价值……”

说得煞有介事，好像这石头取材多难，好像这沙取材也不容易，都是绝无仅有的，谁不买谁可真是眼瞎了。另一边那位售货员却是位帅帅的小伙子，正向几位女游客兜售草帽，秸秆编的，那孩子嘴甜得呀，“姐姐，姐姐”不离嘴，眼睛看得要出水……“天气这么热，二位姐姐您皮肤这么好，晒着了那可不是几十块钱的事……咱出门玩，为什么？还不就图个高兴，不值个钱，您要喜欢，不说了，送给您了，谁让我看着姐姐这么漂亮呢……”这话听得那两个女人咯咯直笑。白所长一行一瞧，却是两位脸上带褶子、小腹起赘肉的老媳妇，不由得咧着嘴全身起鸡皮疙瘩。嗨，你还别说，挺管用，忽悠得那两位既没姿也没色的女人乐滋滋地把帽子扣脑袋上，然后大大方方付了钱，乐得屁颠屁颠出门爬山看黄河去了。

小木一看一顶破草帽卖三十五元，龇着牙直吸凉气，这玩意儿能不能值五块钱都难说。一眼看过去，一屋子琳琅满目的工艺品、小挂件、仿玉制品，几样主打的却是以黄河沙、黄河水以及黄河里的石头蛋蛋为噱头，那堆水晶里镶的破卵石，这胖子能白活成白垩纪恐龙时代的产物。俩推销的连给白所长说话的机会也没有，白所长不耐烦了，拍拍柜台道：“嗨，嗨，小胖子，装没看见我是不是？”

“哟，哟……白叔，白叔……不，不，白大爷，有事啊？”那位胖子嘻皮笑脸，凑了个话。此时小木才认清了，这两位围着粗布褂子扮旧社会店小二的货，敢情是帅朗同租的朋友，和方卉婷到东关时见过俩人，估计这俩货已经认不出自己来了。那人说了句话，又去招徕客人，白所长隔着柜台瞅着，问道：“帅朗呢？”

“在村里呢……要不就在哪个点送饮料，我说白大爷，这么忙，您就别来添乱了，回头我请您……”胖田园顾不上招待，道了个歉。白所长征询了下，于是拨通了电话，“喂喂喂”了半天才回头说：“在村里，走……我带你们去，坐电瓶车，开车出去得半小时。”

挤攘着出了门，那体积颇小的长电瓶车着实方便，上了车白所长直接自己开着，拉着几个人朝五龙村驶去。

车上，刚待一会儿的续队、邢组和小木，俱是满头大汗，一半是挤的，一半是晒的。百无聊赖的话题自然在刚刚见到的工艺品上，续兵说这小子几天不见鸟枪换炮了，邢组却说，这歪心眼想得挺多，弄把黄河沙、河里捡几块石头都能卖钱，你说这钱挣得也太容易了吧。小木笑了笑没接茬，开车的白所长却感叹上了：“还不止这个呢，他们还劈了树杈做弹弓，弄车泥巴全撮成小泥丸当子弹，专卖给来景区旅游的小孩，就那破玩意，一个卖好几十，嗨，城里小娃真没见过世面，还真有人要，那小屁孩拿着弹弓，连警车都敢打……现在帅朗是村里工艺品批发商，跑单帮兜销的都是村里人，景区只要有坑爹玩意儿，一准是他们那儿出来的……”

后座的三位警察笑得前俯后仰，每每见到帅朗，总有些新鲜新奇的玩意儿让众人眼前一亮，却不料这次是如此亮法。闲聊着，五龙村离景区不远，拐过中心景区再到梅园的路中间就是，电瓶车直拐进村口一家大院门口。他们几个跳下车的工夫，门口刚驶走一辆柴油三轮车，倾倒了一辆带水的河沙，另一边是晒干的沙，两位光着膀子的村民正扬着铁锹筛沙。邢组长一指，笑道：“这是售价八十的黄河沙漏产地吧？”

几个人忍俊不禁，哈哈笑着，门一推便开。帅朗掀着帘子从屋里奔出来，人未到声先至：“哟，白叔，稀客啊，中午有事不？没事喝两盅去？”

“公事……上级来人了，找你的。”白所长一指，眉一挑，打住了话，帅朗稍稍一愣，赶紧握着手把众人往屋里请，屋里可热闹了，叽叽喳喳一群老娘儿们在聒噪，四张并排的大桌，一堆玻璃瓶、一缸筛好的细沙，每人面前都摆着汽灯，用天平称好沙，倒进锥形玻璃瓶里，两相一熔焊，果真是山寨版沙漏一次成形。

“哎，进来呀……请，请……”帅朗掀着内屋的帘子，见众人都观察工序，笑道，“这有啥看的，谁都会，不到五分钟都学会了。”

“帅朗，你这可是三无产品啊。”小木提醒道。

“手工艺品，这是艺术，你懂个屁。”帅朗斥了句，看续兵瞪了瞪眼，立马赔着笑，赶紧称呼着续队长，续兵对着这个嘻皮笑脸的有点无语，没吭声。刚坐下，邢组长把玩着帅朗桌上一堆雕塑，笑着问：“这是石雕？”

“对！仿汉白玉雕的，做工非常精致，市场价卖一百八十块，一点儿都不贵，就石头都值百八十。”帅朗坐下来了，严肃地说，很像在谈论严肃的雕塑艺术。邢组长一扬手递给小木问：“小木，看看是什么东西？”

小木拿到手里掂了掂，笑道：“高分子和石粉聚合材料，模具冲压成形，别说一百八，十八都赚了。”

“不可能，诬蔑……别说十八块，你八十块都进不来货。”帅朗正色着说。

“帅朗，我是学痕迹检验的，邢组长是研究刑侦技术的，就你这破玩意儿，我们能把配料写出来，你信不？”小木很专业地戳了句，笑着戳破谎言了。

帅朗一愣，恐怕是瞒不过这些火眼金睛的人了。他抿着嘴笑着，然后眯着眼，笑得更厉害了，表情十分丰富，不过一点儿也不脸红，笑着一挥手：“行家，行家……还是警察厉害，不说了，一人送一个，其实就高分子和石粉聚合，这成本也相当高的，一百八真不贵……其实主要客户是老外，咱从来不坑自己人啊。”

“去，去……别白活你那坑爹玩意儿啊，上级领导找你有事呢……那个，邢组长、续队长，还有这位，我回避一下，我在外面等你们啊……”白所长叩着桌子示意了句，看自己在场都没有正题，很知趣地告辞了。一出门，帅朗看着三位警察很严肃的面孔，很不确定地说：“我……我没犯事吧？”

小木捂着嘴“扑哧”笑了声，这表情，很像有事。

邢组长也笑着，续兵对着帅朗却是生不起气来，从随手的包里抽了本子，然后从本子里抽了张很薄的纸，再然后很小心翼翼地打开，动作很慢。当打开的一刹那，一副女人的画像出现在帅朗面前。帅朗眼睛一直，明显地脸上的肉抽了抽，愣了。

这个细节，被续兵观察在眼里，半晌举着电脑合成的画像，不带任何感情色彩地问了句：“认识吗？别告诉我不认识，她认识你……”

是谁的画像？

既然是画像，肯定是警方尚未确定的嫌疑人，不过这个容颜却是帅朗心里最深的秘密和最刻骨铭心的记忆。身边能让帅朗动容的事不多，这个画像肯定算一个，乍看之时，还是让帅朗稍稍有点失态了，这个细微的失态在续兵眼里看来，里面肯定有秘密。

没吭声，帅朗侧着头，两眼成一条斜线，你看不清他的目光是注视着拿画像的续兵还是续兵手里的画像，就那么看着，稍稍动容之后又是来了个很动容的动作，使劲抿着嘴，竖着大拇指，朝续兵说了句：“厉害！”

“别打岔，直接回答，认识还是不认识？”续兵很严肃地斥了句。

“介于认识和不认识之间。”帅朗正色道，手指点点，同样很严肃。

愣了，这下轮到续兵愣了，无非是两个答案，一个是认识，一个是不认识，根据这两个答案综合询问的表情应该能看出点儿什么来。不过帅朗给的是第三个未曾料及的答案，续兵把那堆山寨雕塑推过一边，画像铺到桌子上，看了同行的邢组长和小木一眼，指着画像问道：“那你跟我说说，介于认识和不认识之间，是怎么个认识或者不认识？”

“这个很好解释嘛，你们还不就想拿这个画像诈诈我呗？你们画得像我怎么确定？你们看眼睛……”帅朗一捂脸，只露出眼睛道：“光看眼睛，像关芝琳，就电影美人那个；光看嘴形，你们看是不是像大嘴朱丽娅，很性感的啊，画得不错……还有，你看鼻子，多像张柏芝，这个不陌生的……你们画得这么漂亮，相似的这么多，我怎么确定？”

“这是根据嫌疑人交待恢复的画像，怎么不能确定？”续兵斥了句。

“哎，对喽，问题就在这儿。”帅朗叩着桌子说着，“每个男人眼里的美女都不一样，有人喜欢长发的、有人喜欢大眼的、有人喜欢厚嘴唇的、有人喜欢苗条的、也有人喜欢丰腴的……反正不管哪种喜欢，在他描述一个见过的女人时，会下意识地把自己喜好加到描述中，这也是电脑合成图像和真人之间的差距，要不你们不直接贴通缉令，问我干吗？”

续兵表情一凝，气着了，问话者倒被反问住了，反问的还振振有词，听得邢组长也是一下子无法辨识真伪，觉得有点道理，干脆直说了：“这就是那个红衣女郎肖像，经过被捕两个嫌疑人的指认，不会差别大到你不认识吧？”

“我说了嘛，介于认识和不认识之间……”帅朗瞪着眼，心里暗笑了，探知了来意，更是有的放矢了，拿着画像细细端详道，“看着真面熟，不过这说明不了什么，我平生最大的爱好就是看美女，最爱好的是看不穿衣服的，锻炼了这么多年，已经达到眼中有美、心中有女的水平……你说这么简单的线条，实在没有勾勒出女人的美来，不过这东西真不能确定，你说现在的女人谁不会打扮，随便眼影一打、眉线一描、口红一抹，五十岁扮成十五岁都有可能……”

“嗨、嗨……别不搭调啊，就问你，她是不是四月十九号晚上你见到的那个女人？也就是你搭讪的那位。”续兵敲着桌面，不耐烦了。

“有点像，也不太像……眼睛太大了，眉距小了，鼻梁没有这么高，唇线太突出了，得薄点儿……再说了，好几个月了，就见过一面，我还真确定不了。那天晚上就在西餐厅看了看，她留着长发，我连脸型都确定不了，只知道很漂亮，后来就被装麻袋里关黑屋子里了，黑灯瞎火，让我怎么看……”帅朗拿着画像，左看右看来回看，嘴里说的都是来回话。续兵和邢组长半天也确定不了，究竟是这描摹得不像，还是帅朗真没看清楚。

“帅朗，嫌疑人可是交待了，你们被关在黑屋子里，表现得很亲近，还有位嫌疑人反映你们俩是那种男女关系，不至于恢复出来的肖像你会真不确定吧？”续兵狐疑了，有点不太相信技侦上恢复得照片会差到这种程度。

“真是头回搭讪就遇上这事了，你们都已经确定了，还用置疑这个呀？我们表现得亲密有什么问题吗？同是天涯沦落人，不相濡以沫，难道还互掐不成？再说不亲密也不行，俩人被铐在一块儿呢。”帅朗道。

“对了，上次你提供的情况还有个疑点……”邢组长插了句，拉着椅子坐到了帅朗旁边，直接问道：“俩人被铐的情况属实，你说铐子是你打开的是吗？”

“对呀。”帅朗道。

邢组长不说话了，一示意，续兵一抽，裤腰里叮当作响，一副锃亮的手铐扬了扬，就听续兵说：“他们用的就是这种，钥匙是三解螺旋式的，既然你的东西都被搜走了，是怎么打开的？”

“那个女人，鞋上有种铝制的金属扣子，一扭一歪就成工具了，没那么难打开呀。”帅朗道。

“这可是警械，有你说得那么简单？”续兵追问着，帅朗不说话了，一伸手要手铐，续兵愣了愣，大大方方地拍到帅朗手里。帅朗却看也不看，随手从桌上笔筒里抽了根圆珠笔，塑料杆在嘴里一咬，咬了几下，然后小心翼翼地捅进手铐的钥匙眼里，拨拉了几下，尔后咔啦啦几声锯齿的轻响，活动齿旋了三百六十度个大圈……愣了，续兵、邢组长包括小木看得大眼瞪小眼，活动齿一转，那等于锁簧被拨到开锁位置了。

“没啥稀罕的，纸片够硬都能打开……”帅朗大大方方地把打开的手铐交到续兵手里解释道，“您要不信，去找双女凉鞋，上面那种金属扣全部能做成开锁工具……”

“你哪儿学的这本事？我怎么越看你疑点越大。”续兵愣着眼，收回了手铐。帅朗笑道：“这个是警察逼出来的。”

“什么？警察怎么逼你了？”邢组长不悦了，听得话里有刺。

“警察职业危险、工作压力大、工作中情绪很大，很难分清是公事还是私怨，所以经常把情绪带回家，所以就容易滋生家庭暴力，不是打老婆就是打儿子……我是那个受害的儿子，我爸经常拿手铐铐我，时候长了，逼得我学会自己开锁了，不开不行呀，挨揍呢。你说是不是警察逼的，我爸就是警察啊。”帅朗正色说着。听得续兵和邢组长哭笑不得，小木倒是头回听说帅朗家里还有家庭暴力，不相信地问道：“不可能吧？你爸挺和蔼的呀！”

“那是没揍过你……揍人的时候一点儿都不手软。”帅朗道。

跑题了，邢组长瞪了小木一眼，小木不敢吭声了，不过回头看着帅朗，帅朗可不理这茬，三番几次问话都问了个一头雾水。续兵和邢组长交换着眼色，估计是对面前这个介于涉案和不涉案之间的人话还是无法确定，不过既然不确定，那就不能把嫌疑加诸到人家头上，两个人调整着情绪，还没说话，帅朗的电话铃响了，帅朗避也不避，直接讲着电话，很大声地说：“喂……哦，李秘书，请指示，大事小事我都办，没二话……什么？林总请，参加鉴宝交流会，什么宝？古董？我不懂这个，那破坛烂罐有什么看头……我真不懂，那再说吧，我回头和林总说去……好，好，没问题，销售任务可以加，上货价不能给我们加啊……好好，没问题，李秘书，我最喜欢和你一块儿吃饭了，要不是怕林总多心，我得天天约你……嘿嘿，好，拜拜……”

电话乱七八糟，公事私事暧昧之事在帅朗不断变化的表情里看得很真切，挂了电话，帅朗刚要说话，又响了，却是景区要加货的，又安排了配货的，这才安生了，一抬手道：“咱们继续……说哪儿了？”

说哪儿了，早忘了，续兵和邢组长明显有点不悦之色。帅朗抱歉道：

"实在对不起，二位，您看这儿把我给忙的……您继续，其实也没什么继续的，我真是参与什么银行卡诈骗了，别说你们，我爸就饶不了我……您要有真凭实据，得了，直接把我铐走得了，我还真想进去安生两天呢，这一天忙得焦头烂额的，真不是人干的活儿……"

嘚瑟，很嘚瑟，看样子，这么嘚瑟应该不像涉案的。原本续兵发现这个疑点之后和邢组长讨论过，如果帅朗真和那位红衣女郎有男女关系的话，那么这个案子帅朗在其中扮演什么角色值得商榷一下，不过现在连他也说不准了，干脆把这事放过一边，他收着画像随意问道："如果再见到这个女人，你知道该怎么做吧?"

"放心，我一定拉上她找你们当面对质，把话说清楚。"帅朗道。心里却是自言道：你想得美。

"对了，帅朗，上次的事还没有好好谢谢你……你对提款人实施犯罪的行为猜测很精准，落网了十四个。"邢组长道了谢。帅朗无所谓地一挥手："别客气，多判他们两年……哎，对了，我丢的钱、钱包还有手表呢?追回来没有?"

"这……"续兵被噎了下。邢组长劝着帅朗，又是老一套，我们正在全力追缴，有消息一定告诉你，能追回来一定送还你，劝了几句又回到了今天的主题上，征询似的问着帅朗："千万别有情绪啊，其实我们来就是向你核实一下肖像的准确性，捎带呢，还想咨询咨询你，现在这个'邦爷'梁根邦、'山猫'毛小义都在逃……依你的判断，他们下一步会怎么做?"

"咦?"帅朗吓了一跳，张口结舌道，"这……我又不是他同伙，我怎么知道?"

"判断嘛，上次你猜得挺准的嘛……以你对类似犯罪行为和嫌疑人的了解，你的判断比我们的肯定要有价值。"续兵好不容易说了句奉承的话，有点抛砖引玉的意思。

“哦……”帅朗眼珠转了转，嘴一撇，一拍桌子道，“很简单嘛，他就在中州。”

“什么？”

“不会吧？”

续兵、邢组长和小木同时吓了一跳，惊讶地瞪着帅朗。

帅朗可不介意把人往沟里引，神色凛然道：“有句话说，最危险的地方，就是最安全的地方，对吧？老歪家窝点一被捣，落网十几个马仔，按你们的思维，他会在全国任何一个地方，甚至出国了，都不可能待在中州对吧？你们肯定要往全国撒网，搞个网上通缉什么的，这样一来，中州就成灯下黑的地方了，最安全了……可是，这个人胆既大，心又细，从作案手法上就能反映出来，出事仅仅让他慌乱了一下，等他回头一想，回来了，谁也不敢相信他折回中州来吧？要是我，我就在中州待着，地面熟，反而好办事，省得在外面出行住宿不方便，一不小心还可能会被警察无意中撞上，对吧？”

鸦雀无声了，瞠目结舌了，面面相觑了。小木挠着耳朵，一千个一万个不相信。续兵咬着嘴唇，有点不相信，可又反驳不了帅朗这么肯定的判断。邢组长也在沉吟，这事真不好说，嫌疑人从理论上都是有某种精神强迫症患者倾向的人，没准儿那个胆子大得没边的还真窝在中州也说不定。

帅朗的电话又响了，却是工艺品货到了，这下他顾不上和警察们分析讨论了，为难地看着仨警察。邢组长摆摆手：“你忙吧，我们不打扰你的生意了，有时间我们约你聊……”

“好是好，就是一般情况下都没时间，我们这儿是连轴转，一个人当仨人使唤……您几位慢走……”

帅朗说着，委婉地回绝了，把三位送到了门口，上了白所长开的电瓶车。车刚走，送货车就来了，几个人远远地看着帅朗招呼着制作沙漏的老娘儿们搬着小件的工艺品，那样子着实忙碌得很，又听白所长白活着，这小子眼光挺贼，整了几十种花样的小挂件、纪念章、小礼品之类的工艺玩意儿，低价批发给村里人在各景点销售，以前市场也有在景区零售小玩意儿的商贩，没几天都被村里人赶跑了，没少给派出所惹事，不过仅限于抢生意打打闹闹的，也没有什么太出格的事……”

三位上级来人也听出来了，派出所的十有八九和这货穿着一条裤子呢，帮着说话呢，这事都理解，都没有挑明。

没钱的时候人活得很自在，生意忙了，能赚钱了，人充实了，可也累得够呛，续兵队长一行刚走不久，帅朗出现在景区游览的电瓶车上，从村里一直坐到五龙景区，人头人面熟了，路费也省了，和开电瓶车的司机打着招呼，下了车，拨拉着人群，随便抓了个挎着包四顾寻找目标的卖报人问道：“你们老板呢？”

“在河沿上。”卖报人指指黄河观景台。帅朗刚要走，又想起什么来，回头看了看这位卖报的，样子挺伶俐，个子不高，背着个装满杂志报纸的大包，显得有点瘦弱，帅朗有点于心不忍地问道：“你多大了？”

“十八。”那小伙抹了把鼻子，机械地脱口而出。

“我问你真实年龄呢？”帅朗道。

“你不是我们老板的老板吗？你也查这个呀？”小伙子有点局促。

“去吧，不查。”帅朗也机械地说了句，有几分不忍，看着瘦弱的小伙在人群里穿梭着，专拣景点里出来等车的游客，一块钱一份的报纸、三块五块十块三本都卖的杂志，叫卖的声音很稚嫩，混得熟了，有时候能钻到大巴车上推销几份。这是程拐发展的一批零售户，一半是村里人，一半是程拐招的，只不过头次见到年龄这么小的。帅朗边走边有点气闷，上了观景台，见到程拐两腿耷拉在铁链外正抿着饮料看风景，一把把他揪着拉起来，小声问道：“你怎么招未成年人给你卖报？”

“这有啥稀罕的，你到劳务市场瞧瞧，打零工的都这样，一张口都说十八。”程拐不以为然了。

“兄弟，你这也忒缺德了，都十几岁的小娃娃，下面招的那个才多大，没准儿初中都没毕业，正读书的年龄呢，咱们不能干这事。”帅朗苦心劝着。

“你倒大学毕业了，不还在这儿卖饮料？”程拐反问了句。

帅朗一噎，眼直凸，干脆直接踢了两脚，扇了一巴掌，骂道：“你不念书，是不是巴不得天下人都跟你一样？打发走啊，这种人以后不能收。让这么大孩子给你挣钱，你忍心呀？”

“好，好……辞了，辞了，辞了还不一样，又到别的地方卖饮料端盘子洗碗，没准儿还不如这儿呢。”程拐惹不起帅朗，胡乱应着。推搡中帅朗看这货裤兜里插了本杂志，随手抽了出来，一翻，又生气了：“告诉你几次了，把这个换了……太露点的不能要；还有这个六十七条人命案，也换了，太不和谐，招眼……你就整点儿花边新闻、三角恋、男星出轨女星劈腿之类的事就成了，消遣解闷就成，看两眼就扔了，谁也不当回事……我说你好歹多少年书商，是不是这本杂志的字你都认不全？内容你要随大溜……你下一期这样写，某女星揭秘被 102 次潜规则的经历……这样的话可以勾引人的好奇心，猎奇猎艳是人的通病，你要多动脑筋……还有，哎，你听懂了没有？”

“懂了，懂了……”程拐如闻天籁般茅塞顿开，竖着大拇指，其实这份盗版的总策划就是帅朗，销量蛮不错，因为排版制版投入大，就发行了一期，还没下文，一听升级版出来，程拐点着头应道：“嗯，就这么办，我再去网上搜罗一下，你把关啊……这么说你大学没白念，脑子里龌龊想法比我多得不是一点半点儿啊……”

“你丫骂我呢？”帅朗揪着程拐斥着。程拐觍着脸笑道：“夸呢，我哪敢骂呀？这三个月挣的比我一年挣的都多，我把你供起来当爹都来不及呢……嗨，又干什么？摸我干吗？”

帅朗乱摸程拐的口袋，摸了半天找到了，车钥匙，帅朗拿在手里，掉头就走，敢情是借车进城顺便教育一番。程拐车又被抢了，有点不乐意了，叫嚷道：“哥哎，你现在这么大身家了，自个儿买辆车嘛，天天抢我车算怎么回事?”

“开你个破车是看得起你……你以为我想开呀，油钱多贵呢!”

帅朗扭回头很不领情地说了一句，大摇大摆走了。

车倒也不算太破，而且磨合得好了开得蛮顺溜，驾车上了景区路。电话响了，看了看手机，帅朗接了，里面传来了甜甜的声音：“帅朗，我到了，你还得多长时间?”

“我们这儿堵，还得二十分钟，稍等一会儿……”帅朗温柔地说着，换了个性子。

“好的，我在门厅等你……”电话里甜言软语，虽然不至于销魂，但绝对有蚀骨的魅力，听得帅朗一脸笑意。放下手机，开了音乐，车厢里回荡起了刀郎那首《冲动的惩罚》，那句：“如果你不知道我那天喝多少杯，你就不知道你有多美……”很有感觉，特别是准备去会美女的时候，总有一种蠢蠢欲动的感觉……

路不远，就在顺水路八闽海鲜城，到了酒店门口找了个停车，刚刚下车就看到了门厅台阶上站着的那位婷婷玉立、风情万种的美女。

帅朗招着手，那妞也招着手，两个人踱步走近了，那妞远远地笑着，像绽开的玫瑰。对了，本来人家就是校花，曾经被中大中文系那群歪瓜裂枣男生公认的校花，歪瓜裂枣自然包括帅朗在内了。再走近几步，一身浅灰色工装的雷欣蕾看得更清了，笑靥如花地相迎着，在帅朗仰视的角度里，能看到勉强过膝的工装裙似乎被修剪成了鱼鳞状的图案，显得很俏皮，黑色的挽带高跟鞋衬托着整个人如此地高高在上、婷婷玉立，让帅朗不自然地又感受到了那种自惭形秽的感觉。

“对不起啊，路上有点堵，让您久等了。”帅朗说着上了台阶。

“老同学了，还客气什么？走吧……”雷欣蕾落落大方地回了句，两个人并肩进了海鲜城，座位已经定好，服务生领着俩人径直到了一层大厅的临窗角落。斟水递菜单的工夫，帅朗扫了眼环境，很不错，空调把空间的温度降得很适宜，四散落座的客人有一半占座，一半里面有一半是成对的男女，在装点着盆景、雕栏、音乐的环境中窃窃私语。

没办法，现在的饭店环境都向暧昧方向发展，像这种清清雅雅的环境，最适合男女配对浅斟小饮，边吃边情话绵绵。

“吃点儿什么?”雷欣蕾翻着菜单，抬眼问道。

帅朗笑了笑：“你点吧，这玩意儿我还真不会吃，咱就是个烩面胃。”

雷欣蕾笑了，点菜的服务生解释着，其实海鲜也针对不同地方进行了很多改良，很多菜品没有想象中那么生猛，比如基尾虾和奶汁鲍就很适合大众口味。帅朗一翻白眼瞪了瞪：“别朝我推荐，今儿你都没看准主人是谁，怎么下刀开宰呢?”

雷欣蕾“扑哧”一声笑了，服务生也不好意思地笑笑，有些没什么主见的客人，一推荐，糊里糊涂直点死贵的菜，听话音这是个明白的主儿。雷欣蕾干脆当家了，点了豆瓣鲜鱿、炸菊花虾、通草鲫鱼汤、椰味鱼丁和蟹肉凉瓜，又问了帅朗，要了两份虾仁面。她递回了菜单，打趣地问帅朗：“你让我点，我可给自己省钱了啊，要你请我，我可不客气。”

“所以我尽量不请你……”帅朗笑着回了句，掏着口袋，捻了几页纸递给雷欣蕾，这才是正事。雷欣蕾看着帅朗递过来的单子，沉吟片刻道：“你要镶九曲黄河的微缩，这个模具不好做，我试试帮你找找吧。”

这个草图是田园和平果做的，很模糊的一个概念，而做外贸进出口的雷欣蕾有中州各中小企业的联络方式，两个人因为工艺品生意，这些日子来多有交集，不过吃饭倒是头一遭。收起了帅朗给的图纸，雷欣蕾也掏出一份彩页递给帅朗，沙漏有四个样式，圆的、锥形的、菱形的，还有个不规则形状的，再翻过去，是金属浇铸的黄河母亲雕塑。几页看过，帅朗点点头说："挺不错……这样吧，新货先做百八十件样品，我卖卖试试，下午店里给你传个要货的单子，这次货量比上次要多点儿，尽快给我赶出来。"

"还要啊……这才两周嘛。"雷欣蕾诧异了句，四个小厂家供的从大件到挂件十万多件，这么快就卖完了，还真让她感觉吃惊，现在明白为什么一万月薪请不动人了。果不其然，帅朗不以为然地说："只要不下雨，每天销一万件小意思，架不住景区人多呀。"

"那你可赚大了啊。"雷欣蕾羡慕地说了句。不料帅朗一撇嘴道："赚什么呀？小纪念章、小挂件批发出去才挣几毛钱，一个大沙漏、大雕塑批发才四块钱。你知道他们卖多少？村里最高记录，雕塑卖了一百六十美元。"

"啊？十几块钱成本，能卖这么多？"雷欣蕾听天书一般，不敢相信了。

"那是，人多了什么鸟都有，你知道七月六号高峰期来了多少人？十四万多。甭说我们做生意的，景区捡塑料瓶的收入都直追城市白领，呵呵……"帅朗笑道。

"哇，那当初还发愁什么就业？都去景区拾塑料瓶得了……呵呵。"雷欣蕾掩嘴笑道。

男女之间，如果没有什么出格想法，交往就简单多了，两个人谈笑风生，犹如一对老友。稍等菜上来了，相互客气谦让了几句，要了几杯冰啤，细嚼浅尝上了，几个应景小菜着实养眼，红得深红、黄的嫩黄、白得晶莹、绿的透亮，尝了几口倒也可口。一吃开嘴不闲了，话便少了，话一少，思维便活跃了。偏偏帅朗的眼珠从来都不安生，又是第一次应邀校花请客，心里总有一丝若有若无的蠢蠢欲动，好像这份心思在指挥着他的眼珠子，不时地偷瞟着对面的雷欣蕾。

漂亮，很漂亮，每每看到漂亮女人，帅朗的心底总会浮现一个很强烈的声音：晚上还没准儿跟谁上床呢！

这年头，美女还真不那么靠谱，最起码帅朗就知道，当年中大校园里花繁草茂，绿树成荫，经常成为一对一对野战的绝佳场所。每每看到雷欣蕾，就能回忆起当年她和韩老大男才女貌，出双入对的景象。就是嘛，帅朗偷偷瞟了雷欣蕾一眼，心里暗道：“便宜老大那牲口了，这么水灵的妞……”

接下来怎么说呢，美女如美食，眼不见为净，既然见过而且了解了，那份心思又被某种情绪暗暗地压抑下去了。

低眉正细嚼着鱼丁的雷欣蕾其实也在偷瞟着帅朗，或者在她看来，帅朗是所有同学里变化最大的一位，而且每每那个正襟危坐不苟言笑的样子，有些时候甚至让她感觉到有点高不可攀。瞅了个碰杯的空儿，雷欣蕾随意地问帅朗：“发现了没有，你变化挺大的。”

“是吗？我自己怎么没感觉？”

“应该有感觉呀？我记得那时候你说话不多，现在好像比谁都能说会说。”

“逼出来的，出来工作，门槛低的能找上的就推销，想干这行，离了嘴皮子怎么行？逼着逼着就练出来了……”

“嗯……以前感觉你很凶的，瞪人一眼都让人害怕……你看现在，多彬彬有礼。”

“逼出来的，这几年在人前低三下四惯了，脾气早都快没了。”

“那……现在好像比以前帅了点儿，也是逼出来的？”雷欣蕾话锋一转，眉色一动，像在挑逗。

“嗯？有吗？你别逗我啊，在这个问题上，我一向严重缺乏自信心的。”

帅朗轻描淡写来了句，把挑着眉说话的雷欣蕾搞得稍显懊丧，那份知人者智，自知者明的明白劲，似乎在此时更增加了他的几分魅力。是啊，变了，变得几乎连自己都不认识了……雷欣蕾抿抿嘴，夹着菜，看着帅朗的酒杯空了，又随手给倾倒了杯，清清亮亮的液体，宛如俩人之间这般透明。

于是曾经的熟悉在这份咀嚼中变得陌生，就像和客户之间的应酬，让雷欣蕾感觉到了很陌生。见过帅朗若干次，每次这种感觉都很清晰，就像对方有意地拒她于千里之外一样，其中的那个原因其实她也很清楚，不用说，是因为前男友是他哥们儿的缘故了。

“欣蕾，我得谢谢你啊！我们卖的工艺品多亏你四处给我们张罗小厂家生产……”帅朗打破了即将来的尴尬和沉默，本来想说一句“改天我们哥几个请请你，把韩老大也叫上”，不过觉得这句话出口恐怕会更尴尬，人家毕竟掰了，好像咱非要往一块儿凑似的。心思一转，话憋住了，讪讪地说了句：“我都不知道怎么谢你……”

雷欣蕾挺挺身，鼻子里重重出了声气，带着几分心知肚明的笑意道：“你明知道该谢的是我，中州像我这种做外贸拉单子的业务员多得是，你一个月给了我三十多万的单子，是我不知道该怎么谢你。”

“这不谢了吗？反正都挣，双赢。”帅朗指指桌上的菜，笑了笑。

“越来越有范儿了啊。”雷欣蕾放下筷子，拭着嘴唇，笑问道，“帅朗，我问你个问题，你如实回答。”

“我最不擅长的就是撒谎。”帅朗眯着眼笑道。

“我问你。”雷欣蕾倾过来了身子，压低了声音，很促狭的样子，“大学时候，有一天自习，你坐我身边，问我周末看不看电影，是不是准备对我图谋不轨？”

“呵呵……”帅朗一欠身子，嘿嘿笑道，“那我没得逞不是？”

“我再问你……后来见了你，我怎么觉得你好像有意回避我？”雷欣蕾直接问上了。这一问，帅朗稍怔了怔，自嘲地笑道：“当年你是校花，我是公认的毒草，咱们不在一条道上不是？”

“骗人……是因为韩同港对不对？”雷欣蕾突然挑明道，针一般刺到了帅朗隐藏着的心思。

当年那场激烈的群殴说起来是因为雷欣蕾而起，再深究起来，恐怕也未必是帅朗见义勇为，体育系那个烂人隔三岔五就到中文系调戏雷欣蕾，那时候看不惯他的同班歪瓜裂枣哥们儿多了，只不过是积怨久了一次大爆发而已。那一次群殴改变了帅朗固有的生活轨迹，他和老韩成了无话不说的哥们儿，既然成了哥们儿，曾经的那份非分之想渐渐就烟消云散了。

“对。”帅朗点点头，看着雷欣蕾，知道俩人的感情一直不错，不过后来也流于俗套了，前脚毕业、后脚分手，帅朗看了看雷欣蕾，轻声道，“你们感情不是一直不错吗？怎么分手了？”

“所以在你眼里，我是个嫌贫爱富攀高枝蹬穷男友的女人？所以你就有意避我远之？”雷欣蕾眼剜着，貌似有点生气，一句很巧妙地回避了这个问题。

“呵呵……我没避你，就是避，也是怕我自己把持不住犯错误，呵呵……”帅朗又来了次自嘲，很成功地化解了尴尬，雷欣蕾先是一愣，尔后忍不住被逗笑了。

有时候尴尬了，直说是最好的办法，总比藏着掖着没话说好。雷欣蕾似乎从话里，从帅朗稍显拘谨的表现里得到了一份满足，于是这个涉及隐私的问题，悄然被两个人避开了。

渐渐走向餐毕的时候，雷欣蕾又想起个事来，也是顺便安排的，拉开手提包，把一份铜版的彩页递到帅朗手里，解释说：“廖厚卿邀请你啊，省电视台举办的鉴宝会。”

“哟，怎么都对这个有兴趣……我还真没兴趣。”

“现在收藏热，这是个认识商界名流的好机会，我听说知名的商家可能都要出席，现在有些有眼光的商人在收藏上让自己的资产增值也不罕见。”

“不去……咱才有多少钱，别去了一件都买不起，多丢人……”

“呵呵……话我传到了啊，去不去我不管。廖经理很看好你的，我觉得你到锐仕做个兼职挺不错的，多有身份。”

“他们是想拉飞鹏的生意，你以为人家林鹏飞脑子进水了，能把招聘和培训交给我？”

帅朗随手把铜版介绍塞兜里，坚持着自己的想法，不过听到鉴宝会微微愣了下，好像林鹏飞的秘书也邀请，敢情还真是个盛会不成？不过对很不了解的事，帅朗还是觉得心里没底，兴趣不大。倒完最后一杯啤酒，正放嘴边时，雷欣蕾招着手示意着服务生结账，刚掏出了银行卡，不料被帅朗伸手挡住了，雷欣蕾很不悦地说：“说好了我请。”

“是啊，请是你请，没说谁付账不是？”帅朗挑了个刺。

“你想 AA 制，分这么清？”雷欣蕾刺激道，玩味地看着帅朗。

“不，不……公平起见，把你的卡给我，咱们玩个游戏怎么样？”帅朗把雷欣蕾的银行卡拿到手里把玩着，自己也掏出一张卡来，眼花缭乱穿插了几下，“啪”一声，手捂着压桌上了，神神秘秘笑着对雷欣蕾说，“上面一张下面一张，你挑吧，挑了谁，由谁埋单，这公平吧？”

雷欣蕾本来真的有点不悦了，不过霎时被帅朗的小把戏挑起兴趣来了。女人都是这样，对未知的事都有特别的兴趣，她笑着手指道：“下面的……不不不，上面的。”

“你确定啊，别一会儿再反悔。”

“上面那张，确定以及肯定。”雷欣蕾确定了。

“你说的啊，上面这张，服务员拿走……”帅朗笑着手一扬，手心里亮着两张卡，服务员倒见惯了这种年轻人的玩笑，拿起上面一张卡，示意他来输密码签名。帅朗把另一张放下，笑吟吟地跟着服务员走了，雷欣蕾奇也怪哉地拿起帅朗留下的卡，看看正是自己的工行卡，愣了愣，回忆着刚才的动作，下意识地自言自语：“不会这么巧吧？”

一点儿都不巧，付完账出门厅的时候，雷欣蕾在帅朗身边，侧头诧异地盯着帅朗，很不悦地说：“你作弊了吧？”

“不会吧？你看出来了。”帅朗笑着问。

“你是这样，我要猜下面，你直接手离桌，你的卡就在下面；可我要猜上面，你手拿着卡亮到服务员面前，一翻个，你的卡就到上面了……所以不管我怎么猜，都是你埋单对不对？”雷欣蕾比画着，貌似生气地问着，这种生气肯定不会是真生气，反而觉得玩得挺溜，不动声色地赢得了个绅士风度。

“才女啊，这都被你猜到了，呵呵……不过你没定规则，何来作弊？”帅朗笑着不以为然道。

“那这次不算，下次请客规则我定。”雷欣蕾很坚持。帅朗没有回拒。

帅朗觉得其实和美女坐一块儿吃吃聊聊倒也算一件人生乐事，只是和这位坐一起着实有点心理障碍，这种障碍连说都说不出来。反观雷欣蕾的兴致倒是蛮高，上了帅朗那辆破车，坐副驾上，聊着大学的同学以及女生里对帅朗的看法。不过在帅朗听来，雷欣蕾白活哪个哪个女生说他挺有男人味的那话，十有八九是杜撰出来的。一直到了雷欣蕾的公司门口，雷欣蕾下车还不忘提醒帅朗下顿饭的事，帅朗胡乱应着，把有几分兴致盎然的校花妞一直目送进了公司大门。

嗯，这妞对我有点意思，不过她太眼拙，这会儿才发现哥是潜力股，这种感情投资再提前几年，八成我得感动得泪流满面。帅朗看着雷欣蕾高挑的身影消失在门厅之后，招手时心里泛起这样一个想法。

没意思……帅朗心里又泛起第二个想法。电话联系了若干次，渐渐熟稔时，挡不住这份热情的滋长，本来有点蠢蠢欲动，可真见面吃顿饭，又发现自己着实克服不了那份心理障碍。要是不知道她的情史便罢了，可真真切切知道她和韩老大的情史，对于她眼中和话里流露出来的倾慕，每每总觉得都像景区兜售的产品：水货。

算了，哥现在这身家娶媳妇问题不大了，总不能找个水货吧？再说让哥几个知道了，笑掉大牙呢……帅朗想了想，驾着车前行了不远，中午的天气颇热，找了块儿阴凉的地方泊好车，准备小憩一下。仰躺着，无聊地翻着什么鉴宝图册，粗粗一览，敢情是省台在全省范围内征集民间收藏，邀请全国知名专家坐堂公开鉴定，当然，之后还有拍卖，先期征集的数样收藏无非是帅朗看不懂的坛坛罐罐，没有什么看头。

百无聊赖间，帅朗的脑海里回忆着上午的事，回忆着与那件事相关的女人，回忆着那张肖像……其实当时很惊讶，不得不佩服刑侦手段的高明，那副肖像把桑雅的样子已经恢复七七八八了……要是有一天梁根邦落网，指认下肯定能恢复得更精确，好在桑雅说过连梁根邦也不知道她的名字。她的名字，只有自己知道……不过，帅朗有点心神不宁，已经见惯了警察和嫌疑人的对决，很多聪明的罪犯最终都落网了，也很少有什么罪行瞒得住一辈子，除非再不犯案，可帅朗估计，什么都有可能，罢手，恐怕不可能……

“桑姐，你在哪儿呀？千万别犯案了……这个案子够大了，再有案子栽了，全扯出来，那一辈子可都完了……”

帅朗叹着气，有点兴味索然，电话短信铃声响着，无聊地摸出来看了看，是雷欣蕾的短信来了，一行字：周末有样品出来，我给你送去，你带我上浮天阁许愿怎么样？我还没到景区玩过呢。

帅朗想了想，不知道这个短信该怎么回，又想了想，干脆不回，手机扔一边了，那份图册也扔一边了。刚仰躺着，手机丁零零响了，还以为雷欣蕾电话来了，摸着手机一瞧，却不是雷欣蕾，而是好长时间没联系的盛小珊。帅朗把手机放到了耳边，听着又是莺莺软语问好，客套了句，一听来意是想邀帅朗到凤仪轩，帅朗说了句我忙呀，我忙得连脚离地的时间都没有了……正要婉拒，不料眼睛看到一样东西，神经质地反应着道：“你不会是想告诉我鉴宝会的事吧？”

“咦？你已经知道了？”盛小珊电话里很惊讶。

“马上就到。”帅朗利索地说了句挂了电话，发动着车，态度急剧的转变是因为随意扔到副驾位置上的图册，卡在车门中间露了半页，那一页上的照片清楚地展示着一样帅朗藏着的东西——一本古籍，扉页上的籍名是《英耀篇》。

书到用时方恨少，事到临头才知浅。

帅朗把车停到凤仪轩的门口，又一次看着作为本册鉴宝封三的图样。四样藏品，一块黑乎乎的叫茶膏，像一个坨，看得人直咧嘴，再看估价一百二十万元，继续咧嘴；几十张票样，说是茶票，看估价，一百四十万元，再继续咧嘴；还有一个古朴的小布袋，叫茶袋，很眼熟，第一眼就让帅朗想起古清治裤腰里经常系的那东西，估价二十五万元，看得帅朗嘴咧到极致，敢情这老骗子一辈子藏货不少，裤腰里都拴着几十万元。当然，最关键的是最后一样——《英耀篇》，明代真本，估价一百七十万到二百一十万元……

“这老家伙不是玩我吧，扔给我的那本到底是真的假的！”

帅朗纳闷的当然就在此处了，明明那玩意儿自己还藏在东关住处压床底下呢。细想想，正文不过六百余字，加上旁注也超不过一千字，顶多再有就是十几个篆章，也就是做工颇好而已，实在不敢想象那东西居然值两百万元。

要是自己床底真压着两百万元，还真让帅朗一肚子气没地儿撒，你说郁闷不，要知道那东西值两百万元，至于还拼死拼活卖饮料抢得头破血流吗？这不拿金饭碗当街要饭惹人笑话不是？

对了，问题还在这儿，到底那本是真的还是假的？这老家伙一惯以玩人为乐，连中老妇女买菜的钱也骗，帅朗还真不敢相信他有把两百万元随便送人的美德。

扔下图册，帅朗怀揣着这个大问号径直往门厅走去，心里揣度着，一上午连续接到了几拨人的邀请，都冲着鉴宝会来的，看样子声势不小，难道又是老古下套圈钱？像上次炒坟一样？不像呀，就他那样未必撬得动省电视台。要不就是想从中捞一把？对，肯定是这样，这老家伙肯定又准备骗谁一把呢。

下了这么个定义，不过对于同时出现的两份《英耀篇》，帅朗还真分不清孰真孰假了。当然，比较倾向于给自己的是水货，不过再想想，也不排除这老家伙拿水货公开蒙人的可能，真要买通专家鉴定就值那么多，没准儿真有人敢买回去，这事谁也不敢打包票。

“哟！眼高了啊……”有人在说话，正走向电梯的帅朗愣了一下，回头看到了盛小珊款款过来了，笑了笑。盛小珊像受了冷遇一样，对帅朗挺胸昂头走过连自己也没发现很不高兴，上上下下打量着帅朗，牛仔裤、皮凉鞋、短袖衬衫，人很精神，当然，关键是气质上的变化，坦然走进大厅貌似这里的常客了，哪里还像头次谋面时贼头贼脑的样子。

“怎么了？我这形象不至于能迷倒你吧？”帅朗诧异了句。

“差一点点儿，不过快了。”盛小珊做了一个夸张的动作，笑吟吟道，“变化蛮大的啊，这才几个月？以你现在的状态判断，肯定赚了不少了。”

“能有多少？满打满算买座房，装修钱都没有呢。”帅朗道。

两个人相携着进了电梯，摁着楼层，盛小珊笑道：“消费观念得改改啊，人不能就为一座房子活着吧？搞得人那么累，有意思吗？”

“哦哟，你说我活着要连房子都没有，那活着更没意思了。”帅朗反驳道。

“就没想想房子以外的事？”盛小珊诱导着，估计要往生活质量以及生活观念上引话题。

“有，老婆。”帅朗给了个答案。

这个答案把盛小珊的话题都噎回去了，她耸耸肩，很无语的表情，生活观念的差异过大，难以找到共同语言了。

到了楼层，出了电梯，几步走向盛小珊的设计室，中午时分估计来客不多，这个办公区上上下下的男女着实不少，基本都是帅哥和靓女，他们和盛小珊打着招呼，没来由地会诧异看帅朗一眼。几步之后帅朗小声附耳问道："他们怎么这么看我？"

"哦，我的客户都是社会名流，能进我这个设计室的身价都不菲，他们是羡慕。"盛小珊回头嫣然一笑，似乎想给帅朗再增添点儿自信和骄傲。不料帅朗恍然大悟道："哟，把我当肥羊了。"

"呵呵……来我这儿的，你是最瘦的一个。"盛小珊听懂了，干脆打击了句。

"瘦点儿好，猪怕出名人怕肥呀。"帅朗脸不红不白地接了句。

不用说了，这种脸皮厚度估计受得了任何刺激，盛小珊笑了笑，开了设计室的门。又有了点儿新变化，窗帘的颜色换成了淡青色，午后的光线很强，盛小珊把帘子往低放了放，回身从小冰柜里拿了瓶饮料，此时帅朗已经大大方方坐到了她的位置上，跟自家人一样，一点儿也不显得拘谨。这个细微的变化让盛小珊愣了一下，看来变化还真是蛮大，以前来的样子像是扮出来的，而现在很自然，一点儿也看不出有斧凿的痕迹。

"说说……怎么回事？"帅朗拿着饮料，一看是可口可乐，放过一边没动，这玩意儿早喝腻了。抬眼看了看坐自己对面的设计师，似乎并没有开口的意思，帅朗怔了一下道："咦？怎么了，看你好像很不欢迎我？"

"就你这态度，我还欢迎你？"

"我怎么啦？"

"满打满算一共进过我这个设计室三次，还有一次是来拿东西，这都几个月了，我主动邀你，你都推脱是不是？明显不把本设计师放在眼里。"

像很生气般地质问，不过女人揣不准，特别是生气不生气很揣不准，帅朗貌似很谦逊地接受着设计师的批评，眼珠滴溜溜转悠了好几圈。又是一个完全不同的女人，给人养眼的感觉也是完全不同，比如柔顺的发型偏在一边肩上，感觉很俏；比如瘦不露骨、娇不羸弱的身材，感觉很养眼；再比如此时盛小珊很另类的装束，一袭青色的吊带裙子，感觉很优雅……

帅朗笑了笑，他一笑，盛小珊不笑了，下意识地看看自己，刚刚设计的一身裙装，还以为哪里出了问题，看了几眼没发现什么问题，那么……问题就是对方的目光了，于是盛小珊盯着帅朗，似笑非笑，似怒非怒，保持着很庄重的态度问道："我说错了，你现在把本设计师放眼里了，不过这个目光好像不对……"

"怎么不对？您设计的这身套裙很有韵味，不过我不觉得好，为什么呢，因为你在这个环境中封闭得久了，下意识地会把色调和你身边的这个环境搭配，所以刚才在大厅我几乎忽视你了……可现在坐在这个环境里，咦，觉得蛮不错，就是这个原因。"帅朗找了个似是而非的理由，有几分歪理。这下盛小珊愣了愣，尔后一拍额头也恍然大悟了："对对，症结就在这儿。我现在一点儿灵感都没有，看来不能在一个地方待得太久了，环境过于熟悉，眼光就受局限……嗯？长进不小啊，不过这个不足以抚平我对你的不满啊，刚刚打电话都准备回绝我，是不是？"

帅朗笑了笑，很谦虚地说："我不是不想来，我是不敢来呀。"

"为什么？"盛小珊奇怪了。

"消费不起呀，真来您这儿消费，来一次没有几大千下不来，上次两万多我心疼得好几天睡不着觉，咱们这身家，哪经得起这么折腾……您担待点儿啊，等咱有了钱，我把凤仪轩包下来，聘请您给我当私人设计师，怎么样？"帅朗眉飞色舞地下着空头支票，当然其中所不为人知的原因难以说出口。

闲扯几句，差不多了，坐着的工夫，帅朗看到了盛小珊办公桌上的图册，拿起来，扬了扬，由浅入深地问："怎么样？说说……怎么想起这个鉴宝会来了？"

有些话不能直接说，最起码帅朗觉得不能直接说，甚至有点怀疑这是古老头儿的有意安排，帅朗觉得自己的态度应该很明朗，什么态度呢：爱干吗干吗，关我什么事。

“嗯，这个吗……让我怎么开口呢？”盛小珊稍显为难，似乎话不好说。

当然不好说了，帅朗更确定了自己的想法，心想着这次不论那老家伙想干什么，咱都不能掺和，很长时间不敢光临这里就有这份意思，现在嘛，他要是通过盛小珊给自己下套，不管什么用心，不用猜，都知道是险恶的。

“其实我是想求你帮我个忙。”盛小珊直说了，看帅朗大睁着眼等下文，稍显不好意思地说，“给我找几张贵宾票怎么样？”

“我给你找票？我怎么觉得这事颠倒过来了？”帅朗翻着白眼，有点出乎意料了。

“是这样的，这个票不容易找……我也是病急乱投医……”盛小珊解释着，原来鉴宝会开始后每周两期，除了为数不多的售票，多数都是赠送的票，赠送的当然是商界、政界和收藏界的名流，什么都好办，就赠送不好办，盛小珊本想带着自己的四五个设计师小团队到现场观摩观摩，可在这个小小的票根上卡住了，这不没办法了吗，来找帅朗想办法了。

“哦，是这样……那你懂古玩收藏？”帅朗狐疑地反问着，情况好像不是自己预料的那样，看着恳切的盛设计师，倒让帅朗有点觉得自己心理太阴暗了。

“懂一点儿，不过我们主要不是去看古玩。”

“那还看什么？”

“去看看玩古玩的人呀。”

“看人？”

“是啊，都是商界、政界和收藏界的名流，我们主攻方向就是人的衣着、衣饰，你想想，这么多名流齐聚的盛会，基本上可以看到上流社会的服饰风行方向，对于我们而言，这种机会可不是很多……”

盛小珊侃侃而谈，很专业，专业到帅朗瞪着白痴眼听不太懂了。解释了半晌，盛小珊摊着手问：“就这点儿小事，你还追根问底，不帮拉倒，我找别人去。”

“嗨，嗨，别别，帮，谁说不帮了。”帅朗赶紧安慰着像撒娇生气的盛小珊，说了句，然后又嗫嚅地问：“我说，就这么点儿事？没其他的？”

“没了，就这些。”盛小珊很无辜，无辜得让帅朗找不到端倪。

“真没了？那我走了，给你找票去。”帅朗作势起身。

“嗯，回头谢你啊。”盛小珊高兴了，先来了个安抚。

帅朗的又一次试探落空了，将起未起时，貌似想起什么来了，来了个小动作，一拍脑门恍然大悟状，翻着图册说：“对了对了，我还说问您个事呢，正好您不是懂点儿古玩吗？你看，这玩意儿你认识吗？”

“什么？”盛小珊凑上来，拿起图册扫了一眼，帅朗注意着盛小珊眼神的变化，事实上没有什么变化，严格地讲，是帅朗没有发现什么作假的成分。她看了几眼：“哦……茶膏、茶袋、茶票、《英耀篇》，真恐怖啊，估价接近五百万了，谁买得起呀？”

“不会吧？看您这样，都认识？”帅朗奇也怪哉地说着，此行意外太多，实在让他一时接受不了。

“这个呀，要托古先生的福了，跟他我还真学了不少东西……”盛小珊一言既出，帅朗的心一颤，听到熟悉的名字了，大气不敢出，听着盛小珊解释，“也不难，清朝年间皇宫贵族为保证倚邦普洱茶对朝廷的供应，设立并修建了一条由昆明经普洱思茅至茶山（易武、倚邦）的运茶马道，这是一条蜿蜒于滇南崇山峻岭中的两米宽的石道，长达数百公里，史称茶马古道。而茶膏是普洱中的极品，是用数倍茶叶熬制凝结成的制品，这些茶票呢，就是百年来各个经营普洱的茶庄出的商标，年代最早的是在清末民国初期的宋聘号，很能从一个侧面反映出茶马古道的兴衰史，是一个特定历史时期的文化缩影，据说把百年以来的各茶票集全，市场价值能到五百万往上。”

这玩意儿对帅朗来说就是听天书了，愣着眼看着盛小珊侃侃而谈，根本不像有什么心机的样子，帅朗生怕这个话题扯个没完，打断了历史故事，一指那画样问：“那这个呢?”

“《英耀篇》，骗子中的圣经，你没听说过吧?”盛小珊得意道。

“没有……”帅朗摇摇头，很诚恳的样子。

“这个我也不太清楚，只知道很有名，要是真本的话，恐怕两百万都买不到。这东西贵在它的名气，据说始于明朝刘伯温首创，每代江相派大骗子帮的都会留有自己的印鉴和标注在上面，它本身就是一件古籍，传说真本水火不浸，只保存在每代江相派掌门人手里……对了，背后不就有介绍吗？都这么多年了，现在流传下来的究竟是真是假，谁也说不准。”盛小珊说着，把图册放到桌子上，反而奇怪地问帅朗：“你对这个感兴趣?这可是教人怎么骗人的。”

“呵呵……真本在我手上，我早学会怎么骗人了。”帅朗干脆来了个直探虎穴。

“吹牛，有真本在你手上，买就得两百万，你还会去骗人?”盛小珊笑了，根本不信。

完了，把帅朗搞懵了，几次试探，都觉得好像就是一个偶然性的事件，偶然到今天的巧合都集中在一个鉴宝会上，可总有一种莫名其妙的感觉，帅朗似乎被人扔进云里雾里了，就像那次炒坟事件一样，这事让帅朗越看越觉得像老骗子的手法，这货的手法很令人叫绝，每每总是把所有的东西都摆在你面前，可你不到最后一刻，就是看不出他是怎么骗人，他的目标究竟是什么。

“哎，那个……盛设计师，您怎么不去找找古大师，他也是个收藏家，没准儿他手里有票。”帅朗不动声色，把最后一个问题撂出来了。不料盛小珊貌似很吃惊地问：“怎么？你还不知道?”

“知道什么？”帅朗有点莫名其妙。

“他都走了二十多天了，你居然不知道？”盛小珊诧异地问道。

“走了，去哪儿了？”帅朗真是想不通了。

“走了，去了永远回不来的地方了。”盛小珊摇摇头，惋惜道。

很惋惜，巨惋惜……帅朗灵光一现，接着瞠目结舌，惊讶地嘴成了“O”形，两眼直凸着，不大相信地问：“你是说，他死啦？”

盛小珊点点头，很黯然，表情不像装出来的，缓缓地说：“今天是七月十四号，他是六月十九号去世的，病中我去探望过他老人家一次，很可怜，无儿无女的，最后就几个弟子送了送……对了，你们是什么关系？我还以为在葬礼上能见到你，结果也没见你来……”

帅朗愣眼听着，实在一头雾水，听到死讯先是惊讶，尔后心里一颤，再琢磨琢磨，跟着疑云又起，摇摇头说：“不可能吧？他是个老骗子，不会是诈死吧？不过，诈死也没什么意思呀？”

“你这人怎么这样，人都不在了，你还说这种难听话……就没见过你这号的。”盛小珊估计是对古清治的印象不错，斥着帅朗。

帅朗蹙着眉、愁着眼、咧着嘴，一副无奈状，又听得盛小珊讲古清治去世的细节，据说葬礼也是冷冷清清的，不过数人参与而已。说得那份凄切凉意直让帅朗有点同感而发了，此时帅朗的心思渐渐迷惘了，眼前不禁回忆着那个慈祥和蔼的面庞，渐渐地听不清盛小珊那番深切缅怀的语句……

真的，还是假的？

如果是真的，那最后的凄凉晚景让帅朗多少有点歉疚。

如果是假的，帅朗却找不到作假的理由，最后一次见面都是数月之前了，如果不是今天的事，忙碌的生活已经让他想不起曾经还遇见过这么一位老骗子，两个人的交集已中断很久了。

真的，还是假的？

帅朗闷声坐着，一时迷茫了……

第七章
老巢被一锅端了

白色的马自达在公路上打了个旋，拐进了北郊乡路，路边的树木、麦地、菜园、水塘像移动的画面掠过车窗。轻车熟路的路程又一次让帅朗想着数月前还在为生计奔波的自己，每天得从东关出发换乘两趟车，提一篮子菜，像个家庭主妇一样到祁圪裆村给古老头儿做饭，在那儿熟识了那个和蔼狡黠的古老头儿，虽然事后证明在这里不过是炒坟的一个小序幕，不过也让帅朗见识了古老头儿上知天、下知地、中间识人鬼的本事，俩人斗嘴的时候不少，经常是帅朗落在下风，和人老成精的古清治相比，自己不管学识还是见识都差远了。虽然之后也证明了古清治是个十成十的骗子，只不过帅朗依旧对这个人敬畏多，厌恶少，人家那骗了人还振振有词、句句有理的本事，帅朗觉得有点恨不起来，当然，也爱不起来。

帅朗不知道从盛小珊那儿是怎么出来的，出来唯一的感觉是有点懵头懵脑，几乎是下意识地驶上了外环路，如果再往深里想一想，也许能在景区混出点儿名堂和这个老头儿也不无关系。以前从没有想过自己会跨过好多阶层和身家亿万元的有钱人站在一起，可古老头儿却做到了，不但做到了，而且把所有的人都玩弄在股掌之中。对于骗子这一行，以帅朗混迹的经验，不过仅限于混吃混喝混俩工资而已，从不敢想从别人那里搜刮走几百万元。

社会上有两种人不能惹：一种是凌驾于规则之上的人，或权或钱，炙手可热，普通人惹了这号人，冤死你都没地儿告状去；另一种是游离于规则之外的人，这种人更不能惹，否则坑死你都没地方诉苦去。古清治不用说肯定属于后一种，帅朗也知道他把整个骗局展现在自己眼前，少不了想引自己入彀的意思，不过帅朗不敢。在这个很功利的社会中，帅朗已经学会了不敢相信天上掉馅饼的好事，什么事总会有它的目的，或者说你得到什么都要付出相应的代价，帅朗是因为生怕自己有一天付不起那个代价而不敢，不敢把自己交付到未知的阴谋中。

不过从古老头儿这儿得到的东西不少，如果未见，帅朗相信今夏没准儿还在钻着小巷小胡同兜售小厂饮料，根本不敢想把一干兄弟组织起来抢市场。当然也根本不敢想后来愈演愈烈，发生了那么多的事，要不是逼到不得不自保的境地，恐怕连自己都不相信自己能迸发出如此的勇气和胆识。这份自信从哪儿来的帅朗这时候才想明白了，是看到古清治几位轻松撬动阴宅市场学来的。

“人才呐，都说好人不长寿、祸害遗千年，这么大个祸害，不至于这么快就伸腿瞪眼了吧？”

驾车的帅朗眼前历历掠过这个相识未久的忘年交，感叹了一句，从懵然中反应过来，最清晰的反应仍然是不相信。因为印象中老家伙一举手一投足都有他的原因，说不定这回要干笔大买卖，死不过是个序曲，而且这老家伙这么懂得保养，要是这么糊里糊涂就死了，除了老天开眼，还真找不出第二个原因。

可老天会开眼吗？肯定不会嘛，帅朗有时候觉得自己辛辛苦苦没发家，胡搞瞎搞反而致富了，也属于老天不开眼的事。

这是一个直觉，虽然无从说清它的来源，但帅朗很相信这个直觉，不能死得这么巧吧，就在鉴宝会之前正好死啦？死得太没天理，那堆玩意儿，特别是《英耀篇》，真卖两百万元，不白白便宜了其他人？

不相信，一百个不相信，依盛小珊所说，老头儿在医院还住了几天，之前那么煞费苦心教唆我当骗子，还把《英耀篇》送我一份，完全有交待后事的时间，怎么会不声不响就走了呢？

“阴谋……肯定有阴谋。”

帅朗看到眼前祁圪裆村古清治的住处时，下意识地迸了句。

帅朗下了车，站到了房前的水塘边上看着，这地方热闹了，先前两层的旧房子不见了，拆了，只剩下一堆瓦砾，原址上十几位筛沙、调灰、搬水泥、垒墙的工人正在忙活，周围早堆了好几垛红砖，看样子要修新房子了，往前走了几步，地基都打好了。帅朗瞅了瞅工地上不干活的那位像小工头，一招手喊道：“嗨，过来，过来……”

很跩，像个财大气粗的主儿，那爷们儿斜叼着烟一眼瞅过帅朗，笑吟吟地迎上来问道：“老板，收旧木头旧砖吧，便宜，就这一垛，八百清场。”

“你看我像要旧砖的？”帅朗瞪了他一眼，腾地一掏口袋，一磕烟盒，软中华盒子里跳出两根来。那人一愣，恭恭敬敬抽了支烟，觍着脸笑道：“哟，不好意思，看错了，看我这眼神……老板，那您是？”

“呵呵……没事，活儿干得不错，这段时间工人不好找，这儿干完到我们村干点活儿怎么样？三层小楼，包工包料，你改天到我们村，咱们谈个价……”帅朗胡诌着。那人乐了：“好好……没问题，这十里八村，我盖了十几年房子了，您打听打听，只要是我盖的，比市政府大楼用料都实诚，绝对不掺假……”

“是啊，这不打听了才来找你了……”

帅朗笑着，互通了姓名，假的；又瞎诌了一个邻村地名，假的；留了电话，假的。

约好了明后天的见面时间，那位恭送时，帅朗回头好似无意地才跑到正题上来：“梁头，这家谁的房子来着，我记得小时候来过，好像是个阴阳先生是不是？”

“对，就是个看坟地的阴阳。”

“哟，发财了，起新房。”

“发个屁呀，他儿子把房卖了，这不人家拆了修新房嘛。”

“哦，那阴阳姓什么来着？姓古？”

“嗯，好像是……咦？不是古吧？是吴吧？我也弄不清。”

“那他儿子多大了？”

“你把我问住了……你问他干吗？”

“呵呵，这还不懂，我新宅动土，得找个阴阳瞧瞧风水呀。老子死了，没准儿他儿子也能帮瞧瞧，去个心疑。”

“哦……不对不对，他儿子是阴阳，他老子不是阴阳……你问问村里人吧，我真搞糊涂了……”

“好嘞，那回见啊……”

车发动着，打着招呼走了不远，离开了这人的视线。帅朗停下了车，思忖了片刻，此行预计要失望了，真失望也不觉得很意外，只是没想到又冒出个额外的姓氏来，想了有一会儿才拨着电话叫人：“程拐，你回市里来一趟，我要到省肿瘤医院找个人，你找个熟人帮帮忙……”

“不是人流吧？那事别找我啊，找罗嗦，那事他熟。”程拐道。

“你白痴呀，肿瘤医院去做人流？”

“那你找什么人？”

“找个死人，赶紧滚回来……”

帅朗骂了句，挂了电话，驱车到了村中找了小卖部，提了一塑料袋礼品，循着村里找着村长，问所谓的吴阴阳去了……

下午四点，省肿瘤医院的大门口，程拐远远地看到了自己的车，招着手，示意着帅朗停车位，看见帅朗下来，乐呵呵地迎了上去。

“找的人呢？”帅朗下车就问。

“那不是？饮料摊边上抽烟的那个。”程拐指指。

帅朗一看，那人穿了件花衬衫，理个锅盖头，蹬个“人”字拖，隔着十几米打招呼，不过一看这样差不多是街痞标准打扮，帅朗一拉脸道：“让你找个对医院熟悉的人，你个鸟人，找个混混儿干吗？又不是打架。”

“这你就不懂了，他是医闹，对医院比院长还熟。”程拐地方熟，小声白活着。

“什么，什么？什么医闹？”帅朗没听明白这个新词。

“就是出了医疗事故，专管闹事的主儿，现在医疗事故多，这个职业就兴起了。”程拐嘿嘿哈哈一笑，边笑边提裤子，每每一笑，肉一颤，裤子非掉不可。帅朗却是心里有事，没心思和他开玩笑，拽着他说道：“其实我就想查个死亡记录，你找个医闹，我是办事，不是闹事。”

“咦哟，这么聪明个人，怎么犯迷糊了？医院里没熟人，他能闹起来吗？他不知道内幕，不知道家属，怎么闹？”程拐神秘地笑着。

“你是说，内应外合闹事，那不自己整自己？不能吧？”帅朗道。

“你懂个屁，一闹事，医院给家属赔钱，家属给医闹报酬，医闹再给报信的医生红包，钱落自己口袋里了，谁还顾得管医院呢？”程拐深入浅出，一句话解释清了。帅朗听得龇牙咧嘴，高中都没读下来的程拐，在社会上混了快十年了，最爱琢磨行业黑幕。帅朗斥了句：“你办个事真让我郁闷，我是想查查六月十九号病逝的人，你给我整这么个搞黑幕的干吗？”

“黑幕都是连锁的，他们和医院太平间的、卖殡葬用品的甚至火葬场的都熟，你用不用吧？人家可等了好大一会儿了。”程拐又道。

“好，就他了。”帅朗一听这话，吃了定心丸了。

一招手就来了，是个三十出头的男子，对俩人挺客气，撒了支烟抽了一半，红通通的钞票塞了几张，那位一挥手，走！

这就走了，进住院部，那人一招手，门房只当没看见，问也不问。进了门厅里头，又是一招手，保安拦也不拦，一路畅通无阻，有点惊讶的帅朗和程拐径直上住院部顶楼，这个通道有一半是封闭的，门玻璃上大大的几个字：太平间。

“我在这儿等着，你们去……康哥，您带我哥们儿去吧，这地儿太晦气。”程拐不去了。那位男子笑了笑，招手唤着帅朗，连名字也没问，敲敲门，半晌无人应声，又拨了个电话，说了句话，一会儿就听到了声音从太平间封闭的楼道内传来了，这样好，很直接，帅朗心里暗道。不知道自己为什么这么做，几乎是跟着感觉这么做的，在村长家里以寻阴阳名义问了一下，确实有位阴阳，不过姓吴，常年不在家，年龄和古清治对不上号，把古清治的相貌描述了一下，村长倒是知道，不过以为是吴阴阳的亲戚什么的，这所房子离村边有段距离，平时村民又不多和阴阳打交道，还真是知之甚少。

一个穿着白大褂的男子来了，开了门，把康医闹和帅朗请进来了，小声附耳说了几句话，边说手底边做着小动作，两手一交换，帅朗知道自己预付的好处已经进白大褂的口袋里了，那位知悉了来由随意问了句：“叫什么？”

“古清治……大约六七十岁，老头儿。”帅朗道。

“古清治……古清治……能查下记录，不过人肯定早走了，现在停尸房里就两个出车祸的，肯定不是……您查个去世的人干吗呢，都过去这么多天了，不早来……”白大褂的声音有点阴，估计和环境有关系。帅朗正不知道怎么回话时，康医闹倒会圆场，笑道：“没事，和医疗事故无关，他们兄弟几个的事，遗产分摊和丧葬费用呗，这哥们儿刚从外地回来，查查心里有底。”

“哦……那来吧。”白大褂开了办公室的门，对于那个拙劣的借口根本不去深究，翻着墙上的记录，估计最近死的人不多，两下子就翻到了，手一指：“吴清治呀？不是古清治……想起来了，十六号太平间，待了两小时，家属接走了，直接到火葬场了。”

“哦……一般情况下死者在这儿待多长时间？”帅朗突然问。

很怪异的问题，白大褂愣了一下，沉吟了片刻狐疑地说：“多长时间的都有，只要是正常死亡，交清费用随时可以运走，不过不能私下运，统一用殡仪馆的礼车，怕有人拉回去土葬。”

“是什么时间拉走的?”帅朗又问，向康医闹使了个眼色，这位医闹男很知趣，旁敲侧击着，指着帅朗说这是位做生意的老板，不会有其他事的。那位白大褂想了想，估计是和医闹的信任基础很牢固，半晌才说：“晚上十点多，没怎么待，不过运尸的礼车也正好是晚上和大早上出车，所以这也很正常……”

“来的人您还记得吗?”帅朗问。

“四个男的，都本地口音。”

“里面是不是有一位特别长的脸、牙有点歪，很丑的一家伙，你要是看见，一定忘不了。”

“啊对，就他推的尸床……还有一位大高个，一米八以上，有我俩壮。”

“谢谢啊……那康哥，咱们走。”

帅朗笑了笑，几乎能说出当天来的是谁了，丑的是黄晓，壮的是寇仲，跟的没准儿有冯山雄。以古老头儿的身家，找几个帮手联袂导个戏应该问题不大，比如现在，几百块钱就进了这个貌似很神秘的地方了，没准儿再搞点儿事，也花不了多少钱。

很简单的几句，连白大褂和康医闹也觉得这几百块来得容易，出门向外走时颇为客气。出了门，那康医闹似乎觉得这笔生意做得太简单，利润太薄了，看着帅朗好似兴趣已经没了，有点失望地白活道：“其实我们都挣不了多少，多数都给医生塞了，小程打电话我还以为有啥好生意呢……不过也没事，多个朋友多条路，以后有事尽管找我，咱是专管白事，从太平间到墓园这一路，我们能全程包办了……”

“康哥，您这是给棺材铺拉生意，怕我们不死咋地?”程拐呛了句，康医闹赶紧道歉，赔着笑脸。帅朗却不想程拐在一旁掺和，扔着车钥匙把程拐打发开车去了，出了门拉着康医闹道：“康哥，还有点儿小生意，您干不干?”

“您说……包办。”康医闹一听乐了，赶紧递烟讨好。

“刚才那个人名，吴清治，病历给我拿出来，复印件就行，多少钱?”帅朗直截了当。

康医闹眼骨碌一转，大拇指一打：“一千。”

“我给你两千。”帅朗掏着皮夹，哥这儿不缺这俩小钱了，数了二十张，抬眼时正碰到医闹那贪婪的目光，帅朗拿着钱笑道，“不光病历，这个人住哪间病房、住了几天、护士是谁，护士是不是看到他的体貌特征了，比如花白头发，身上有什么特征，哪怕能描述出老头儿长什么样都算，行不行?”

“成！给我两天时间，一准帮你办利索。”医闹点头了。

帅朗笑了笑，这和自己当年混时一样，缺钱的时候没啥原则，只要见钱绝对眼开，笑着把钱塞进医闹花衬衫的口袋里，那位赔着笑脸，净恭维，一句都不问，倒是挺有职业道德。程拐开车过来，医闹赶紧开门让帅朗上车，帅朗此时又萌生了一个奇怪的想法，随意地问了句：“康哥，您说，要是死亡证明，买得多少钱?”

“哟，这个不好办，经常查呢，对不上号他们医院也麻烦。”医闹一听愣了。

“是不好办？还是就不能办?”帅朗问。

“不好办，但是能办，不过价格老高了……分什么人呢，年纪大的就好办，年纪小的就不好办，单单办个证，就不太好办……少说也得三五千，出生证好办，诌个病历也好办……咦？您还有什么事，直接都跟我说了，我帮您办……”医闹滔滔不绝，多数是绕着想坐地起价罢了。

“没事，随便问问，这事办好，咱们再说下回……”帅朗笑着上了车。

“您放心，我们信誉好得很，做的就是回头生意。”医闹拍着胸脯，给了帅朗个人品保证。招手送着这位顾客，直目送了好远才乐滋滋数着口袋里钞票，数了数，喜滋滋地揣好，又溜达着进医院来了。

车上，帅朗不时笑笑，回想着今儿突兀而来的事，本来应该是个悲剧，不过看来看去像个闹剧，虽然现在不知道悲剧究竟发生了没有，不过能确定的是，没准儿一场更大的闹剧已经开锣………

周末，五龙村，村口山寨工艺品加工厂兼景区饮料小副食品中转站。

闷声发财的生意不少，这四分地的大院里的生意绝对算一个，红火到帅朗从业余走向专职了，罗少刚的黄牛生意，黄国强的黑车生意，都扔在一边了。自打工艺品生意开张，那帮搬饮料上货的伙计都有事干了，闲暇的工夫，一胳膊一手，外加揣一兜小挂件、钥匙链、纪念章在景区招摇兜售。效果咋样呢，没啥说的，哥几个快把帅朗当成摇钱树供着了。

这几天好像有点变化了，私下都议论着帅朗有点心神不宁，为吗呢？不清楚，不过据程拐说，去了趟医院之后，好像就有了点儿变化，变化还很明显：以往晚上收工，这一干兄弟加上老皮小皮一帮子，整点小酒喝得微醺那是必须的，可近三五天帅朗连酒都少喝了，老是心事重重的样子。这情况让程拐说，兄弟们都别理他，他这个样子，不是有事了，就是憋坏水想找谁的事了。

“帅朗，游黄河纪念章没了啊，赶紧的，那玩意儿卖得快……”罗少刚在院子喊。

“知道了，中午就到了。”帅朗回了声，没再多理会。

又过了一会儿，又有人来催了：“二哥，老屁一百九卖了个沙漏，顾客出门又反悔了，到店里吵吵来了，咋办？”是平果。

帅朗在屋里喊道：“自己想办法，给人退了不就行了，景区这么多人，还缺宰的？吵什么吵？告诉他们，再吵把他们送派出所……滚，别来打扰我。”

打发走了平果不久，老皮颠儿颠儿又奔来了，他没在院子里喊，径直奔进加工房间推开门，气呼呼地一坐，告状来了，拍着巴掌数落道：“你这几个娃太不像话了啊……都抢到我头上了……你说吧，帅朗，咋办？你们合起伙来欺负我个外地人是吧？你做饮料说到根上，可还是我带出来的……”

坐在杨木桌后的帅朗愣了愣，可不知道啥事把老皮气成这样，起得身来，倒了杯水，细细问着。敢情是纪念章很好卖，占着浮天阁和畅怀亭的罗少刚、黄国强一时手里没货，合谋着把分给老皮的货全抢走自个儿去卖，老皮自然惹不过这干年轻后生，无计可施之下来帅朗这儿告状了。帅朗听着，忍俊不禁了，安慰着老皮说：“上货时你左不行右不行，就怕赔钱，让你掏钱你都不利索，现在好卖了，被抢了，想起我来了？”

“那你看咋办啊？咱们可是一窝走到这儿的，胳膊肘没里外啊。”老皮没理会帅朗数落，将上了。

“这样，中午货来，你先挑……晚上让他们几个龟孙请你老人家一顿如何？你跟他们生什么气，就景区这地方，有的是人，咱现在还怕缺生意啊？”帅朗安慰着，好烟递了两三支，好容易把气咻咻的老皮安抚下来。

送走了人，帅朗又一次坐到了简陋的办公桌后，对桌上的一堆东西发呆。病历一摞，康医闹给送来了，那两千块花得不冤，这人果真很有信誉，不但挖出了病历，而且打听到了一堆信息。六月十七日确实有个叫吴清治的病人住进了肿瘤医院的特护病房，淋巴癌晚期，年龄六十八岁，家庭所在地是中州北郊三和镇祁圪裆村，貌似就是古清治。不过康医闹打听到的消息是，这个病都拖了几个月了，几次化疗，人早秃眉光脑袋了，到医院无非是找个地儿等死而已。不管怎么描述，和那个仙风道骨、鹤发童颜的古大师是一点儿也不搭边。

假的，应该是假的，帅朗拿着病历，在这些真真假假的信息中得到了一个直观判断，是个没有太费脑筋的判断，再笨也看得出这老家伙根本不会是备受病痛折磨的那号人。

既然是假的，那他想干什么？帅朗扔下病历，又拿着那份鉴宝宣传图册，时间是七月二十八日第一期，还有一周时间，翻来翻去，帅朗还是翻到封三那一页上，陈年普洱茶膏、民族茶袋、老茶票，再加上一本《英耀篇》，几样都能和古清治的爱好搭上边。谁提供的这个收藏，帅朗没有去查，因为他知道，就算查，恐怕也是个跳板，既然老头儿费尽心思整个假死，那这件事肯定是想假手于人。

“老头儿呀，老头儿，你到底想做什么呢？五百万对我还有点吸引力，你都快死的人了，要那么多钱干吗……”

帅朗摇头自言自语着，随意地在病历背后的空白页画着龙飞凤舞的字，理着这些天来的思路，想了想，无外乎两种：第一种是造假造得足以乱真，以假充真捞一笔；第二种甚至不用造得很乱真，只要买通鉴定的人，共同设个拍卖局套谁一家伙。不过想到这两种，有一个很难的问题帅朗解决不了，那就是自己手里那一份，同样分不清真假。本来那个小玩意儿帅朗还真没当回事，不过知道它价值两百万元之后，免不了心里有那么点儿猫抓痒痒似的难受，在钱面前，特别是在很多钱面前，能镇定的人不多，帅朗肯定不属其中之一。

骗局，不管怎么千变万化，所用不过两种真谛，真和假，要么以假充真，要么以真充假。另一种情况下，帅朗又写了一行，如果鉴宝会提供的收藏是真品，那这就值得商榷了，要么是老头儿想金盆洗手存个棺材本，要么就是还有更大的图谋。帅朗在后者上画了一个圈，把这一行字圈了起来，比较倾向于这个想法，因为他实在找不出理由相信这老家伙会实实在在做趟生意收官罢手。要收早收了，连他弟子都混得不赖，他应该不是个发愁晚年生计的人。当然，不管哪一种，肯定不会是很规矩的收藏和拍卖。也不管他做什么，肯定不会是正正当当的手法。

帅朗想了很久，还是觉得自己最初的想法没有错，有时候直觉比深思还要正确，对于这件事的直觉是：躲远点儿，别沾上……

所以，这些天帅朗连市区都没有去，一直窝在景区静观其变，想象中老头儿如果拉自己入局，通过盛小珊让自己知悉此事之后，接下来无非是迂回拉自己参与这事。不过意外的是，从市区回来三四天了，帅朗根本没有接到熟悉的电话，寇仲、冯山雄、黄晓，那几个认识的人都没有出来，连盛小珊也没有来电话。这倒让帅朗有点迷惘，要不是对古清治病逝一事确有怀疑，还真以为树倒猢狲散了。

“管你干什么，你爱干吗干吗，我只当什么也不知道……”

帅朗心里暗道，和别人相处，自己不论遇什么事都有把握，差不多能揣摩到对方的用心，可对于古清治，一直以来都是云里雾里摸不着头脑。这事呢，帅朗思谋着，自己手里的那个东西，要是假的也没有什么损失，反正不是买回来的；要是真的嘛，我来个矢口否认，谁也不告诉，等风声过了，不管它值两万元还是两百万元，还都不是我的！

“对，就这么办，不管他真死还是诈死，我只当他死了，一死百了，都死无对证，我还有什么可担心的，别人也没理由找我……呵呵。”帅朗暗自笑着，从这事里看到了最适合自己存在的方式，很简单，局外人……不管再有什么事，对，别人再问我，我一句“死了”，全打发了。

“帅老板，有人找！”屋外的胖婆娘吆喝了声。帅朗刚喊了句“谁呀”，门应声而开，进来的人让帅朗稍稍一怔，是雷欣蕾。雷欣蕾也怔了，没想到闷屋里的帅朗一脸灿烂笑容，没准儿干了什么事正偷着乐呵呢。

“笑什么？”雷欣蕾奇怪道。

“你来了呀，高兴呗。”帅朗顺竿应了声，不动声色地收拾起了东西。

“进来，搬进来……外面车上的货找人卸一下……”雷欣蕾站在门口指挥着。两位送货的小伙子把四五个大件搬进了这间临时办公室，帅朗起身吆喝着屋里架着汽灯正熔玻璃的村民，捋着袖子，和大伙儿一起卸起货来了。

这个场景很让雷欣蕾愕然，站在院子里，只见得那些个粗腰大脚的婆娘嘻嘻哈哈打闹着，几十斤重的货扛在肩子上咚咚咚就回来了。也不知道帅朗在这儿到底是什么角色，那些老娘儿们揪着帅朗，促狭似的给老板肩上压个最大的箱子，压得帅朗龇牙咧嘴的，一干人笑得直打颤。很快，一车货被屋里的女人和屋外拉沙筛沙的老爷们儿全堆进院子里了，这条件绝对艰苦，卸完货直接就着水龙头哗哗冲洗着，有的洗都不洗，各自忙碌上了。

签了字，付了运费，雷欣蕾趁着帅朗忙碌的工夫看着没来过的场地，几眼过去，却和想象中的大相径庭，院子很老旧，沙土夯实的地，墙倒干净，不过是刚抹了不久的白灰，房子就更没看头了，不细看还以为是危房，房间里吊顶都没有，还是过去农村老式的架梁房子，抬头就能看到水桶粗的房梁上悬着灯泡。中州不管家庭作坊还是三无小工厂都见过，可这么落后简陋的房子，雷欣蕾还真没见过，要不是大白天睁着眼，会让人有重回五十年代的感觉。

雷欣蕾还没看完呢，屋里熔玻璃开玩笑的老娘儿们重重咳了几声，“呸”一声，一口痰吐在工作间里，就在雷欣蕾站立门口的不远，这让雷欣蕾微微蹙眉，下意识地后退了一步。这个小动作被吐痰的老娘儿们瞧着了，那裹着绿头贴的大婶瞪了她一眼，眼瞅着这位嫩得能掐出水的姑娘，故意似的，捏着鼻子“哧拉”擤了一条，把刻意打扮得青春靓丽的雷欣蕾惊得直退到门外。

“来来，屋里坐……他们直接送来就成了，怎么敢劳您大驾，您坐……我给您拿瓶饮料啊……”帅朗进屋了，眯着眼，洗完脸找着毛巾，边擦边说着，雷欣蕾坐到了帅朗的办公室，同样的简陋之极，就一张杨木桌，待客的就一个凳子，却连靠背都没有。雷欣蕾里里外外一瞧，这才发现自己和这里是如何格格不入。

“来，我瞧瞧……嗯，这个造型不错。”帅朗拆开包装，把玩着一个造型独特的沙漏，两个椭圆的沙容被四条金属条固定着，很有卖点。帅朗看看孔洞，又点点头说：“这样好，直接一次冲压成型，留个眼，熔了玻璃堵上就成，省得熔接不好出来是歪的……对了，这个造型有含义吗?”

“仿制哈里波特魔法学院里的装饰造型。”雷欣蕾随意道。

“好，就叫魔法沙漏……”帅朗乐了，又拆着箱子，边拆边问。所谓什么创意，没那么容易整，小厂做东西，设计不是抄袭就是剽窃。帅朗草草看了十几样，这草包也提不出什么建议来，只说有些东西只能卖卖看。

然后帅朗拿出纸一样一样问着名儿，估摸着在写数量，然后甩到雷欣蕾面前，雷欣蕾愕然看着几千到上万不等的订货，不相信地问："这就定了?"

"啊，还怎么着？赶紧啊……订金要多少，回头我直接给你划过去。"帅朗道。

"不是……那个不急，我是说，看一眼就全订了？你们的销售就没有做策划或者规划的？也不会考虑对不对路？就你一个人管理?"雷欣蕾疑问来了，这么大的销量让她很惊讶！因为她之前一直以为帅朗在景区有公司了，谁知道不是公司，是个农家小院。

"嘿嘿，我们是现代化的扁平管理模式，除了我一个老板，都是干活的，我这个老板也经常干活……再说我们的目的是卖东西挣钱，要管理干什么?"帅朗亦正亦邪地连答带问，倒把雷欣蕾问得无言了，折着那张手工订货单，给了个无奈的表情。

"呵呵……一看就知道你大失所望了，我们这小户入不了你的眼吧?"帅朗笑着，逗了句。进门的时候就看到了，一身米黄配水绿纹裙子的雷欣蕾比穿着工装还要靓几分，不过进门如同被泼了一盆冷水的眼神，不用说，是对这个地方很失望。

"没有，挺好的。"雷欣蕾言不由衷。

帅朗拧着易拉罐饮料，递了罐，笑了笑："好不了，天生受罪的命，没个好老子，想多挣点儿票子，难呐。"

雷欣蕾被帅朗的凛然正色逗笑了，笑着打趣："我没觉得你发财很难呀。这才毕业三年，咱们同学里，还有工作没着落的，我看呀，能混出头来的没几个，你就算一个。"

"就干这个，就在这儿？那给你，你来出出头。"帅朗笑着，貌似根本不在意地示意着周遭环境。

"一万月薪的工作都换不了这儿，我就不信你舍得扔了。"雷欣蕾道。

"舍得，要有比这儿更轻松的更好的，我就舍得扔了。哈哈……"帅朗开了个玩笑。

雷欣蕾笑了笑，再往下却猛然感觉有点词穷了。两个人的座位很近，不过隔着一张桌子，几句玩笑有点忘形，此时帅朗突然发现凑着凑着，两人超过了五十公分的安全距离。雷欣蕾下意识地端着饮料，作势抿了口，猛地让帅朗惊醒了，帅朗赶紧欠了欠，又移开了距离。

“你……”

雷欣蕾要说什么，帅朗也正要说什么，俩人都试图打破尴尬，却在同一时间撞车了，相视一笑，都有点儿讪讪的，好在帅朗脸皮厚，干脆直说了：“那个……欣蕾，我们这地方呢，有点不适合你来……那生意上来往啊，那个……”

“不要牵扯到个人感情，对不对?”雷欣蕾睁着大眼，随着帅朗的口型补充上了。一补充，帅朗顿觉全身一轻松，点点头，“对……对……”

“不对吧?”雷欣蕾像故意捉弄帅朗一样反问着，“我们之间有感情吗?”

“嗯?”帅朗一愣，对着俏眉媚眼愣了下，点点头：“也对，先决条件不成立。”

是啊，好像从来没有过，人家是校花，咱是毒草，帅朗挤着一只眼，有点自嘲地笑笑。对于面前这位校花，仅限于在心里意淫，曾经是，现在嘛，也是……和廖厚卿那顿饭没有其他收获，不过从席间看到了雷欣蕾过得并不是那么如意，这一个多月有意地把几单生意都给了雷欣蕾去做，其实没有想很多，只是觉得红颜薄命，很没天理。

雷欣蕾看着帅朗，手在无意识地把玩着饮料。面前的男人和身边有过的追求者相比相差甚远，个子有点矮、人也不够帅，不过嘛，好像他有意无意地在帮着自己，帮的忙很大，可是自己却一直忽视他。她笑了笑，用一种很欣赏的眼神打量着帅朗。

氛围很奇怪，一笑之下，雷欣蕾揶揄地说了句：“其实男人让女人最欣赏的是那种舍我其谁的自信……你就有啊，什么先决条件在自信面前，一点儿都不重要。”

帅朗眼皮一撑，挺胸收腹，一个奇怪的念头泛上来了，哟哟哟，美女好像在主动挑逗我，还是个校花！此时又想起了这是韩老大的前女友，又泄气地委顿下来，话说兄弟妻不能欺，前女友也算！万一有勾搭了，兄弟俩还怎么见面呀？

于是帅朗笑了，嘿嘿呵呵傻笑着，笑着摇摇手道："这个是我弱项，从初中开始我就学泡妞，我是屡战屡败、屡败屡战，到现在还没胜过……自信早没了。"

雷欣蕾被帅朗的自嘲逗得笑了，笑着说："你不是没自信，是有心结吧？"

"心结，我有什么心结？"帅朗否认了句。

"心结是韩才子……"雷欣蕾轻声说了一句。帅朗一愣，笑容僵在脸上，嘴巴合着，没发出音来。他愣眼瞧着雷欣蕾，怪不得当年叫才女，咱这点儿心思好像瞒不过人家。

不过，她不应该能看上我呀？帅朗眼珠子转悠着。

什么也没有发生，帅朗唯一做的事是回了趟东关胡同，把那本貌似价值不菲的《英耀篇》拿到手，悄悄存进了银行租赁的保险柜。

之后便是吃了睡、睡了吃，重复着没有悬念的生活，他其实已经喜欢上了景区这个按部就班、每天有钱可赚的生活。对了，要真说有什么事，也有点儿，都说饱暖思淫欲、心闲生余事，这些无所事事的日子倒是和雷欣蕾走得挺近，上了趟浮天阁，吃了三顿饭，每每都让帅朗觉得不论是话里还是表情里，还是眼神里，校花都有那么点儿意思。虽然不排除校花看着自己是个潜力股才处感情的情况，可还是免不了被勾得蠢蠢欲动。

动什么呢？当然是歪心思了，没结婚的男人都是宝，只要有本事，美女自然可以随便泡了，就不娶上当老婆，当个情人也不错嘛。就算发展不成情人，搞个一夜情什么的也不赖嘛。想当年寝室里六个歪瓜裂枣的哥们儿，哪个没意淫过上校花那档子事，说起来这也是阴暗心理储存的一个理想，万一真实现了，那不得爽歪了！

可能吗？要是以前，帅朗不认为有这种可能性。不过现在，帅朗手里有这么大摊子生意，按这个势头发展，将来自己一定会成为有钱人，要勾搭这么个工薪妞，可能性应该是很大的。

老话说钱壮英雄胆一点儿没错，别说英雄，狗熊都没问题，更别说是个小色狼了。

于是，随着交往的深入，其他事没发生，帅朗一直觉得和雷欣蕾之间似乎要有那么点儿故事了……

七月二十八日，帅朗坐在程拐那辆马自达车里看着省台的发射塔发呆，脑子里一遍一遍回味着和雷欣蕾相处的点点滴滴，那天在浮天阁的许愿塔前，帅朗听到了雷欣蕾小声许愿，她很虔诚地许了个“保偌我的真命天子早日出现”的愿望，都是些小女人的碎话，帅朗倒不怎么在意。不过很在意的是，雷欣蕾许这个愿的时候，浅笑着看了帅朗一眼，那眼神，说多暧昧就有多暧昧，那用意，要多露骨就有多露骨，帅朗纳闷地想：“不会是说我吧？”

帅朗心里又想：“这几个月在景区呼风唤雨，撒豆成兵，现在好歹说起来也是飞鹏饮业的合作伙伴，好歹也是景区工艺品的独家经销商，就他锐仕那么大猎头都三番五次邀我入职，咱都不想去。”想起种种迹象，帅朗觉得足以在以前看不起自己的雷欣蕾眼里重塑一个完美形象。

还有那天，在景区黄河酒店吃饭，吃饭的时候老觉得雷欣蕾在偷偷地瞟着自己，搞得帅朗心神不宁，喉咙被鱼刺卡了好几下，第二天喝了半斤醋才冲下去……还有大前天，在龙湖游乐场玩，把盛小珊的理论应用到实践中了，俩人一起在摩天轮上惊声尖叫了好几回，心跳得怦怦的。那个血液加速心跳加快的感觉会不会让雷欣蕾误以为她真的喜欢帅朗，他至今还没确定，不过那天出一身细汗，出游乐场的时候，他偷偷揽雷欣蕾的肩膀，有意无意靠着走了好久，雷欣蕾也没有什么意见，貌似她对自己已经从反感成功过渡到好感境界了……帅朗又想着。

可问题是……帅朗有点为难地想着，这可怎么下手呢？

本来不愿下手，碍于有韩同港的缘故，不过几次相处，雷欣蕾丝毫不讳言和韩老大的纯洁友情，让帅朗越发生出当仁不让的心思了。不过问题就在于，知根知底，人又这么熟，哪好意思下手。

所以呀，有想法那得有办法才行。综合以前的经验来分析，帅朗翻来覆去斟酌好多次，发现好像都不太适用于雷欣蕾，她很聪明，也很有主见，根本不是那号花了钱就能哄上床的主儿，再说花钱就不用找她了不是？

她除了聪明，也很有分寸，也不是那种能哄着喝个晕晕乎乎去开房的类型。这好像就难办了，帅朗擅长对付女人的本事都用不上了，这个大大的难题困挠帅朗甚至于比老古的把戏还让帅朗为难。

“这得想想办法呀！我坚守贞节可好几个月了……”

帅朗点了支烟，放下了车窗，烟点着就忘抽了，迷离的眼神里闪过雷欣蕾的样子。在臆想那个场景时，有时候会有错觉，会想起那个和桑雅在一起的销魂之夜，一夜倾情留下的是余韵难尽，每每重温，总想再尝试一下沉浸在温柔乡里的感觉。

感觉……在等待无果中开始发生偏移了。

“哎？我干吗自己想呢？身边放着高手不用……”帅朗看到罗嗦奔过来时，灵机一动，计上心头。罗少刚经常自诩御女无数，本身干的又是旅行社的活儿，少不了勾搭那些经常跑外生理饥渴的女导游，每每讲个黄段子，总要加一句亲身体验之类的话，没准儿在他身上能取点儿经。帅朗乐了，对，说不定还能到盛小珊那儿取取经，像盛小珊那号自诩独身的高知女人，没准儿独身是幌子，根本不禁欲，说不定是个御男无数的猛妞。

想着想着，帅朗乐傻了，乐得被烟头烫了下手指，烟头一扔，开了车门，把罗少刚请上副驾。罗少刚长吁了一口气，掏着口袋，很得意地递给帅朗道：“十张，三期的鉴宝门票，够了吧？”

这是给盛小珊找的票，帅朗狐疑地接着长条型的门票，诧异地问道：“黄牛真是无处不在啊，这个也有人倒？不是要赠送的票吗？哪儿来的票源？”

“好几期鉴宝节目呢，也就真懂行的才看，其他人也就看热闹，有几个真懂的……再说他们电视台里就有人倒腾，没那么难，比车票好搞多了。”罗少刚很有专业素养地点评着，不过没忘价格，“一张八十啊，这是熟人价，生打生最低下不了一百二……”

“行了行了，回头给你……”帅朗装起了票，罗少刚却笑了笑道：“得了，算我孝敬你了，这个夏天跟你挣得不少，有发财门道别忘了兄弟们就成。”

“哟，有点良心啊……别走，我还有点儿小事。”

“哥哎，你别老耽误我正事行不行，现在忙死了，我旅行社都关了，就指着跟着你在景区挣钱，这都半个上午搭进去了，损失算谁的？”

“刚表扬一句，你就嘚瑟了，钱能挣得完吗？过来，我问其他事，很重要，关系到哥的‘性’福生活，这个忙，我看只有你能帮了……”

“那你说……”

帅朗憋了半天才神神秘秘地说：“哥看上一妞，你教教我，怎么把人整到手？”

罗少刚一愣，看着帅朗鬼鬼祟祟的表情，不像开玩笑，敢情是真为难，一愣之后仰头哈哈大笑道：“不会吧？这事都是无师自通的，你不会真没干过吧？”

“干过，可这个人不一样。”

“女人还不都那样，有什么不一样？”

“不一样就是不一样，你听我说，她很漂亮，也有点气质，关键是很聪明，咱们要是动了心思没弄成，以后都不好见面了，我这不犹豫不决吗？你给哥想想，怎么样才能让一切发展得顺理成章，我怕到时候太生硬，让人反感……对吧？”

“哦……这样啊，呵呵。”

罗少刚嘿嘿笑着，一脸淫色，对于有人咨询这个专业知识自然是却之不恭了，他装模作样正正身子，竖竖领子，一扳帅朗的脑袋，开始发问了：“交往多长时间了？”

“好几年了……”

“你去死吧！好几年娃都生了，你还没搞定，丢不丢人。”第一句罗少刚就火了。

“不对，不对，以前认识，上学时候认识，正式有来往就两个月吧……”帅朗澄清道。

“你继续去死吧。”罗少刚正色道。

帅朗摇摇头，很诚实。

“两个月上珠穆朗玛峰都上去了……那你直说吧，发展到什么程度了？”罗少刚很生气，似乎没见过这么窝囊的人。

“拉过手，揽过肩，吃过饭……”

“你如果约她，随时可以约出来吗？”

“应该可以。”

“吃饭时候她和你抢着买过单吗？”

“没有……”

“嗯，如果你开个稍过点儿的玩笑，她生气吗？”

“应该不会……”

“好，哥教你个必杀技……”

帅朗赶紧给罗少刚递上烟，点上火，竖耳恭听泡妞秘诀，罗少刚大咧咧一坐，指点道：“泡妞泡妞，为什么叫泡？前面你磨叽的时间够长了，按你所说，俩人应该有点好感……首先你得注意一点儿，快乐，高兴，使你们双方都有这种感觉，不管俩人是约会、吃饭还是玩，你要一直让她保持在这种快乐的状态中，否则没法开展下一步工作……还有一个关键，不知道你做了没有，赞美，一定要赞美，谁都爱听赞美的话。这个不难，她要是胖，你就赞美她丰腴；她要是瘦，就夸她苗条；她要是傻不拉叽的，就赞美她可爱；她要是精明刁钻的，就赞美她才智过人。这就跟咱们卖假货一样，你要吹得天花乱坠……紧接着，她有所反应之后，你就可以给她来一个浅浅的吻……”

“不对，不对……”帅朗打断了，挑着罗少刚的刺，疑惑道，“我赞美了，可她没什么反应，就笑笑，搞得我心里七上八下的……”

“笨死你呀！你这水平，找小姐都找不上极品的……听我说，别打岔。”罗少刚训着帅朗，帅朗点点头。罗少刚接着刚才的话强调说，“她要有反应，这个好，顺理成章，给她浅浅一吻，进一步……她要是没反应，只要不是转身走了，那就说明她对你的赞美还是认可的，所以，这个时候，你就得有动作，怎么做呢……轻轻地抱着，或者轻抚她的秀发，告诉她，每次见到她都让你如何心醉……如果你没有挨耳光，那说明一切皆有可能……然后你就深情地望着她，再给她一个热吻……”

罗少刚说得手舞足蹈，可是帅朗愣着眼说：“你跑题了吧？我期待上床，你教我亲嘴？”

“真笨！一点儿情调不懂……你听着，这得一个一个步骤来……千万别让她感觉到你在玩弄感情，一定要让她知道你很尊重她，很在乎她，在乎她的一切……这都是相互的，你想从人家身上得到乐趣，那你总得让人家感觉到乐趣吧？还有，千万别提“爱不爱”和“爱情”这个字眼儿，这玩意儿现在没人相信，一听就是假话。”罗少刚道。

“哦，有道理……”帅朗嘿嘿笑着，摸到点儿门道了。

“对，就这样，要勇往直前，不怕艰难。”罗少刚一拍大腿，认可了。

“别……你还没说清呢？”帅朗诧异道。

“不会吧？你不会是处男吧？这么丢人的事……”罗少刚突然神情凛然了。

“那个没有……我不忍心。”帅朗道，说的是后妈表妹那事，那是个很纯洁的爱情故事。

罗少刚看着帅朗压低声音神神叨叨的样子，再也忍不住了，笑得全身乱抖，笑声几乎是从喉咙底迸出来的。帅朗愣了愣，立刻知道了这家伙趁人之危，掏人秘事呢，于是捏着罗少刚的脖子骂道："王八蛋，在我这儿找乐子是不是?"

"不是，不是……哥哎，听我说，我教你……"罗少刚笑得上气不接下气，安抚着帅朗，半天才缓了口气说，"其实我刚才所说的环节都是紧密联结的，你可以一气呵成。比如你可以在今晚，约上她，把吃饭的地方、浪漫的地方以及享乐的地方一次性找好……别有了那想法才去开房，女人最不喜欢没主见和临时抱佛脚的货色……你要很有主见地请她到哪儿哪儿吃饭，最好来点儿浪漫情调，喝点儿小酒、跳个小舞，玩高兴了，顺理成章地约她，要不到哪儿休息休息？快乐的女人通常都恨不得快乐永远都不要结束，所以她会顺口答应你，于是你就把她带到你预谋好的地方……在那里，你就可以开始从吻入手了……"

罗少刚虽然有点找帅朗乐子的意思，不过说到这事还是蛮在行的，怎么约、怎么开始、到什么地方，给了帅朗几个选择。

这种种看似平淡，实则繁复的手法听得帅朗挠挠脑袋，貌似还有点为难。

过了很久，帅朗又像做贼一样摇上车窗，一下一下按着号码，喘着大气，半晌才稳定了心跳，接通了电话，很正人君子地邀着雷欣蕾："喂，欣蕾，晚上有空吗………"

凤仪轩，午后时分。帅朗走进门厅，总台的服务员微笑着向他打了个招呼，手伸着指向等候区。他侧头正好看到了和一男一女闲聊的盛小珊起身，高兴地迎了上来。

"给……三期的，十四张……"

帅朗把厚厚的一把票根递给盛小珊，除了罗少刚这个小黄牛提供的，还从林鹏飞手里淘了几张，全部塞给盛小珊了。给的时候，帅朗眼睛一动不动，看着这位让他颇生疑窦的设计师。

要是其中有猫腻，那么接下来没准儿她会盛邀自己出席，借口嘛，肯定能找出好多种来，是什么不重要，第一反应才重要。

“咦？看着我干什么？没见过呀？”盛小珊喜滋滋地拿着票，第一反应却是诧异地瞪着帅朗。

“鉴宝有什么好看的呀？电视上看还不一样？”帅朗掩饰了一句。

“要你说，体育比赛场馆都不用设了，直接看转播不就行了。”盛小珊给了鄙夷的眼神，回头高兴地招手唤着那两位，“乔乔、大路，来，来，票送来了，你们准备一下，把 DV 充好电啊，连续三期出席的各界名流，一定要一个不漏拍下来。强调一句啊，特别是女装，到场的肯定绝大多数都是时尚前沿的人物……介绍一下，我朋友，帅朗，踿吧？你们还说票不好搞，他把我们仨的都搞超额了……”

盛小珊拽了一把，把这两位介绍给帅朗，男的姓路，长发披肩，乍看像个妞；女的叫乔乔，偏偏又剃了个男式短发，模样倒是凑合，就是看着像个假小子，握手的时候看得帅朗直膈应，看来处在时尚前沿的玩意儿，实在不那么容易接受。

两个人拿着票，被盛小珊安排着准备去了，这下子倒把帅朗的心疑去了一多半，看来这位盛设计就是有点时尚发烧，非到现场看一看，之前怀疑别有用心，倒是自己多心了。这个心思上来，让帅朗稍稍怔了怔。盛小珊叫着示意道：“喂……你怎么了？好像有事啊？”

“没事，我能有什么事？”帅朗掩饰着，生怕自己那份阴暗心理被人窥破，不过一眼看到盛小珊，又改口了，“对对，有事，我还真有事。”

“到底有事没事？”盛小珊蹙着眉，上上下下打量了帅朗一番，有点怪怪的。

“有，确定有，我刚想起来。”帅朗点点头，斟酌着这话怎么说。

“什么事？哦……Sorry！这票多少钱，我把这事忘了……到设计室来，我给你。”盛小珊抱歉地说着，转身要走，帅朗紧追两步道，“不是，别误会，不是钱的事，这是从朋友那儿找的，没花钱。”

“真的？”盛小珊似乎不信。

“真的，我朋友手里多了，这点儿小事，打个电话他们就送过来了。”帅朗打肿脸充了个胖子。

“哦，看来我没看错人啊。”盛小珊来了个回眸一笑，帅朗笑着点头，不料却听盛小珊趁火打劫道，“那好，下几期让你朋友多给我送几张……”

“啊！”帅朗吓了一跳，赔大发了。

“怎么？有难度？”盛小珊关切地问了句。

“没有，没有……这简单，小事一桩。”帅朗充着大气。

“哦，那我先谢谢你了啊……”盛小珊转过身，邀着帅朗上设计室小坐，直到进了电梯，看帅朗还是眼睛滴溜溜转悠，像是心下无着，这才想起刚刚有事，又是关心地问帅朗，“对了，你说你有什么事？我怎么看着你今天心神不宁的。”

“我有点儿……小事……请你帮忙……那个……”帅朗不确定地说着，有点难为情地挠挠鼻梁。这么一说，盛小珊像个哥们儿一样斥上了，一指帅朗，很不悦地说：“哇，你这人太实际主义了吧，办这么点儿小事，就提要求？说吧，什么事？看在你送票的分上，可以酌情考虑……”

“呵呵……那个，这个让我怎么说呢……”帅朗笑了笑，想了想，人倒是约到了，理论也学了不少，但实用不实用，实在心里没谱。想请教盛小珊呢，又觉得这话不好意思出口，总不能问盛设计师，哥们儿想勾搭个妞上床，你要不给点儿建议？

“你不说我也知道。”盛小珊看帅朗难为情的样子，突然说了句。

“你知道什么？”帅朗不信了。

“嗯，看你表情呆滞，两眼发直，词不达意，反应迟钝，明显是……”

“是什么？”

“是恋爱症候群的早期症状，对不对？”

“瞎掰，这都什么年代了，还谈恋爱。”

“不会吧，我猜错了？”

“猜对了一半，我干脆直说啊……”

帅朗怕她猜起来没完，直接说：“我想约个姑娘出来，不过，我对我现在的形象、气质以及谈吐……缺乏那么点儿自信心，你教我那么多搭讪的相处技巧，不怎么管用呀。”

“不会吧，学生不争气，怨到老师头上啦？”盛小珊瞪着大眼，剜了帅朗一眼，“叮”的一声，电梯到了，理也不理，直出了电梯。帅朗这会儿顾不上保持风度了，追着盛小珊解释道：“真不管用，你不说到运动场所最容易碰出火花来吗？我请人坐摩天轮了，那玩意儿吓得我心跳都加速了，就没见人家有什么表示呀。还有，你说，吃饭、玩都去了，我觉得我表现得很自信，很有主见，而且很懂关心体贴人，为什么人家就没反应呢？”

其实反应是有的，不过帅朗有意置疑盛小珊，有想从她这里淘点儿真经的意思，毕竟有时候女人看问题的角度和男人不一样。追了几步，盛小珊蓦地脚步一停，回头盯着帅朗。帅朗一惊，站定了，很像准备纠缠不放的样子。盛小珊蓦地又是一笑，指着帅朗道：“我明白了，你是嫌泡妞的进程太慢，等不到水到渠成了，想跨过进程，直达目标是不是？”

帅朗一愣，看着盛小珊似笑非笑的眼神，其实在某些方面，男人了解女人，就像女人了解男人一样，帅朗这番小心思哪瞒得过人，于是他嘿嘿笑着，没说话，默认了。

“发展到什么程度了？”盛小珊又问。

又是这个问题，帅朗咧着嘴做难为状，同样的问题，要和狐朋狗友讨论，那倒不觉得脸红，要是在一位女人面前把那些事摆出来，实在有点说不出口。盛小珊笑了笑，问道：“你们在一起有话说吗？”

帅朗点点头，当然有了。

“那……她是经常冲着你微笑？还是躲躲闪闪，很客套地回避？”盛小珊问。

"微笑……笑得很甜。"帅朗得意洋洋，伸伸舌头。

盛小珊也笑了，问道："你吻过她了吗？"

帅朗摇摇头。

一摇头，盛小珊也失望了，抿着嘴，有点恨铁不成钢地盯着帅朗说："你们连个亲密的吻都没有发生过，就想直达目标？太急功近利了吧？"

"啧啧，你不能这个态度对待我啊。"帅朗翻着白眼回敬着盛小珊的训斥，"对于究竟能不能深入发展，我不是不确定嘛。我现在实在有点揣摩不清楚，本来还是朋友，真去，别亲了没亲着，被当成非礼和骚扰了，以后见面多难堪……我可是诚心诚意来请教你来了啊……"

帅朗说得有点患得患失，表情有点上火猴急。盛小珊正了正脸色，很郑重地说："只要是喜欢，你的任何鲁莽行为，在她眼里，都是可爱的和可以接受的……我看出来了，你这个人言行不一，行动上犯右倾错误，思想上却犯左倾错误。有些事，你越摇摆不定，越达不到你期望的目标……"

"对对对，就是这意思，所以，我现在要勇往直前，不再摇摆了。"帅朗正色道，旋即脸上表情一耸，又觍着脸问道，"盛大师，那您说，我不会碰壁吧？今天晚上我可约人家了啊，现在我怎么紧张得厉害？"

"哼，还在摇摆不定……"盛小珊很不屑地说了句，看看帅朗的这副样子，思忖了片刻，一扬手指，安排上了，"这样吧，再尝试一个新的形象，你们相处得久了，如果给她一个眼前一亮的感觉，能增加她的好奇心和注意力，这是你们约会的一个很好的前奏……还有，你先到二楼找乔乔，衣服的事我来安排……"

"咦，你不是趁机宰我吧？"帅朗下意识地回应着。

"就你？笨成这样，我都懒得宰你……切！"

盛小珊给了个嗤鼻白眼的动作，扭头径直向办公室走去，到了门口，回头看帅朗还傻站着，于是又来了个很揶揄的媚眼，说了句："别以为我不知道你想干什么啊……不过，想干，你总得体面一点儿吧？你看看你的样子，胡茬没刮净，头发多长时间没修了？看看你的手，手指甲里干净不？看看你的鞋子，鞋面都没擦亮，鞋帮是不是根本没擦呀？我辛辛苦苦给你设计的形象，你根本没当回事，看看，已经回到以前的懒散惯性里了……就你这个样子，到酒吧都钓不上一夜情的……愣着干什么？等着我替你约会去呀？”

噢，这句管用，帅朗突然意识到自己光顾想好事，倒把这事忘了，平时随意邋遢惯了，还真没注意，不知不觉中，自己的形象掉了几个档次，一念至此，他不吭声，颠儿颠儿奔着到电梯，下楼了。身后的盛小珊蓦地被逗得扶着门直笑，一看男人猴急成这个样儿，其实不用想都知道他准备去干什么……

两小时后……当一身新衣的帅朗再次站在镜子前，细看自己的形象时，忍不住踌躇满志了，回头对着那位留着短发的假小子竖了个大拇指。这位乔乔是专攻面部化妆的设计师，给帅朗讲了一番服饰和肤色、发型、脸型相配的理论，此时帅朗已经从理论走向实践了，一身短袖金狐狸休闲T恤，浅灰色；白色西装裤，一抬腿呼闪闪的，丝质的；脚蹬暗红色GT休闲皮鞋，对了，还加了银饰，绞丝的银质链子，本来帅朗觉得这玩意儿不适合，不过戴上之后才发现，和自己黝黑的肤色对比很强烈，虽不至于赏心，可悦目没问题，确实很好看……专业水平，不服不行呀。帅朗看着镜子里的自己又是一番大变样，明明就是劳苦大众，愣是整出有几分好吃懒作花花公子的气质了。

“还满意吗？”乔乔笑着问，看表情，应该很满意。

“嗯，很满意……”

帅朗和乔乔告别后，直上四层，站到盛设计师办公室门口，稍稍正了正神态，然后很优雅地敲门，应声而进时，几步走到距离盛小珊不远的地方，做了个鬼脸。

“这就有点寻花问柳的潜质了……呵呵。”盛小珊笑了笑，站起来，围着帅朗走了一圈，上上下下打量着，然后伸着手。帅朗笑问：“要什么？”

“烟。”盛小珊迸了个字。

“你抽烟啊。”帅朗摸着口袋，刚摸手里，盛小珊一把夺走了，很干脆地说：“没收，出去不许买啊。”

“为什么？”帅朗愕然道。

盛小珊很正色地教育道：“你是约会，还是去让人家闻二手烟？这是最起码的尊重……你总不至于想在近距离接触的时候让对方反感吧？”

“对，有道理，不抽。”帅朗下决心了，最起码今天下决心了。

“关于你这个事，我想了两小时，交往上应该不存在什么大问题，风趣、幽默、仗义，也不小气，都是女孩子喜欢的特质。你和你的另一位之所以原地踏步，没有更深入发展，应该是卡到一个问题上了……”盛小珊很自信地说着，来回踱着步，像在上课。帅朗听高跟鞋的声音来回响着，看着人影来回在眼前晃着，下意识地问道：“是什么？”

“情调。”

“情调？”

“对，情调，朋友是一种情调，情侣是一种情调，恋爱也是一种情调，我觉得你是不是不太懂男女之间的这种情调……”

“不懂，忒深奥了点儿吧？”

帅朗难住了，咱这水平，哪里懂什么情调？

“不懂，你得学呀！两个人相处，有时候需要某一方刻意地营造一种或是浪漫、或是暧昧、或是感动、或是激情的情调，女人都是感性动物，没准儿她看到新闻里哪里出了车祸而没什么反应，但是看一部酸溜溜的韩剧，能看到泣不成声。你得学会去了解和理解对方的感受，在她期望或者意外的时候，插进一些情调的元素……”

“别，别，盛大师，别温吞水，没感觉，给点儿速成的……”

“速成的，速成的……有！”

“是什么？”

“吻。”

“什么?”

“吻!”

“吻?”

两个人像在较量，她说，他不信，他不信，她更强调，一强调，让帅朗蓦地想起了罗少刚那番连亲带摸的办法，看来野路子和学院派还是有某种共通之处，讲到同一个问题上了。

“你别笑……”盛小珊当然不知道帅朗那番歪心眼，看帅朗一听“吻”，就咧着嘴笑，还以为他不相信，又强调说，“情调是一门艺术啊，吻是这个艺术达到了巅峰的体现……从吻这个动作上，你可以体会到对方对你的爱意，也同样在吻上，对方也在体会你对她的爱意……一个充满爱意的吻，会让人为之陶醉、迷情、不顾一切……”

“不就亲个嘴吗？至于这么玄乎吗?”帅朗看盛小珊说得都有点陶醉，很不屑。

一听这话，盛小珊气得直哼哼，一指帅朗，道：“来，给我做个示范。”

“我一个人怎么做?”帅朗道。

“来吻我呀!”盛小珊挑挑眉，径直道。

“哦……”帅朗说着就凑上来了。

“No、No、No……别想占我便宜啊，做个示范。”盛小珊吓了一跳，手指点着帅朗的胸前，保持着距离，看帅朗发臆症了，诱导着说，“你可以抱住我，不过别真来啊……点到为止，前奏是你搭着我的肩，或者轻搂我的腰，像舞曲开始一样，直视着我，充满感情地……开始……”

盛小珊把帅朗的一只手放在肩上，一只放在自己腰际，指点着。帅朗乐歪了，闭着眼、伸着脖子、努着嘴，说开始，就拱过来了……

“No、No……你这是猪八戒拱白菜……重来。”盛小珊手指挡住帅朗下巴。

帅朗调整着情绪，很正色地，又凑上来了，眯着眼，看着近在咫尺的盛小珊，盘算着一会儿搂紧她，使劲亲亲……

又被拦住了，盛小珊说："No、No，不对，不是这种表情……你这么严肃，好像谁强迫你似的，再来……想像你生活中最快乐的瞬间，把那种感觉找出来。"

帅朗脸上的表情本来就丰富，努努嘴，活动活动脸上肌肉，换了一副欢乐的表情，睁眼看着盛小珊。不愧是设计师啊，并不是倾国倾城的脸蛋，被打扮得像新剥的荔枝，脸蛋近距离瞧着，嫩得能掐出水来，红嘟嘟的嘴唇翕动着……这么一想，帅朗果真乐了，又凑上来了，只待嘴唇接触，美美亲一番……

"No、No……还不对，微笑，幸福地笑，不是你这样淫笑，你这是鬼子进村看到花姑娘了……"盛小珊又拦下了，这次拦得更直接，捏着帅朗的鼻子，把已经凑到不足五公分距离的帅朗推到了一边。

帅朗火了，火大了，二杆子脾气上来了，瞪着眼叫嚣："你这哪儿是示范，简直是调戏我！"

"哈哈……咯咯……"盛小珊笑得前仰后合，花枝乱颤，看着帅朗羞赧的样子，几次都没停下笑来。帅朗待要生气之时，盛小珊却凑上来，两只手在帅朗脸蛋上搓搓，安慰道："不能生气，一生气，脸上的肌肉就发僵……是你确实不懂男女之间的情调，能赖我呀？"

"那算了，瞎耽误工夫，我直接实践去……"帅朗把盛小珊的手拨拉过一边，很不服气地说。

"等等……嗯……我再想想办法。"盛小珊想了想，像是又想到了一个速成的途径，回身在电脑上敲击了几下，然后打开低音炮，几下动作，悠扬的音乐传出来了，就见盛小珊款款而来，轻声地问道，"会跳舞吗？"

"不会。"帅朗傻了，不知道又要被怎么调戏，不接招了。

"那我们在音乐中漫步吧……"盛小珊牵着帅朗的手，缓缓地摇着步子，满脸幸福地微笑，说："其实，两个人的相处很简单，你如果感觉到她的快乐就是你的快乐，那么你们就会一起快乐着、幸福着……不管是短暂的，还是长久的，这份快乐是真实的……”

悠扬的旋律，是慢四，情人舞曲，低沉的节拍几近不闻，只听得到耳边喁喁轻声，只看得见貌似徜徉在幸福中的盛小珊像个快乐的小女孩，灿烂地笑着……帅朗像有所动，不知不觉地被盛小珊牵着手，在慢慢移动。

音乐中的随意的漫步像契合的情人舞步，盛小珊搭上了帅朗的肩膀，眼睛里像蓄满了一泓清泉，在看着帅朗的时候，像看到了久别的情人一样，等着一个温柔的拥抱，等着一个心醉的热吻……

帅朗没敢动，明明看到了盛小珊眼神中和微翘的嘴唇中的含义，就是没敢动，怕自己失态，又被调戏一把。

盛小珊却动了，双手轻柔地勾着帅朗的脖子，眼对眼、面对面，摇曳着身姿，目光却始终不变，两个人的心情都像化成了此时房间里响着的旋律，跳动的音节在摇曳中慢慢碰撞。于是，帅朗在那双充满柔情的目光中，缓缓地凑上来……脑海里一片空白，什么也没有想，什么也不需要想，能亲一下面前女人的芳泽，何尝不是一种快乐和幸福，尽管是短暂的。

没有阻拦，终于在这个音乐围绕的暧昧情调中，帅朗吻上了盛小珊，很薄、很细、很小的樱唇，浅浅地吻着，不敢太过放肆，一吻即收。相拥着的俩人，在即收的时候，像心有灵犀一般，同时睁开了眼，帅朗没有放开，略有不舍；盛小珊也没推拒，像被自己营造出来的情调陶醉了，两眼迷离地看着帅朗……于是，帅朗大胆地再一次吻上来，眼睛轻轻闭上了，在响着音乐的空间，感觉着细唇香舌带来的愉悦，几番探寻，感觉被抱的盛小珊气喘渐粗，很放肆……在吸吮着、缠绕着，在忘情地继续着这个激情的吻……

音乐停了……过了很久，盛小珊觉得几乎被抱得喘不气来时，蓦地分开了，额头顶着帅朗鼻梁，微微喘着。帅朗惬意地眯着眼，顺势亲了亲盛小珊的额。

这下有反应了，盛小珊触电似的把帅朗推开了，尔后有点脸红地捂着脸，半晌，手才向下移了移，只露着眼睛，看着刚刚激情吻着的帅朗，似乎有点不相信发生的事。帅朗给了个得意且满意的笑容，促狭地问道："老师，再示范一次怎么样?"

"你出师了，可以走了……"盛小珊说了句，像在逐客，手放下时，想回复矜持的盛设计师，可如此尴尬，又怎么回复得了，更何况面前这位还赖着不走，坏笑着盯着自己，还准备再示范一次似的。

"出去……"盛小珊拉着帅朗，把不情愿的帅朗扭过身，背后推着，推了几步，直推到门外，"砰"一声关上了门。盛小珊背靠着门，不理会帅朗在外面敲，脸上有点发烧，不过是以开玩笑的心态来做这事，哪里想到，在拥吻时，连自己也有点迷失，感觉那个略带侵略的吻让自己很激动，激动到连她也暂时忘了这是个玩笑。

"很有男人味……感觉很好……"

盛小珊脸红红的，想着，有点窃喜，有点心潮难平，不过，手抚着腰际的时候，下意识地赶紧把刚刚弄皱的衣服拉平，于是又泛起一个又气又心跳的自言自语："这个混蛋，纯属扮纯情，刚刚居然掀起衣服来摸我……"

十九点三十分，一身新装的帅朗站在海天大酒店的门廊前，等着邀约的人，提前了半小时就来了，餐预订了，房间预订了，啥都准备好了……只不过，今天天气不怎么好，晴转多云。看着天阴下来了，帅朗的心情也犯阴，又怕这个时间堵车，把雷欣蕾堵到路上，更担心在公司，万一碰上个无良老板，来个临时加班什么的，那可全晕菜了……想了很多，不过白想了，整点时候，一辆出租车停到路边，下来的正是雷欣蕾。帅朗笑着迎了上去，明显地看到雷欣蕾眼睛一亮，跟着笑容绽开了，得，这身衣服起作用了。

"你今天真漂亮……"帅朗来了个贱贱的笑容，赞美上了。雷欣蕾先是眼一亮，尔后又有点诧异，很少听到帅朗这么直言不讳地夸奖，笑道："这句话我经常听到，说这话的人一般都别有用心。"

“那不一样的，我是把很多年前的心里话说出来了……”帅朗脸不红不黑，应声道。

“那我是很多年前漂亮，还是现在漂亮呢？呵呵……”雷欣蕾开着玩笑，故意出难题。

“现在比以前漂亮，将来比现在还漂亮……”帅朗脸不红不黑地恭维道。雷欣蕾听着这个恭维，笑了笑，稍有羞意，不过，更多的是得意。他们走到门厅台阶前时，有辆车恰恰停到过道口下客人，帅朗随手揽着雷欣蕾的肩避让。车走了，帅朗的手没走……就这么揽着雷欣蕾进了大厅。

等到二层的餐厅，刚刚坐定，窗外却暗了，几声轰隆隆雷声，大雨点敲打在窗户上，帅朗心里可乐开了花，暗道：“下这么大雨，老天开眼啦，别回家的借口都给送来了……”

“哟！雨下这么大，要不咱们上楼休息一会儿？”

到了埋单的时候，帅朗终于不动声色地把这个提议说出来了。老天确实作美，说这话的时候，还来个了响雷加闪电，看看窗外，帅朗貌似非常关心雷欣蕾一般，关切地，征询似的看着雷欣蕾。

雷欣蕾抿着嘴，轻饮了最后一口香槟，拭着嘴，浅笑，看着帅朗，像在斟酌，像在审视，也像在踌躇，不管像什么，就是没有马上开口。这顿饭吃了一个多小时，已经接近晚上九点了，饭席间，两个人的话题不断，从上学时候的趣事说到参加工作后的琐事，从熟知的朋友说到已经记忆模糊的同学，从现在的生意说到未来的规划，说了很多，多到难以细细罗列，而所有的话归根结底，恐怕都是为了引出最后这一句：要不上楼休息一会儿？

潜台词是什么，大家肯定都知道，雷欣蕾见帅朗那期待的目光，半晌，才客套地说：“这儿的消费这么贵，就休息一会儿，花那冤枉钱，没必要吧？”

拒绝，肯定不是。罗少刚都说了，再猴急的女人，也是半推半就，你得主动……帅朗一念闪过，很主动地说：“不贵呀，我已经开了一间了，要是开了不休息，那岂不更冤枉？”

“你开好了？”雷欣蕾诧异地小声问。

“是啊，未雨绸缪嘛，何况真有雨了……走吧，我带你去。”帅朗不容分说地起身，几步之外，亮了亮房卡，账都不用结了，直接打房费里了。出餐厅的工夫，帅朗发现雷欣蕾落后两步，稍停了停，等着两个人并肩，帅朗才重新抬步，抬步的时候，左手一弓，成了一个环形，雷欣蕾倒蛮给面子，轻轻挽上了。

想当年，路过五星级酒店，看着进出被美女挽着的爷们儿，总能激起帅朗那么点儿仇富心态，不过现在，自己进入这个角色之后，感觉还是挺好的，特别是在别人羡慕妒嫉恨的眼光中走过时，好感觉还会再上一个层次。

几步得意，又悄悄瞥眼看了看身侧的雷欣蕾，她穿着高跟鞋，几乎和自己等高了，每每抬步，修长的玉腿、玲珑的玉足、养眼的曲线让帅朗免不了臆想那两条美腿搭在自己肩上将会是怎么一种销魂的感觉……不能想，这一想，下面两腿发软……

走过长廊，到了电梯，等待电梯下来的时候，两个人并肩站着，一次偷瞟，两个人的眼光碰触到了一起，帅朗隐晦地笑了笑，雷欣蕾轻声问道：“帅朗，我们这算不算开房？”

“算不算不都已经开了嘛，你非要给这个名词附加其他含义？”帅朗反问了句，坏坏地笑着。这潜台词很明显，再傻的女人也知道，雷欣蕾蹙蹙眉，轻轻捏了帅朗的胳膊一把，稍有嗔怪地说：“你越学越坏了，说话都绕来绕去。”

“不是学坏了，是就没好过。”帅朗郑重地解释着，从来不讳言自己不是好人，谁让女人喜欢有点坏的男人呢？你看，咱说咱坏吧，好像雷欣蕾还一点儿都不介意，她笑了笑，很正色地小声问帅朗：“那你这个坏人，还没有正式追求过我呢？你不觉得我们发展快了一点儿？”

“不快，只争朝夕……咱们认识都多少年了。以前不是没机会追求吗?”

“现在也不一定有机会啊，你并不是我的追求者中最出色的。”

“那同样是因为缺乏证明我最出色的机会……”

雷欣蕾在闪避，帅朗很直抒胸臆，很自信。罗嗦教过了，和女人在一起，绝对要有压倒一切的气势，绝对不能被她的想法或者话语左右。为什么呢，女人都言不由衷，她明明知道要发生什么，可往往会装糊涂；她即便明明就想让你上，也会装出一点儿都不喜欢你的样子……所以这个时候，绝对不能退缩。

果不其然，帅朗很踟地把自己放到最出色的位置，雷欣蕾只是做了个同学间经常开玩笑的那种呕吐动作，很萌，很可爱。电梯来了，空的，两个人进了电梯，帅朗摁了楼层，然后回身站到电梯中央。雷欣蕾重复着挽手臂的动作，只不过，这一次边挽，边打量了一番帅朗，像故意刺激帅朗一样，笑道：“帅朗，你虽然刻意打扮过了，可是还不够帅呀……最起码没有帅到让我心动的程度，你要真的追我，我还真不知道该怎么对你。”

“那个不重要。”

“那什么重要?”

“喜欢。”

“喜欢？你觉得我很喜欢你吗?”

“这个我不清楚，不过我知道我很喜欢你……”

“要是我不喜欢你呢?”

“那我就从顶楼跳下去，让你想我一辈子。”

“哇……你也太阴险了吧。”

几句喁喁情话，一个强调自己喜欢，一个强调自己不喜欢，喜欢，或者不喜欢，其实也不重要，重要的是，在扯淡中，雷欣蕾佯怒，拳头擂了帅朗一把，也就在这个扯淡中，电梯到二十二层了，踏出电梯门，离目标更近一步了。

仿佛对即将发生的一切懵然无知的雷欣蕾依然笑着，在强调帅朗跳了楼，她也不会喜欢，而对一切都在掌握之中的帅朗，丝毫不为雷欣蕾最后的矜持所动。到了2288房间门口，刷卡门开，插卡，蓦地，灯亮来电，温馨的房间和敲打着窗户的瓢泼大雨恰成鲜明对比。豪华的套间，落地玻璃窗前，铁艺的茶几配着一对椅子，稍稍增添了几分惬意的气氛，缓走几步，茶几上的冰篮中氤氲着袅袅水汽，冰镇的红酒在灯下娇艳欲滴，瓶颈上已经凝结了一层细细的水珠，拿着高脚杯的帅朗回头时，微微怔住了。

婷婷倚窗的雷欣蕾，回眸看着帅朗，眼中凝结着几分笑容，像温馨，像柔情，像惬意，像欢喜。一袭尚未换下的工装，在灯下显得很庄重，修长的身材，在庄重中平添了几分俏丽，她的身后，是雨幕中的灯海，像是甘愿做这个美丽的背景，让背景中的雷欣蕾显得更加美艳动人。

帅朗笑了笑，没有说话，轻迈着步子踩着柔软的地毯，路过电脑时敲击了一下回车键，于是整个屋子响起了轻柔的舞曲。或许没有想到粗线条的帅朗会营造如此浪漫温馨的气氛，雷欣蕾微微笑着，似欢喜，似赞许，似乎对发生的一切都不再有异议。

于是，在笑意盎然间，帅朗斟了两杯浅浅的红酒，摇曳着酒杯里的艳色，浅尝着。在相对微笑中，酒杯放下，帅朗轻牵着雷欣蕾的手来了句："我们跳个舞？"

"我记得你好像不会。"雷欣蕾笑道，不过没有抗拒帅朗的牵手动作。

"可我会在音乐中漫步……和喜欢的人……"帅朗牵着，轻柔地开始了。

于是，一切都沿着既定的轨迹发展着，甚至于比料想中更让人心醉，雨幕中的明窗，两个摇曳的身影渐渐在舞步中拉近了距离，有一个吻，一个浅浅的吻，在偎依中，又继续着一个长长的吻……

九点整，第一期《宝藏中原》节目正式开播，虽然是地方台，可据说这次手笔不小，全市赞助的单位有二十多家，广告做得也不小，据说涵盖了港澳台。其实中原地区自古以来就是文化中心，这里名闻遐迩的古迹众多，历来就是古玩类收藏者集中的地方，此番鉴宝节目收罗到了不少民间的重磅收藏，对于重塑中州形象不无裨益。

当然，这是官方的说法，这个节目的先期赞助已经超过省台的预期，再加上这些年收藏热的兴起，收视率估计不会有什么问题。赞助商也不笨，出资最多的是中州几家拍卖行，鉴宝对于将来的拍卖无疑是一个很有推动力的广告，有这个节目的拉动，将来拍卖恐怕要水涨船高，谁捡着宝了还不一定。

直播着的三号演播大厅里，四百个临时座位已经挤满了来自省内外的观摩者。第一件宝是中州一位医生收藏的犀角，专家席上的几位专家逐一看过，商议片刻后给出了九万元的估价，那人乐颠颠地走了……第二件是个铜壶，经专家鉴宝，是民国时代的器物，不过那位收藏者对于专家给了八千元的估价很不满意，重重强调这是当时中州巡抚家姨太太的夜壶，值老鼻子钱了……第三件，是件青铜釜，鉴来鉴来，专家确定是赝品，会场里嘘声四起……

“假货都拿来鉴，也不嫌丢人……”观众席里有人小声笑着说。

“真收藏的能有几个，还不都跟着起哄……”另一位道。

“这没什么稀罕的呀？才几万块的东西……”有一位失望了。

“这是刚开始的第一期，压轴的现在拿出来，以后还有人看呀？”另一位驳斥道。

“也不是就没有，每天估计都要有一两件压轴的……”

“咦？听……汉玉，值多少钱？”

“哟，估价四十万……”

台上主持人极尽言辞之能，烘托着气氛，终于有一件拿得出手的了，拉着那位汉玉收藏者问长问短，侧席上的专家填写着鉴定书，主台上的工作人员在请着下一位，忙碌的导播把画面从收藏者切换到观众席，下面的窃窃私语声不断。

人群中，厅边上，几位拿着 DV 拍摄的男女，貌似不起眼，却是盛小珊一行，把收藏品、专家、导播以及观众席上的来客逐一来了个特写，生怕漏了来人似的，每有进人，都会下意识地录下来……

似乎……似乎他们并不是对来者的服饰感兴趣，即便有，好像兴趣并不大，拍摄的焦点都在脸部。

同一时间，中州某个角落的一个人，通过电视直播看着现场貌似闹剧的鉴宝，看了很久，根本没有引起兴趣的东西……

这个人是吴荫佑，自从把祁圪裆村的老房子卖了，只得栖身市区了，好在现在高昂的房价对于混迹几十年的老江湖不算什么，西郊找这么个不起眼的二手房还是很容易的。住在这里，一个是出于隐蔽考虑，一个是离老搭档住得近，两个光棍汉此时就坐在一起，品着小酒，吃着花生米，延续着哥俩的嗜好。

“山雄，炒坟那趟子事你进了多少?”吴荫佑问。

“也没多少，现在买地就贵，上上下下打点，到手的就不到四百万，本来华辰逸的寻龙费还能再捞个几十万，可师爸坚决不要……来得快，去得也容易呀，我这两年一直找人，开销了百八十万，这次王会长支应这事，也得百八十万，老吴，你说啊，这要是人没来，咱们可就赔大发了……”冯山雄抿着酒，有点担心。

“赔什么，师爸要没放出来，咱们还不是一群骗个肚圆的水平，哪能有现在的身家。还是师爸厉害啊，咱们寻了一辈子龙，没他一回挣得多。咱们天天和坟地打交道，愣是没瞧出来这里面商机这么大……这回呀，他要来了，我估摸着得倾家荡产，让师爸盯上的，还没有不掏腰包的。”吴荫佑说话的时候根本不见表情和眼睛有什么动作，声音像不经口舌传出来的。

冯山雄喝完了杯中酒，又续了杯，嚼着嘴里的残渣，小声附耳问着老哥们儿：“老吴，这次咱们是不是得留一手，万一栽进去，咱们的棺材本可都没了……总不能再操旧业给人寻坟地吧？”

“怎么留？”吴荫佑问。

“师爸要把钱全集中起来，咱们是不是找个借口留点儿？”冯山雄奸商似的表情，看得远了一步。

吴荫佑想了想，点点头，哥俩心意差不多，为这事干了杯，再看鉴宝还在继续着，又蹦出来个晚清的鼻烟壶，专家给的价值估计低了，收藏者有点忿意，看得这哥俩直乐呵，反正怎么看就当看笑话，真个是醉翁之意不在酒也，反正现场也安了钉，只要有熟悉的人来，肯定会录下来……对了，这是个问题，冯山雄想到这个问题，问吴荫佑：“老吴，这办法有问题呀。端木要是根本不来，或者他和咱们一样，也选个生面孔来，那咱们不成睁眼瞎了。”

“我也想过这个问题，不过师爸说只要他知道，一定会来……在揣摩人心方面，咱们还真不如师爸，他说只要这些遗物出现，哪怕端木就明知道是陷阱也会来，师爸说端木的心气很高，如果混惨了，他未必敢露面。不过现在混得这么风生水起，他根本不会把师爸或者咱们这些师兄弟还放在眼里……因为在他眼里，咱们根本称不上他的对手……”吴荫佑道。

这些话冯山雄有点不敢苟同，每每听到师爸讲高深的骗术，强调什么“大骗不用术”就头疼，有关“度心”这一说，传说是江相派秘技，学通之后能左右人的思维，甚至于能在对方毫无察觉的情况下让受骗者心甘情愿奉上钱财……不过时代发展到这个程度了，对于究竟有没有这个秘术，几个弟子尚有怀疑，什么想法呢，最好是没有，要是有的话，那肯定早已传给端木了，岂不是兄弟几个更对付不了了。

“对了，山雄……”吴荫佑也把视线从电视上移开，想起了一件事，问冯山雄，“师爸找的那个人你见过没有？”

“见过。”

“长什么样？是个小白脸？”

“就那样吧，没什么特殊的。”

"水平呢?"

"不知道。"

"师爸教了他多长时间?"

"没怎么教呀。噢，对了，这小家伙是自学成才，又折腾白酒，又折腾饮料。"

"那怎么进来的?"

"详情我还没搞清，寇仲操作这事，端木出现才让他出场，要不出现，师爸的意思是就一直放着……我看这小子也是个白眼狼，和端木一个货色，师爸待他不薄，又给钱，又给机会，嗨，还不领情，师爸死讯一出，他连上门都没上过……不过不得不佩服师爸这眼光啊，他再油盐不进，师爸照样能戳到他的软肋。"

"呵呵……少年色，老来财，男人还不就这么几个软肋……"

吴荫佑对于冯山雄的赞叹倒不惊讶，不过看样子对于师爸找的这个人究竟能不能胜任还存在疑虑。

对了，那个死讯，好像根本没人提及……

第一期鉴宝会接近尾声，同样精彩的节目放映在海天大酒店 2288 房间……

美人在怀，大被相拥，云雨初歇，房间里淡淡的气息，帅朗在惬意之余，臂揽肌肤赛雪的雷欣蕾，有点大志得酬的得意。

"让你得意……知道你没安好心……"

喘息着的雷欣蕾媚眼如丝，在帅朗胸前狠狠地掐了一把，一抬长腿，背着帅朗，圆润的曲线毕现，直奔卫生间去了……

帅朗看着身影消失，听着水声哗哗响起，得意地舔着唇边，想当年高不可攀的校花咱可终于上了……

"吱呀"门一响，围着雪白浴巾的雷欣蕾从卫生间出来了，帅朗笑了笑，再看，脱了衣服比穿着衣服更美艳的雷欣蕾，又不想其他了，只见得雷欣蕾小鹿似的蹦过来，钻进了被子，在帅朗的肩上轻轻咬了一口，附耳问道："想什么？"

"想你呗，还能想什么？"帅朗言不由衷地抱着她。

"去洗洗……一身汗。"雷欣蕾推了他一把。

"麻烦死了，一会儿再上不还得洗吗？"帅朗说了句流氓话，雷欣蕾貌似有点羞意，羞赧地推着帅朗。帅朗围着浴巾，赤着脚进了卫生间，哗哗热水澡一冲，终于从疲惫中稍稍恢复了几分精神。等擦着头发从卫生间里出来，帅朗愣了，然后笑了……床已铺平整，围着一块不大浴巾的雷欣蕾盘腿坐在床上，手里摇曳着一杯红酒，贴着猩红的嘴唇，正似笑非笑地看着自己。不用说，那个若隐若现的凹凸身材，那个欲现还遮的敏感部位，比全裸还撩人……

第八章
大师的连环套

一个月后……

哦啊……一声长长的呵欠，被窝里的帅朗伸着懒腰，看看时间，七点多了，翻翻手机上的日程，今天是八月二十七日，想了想今天要干的事，先去飞鹏饮业溜达一趟，到李秘书手里淘几张票；然后……然后是不是得回家一趟呢？帅朗有点踌躇，老爸电话通知了，让他赶紧滚回去，铁路局招工已经开始，内部子弟有名额，没准儿有戏。招的什么工呢，一种是乘务员，就在火车上检票带打扫卫生的那种；另外一个工种是道班工，就是坐着机车清轨的那种。以帅朗现在的身份，听这类月薪不过两三千元的工作几乎是玩笑，要是老爸知道自己现在身家多少，估计得吓出心脏病来，对于究竟怎么回复老爸这番好意，实在让帅朗很为难。

厨房里，“滋啦”响了一声，煎鸡蛋的声音……声响把帅朗从臆想中拉回到现实里。现实是什么，现实是身处的地方是雷欣蕾的家，现实是现在就睡在雷欣蕾的床上，一室一厅一卫的单身公寓，条件比哥几个东关租的民房好上不少，有时候，男女之间突破底限就没有下限了。这个月大部分时间帅朗都鬼混在这里，大部分工作就是俩人混在一起，除了差个证，基本和两口子没什么区别了。

“起床呀，懒虫，我还要去上班呢……别睁开眼就抽烟啊，再抽把你赶出去……”

门口伸出来个脑袋喊了句，是头发散乱、披着罩裙的雷欣蕾，听着像威言恫吓，不过看到光着上身的帅朗却是媚眼如丝，笑了笑，旋即关上门，忙着去准备早餐了。

帅朗龇着白牙嘿嘿笑着，那是一副喜极了乐歪了的表情，虽无夫妻之名，可却有蜜月之实。帅朗懒洋洋地起身穿着衣服，这些日子连早起锻炼的生活习惯也改了，每天懒到送雷欣蕾上班走了再继续睡个回笼觉，不是真懒，是累呀……晚上很累呀，虽然他也知道应该节制，可俩人搂一块儿，搁谁，谁能节制呀？

穿上了衣服，拉开被子晾着，抚着枕巾时，随手捻起了枕上的一缕长发，正要扔时，又小小翼翼地放好，掖在床下，满床褶乱的床单，尚能看到昨晚云急雨骤的痕迹。帅朗干脆抽了床单，从柜子里翻出新的铺上，对了，本月工作里还有不足为外人道的一项：洗床单。

大致收拾了一通，帅朗从卫生间里清清爽爽洗漱出来时，早餐已经摆上了餐桌。局促的空间，更容易感受环境的温馨，简约的小玻璃餐桌，一碟咸菜、一碟炒鸡蛋加上一盘清炒的白菜，黄黄白白煞是好看，坐着拿勺喝粥的雷欣蕾更好看，慵懒的妆扮，闲适的表情，貌似居家的少妇。每每看着帅朗时，总是眼睛先笑，然后抿着嘴，唇线轻轻延伸，好似一种很惬意的笑容，这个微笑最动人，总让帅朗有种已经成家娶老婆的错觉。

“坐下吃啊，天天看我也不嫌烦呀？”雷欣蕾笑着，斥了帅朗一句，把碗勺推了推，帅朗拿到手里，挹着粥吃着，偶尔还看着。雷欣蕾边吃边斥道：“你不能老这么不务正业啊，上午睡觉，下午不是打牌就是钓鱼，晚上喝酒，喝醉了就来骚扰我……你有点追求行不行？”

帅朗对于女人的唠叨倒不反感，但肯定也听不进去，笑着回道：“有追求为什么？还不就薪水高点儿，工作好点儿，过得舒服点儿？吃着喝着钱就挣了，还有什么可追求的？”

“吹吧啊你，你能挣多少？现在倒好，生意都撂下不管了。”雷欣蕾像在警醒帅朗，而且不止一次了。这么正色提醒，帅朗却又乐了，放下勺子，深情款款地盯着雷欣蕾，然后很深情地说：“要不你别上班了，我看你内外一起当家做主的欲望很强烈嘛，以后生意你当家。”

雷欣蕾咽着软软的稀粥，貌似被噎了一下，诧异地看着帅朗，然后眯着眼透着几分笑意，怪怪地笑了笑，一指戳走帅朗凑上来的脑袋，很言不由衷地说：“谁稀罕当你的家。”

“嗨，那你可想好了啊，我可是第一次主动表白，愿意接受管理以及管束，咱们可从同学发展到同居了，你不准备赖上我？”帅朗笑道，既像挑逗又像引诱。只不过每每这么说，雷欣蕾都没有什么有关未来的表示，这次也一样，仍然保持着那副独立女性的架势，一点儿也没有准备小鸟依人的意思，不过越是如此，越让帅朗觉得这份喜欢弥足珍贵。

细嚼慢咽着，快吃完的时候，雷欣蕾像想起什么来了，提醒帅朗今天有货到，帅朗只是嗯嗯应声，不当回事，这个不以为然的表情让雷欣蕾很不满意，又指点着帅朗额头提醒道：“景区生意虽然不怎么样，可也算个生意，八月下了一周雨，生意本来就不好，那儿竞争又激烈，再把其他生意也黄了，你就哭去吧啊。”

“没那么容易……”帅朗不屑道，“这生意可不是谁都干得了的，饮料市场从现在到冬季就要开始萎缩，很正常。工艺品嘛，咱们供货的十二家，设计模具又是你亲手做的，谁想仿制，可没那么容易，就算仿制得了，他也卖不了，就算进得了景区，他们也未必招得到咱这么多销售人手。我现在要做的，就是催催他们每天的入账……呵呵。”帅朗很得意地说着。现在他也有这份跩的资格了，景区生意的走势很平稳，辛苦的时节已经过了，现在算收利的时候，可不就该无所事事了。

“算了，不说你了……我上班去了……”雷欣蕾手抚过帅朗的脸颊，匆匆进了卧室。少顷从卧室出来，却变成了庄重、俏丽的工装打扮。帅朗回过头问道：“要不我送送你。”

“算了，你开那车还不知道怎么来的，省得我看见交警腿软……”雷欣蕾说了句，开着门，回身给了个再见的笑容，关上门了。

又是新的一天开始了，是从温馨和惬意中开始的。人一走，就剩下帅朗一人了，优哉游哉地吃完，收拾了碗筷，草草打理下形象，锁门下楼，到了楼门口摁摁车钥匙，一辆黑色的奥迪鸣着警报。对，这是帅朗新买的车，在这个遍住工薪一族的单身公寓，很扎眼。

车倒不一定能吓住谁，不过说出来只花了三万，一准能吓住人，是黄国强开黑车那帮哥们儿倒腾回来的，搞了个套牌，这么能彰显身份的便宜货，帅朗还真觉得划算。到了车前，优雅地开门，上车，从车位倒出来，鸣着喇叭，和门房的小保安打个招呼，自打给保安塞了两条烟之后，就算半夜来这儿，保安都是立马开门，不带含糊。

这类车上路得小心，帅朗拉过雷欣蕾两回，不过自打见了交警帅朗急火了开着车乱窜之后，雷欣蕾连他的车都不怎么敢坐了。帅朗想想这妞处处小心谨慎，为自己着想的样子，每每总觉得有点亏欠了她一样，所以也格外呵护她。

生活对于帅朗似乎已经揭开了新的一页，每每憧憬未来的生活，帅朗总是充满了希冀，有时候坐下来细想，觉得娶了雷欣蕾成个家是件非常幸福的事，毕竟记忆中除了老爸的粗暴就是四周的冷眼，从未感受过来自异性的关怀。对于雷欣蕾的迷恋，已经渐渐取代了心里深藏的那个俏影。

好长时间没想起那个女人了，在身边能感受到的依恋和想念中的温存之间，该怎么取舍，帅朗心里已经有了决定。

从龙湖区到北郊十几公里，帅朗凭着记忆绕过了几个经常有交警盘查的路口，开着貌似崭新的坐驾驶上了外环路，远远看到飞鹏饮业的标识时，心情放松了。车驶到了大门口，帅朗放慢了车速，很慢，因为他看到了一群人出来，有认识的人……心蓦地泛起狐疑，干脆不走了，停到路边，架起望远镜远远看着。

这玩意儿帅朗出行必备，还是高倍数的，有时候看远处的美女，有时候看路边不显眼的交警。此时镜片里反馈回来的面貌确定了他的想法，那个认识的人是华辰逸，汽贸老总，华夫人也在，之后出来的是林鹏飞，穿着一身白色运动装，说说笑笑的七八个人，四辆车，不过人群中还有个熟悉的面孔，是王修让会长，就是那位给古清治当托的老头儿，有玄学会长的身份。

“这个老托，不会又骗谁来了吧？”

帅朗见那四辆车中有三辆是奔驰，两辆轿车一辆越野车，倒是林鹏飞的奥迪看不入眼了，不用说都身家不菲。此时帅朗又开始怀疑那个玄学老头儿又准备憋什么坏水了，像林鹏飞、华辰逸这类人可好骗了，甚至根本不用骗他们，把他们拉出去应个景都能骗倒其他人。

人走了，帅朗狐疑了片刻，驾着车进了飞鹏饮业大院，下了车径直上办公楼层，敲响了李秘书办公室的门。一进门，李秘书一翻白眼，继续低头写着什么，随意问道：“又来了？”

“嗯，来了……怎么，您不欢迎我呀？”帅朗厚着脸皮，胳膊支着靠在办公桌前。天天和林总在一起，帅朗这身份自然入不得秘书眼里了，李秘书拉着抽屉拿了两张票拍到桌上：“忙四季度计划呢，别捣乱。”

“咦，怎么才两张，还有两期呢，两张怎么够？”帅朗拿到手里，不乐意了。

“最后两期林总自己要去看看，能给你匀出两张就不错了，刚开始没什么看点，越往后好东西越多，听说有个汉玉瓶都炒到三百多万了，林总和一帮朋友也准备去观摩观摩……”李秘书头也不抬，写着几行标注，半天才顾得上抬眼看看帅朗，“喂，不能太贪心了啊，这一个月林总的票都被淘走了……”

“OK……那您忙，陈秘，改天请您出去……”

“得了呗，你是有事光卖嘴皮，正经没见一回……”

李秘书不理会帅朗的客套了，帅朗开了个玩笑出了办公室，走了几步，想着已经在这里荣升销售经理的杜玉芬，循着找到了她的办公室，敲了敲却没人，打电话又怕打扰人家，干脆下楼来了。

各人都有各人的生活，彼此的交集是短暂的，寻找一种自我的生活方式才是长久的。其实现在的生活方式帅朗倒挺满意的，有点小钱花着、有个喜欢的人想着、有帮狐朋狗友吃喝玩乐，再有个安乐的小窝，足够让人生活得心满意足了。其实想想，就算追求再高，理想再宏伟，即便全部实现了，对于男人来讲，还不就是要这样的生活……

帅朗出了公司大门，驾车上了路，思谋着先到凤仪轩给盛小珊两张票，再多没了，谁让票紧张呢？交代了那里，回头还得回家一趟，别让老爸急火了开着警车找上门，那可难看了……只不过这事实在不好回拒，老爸的观念是靠着大树好乘凉，靠着公家好吃饭，回家估计又是一通大道理，再怎么说也是公家两千元工资发到老，死还有十个月抚恤金，比做生意挣一百万元都强。

“哦哟，这跟爸怎么说呢？”帅朗为难地自言自语着，要搁半年前，没准儿就胡乱上个班得了，可现在，实在觉得那种生活方式一点儿都不适合自己。偏偏又觉得没法拂老爸的一番好意，要不就只能胡乱应个卯，去上个班了，反正吃闲饭的多了，就是不知道好办不好办。

想着的时候，电话铃响了，一看是罗嗦的，估计又是请教生意上的事，放到了耳边，只听了一句话，帅朗的心思一动，车打了个趔趄，跟着扔了手机，急速来了转弯，直朝景区驶去……

坏了，电话里罗少刚火急火燎地汇报了句：“快回来，工商和文化的把咱们窝端了，程拐的一车盗版杂志全给抄了……”

坏了，一车有多少，帅朗心里有数，足够把程拐抓进去判两年都不冤，即便不抓，查到谁头上，罚谁个倾家荡产那算是轻的……

坏了，大意了，这几样生意不能挤一块儿，咱那到货的工艺品可都是现结算，连税都没交过……

坏了，坏了，帅朗猛拍脑袋，这些玩意儿都是三无产品，小厂家是悄悄出货不上账，卖家是出手成现金，各挣各的，不查没毛病，一查都是问题……

坏了，坏了，哥那店，连工商注册和税务登记都没来得及办……

帅朗一路急驰着，直接从高速路直达五龙村，到了村口，“嘎”的一声急刹车，果真是坏菜了，菜坏得还很厉害……

熙熙攘攘，比赶庙会还热闹，路边就有不少人围观着，村口山寨加工厂此时围了几十个人，进进出出都是穿着制服的工作人员，正搬着院子里的东西……这叫查抄，和在机场路捅了人家那个窝点景象基本雷同。

“死程拐，把老子害惨了……”帅朗暗想着，趋步慢慢向窝点走去。

“惨了……连老子订的货也要查抄……”帅朗走了离房子不远的地方，一肚子苦水没地方倒。

院子里堆的成件的无标识纸箱包装，正被几个穿工商制服的人往车上搬着，看样子是有备而来，开了两辆货车，吆喝着，把里面的门封了……另一位对着围观的村民解说着，根据群众举报，我们依法查抄这个制假贩假窝点，希望有知情人积极举报货主啊……听得帅朗心虚得步子都不敢往前走了，不少村里人看到帅朗了，眼珠子转悠着，都没吭声。

帅朗正在心里无着的时候，又乱了，一拨人从货厢车里冲了出来，为首的正是罗少刚，挥着拳头，一群二杆子后生直朝查抄的队伍冲上去了。

“放下，把我们东西放下……”黄国强在喊。

“我看谁敢拉，不想活了……”罗少刚在喊。

“搬下来，兄弟们，搬……”老皮手下的人在喊。

“打打打，干死他们这帮土匪。”还有位卖盗版的在喊。

人潮一下子把十几个人的查抄队伍挤进了院子，尔后有人爬上车，呼啦往下推东西，跟着“泼啦啦”一阵脆响，帅朗心痛如绞，玻璃制品都成渣了……

对峙起来了，叫嚷起来了，有人带头，村里人也闹起来了，自然都和闹事的站一边，指着被堵到院子里的查抄队伍叫骂，还有在这里做工被赶出来的几个老娘儿们，断了财路了，拍着大腿骂得还不过瘾，随手拾着地上的石头蛋蛋、土坷垃垃、鞋帮底子，朝查抄队伍就干过去了……

“坏了，要出事……”

帅朗心里一急，快步奔上来了，挤着人群高喊道：“别打，别动手……都住手……听我说……”帅朗费了九牛二虎之力才挤进门口，一扬手臂，空中纷纷乱飞的武器立马停了……哟，领袖来了，都等着发话呢。不料平时颐指气使的领袖今儿蔫巴了，一挥手说的是丧气话：“大家都回去吧……人家依法执法，有什么好看的，阻挠人家执法，这是不对的……我看谁还扔呢……你们，下来，滚，滚远点儿……”

几声叫嚣，武器一停，帅朗又奔到车前，把车上推东西的俩后生拉下来，推进人群里。罗少刚火冒三丈，刚上来，帅朗一把，拧着胳膊，来个擒拿动作，附耳小声厉斥道：“快走……你想找死呀？穿制服的敢打吗？回店里把东西搬走，门关了……”

说着踹了一脚，把人踹到人堆里了，十几个闹事来的，看着当家的发话，倒也不敢强自出头，四散着，跟着罗少刚一溜烟窜了。帅朗扬着手臂在人群围成的弧线圈里挨着撵了一圈，不时给认识的人说着小话，一会儿工夫，人群倒避让开了一片空地。总算没打起来，被挤进院子的查抄队伍这才壮着胆子出来了，盗版全被装车了，货拉了一半，正不知道是不是继续的时候，路面上响起了警报声音，警车又带着四辆标着“工商执法”字样的面包车来了。

这下胆子壮了，又是十几人的队伍，都是景区派出所和工商所的，查抄的看样子是兄弟单位，胆子壮了，吆喝着继续装车。这边有位带头的男子迎了上来，拉着景区派出所白所长的手谢了一番，直说刚才真惊险，差点儿打起来，亏是村里有位懂法的拦住了……

“谁呀？得好好表彰表彰，现在群众的觉悟高了……”白所长打着官腔。

人呢？查抄队伍带头的回头再一找，人不见了，纳闷上了：敢情做好事的，都喜欢不留名……

“散了啊，散了啊，这是区工商局、文化局的统一行动啊……是为了净化景区的文化市场，查处假冒伪劣，谁也不准闹事啊，你们几个后生，还看什么呢？我可认得你啊……今儿谁闹事，回头可得到派出所说话啊……”

白所长对着围观的群众，义正词严地嚷了几句，把几位瞅空儿跃跃欲试的后生训斥了一番，好歹把人又撵散了一批，不过走的人也听明白了，所长的话在暗示着，这是区里统一行动，不是景区派出所和工商所跟大家的钱包过不去……

装车、贴封条、录像、清点……又来了一辆车，连现场都给录走了，一旁看着现场的白所长也有点心疼，悄悄地踱到远处，拨上电话了……

“小帅，你又招惹谁了？”电话里，白所长问着。

车里的帅朗莫名其妙，愕然回道：“没有呀，我这个月连门都没出。”

“不是你，就是你身边的人啊，今儿是区文化局、工商局和技术监督局直奔着你们就来了，还到派出所要求协助，我们还没动，人家就把你们给端了……这可是区工商局一位分管市场的副局长亲自带队，你一准把哪个不能惹的人物惹了……”

电话里，白所长说着自己的分析，一直以来，在景区，帅朗第一站混的就是景点管委会里的一位主任和这位白所长，现在看来，这两位对此事挺上心，问题主要还是归咎在帅朗这个惹事的身上了。不过越这样说，越让帅朗一头雾水，不太相信地说：“不可能呀？我算哪根葱？还劳局长亲自来？”

“得……得了，甭废话，让折腾盗版书那胖子赶紧滚蛋，你等我电话，我看看主事的是谁……”

“喂，白叔，您给看看找谁去，把我那货要回来，十几万的货呢……”

“你快拉倒吧啊，能不往下查你们就不错了，还想要东西，你那是什么东西知道吗？三无产品……”

“景区不都卖这玩意儿，管委会让我们推销的景点图都是盗版的……嗨，白叔……”

帅朗正说着，白所长蓦地挂了电话，搞得帅朗好不郁闷，先前的担心全部应验了，应验得这么准，这么快，快得让人猝不及防。帅朗放了电话，发动车继续往前开，已经脱离了五龙村的视线，正往高速路口的方向开，几个兄弟都聚到那儿了。对了，帅朗又想起了让他脑麻的事，现在是十点多，这个时间，恰恰是兄弟几位分赴各景区上货的时间，查抄的队伍几乎是长驱直入直捣窝点了。

惹谁了？帅朗的脑海里掠过不少人，推销饮料的小批发商被咱赶过，兜售工艺品、纪念品的小贩小商，被兄弟们撵着追打过；还有景区同时做生意的商家，免不了有眼红饮料和工艺品生意的主儿，哪个人都可能成为潜在的敌人。

这下跟头栽大了……帅朗计算着损失，八月因为天气原因，饮料销售和前两个月差姥姥家了，各式工艺品的销售也和上个月差了不少，本来就不怎么景气，这下子雪上加霜，赔上一批十几万元的货，那可真是结结实实把真金白银扔水里打漂了。

人无百日好呀，刚顺溜了两天就栽跟头。帅朗驾着车匀速行驶在村路上，掠过眼前的山林、村道、水塘和远远的黄河，这个让他摆脱失业贫穷的地方，此时的美景也在眼中蒙上了一层灰色。

路转回头时，看到了几位兄弟，都在货厢车前等着，罗少刚、黄国强、老皮围上来了，还有位没围上来的，如丧考妣地席地而坐。一见帅朗，眼泪哗哗地，边流泪边拍着大腿哭丧道："赔死我了……五万册呐，全给端了……哪个全家死绝的王八蛋捅了老子了，辛辛苦苦几个月，又回到解放前了……"

帅朗几步站到程拐面前，无言可慰了，对于盗版，这哥们儿是矢志不渝，屡查屡卖，几起几伏，不知道多少次了，每回被文化局抄了都这德行，一把鼻涕一把泪哭一场，回头还是重操旧业。你看这会儿，一手抹着鼻子、一手拍着大腿，要多凄楚有多凄楚，要多可怜有多可怜，说起来，出事这是导火索，现在连帅朗也不好意思再往程拐伤口上撒盐了。

帅朗不撒，那几位可不饶了，罗少刚气没处发，"嘭"地踢了程拐一脚，骂道："你去死吧，整盗版，把工艺品也封了，都他妈受你连累了。"

"就是，那两车货可刚卸，帅朗赔了不少……"黄国强也踢了程拐一脚。

正哭丧着的程拐不哭了，一抹鼻子，站起来叫嚷道："你们没赔，你们不心疼……平时你们好像没卖，没挣钱似的，挣钱时候怎么不说连累，看着我倒霉，你们还高兴是不是?"

得了，外患未除，内讧先起，三个人你骂我一句，我推你一把，互相埋怨着，老皮上来拉着这哥仨，示意着一屁股坐到地上半天没吭声的帅朗。此时才想起了，这儿还有个更背的，三人面面相觑，蹲到帅朗跟前，默不作声地看着眉头打成结的帅朗，有点替帅朗难过了。

"别看我。"

半晌，帅朗吸吸鼻子，打掉牙往肚里咽，说了句："今天的两车货值十六万七……白所长说了，他们事先根本不知道，是区工商局和文化局来人查的，直接奔咱们住地去了……"

这才叫赔大发了，一边是盗版，一边是三无产品，真被工商揪着，那是一堆麻烦事，别说要货了，不罚你就算好的了。

苦呀……这才知道什么叫苦，比苦菜花还苦，程拐不闹了，罗少刚吧唧着嘴，黄国强一脸难色，老皮不知道怎么安慰帅朗。大伙儿跟着帅朗一起干的，现在领头的眼看着要栽个大跟头，以后怎么样可不敢想，这个难关能不能过去都两说。

又过了半晌，看几个人都一筹莫展地盯着自己，帅朗不能装蔫了，安排着说："程拐，老办法，你先躲一段时间，把你那帮卖盗版的都打发走，风头过了再说。"

程拐一听，苦着脸点点头，有点痛不欲生地抹了把鼻子。

"罗嗦，老黄，你们通知一下明天的配货改地方，就直接在停车场，村里那地方恐怕一时半会儿没法用……饮料生意是好不容易盘下来的，虽然销量滑坡，可总比没有强，这生意不能丢了。"帅朗又道。

老黄和罗嗦点点头，接着帅朗又安排老皮收拢手下那帮子扛饮料卖货的，到村里找其他地方暂住，无奈之下，只能退而求其次了，能保一点儿算一点儿，否则就只能全部撤走了。不过在场的人也心知肚明，旺季过后，接踵而来的就是连续滑坡，到了秋后入冬，销售连旺季的两成都赶不上，到时候同样要裁减一部分帮手。

几个人应着，看帅朗如此发愁，都没有走。半晌，老皮小心翼翼地问了句："帅朗，不是有人故意整咱们吧？要不不能捅得这么准嘛……"

"不是是不是的问题，肯定是。"

帅朗愁过了，反倒安静了，安静了，能想到的问题就更多了，他看着众人解释道："程拐批量存货每周就一次，今天大批量货刚来就有事，能有这么巧？哪怕再晚一小时，就能分出去三分之一……就这么巧，刚来就被端了？还有，我这批订货也是今天刚到，不能挤一块儿，正好都给端干净了吧？"

这个简单的问题，谁都能想明白，帅朗奇怪地挠着脑袋自言自语："你们说有人背后举报我相信，可没见过工商、文化和技术监督这么上心呀？景区一二十家商铺，货架上一多半都是假冒伪劣，怎么就跟咱们过不去……就有人想接咱们的生意，也不能这么快呀？"

帅朗狐疑地踱着步，那几位面面相觑着，罗少刚突然想起什么来，提示道："不是那个卖脉多假饮料的吧，被咱们赶出去的那家……"

程拐立马接口了："不可能，你们动的手，他和我过不去有什么意思。"

"要不是那家卖工艺品的，程拐，你可带人砸过人家玻璃。"黄国强提醒道。

"不可能，我在旁边看的，他就不知道是我。"程拐正色道。

怕就怕这个，整了你都不知道是谁，帅朗安排着众人，往车方向走去，老皮一追问咋办，帅朗头也不回地说："啥也不办，等等，要是光报复好说，兵来将挡，水来土掩，以后加倍注意……要不是报复，而是有目的，那就得等目的明确了才能想办法……"

"嗨，帅朗，等等……"老皮追着刚到车前的帅朗提醒道，"对了，五龙景点刚开了家卖工艺品的店，摊铺得不小，租了两间门面房呢。"

"是吗？什么时候的事？"帅朗回头问，老皮吞吞吐吐说有两三天了，帅朗嘴唇动动，什么也没说，上了车，一溜烟朝五龙景点驶去了……

这儿的气氛又变了，程拐、罗少刚、黄国强，都盯着佝腰侧头的老皮，目光中一点儿善意都没有。老皮看看这仨后生，翻着白眼道："你们别吓唬我，纸里包不住火，当初我就说这事不能干，别家给得便宜也不能要，现在好了，我看十有八九是那家捣的鬼……"

"你别讨了便宜卖乖啊。"罗少刚推了老皮一把。

"你们干的，别拉上我啊，我可没弄多少。"黄国强给自己辩解着。

"不行，我得查查去，要是那王八蛋捅了老子，我找大牛去……你们帮不帮?”程拐一口闷气难出，问着罗少刚和黄国强，这两位却是面有难色，不表态，搞得程拐好不郁闷。

于是，各有心事，不欢而散了。程拐驾车先走，罗少刚和黄国强同乘一辆车也走了，连老皮也不拉了。老皮看着两辆远走的货厢车，想想依然蒙在鼓里的帅朗，喟叹道：“哎，兄弟不共财，共财不往来呀……今夏这生意怕是做到头了……”

车停到景区停车场上，帅朗下车的时候摸出手机看看时间，快十一点了，心绪和此时景区一样乱，来往的游客、叫卖的小贩，依然一如既往地乱，几公里之外五龙村发生的事对于景区根本没有什么影响。繁华的景象，总能掩盖一切不为人知的勾当。

店没事，帅朗远远地看到门已经关了，打着电话找田园和平果，站到店门口稍等的工夫，找着老皮所说的那个工艺品商店，就在身处的黄河工艺品店斜对面。帅朗这店一关，那边的生意明显红火了，进进出出的游客，和先前自己门庭若市的景象一样，不用说，这是最直接的竞争者。稍等片刻，田园和平果说去村里还没回来，帅朗踱着步子朝着几十米外的另一个店面走去，不远，都是沿着观景台阶修建的，一共三十间门面房，有一半经营业主是五龙村先富起来的一批人。在此之前都是坐地生意，而且都是经营者自己从市区淘回工艺小挂件出售，自从帅朗成了这里的总批发商，而且处心积虑地开发了几十种或剽窃、或抄袭、或打擦边球的产品，发动全村闲散人等挖掘景区市场，把这儿的生意着实向上推高了一个层次。

而现在，有倒闭倾向了，这让帅朗心疼得像身上被剜了一块肉似的。单就今天的事而言，帅朗感觉也在利益上。景区除了利益还是利益，而现在这个时节，最大的利益恐怕已经从饮料上转移到工艺品生意上了。

快走到门前的时候，帅朗抬头看着两间连一间的商铺，装帧考究的大玻璃门，上面几个烫金大字：黄河工艺品商店。

帅朗回头看看两个月前开的自己那个店，喷塑字明显已经蒙上了一层旧色，和这个档次差了很多。同样的名称，让帅朗觉得像吃了个苍蝇，惯于剽窃的，现在倒被别人剽窃了一下，那种怪异的感觉只有自己知道。

“哟，前期工作做得不错嘛……”帅朗暗道，一位沿路兜售的小贩从店里出来了，胳膊上一溜挂件，这种不纳税不交费的卖法还是帅朗在景区首创的，来源是当年大学里学长挂一身毛巾牙刷挨着宿舍推销。照搬到景区之后，着实解决了不少村里闲汉的就业问题。不过此时进出的这家商铺，让帅朗狐疑了……他应该是从这里批发价拿货出去兜售宰客的，连这个法子也是帅朗发明的，做个店铺在这里零售批发通吃，闷声发大财。

“不对呀，什么时候就钻进来了……”帅朗有些后悔，这些日子沉浸在温柔乡里不问生意，还真没想到出事了，现在倒真懊悔没听雷欣蕾的话多来景区看看生意，这倒好，现在生意全被人端了。

“谁搞的……这是要把我往死里整……”帅朗心头掠过一丝不祥之兆，搓着前额，一时想不通问题何在，信步到了店门前，直接进去了。

不认识，三个售货的都不认识，两男一女，不过让帅朗心里咯噔一下子的是，这次剽得可算是彻底了：店里几样主打的产品，沙漏、仿石雕、金属雕塑再加上系列纪念章，和自己店里的如出一辙。当帅朗看到那个金属线圈绕制、中间玻璃造型的沙漏时，眼珠子不动了，这是仿哈利波特魔法学院里的一个造型，中州独此一家，是在西郊一家小五金厂山寨出来的。这东西难在开发模具上，要是没人批量订货，厂家是不敢随意制作的。

而现在，除了加了个印制生产厂家的包装，内核如出一辙，于是人家成了正规产品，自己的就成三无产品了。

换句话说，内部有人放水了。帅朗摸着手机，翻到了雷欣蕾的电话，在拨出的时候，又踌躇了，要不是她放水，她肯定也一头雾水，要是她放水，也问不出来……于是，没有拨出去这个电话，帅朗正踌躇着，那位女售货员招呼上帅朗了，笑吟吟地问道：“先生看上哪样了？”

“那个……”帅朗随手一指，“多少钱？”

“三十五块。”售货员把沙漏摆到帅朗面前。

“挺便宜的啊。”帅朗掏着钱包，付了一百块钱，售货员找零的工夫，随意问道，“造型挺不错的嘛，上次我有个同事来，花了八十块呢。”

“那家宰客的已经倒闭了。”女售货员找了零递给帅朗，说了句让帅朗气结的话。

帅朗再要问话，进来了一批游客挤攘着。观摩着，帅朗看着机械应付游客的三位售货员有点应接不暇，话无法问下去了，有点憋气地出了店门，回头看了一眼，顿着脚步，又看看几个年纪不大、明显是生手的售货员，奇怪道：“新手呀！”

明显是新手，兜售的话都不会说，这玩意儿的成本价十块钱左右，以前咱店里张口就是八十五块钱，杀价杀一半，还能赚三十多块钱，此时所见的几位售货员明显不怎么会宰客，让帅朗有点奇怪。坐地生意纯用新手是大忌，这么卖，你照样要被杀价，而主打产品一个挣三五块，根本就划不来。

“不对呀？这是不太懂景区生意做法的人来抢生意了……”帅朗下了个让自己不太理解的定义，狐疑地走着。远远的，田园和平果回来了，奔着上来了。田园一身赘肉，这俩月忙着挣钱，看样子减了点儿肥，能跑得动了，平果还是那么帅帅个小样儿，平时总是乐呵呵地凑上来，今儿估计也是受了打击，哭丧着脸上来。看着帅朗，田园有点心里无着地问：“二哥，咋办？”

“你问我怎么办？我问你们，来几天了，我怎么不知道。”帅朗反问着。

“三天了……我那天给你打电话了，你和谁喝来着，你说知道了，我还以为你想办法了。”田园道。

“哪天？”帅朗问。

“就二十五号开业那天。”田园道。

“啧……”帅朗拍着脑壳后悔不迭了，那天和大牛一起喝来着，喝完就去雷欣蕾家里了，胡天黑地的，哪里还记得有这事。说什么来着，喝酒误事，泡妞更误事，这事误得很让帅朗无言以对，拍着脑门，想起刚刚所见，又问道：“应该比这早吧？我看有零售的在他们这儿批发，你们一点儿都不知道……对了，这段时间营业额和销量都少了不少，我还以为是天气原因，是不是和他们私底下批发给零售有关……我说上批货怎么就走了两周多还没走完……”

说到此处，田园和平果眼珠滴溜转悠着，像有话要说，可又无言出口。相处得久了，帅朗知道这哥俩是什么货色，眼睛一瞪，训斥道：“有什么瞒着我，是不是？”

不吭声，田园瞅着帅朗，平果也有点畏惧地躲闪着。帅朗火了，一手揪着田老屁，一手拿着沙漏磕这货脑门，骂道：“马上就要卷铺盖滚蛋了，你们也不放个屁，你们以为撑这个店容易是不是？一个月给你们俩开七八千工资，本钱可都没收回来呢……你说，到底怎么回事，我这段时间不在，你们搞什么飞机，硬把老子生意整黄了……”

“二哥，不是我们的事，是你那帮兄弟……”田老屁忙不迭地护着要害。平果看有人围观，拽着帅朗和田园躲过一边，到了人行台阶上，小平果给帅朗抚着胸口，小心翼翼地看看四下没熟人，这才说：“这家早就来了，没挂牌，他们供的货便宜，他们找的就是罗嗦、程拐和老皮他们，后来你那帮兄弟就要了点儿他们的货……”

“继续。”帅朗脸阴了，程拐、罗嗦和老黄那群货什么德行帅朗清楚，这种事他们干得出来。

“后来村里零售的也找他们，他们供的货比你定的价格要低不少，村里在景区兜售的，一部分人就从他们那儿进货了。”田园道。

平果看看帅朗没动静，又道：“他们私下里说你不够意思，还赚兄弟们的钱……定的价格比外人的还高。”

“还有呢?”帅朗眯着眼，看不出喜怒。

“还能有什么？我们怕伤你们兄弟感情没敢说。二十五号人家开业，我们看着实在不像话了，这才通知你，谁知道你也没啥反应……我们还以为你知道了……”平果小心翼翼地说。

“这些天你经常不来，他们都商量着自己想法订货了，就算这家没来，也要出事。”田老屁下着结论。

“就是，要不是跟上你赚了笔，面子上过不去，他们早自立门户了……”平果也帮着腔。

帅朗眼睛发滞，整个人如遭雷打电击，听着这话半晌没动，过了好一会儿，才听得“当啷”一声，是帅朗失态了，左手拿着的沙漏滑落到地上，四溅开来，玻璃片和沙子撒了一地……

田园和平果走了，被帅朗给放假了，除了暂时放长假，帅朗还真想不出更好的办法。

帅朗捡着地上的玻璃片、金属条，把那个破碎的沙漏扔进了垃圾桶。知道了最不想知道的事，帅朗却连找人当面质问一番的心劲也没有……帅朗站在垃圾桶边，等思想从沉浸中的事里反省过来时，抬步，却有点四顾茫然的感觉，仿佛又回到了初涉社会那种茫然无助、四顾无路的境地。或者，比那时更差，只因为曾经风光过，心理落差更大了。

是谁？谁想把我坑到谷底，连翻身的机会都不给？

这个不容回避的问题又涌上来，让帅朗连迈步的力气也没有了。进货赔上十几万元，门店连租金带装修再加上存货也接近二十万元，差不多三分之一的身家在里面，剩下的三分之二里有一半被这数月胡吃海喝带买车潇洒了，真存下的没多少。此时他才感到危机重重，所有的事像多米诺骨牌一样，是连锁反应，查了盗版、端了三无产品、封了五龙村配货点，接下来没准儿就得查封这家门店了。虽然在景区数月发了点儿小财，可顶多也就是鼓了腰包，并没有改变贫民的身份，更何况还是个没怎么遵纪守法的贫民……再接下去，货物罚没，再课以罚款，得亏是没工商注册，否则算是跑不了了……可跑得了和尚跑不了庙，人走得了，店搬不走，又是十好几万眼看着岌岌可危，让帅朗心里流血似的疼痛……

帅朗坐在路牙上，胡乱地想着，难得的好天气，景区里人来人往，不见消停，帅朗的心里却是阴霾密布，突兀而来的事把这些日子积累的自信和骄傲早打击得丁点儿不剩了。此时料想着那帮人从五龙村查抄回来，恐怕要针对这个店面动手了。一念至此，帅朗的感觉只剩下了一种，疼呀！早知道，不这么骚包，又批发，又开门店，招人恨呐；早知道，多存点儿钱，不这么胡折腾，现在都能买房了……早知道，这帮货见钱眼开、见利忘义，就该看牢点儿。

一小时过去了，帅朗没有看到工商的来，有点暗自庆幸了……

又一小时过去了，午饭的时分已过，这个时候，应该是地方工商所招待区工商来人的时间，要没有一气呵成查抄到底，那应该是没事了……不对，不是没事了，是因为这个彰显脸面的地方影响很大，一查，肯定会围上来很多人，再说，店里根本没多少存货，连工商注册也没有，说不定人家就放弃了，要不就是等着你开门再收拾你……其实在这种地方，逼着你关门歇业，一毛钱都挣不着，每天还得上千开支，比杀了你还惨。

那到底是谁整的事呢？这个摸不着头脑的问题在帅朗脑袋里萦绕了几小时了，还是一筹莫展。对面黄河工艺品商店来过两拨送货的人，都是生面孔，根本无从知道。平时哥几个就是各自为政，现在程拐估计见机不对溜了，老黄和罗嗦八成心里有鬼，不敢来慰问，老皮是个外人，只要没触到他兜里的钱，他是不会吭声的……

谁呢？难道在这几个人里面？

第一个想到的是最奸的程拐，不像，总不至于他自己举报自己，赔上五万册盗版书和杂志吧？损人不利己的事他经常干，不过，损己坑人的事绝对不会干……直接否定了第一人选。接下来是罗嗦，不过罗嗦这个人也不复杂，脑袋里装着各式妞、眼睛里盯的是人民币，虽然很烂，不过这么坑了兄弟并未见得有多少好处的事，他还干不出来。那是老黄，这个开黑车载客的货也是个见钱眼开的主儿，不过他胆子没这么大，要是倒腾点儿便宜货，私下挣点儿钱，说得过去，真想吞下这么大市场，他还没那出息……老皮和小皮吧，就更不敢了，他们们知道惹这帮烂人的后果。

那就没人了！

帅朗挖空心思，还是想不出这个想抢滩市场的是谁。不过不管是谁，这事干得很漂亮，不但成功地引起了窝里斗的内讧，而且借外力把窝也给端了。等闲人等办不出这事来，最起码能撬动工商局、文化局两家，帅朗知道自己这帮烂兄烂弟里没人有这本事。

不对呀？这个人应该是我认识而且对我们很熟悉的人，否则从外表看，我们几个是兄弟同心其利断金的表像，没人敢招惹的，能洞悉我们之间并不牢靠的关系，绝对不会是生人……帅朗的心里掠过了一丝不祥之兆，眼前浮现起一个俏丽的人影。

雷欣蕾。

瞬间，帅朗的心跳开始加速，呼吸开始急促。同样的货出现在对方那里，帅朗都不敢往那个方向想，宁愿这是一个巧合，是厂家私下和订货者的巧合，而不是雷欣蕾有意地在背后拆台……或许，事情还有转机，不是她，最起码她无从知道程拐秘密运输盗版的时间，最起码她应该知道自己没有掌控景区市场的能力，最起码……最起码一夜夫妻百日恩，不至于这么把我往死里坑吧？哥对她可一点儿也不小气，吃饭、开房、买衣服、做美容，刷卡眼都不眨一下，就差跟她去挑个结婚戒指了……

每每想起雷欣蕾，总会在帅朗阴暗的心里亮着一束阳光，平生第一回苦心孤诣地追到了这个不可企及的校花，甚至在赤裎相见、抚着雪白滑腻的玉体时，帅朗有一种深深的自惭形秽。是啊，很美，当每天抱着雷欣蕾，看她长长的睫毛、灵动的双眸和娇艳的红唇，总会激起内心最深的欲望。盛小珊说，从一个深吻能看出一个女人究竟是不是真的喜欢你，类似那样忘情的深吻，帅朗觉得自己和雷欣蕾每天都有，有过很多次，有过那种要熔化在彼此身体里的感觉……有一天，在激情到娇喘吁吁、香汗淋淋的时候，雷欣蕾抱着身上的他，很动情地吻着说："我发现我开始喜欢上你了……"还有一天，在前戏刚刚做足，开始的时候，雷欣蕾伸手夺走了帅朗正准备上膛的杜蕾丝枪套，扔过一边，媚眼如丝地看着帅朗说："我不想我们之间有一层距离……"

"不对，不对，绝对不是她……不能我阴暗，把别人也想得阴暗……"

香艳的场景回荡在脑海里，那种感觉总不会是假的，帅朗骂着自己，不该对雷欣蕾也动了怀疑心思。其实她又何必呢，只要开口，我还至于小气嘛？全给她都没问题，至于偷偷摸摸吗？就算退一万步也不像，再怎么说，一个女流之辈，真要和这帮烂人做生意，她应该知道自己讨不到便宜。

那么除了熟悉，还应该是有点小势力的人，要不就是内外勾结，合伙把我挤对出去……帅朗换了个角度想着。这下坏了，要这么想，除了一起赔钱的程拐，其他人，帅朗觉得都像，都有可能，说不定挤走自己，接下来就是坐地分钱。这样的话，真就是大势已去了。

正午的太阳照耀着，不知道坐了多久的帅朗额头上汗涔涔沁了一片，有只手搭上自己肩膀时，帅朗像触电一样惊了一下，回头却看到了白所长，赶紧站起来。白所长抚着肩，和帅朗一块儿坐到了路牙上，白所长招招手，不远处喷着警察标识的电瓶车先走了。

"怎么样？白叔……我以为连这个店也要查抄。"帅朗小声道。

“总得顾及点儿影响吧，要是爆个中心景点全是假冒伪劣的商铺，那不给管委会脸上抹黑吗？不过你别存侥幸心理啊，我想目的也就是让你关门，冲什么来的，你不会没看出来吧？”白所长脱了警帽，示意着正对面的黄河工艺品商店。帅朗点了点头，目的很明显，只不过中间的过程都不清楚。

无语了，帅朗不知道该说什么好，看了两鬓斑白的白所长一眼。这位白所长上不惹局里，下不惹村里，中间不惹景区里，能在景区干七八年没有太恶口碑，在帅朗看来很有些独到之处，每每喝酒请客的时候都相谈甚欢。

今儿没心情，所以有点无语，反倒是白所长拍拍帅朗肩膀说：“谢谢啊。”

“谢我？”帅朗愕然道。

“是啊，幸亏没打起来，我知道是你拦着，这堆人里头，也就你明事理……你说真要干上一场，上面的敦促我处理，管委会肯定压我，我呢，又不敢抓村里人，一抓准会闹事；你们呢，又是朋友，我可怎么抓？我们也难啊，动不动就问题扣一脑袋，里外不是人。”白所长长吁短叹，摸着口袋，给帅朗递了支烟，估计是知道帅朗心情不佳，有几分劝慰的意思。

“那我也得谢谢你啊，白叔，在这儿多亏您照应着，要不上回就得被分局的提溜走。”帅朗笑着点烟。

“你也不是个好鸟……”白所长点着帅朗的脑门儿，帅朗笑了笑，或许是出身的关系，在景区最惺惺相惜的倒数这位老警察了，就听白所长白活道：“不过你比他们强的是知道轻重……既然你知道轻重，我就得劝你一句了，不知道你听不听得进去。”

“您说，怎么可能听不进去呢？”帅朗客气道。

“见好就收……”白所长点了一句，小声对帅朗说，“不瞒你说，这地方这么大的客流量，谁都知道是个聚宝盆，来这儿的人太杂了。偷抢拐骗的不说，村里这帮靠山吃山的，还有像你们这种从市区来淘金的，还有外地来找活儿的，这么多年起起落落，发家致富的、倾家荡产的、抢生意打得头破血流落身残疾的，还有不明不白被人坑得跳河的……说起来你算个不错的，不太坑人，有些事办得挺仗义，最起码五龙村这帮人就没听过谁的，你算一个。可人心隔肚皮呀，帅朗，别人怎么想的你真知道？你抢了飞鹏的生意，又在景区铺了这么大摊面，来的时候坐的是公交，不过仨月就开上奥迪了，现在景区做生意的都知道你这个人，几个月能赚个上百万，还是往少了说……出头鸟挨枪，出头椽先烂，这么大块市场，你敢保证没人惦记，你那帮合伙人能不眼红？就算他们不眼红，你觉得村里人不眼红？迟早都要出事……”

“我懂……我也正琢磨呢，不过，白叔，总得知道我栽谁手里了吧？”帅朗问道。

“那……自己看吧，就这个人注册的黄河工艺品商店。”白所长递了张纸，打印的人员信息，帅朗看了看，名字叫吴奇刚，按出生年月算才24岁，比自己还年少有为，不过就是不认识，看得一头雾水。帅朗又盯着白所长问道：“不可能，白叔，从能搂底抄了生意的手法上看，应该是老手，不会这么年轻。要是有背景，他懂通过工商查我们这说得过去，不过私下拉拢零售队伍这一招，又是这么一群烂人，不是他这个年纪能学会的……”

连身边的人也被拉拢了，白所长可不明其中的就理了，摇摇头道：“那我就不知道了，能查到的就这么多，现在人际关系多复杂，警务信息也反映不出人家究竟有多少社会关系来……不过帅朗，我得警告你一句，人的心理都差不多，像这种掐人财路、断人活路的事一般情况下都不愿意去做，一结都是死仇。除非举报信息准确，上面又压得不行，否则这种联合执法根本下不来。不过要真是这个吴奇刚策动的联合执法，你想想，这能说明什么？不是钱厚得能当砖头砸人，就是关系硬得能压住人，你要觉得你行，你就撑着，要是不行，还是见好就收……”

“谢谢白叔啊，不过我要走了，您喝酒没个伴，多孤单呀。”帅朗笑着，把那张纸叠着放进兜里，在一瞬间好像发现了什么新大陆一样让他有点茅塞顿开的感觉。白所长拍拍屁股起身笑道：“走你这么个祸害，我高兴都来不及呢……现在风头上，别惹事啊。”

“那您慢走……改天我请您啊。”帅朗谦让道。

“你都这么背了，还是我请你吧。”白所长说着摇头走了，招手拦了辆电瓶车，看样子白所长就是专程来给帅朗一个忠告，捎带送送这个祸害。

人走了很久，帅朗才把那张信息并不丰富的纸拿出来又看了一遍，眼睛盯在籍贯一栏上，看样子兴趣在这儿。那一行字是：中州市龙湖区三和镇祁圪裆村。

姓吴，来自祁圪裆村。

这个不起眼的信息让帅朗长舒了一口气，郁结在心里的疑惑散了一多半。要是源头在那儿，一切都说得通了，身边能把自己坑到这水平的，能数出来的不多，不过祁圪裆村的这个人肯定算一位。

想了想，帅朗做了个决定，边打着电话邀着老黄几人，边踱步到了老许的摊位前。老许估计知道了帅朗的遭遇，深表同情地给了他一瓶饮料，拉着帅朗的手，直说不管他们干啥，俺和你站在一边，言辞凿凿，多有暗示帅朗之意，村里的关系其实也是一团麻，哪儿有利往哪儿奔。帅朗却笑着不以为然，要了老许样东西，饮料纸箱。这玩意儿多得很，老许愕然地看着帅朗拉了个箱子，又找了支笔，歪歪扭扭地写了几个难看的大字：此房转让。

尔后帅朗找了根细铁丝，拴到自己门店的把手上，一屁股坐在门前，当个西洋景一样让过往游客看着。不多会儿，这奇景落到了闻讯而来的老黄和罗嗦眼里，俩人面面相觑，一左一右围着。

长脸的老黄苦着脸道：“帅朗，不能刚出点儿事就打退堂鼓吧？咱们兄弟们商量着办呗。”

“少卖好啊，上次喝酒那天，你们就应该知道有人来景区联系销售工艺品了，怎么不跟我商量？”帅朗瞪着眼，翻烂账了。一诈，老黄一紧张，帅朗知道田园说得没错了。

老黄一讷言，咂巴着嘴，看着罗嗦和刚来的老皮，罗少刚赶紧劝道：“别价，帅朗，你这是干吗，多好个店，才干了俩月就关门，装修都可惜了。”

有了尴尬，就没人说话了。先前几个人还商议着，觉得理直气壮，好歹帅朗也是一起长大的哥们儿，给的批发价比外人的都高，明摆着是杀熟，兄弟不就搞了点儿别人的便宜货不是，有什么过不去的……说是这样说，不过真见到了“此房转让”的牌子，又让几人觉得有点寒心。程拐闻风逃了，现在帅朗再一走，让人有那么点儿分道扬镳的感觉，特别是曾经一起那么风光，现在落得是上午查抄、下午关门转让，实在是悲催得很。

“这事闹得……这事闹得，这、这……不叫个事嘛……”

老皮看帅朗没说话，翻着白眼挨个儿瞪着，嘚吧着，很没重点。半晌帅朗才掏出门店的钥匙在手里把玩着，玩味地说：“叫你们来不是算账，我看你们有点心虚呀，有什么心虚的，我也正好准备走了，凑个合适，告个别……有几件事我得安排一下：第一，饮料供货，飞鹏只认我，甭指望我再给你们垫本，老规矩，先款后货，你们要干就瞎干着，你们不干，有人干……第二，这房子我转让，兄弟一场，我先紧着你们，年租金十二万，装修两万，还有一万多块钱的货，凑个整数十五万，盘这个房子，我付的一万转让费，不要了。你们不管谁，单个要还是合伙要都成，给我凑十五万就拿钥匙，否则有人要，我就转，不等你们了……第三，我是挣得最多的，没错，你们心里不平衡我理解，现在我是赔得最多的，你们平衡了……就这事，景区交给你们……”

说完话，帅朗起身就要走，老皮紧张地拦着：“这……这说走就走？”

“不走怎么着？这事就冲我来的，我现在动都不敢动，一动肯定挨家伙，还不如走了给你们留个空间呢。最起码你们和他有联系了，什么话都好说，总不能把大牛招来火拼一场，到时候一分不挣，反而赔不少，都埋怨我吧？赶紧啊，景区房子可紧俏着呢，说不定过不了今天就有人打电话要了……”帅朗很有末路英雄的派头，这十几万块钱赔得很光棍，人后心疼，人前装能，大大方方一说，大摇大摆地走着，直奔停车场去了。

后面这仨斜着眼，你瞅我，我瞅你，也不好意思送了。回头看看挂着“此房转让”牌子的门店，罗少刚动心思了，身子挪挪，问老黄：“要不要？”

“要什么？”老黄问。

“店面呀。”罗少刚诧异道，“这店一个月挣三五万很轻松啊。”

“你要什么，你还要不要脸!”老黄急不择言，骂上了。

“没听他说嘛，经营了两个月，还是原价给，有什么客气的，咱们累死累活，给他挣了百儿十万，现在致富一走，扔下咱们还没脱贫呢。”罗少刚悻然道。

“要说你去说，我不好意思说。”老黄有点踌躇。

“那你出一半，算咱俩人的。”罗少刚当着家，老黄在考虑着。俩人商议尚未定论，看到了旁边站着的老皮，罗少刚估计是见他有份心思，一指门店：“老皮，你干不干？反正都这样了，他迟早要知道，总不能哥几个都分家了，还跟钱过不去吧？”

“我算了，秋后还要回家种地呢……你们干吧。”

老皮摇着头，径自走了。恰如先前所料，今夏的生意到了尾声了，要是这俩分不清轻重的货来干，尾声恐怕要来得更快……

车停在陇海路寇仲水产经销公司的门口不远，帅朗又看了看手里的单子。那个陌生的吴奇刚名字和那个熟悉的祁圪裆村地名，虽然最重的怀疑还是放在这里了，可依然有点诧异这些阴魂不散的骗子又找上了自己，而且不知道是怎么找上的。现在自己能找到的地方，就剩这一个了。

看看时间，下午五点，帅朗整整衣领，拍上车门，进了门廊，敲着门房。还是那位四十开外的中年男人，缺一条胳膊，对着帅朗笑了笑，帅朗还没问，那人就说："都在，等你上去。"

估计就是这帮王八蛋……帅朗翻了一眼，径直上了钢筋焊着的楼层，三楼。推开门就见黄晓龇着大板牙笑，帅朗笑着挖苦道："哟，黄晓，你师爸都伸腿瞪眼了，你龇成这样，快跟他一样了啊。"

黄晓被呛得一愣，想说什么，不过马上来了个急刹车，一扬头，不说了，生怕自己说漏嘴似的。

帅朗也不理会，径直走向经理室，那个找到三千元月薪的工作的地方、初见古清治的地方，直接推开门，进去了。

寇仲一个人，偌大个个子，四方大脸，好似受了古老头儿的感染，此时擎着电热水壶，倒着水冲着茶，一伸手，请帅朗坐下，不动声色地问："我每天都在这儿等你，等你好久了，终于等来了。"

"我这不来了吗？想跟我说点儿什么？"帅朗问道。

"本来不想说什么，不过你能找到这儿，那要说的就多了。别急，喝杯茶……"寇仲倒了杯殷红的普洱，做着请的姿势。真到了这儿，帅朗反倒平静了，嗅了嗅，说："寇老板，咱们明人不说暗话，其实也不难查。过不了三天，我也能查个水落石出，真要是你们砸我生意，别怪我也胡来啊，我十万块雇一个民工团，天天来你这儿扔板砖……"

钱壮英雄胆，这话说得豪气，表情那叫一个痞气，听得刚进门的黄晓皱眉瞪眼。寇仲哈哈笑了笑，挥着打发走了黄晓，倒着茶，不闪不避地笑道："我相信你干得出来，所以我就简单地告诉你，没错，是我。"

"那就没什么说的了。"帅朗起身，很气愤。

"不过也可以说不是我……"寇仲又说，看着帅朗身形一动，笑道，"我想你一定有很多疑问，难道不想听听，我是怎么把你在景区的钉子一根一根拔了，不想听听，我是怎么知道你们盗版书的准确到达时间……或者，也不想听听，我们是怎么在你沉浸在温柔乡时，拿到了模具和设计……”

转过身的帅朗听到最后一句时，身体僵住了，回过头，几分不信、几分不敢不信地看着这位寇大个子。这一句，恰恰重重地敲到了心里最脆弱的地方，于是，帅朗狐疑地坐下了。

寇仲以一副得胜者的表情悠哉地说上了：“其实不是我整你，是你身边的人在整你……”

“我身边包括我在内都没个好鸟，你收买这号烂人，没必要这么得意吧？”第一句话就被帅朗呛住了，寇大个子相貌堂堂的国字脸，此时在帅朗看来，怎么看怎么想擂上一拳。

“呵呵……你倒有自知之明啊，这么评价自己。”寇仲笑了笑，冲着茶，倒了冷的，续上新水，给帅朗又来了个请的动作。帅朗没动，等着，源头就在这里，倒不着急了，心思转悠的却是怎么来个以牙还牙，或者已经开始揣度，这些人搞这么多事情的意图何在。怪不得黄河工艺品商店里那几个实打实地像生手，敢情是临时拉起来的队伍，那个吴奇刚尚未谋面，不过帅朗估计，是这一伙的错不了。

“从哪儿说起呢？”

寇仲以问代答，笑了笑，或许无从窥到帅朗此时阴冷的表情下掩盖着的阴暗心思，笑道：“从廖厚卿说起怎么样？或者从你被警察带走，四月那次，你几个朋友找上我说起？要不直接就事说事，说说今天怎么回事？其实查抄的时候我就在不远处看着，你的表现很出乎意料啊，我原本还想着真打起来，不好收场呢……”

“花了多少钱？”帅朗挠着腮帮，莫名其妙地问了句。

“哟，成本不低，连开店带上货再加上送礼，得有好几十万了。伤人一万，自损八千，向来如此。你的损失不是什么问题，我们各有所求，如果谈得拢，你的损失一定会找回来，怎么样，有兴趣谈吗?”寇仲轻飘飘地扔了个诱惑，观察着帅朗的表情。

没有什么表情，帅朗看似根本不在乎这仨瓜俩枣似的，寇仲正待加大砝码时，帅朗打断道：“那个我兴趣不大。生意嘛，你来我往，我争你抢，谁抢上是谁的本事……我问你，廖厚卿怎么会和你们有关系?”

“呵呵……我们经常需要人手，当然和当猎头的廖经理有联系喽。坦白地说，我们原先准备通过廖经理把你置于我们视线之内，没想到你根本不领情……不过廖经理发现有一次你吃饭，盯着那位雷女士的眼神不怎么对……所以，就找到你的软肋了……”寇仲笑道。貌似朋友间开了个小玩笑，不过正触到了帅朗最疼的地方，舌头此时在牙根上打着圈晃悠，盯了半晌还是那句：“花了多少钱?”

这个寇仲听明白了，是问那个女人的价钱。

“不多，五万，虽然不多，不过对于月薪三四千的雷女士还是有吸引力的。何况我们的要求并不高，只是让她经常接触你，把你置于我们视线之内……看来你的名声不怎么好，我和雷女士谈的时候，她好像还很不乐意，说不怎么想和你这号混混儿有太多来往，后来我亮出了和廖厚卿的私人关系，她才勉为其难地答应……接下来就顺理成章喽，你想做工艺品生意了，她正好投你所好。意外的是，你们不但搞出了点儿名堂，还搞到床上了，逼得我们不得不又多花了十二万才拿到十二家生产厂家的名录和你们的样品图。”寇仲不动声色地说着，此时应该看到痛不欲生的男人遭骗表情，不过同样没有，他有点诧异帅朗能这么沉得住气。

果真是沉得住气，帅朗眼珠一动不动，盯着说话的寇仲迸了句：“你撒谎!”

不相信，一千一万个不相信，尽管理智告诉帅朗应该是真的，否则不会背到这种程度，可他还是抱着万一之想，不敢相信天天耳鬓厮磨的雷欣蕾能做出这等事情来。

“自己听……”寇仲拉开抽屉，扔出个手机来。帅朗没动，瞪着寇仲。寇仲干脆翻查着手机内容，找到了音频文件，放出来了……

“寇老板，这事我真不想干，怎么听着像间谍呀？有意思吗?”雷欣蕾的声音，很为难地说。

“对你可能没什么意思，对我们就有意思了。这样吧，你开个价，以三个月为限，到九月中旬，很简单，请他吃吃饭，出来玩玩，有什么开销算我们的，我们付报酬都是额外的……”这是寇仲的声音。

“不合适，不合适……我们以前是同学，他这人整个就是一无赖，他要赖上我怎么办？还是别打交道的好……”雷欣蕾的声音，这个声音帅朗如此熟悉，以至于脸上的肌肉不自然地跳跳，那是火了，上火了。

“三个月，两万……”寇仲的声音。

“三万……”寇仲的声音，在加价。

“四万……”还是寇仲的声音，还在加价。

“那好吧，给你三个月整五万，实在不行我找别人……”寇仲最后通牒了。

等了很久，才听到了结果，雷欣蕾踌躇的声音：“那我……试试……”

声音稍停，帅朗使劲地捂着眼睛，抹着额头，一副被人揭了老底的德行。先前还以为哥这翩翩风度倾倒了校花，现在一度树立起来的自信瞬间坍塌了，一直以来自以为咱已经发财了，已经帅到人见人爱、花见花开了，岂不知在别人眼中，特别是在帅朗在乎的人眼中，无赖的形象根本没有变过。

“还想听吗?”寇仲找着另一个音频文件又播放开了……

“我再付你五万，生产厂家的名录、设计图样还有使用的模具给我，怎么样？对你来说就是举手之劳。”寇仲的声音。

“这个是我下了大功夫的，我们订制的产品在景区非常畅销，寇老板，您觉得它只值五万?”雷欣蕾的声音，在要价。

“八万……”

“十万……”

寇仲连加两次价，都没有听到回音。

“十五万……少了我不能给你，即便从你这儿得不到，单凭给帅朗供货的提成也能挣到这么多，只不过是个时间问题。”雷欣蕾狮子大开口。

“再给你加两万，十二万，你要多出这个数，我就自己想办法。大不了我雇上几十个人，挨着中州小厂拿着样品问看谁能生产，不过费点儿时间、花点儿力气而已，到时候你可一毛钱也挣不着了。再说咱们之间是相互制约的，帅朗真要是知道你和我们有联系，你马上就挣不到提成了，到那时候，这玩意儿你白给我都不要……怎么样？十二万。”寇仲在威胁。

“好吧，就十二万，我要现金……”

雷欣蕾的声音，被说服了。

很简单的事实，印证了帅朗的直觉，也印证了他最不愿意相信的事。

声音停了，沉默了好久。寇仲似乎有意给帅朗一个思考的空间，一言未发，只是把帅朗没喝的茶水倒了，又换上了热的，换了两次。在听着两次讨价还价的时间里，帅朗仰着头，面朝天花板，保持着一个懒散和奇怪的坐姿，似乎在想象和对话里的这个女人的缠绵，似乎在平静地接受着这个不容回避的现实，半晌，保持着不动的姿势说：“你想拿这个打击我？可能你要失望了。做工艺品的意向是我的，可设计和模具都是雷欣蕾和厂家的人一起做出来的，严格地说，就是人家的东西，卖给谁是她的自愿，你给我听这个，有什么意思？”

随着后边那句话，帅朗一仰头，坐直了，有几分不屑地盯着寇仲，那意思是，哥不在乎。

当然不会不在乎，即便有这种倾向，寇仲估计也是装出来的，他笑了笑，没有揭破，只是竖了竖大拇指道：“有度量，师爸说过，你是骗子中的君子，小人中的大人，看来没错……”

“你说那个死人呀？呵呵……死都死了，提他干吗？对了，盛小珊和你们也是一路的吧？故意让盛小珊告诉我他的死讯……你师爸到底死了没有，不会在哪儿还魂又回来了吧？要不不至于这么阴魂不散呀。”帅朗反问道。

寇仲神神秘秘，笑而不语，否认和肯定都没有表示，有点讳莫如深。帅朗对此有点无语，隐隐嗅到了此事背后阴谋的味道。理论上讲，景区那点儿生意还不在这些人眼里，既然不在眼里，那肯定是另有所图了……对了，鉴宝！

帅朗眼皮跳了一下，想到了这个最大的可能性。不过他也没有揭破，指节叩着脑门，看着寇仲神神叨叨的笑意，捋着思路问：“那田园和平果俩人中，有一个肯定和你们搭上线了，是不是？否则不可能同时都来投奔我，否则雷欣蕾也不可能恰巧知道我想做工艺品生意，第一次吃饭就谈到这个了，很投机。”

完了，只要沾上骗子的，估计都着道了。不管是雷欣蕾还是田园、平果，还是那些烂兄烂弟，本来就各有心思、貌合神离，要是有人在里面乱捅一气，恐怕要合起伙来挤对自己一个人。

“聪明，猜对了……”寇仲赞了个，笑了。

“是哪一个？还是两个都是？”帅朗问，底线冲破了，没有下限了。田园和平果俩货都是穷得提不起裤子来的主儿，帅朗收买这俩货干什么事，给几百元就管用。

“你猜？”寇仲开了个玩笑，没点破。

没点破是肯定有了，帅朗大张着嘴叹了气，有点想通了，很不爽地说：“哦……先想收买我，没收买成，然后想着通过廖厚卿绊住我，也没成功，于是就找了雷欣蕾，正好田园和平果失业，被你们唆导来投奔我，我想到了工艺品，正好借此让我和雷欣蕾拉近距离……所以我干了些什么，你们都清楚了，有田园和平果俩人，景区生意的运营你们也了如指掌……等拿到模具和设计，有了和我们同样的货，私下收买罗少刚、黄国强、老皮还有程拐那几个货更容易，只要东西便宜，他们就敢要……通过他们再网罗村里跑零售的，把价格压低，形成一个我吃得太黑、不如找你们合作的局面……等一切水到渠成，抓住盗版这个由头，就把我生意掀了，是吧？”

想通了，全想通了，不过已经晚了。帅朗说这话的时候很平静，晚点儿知道真相，总比懵懂无知强。

“基本就是这样，过程繁复，说起来也不难。原本我想你会中途发现，可没想到你陷进女人裤裆里根本出不来，要不是今天正式开始，没准儿你还发现不了……不过你也不错，没用几小时就找到我这儿了。”寇仲笑道，像出个小难题，而帅朗勉强地给解了。

“那……你们这身份撬动工商局和文化局没问题，可程拐运盗版这个秘密，谁能知道……”帅朗眼睛一亮，很腼应地说了句，“你肯定是让他们窝里斗，不是田园就是平果把消息告诉你们了，只有他们俩在盗版上不挣钱。只有他们俩在门店能看到运送车准时到达的时间。”

“呵呵……聪明，就是这样，为利所驱，人之常情，更何况你这几个哥们儿和你这俩朋友本身就不合。”寇仲笑道，忍不住有点欣赏对方了，这些曲折拐弯一点即通，反应确实比常人快，如果不是耽于酒色的话，说不定还没这么容易得手。寇仲又笑道：“只要有人告诉我盗版到达的准确时间，剩下的事就更容易了，更何况这是合理合法的分内事……呵呵。”

“那这为什么呀？咱们可无怨无仇啊，寇老板，我可没害过你呀。”帅朗反问道。

“你第一天出来混呀？有些事非要讲出道理来吗？大鱼吃小鱼，小鱼吃虾米，弱肉强食这个法则从来就没有变过……你抢了景区每月几十万进账的饮料生意，林鹏飞害过你吗？在你们之前景区做工艺品生意的两个门店、十几个零售商，不是被你们挤跑了，就是被你赶走了，他们害过你吗？你们搞饮料生意把市区不少批发商整得哭笑不得，他们也害过你吗？”

寇仲眯着眼笑着反问几句。

几句话把帅朗问得尴尬难言了。侮人者，人恒侮之；欺人者，人恒欺之，既然出来混，心里都明白，敢坑人就别怨被坑得狠。只不过这一次，帅朗被坑得稀里糊涂、不明不白，辛辛苦苦描绘的大好前程，一夜之间俱化成泡影，而坑人的却一直这么笑吟吟的，仿佛就是小孩过家家玩了个游戏而已。

“妈妈的，这是诱不上船，逼我上路……”帅朗心里暗道，明白寇仲的意思了。唯一有点不太明白的是，以自己长得这么不帅、女人一个都没倾倒，何故就倾倒了这么一群骗子，还对自己不舍不弃地追了好几个月？

“你……好像还有话……没有问。”寇仲也看出了帅朗的心思，出声问着，只等着他问到那个主题：目的。

却不料帅朗一反常态，点点头，莫名其妙地说了句：“谢谢啊。”

“谢谢?”寇仲糊涂了。

“对，谢谢你给我上了一课。”帅朗剜了眼，像在说反话。

寇仲愣了愣，倒不知道该怎么样和这人交流了，先前想过真相摆出来的后果，可能是勃然大怒，可能是痛悔不已，可能是虚与委蛇，也可能是一拍即合，只不过实在没有想到过这种可能性。斟茶的寇仲一时忘了手里的壶，愕然地看着帅朗，很平静，平静得像根本没事发生的样子。

于是，僵持了一下，寇仲的手颤了颤，莫名觉得有点害怕，从帅朗眼睛里透出来的平静和镇定，实在不是这个年龄应该有的……微微的失态，让壶水溢出了茶碗，浓浓酽酽的茶色沿着碗身流下。

失态了，寇仲暗暗自责了一句，实在不应该发生。看着帅朗根本没有询问目的的意思，反倒是寇仲先入主题了，发了支烟，帅朗摇摇头没接，寇仲自己点着烟，缓缓地说：“别担心你的损失，就十几万的货，损失我们包赔，景区我们支起来的两个店送给你如何？再附带一批十五万的货，总价不低于五十万……”

“甭客气，您自己留着，我不要。”帅朗不动声色道。

“为什么?”寇仲不解。

“什么我都干，就是不喜欢拿别人施舍的东西。”帅朗给了个另类的答案。

“呵呵……随你，很有个性。不过如果你被打回原形的话，我想不出你怎么发挥你的个性。”寇仲嘲讽了帅朗一句，帅朗脸皮厚得像浑然不觉。寇仲干脆指摘后果道：“呐，你看到了，这是个人肉换猪肉的年代，我们其实都活在骗局中。和你同床共枕的女人，其实是同床异梦；和你肝胆相照的朋友，不过是锱铢必较的市侩；和你惺惺相惜的兄弟，不过是明枪暗箭的小人，你看到了这么多，难道还对他们抱有幻想?”

“他们是什么人我知道，不用你提醒。”帅朗道。

“你知道，恐怕也挽不回来了……你的朋友平果给我的消息，也就是说，你的朋友捅了你哥们儿的盗版生意，你哥们儿要知道了，恐怕轻饶不了他，又是你门店里的人，会不会迁怒于你那就说不准了……你们几个哥们儿呢，确实也没几个好鸟，我们私下一联系供货，他们几乎把价格压到了底线，不过我还是给他们了。他们这么便宜能拿到货，不知道对于以前你给他们的价格会作何感想？还有，我也不得不佩服你啊，我听说你有个很好的朋友叫韩同港，是个实在人，你们同租快三年了，他要是知道你和他最喜欢的前女友上床了，不知道会不会犯病……啧啧啧……你别生气，我真的不是羞辱你，一点儿都不稀罕……”寇仲下猛药了，说得帅朗脸红一阵白一阵，有点咬牙切齿，不过没有发作出来。

看来性子磨得不错，即便是这么恶心的话都没有把帅朗激怒，只是露出了几分横相，又强自压抑下去了。寇仲觉得火候差不多了，真正的后果是什么，帅朗应该知道了，寇仲点破道：“你没有逞匹夫之勇，这点很让我欣赏……不过不管你承认不承认，这一次不管你怎么脱胎换骨，都要被重新打回肉体凡胎了。存货被查抄赔了十几万，门店栽进去应该有二十万吧。如果我们在景区扎根，之后你可能连一毛钱进项也没有了，甚至我们抢你饮料生意也没有那么难……对了，你还有留的，不过不知道够不够罚款，对于盗版和假冒伪劣，工商和文化上的罚款很重的哦，货值的三到十倍。”

不吭声，帅朗侧着头，眼睛成斜线盯着寇仲，像被问住了。这个威胁已经明明白白摆到眼前了，就是要把帅朗变得一无所有，女人、朋友、哥们儿、钱，全变没了，让他不得不上船。

古来骗子有很多类似的手法，先把目标骗到倾家荡产身无分文，尔后再让这些被骗的去骗人，往往会变本加厉收到奇效。只有在心理落差巨大的时候，才能激起人的逆反心态……所以师爸一直坐视着帅朗一步一步做大，想着做到足够大的时候让他一夜倾覆，之后他自然会滋生类似赌徒翻本的心态。这个心态，往往能逆转人的理性思维，能把君子变成小人、能把善人变成恶人、能把淡泊之人变成贪婪之人……

寇仲一念闪过这个局的设计，之前认为板上钉钉不会有意外了，现在看来情况不确定了。毕竟这就是个小人、就是个烂人、就是个贪人，还能怎么变？

干脆揭底了，寇仲感觉火候到了，直截了当地问：“怎么样？我们开的条件够优厚了，前期五十万垫底，事成之后有你一成可分，很可能要高过五十万。你难道对钱一点儿兴趣也没有，或者对我们要干什么没兴趣？”

“鉴宝会，是吧？”帅朗问，欠欠身子，像是有了决定。

“没错，你应该猜到了，不过你猜不到将要发生什么。”寇仲笑道。

“猜不到也知道，大不了就是在拍卖上给谁下个套。赚了，你们吃肉，我喝汤；要是出事了，你们拿钱，我顶雷，对不对？”帅朗直截了当，同样在揭破寇仲的心思。

寇仲蓦地被逗笑了，笑道：“对，聪明，看得够远，看来师爸没看错你……危险性嘛，不算很大，而且是你这个人能卖到的最好价格……其实很简单，或者合作，你的朋友、哥们儿、女人还是原样，收入不会减少，反而会增加；或者不合作，你先前拥有的，全部给别人做嫁衣裳，景区的生意确实不错，在我们手里，估计三五个月就能回本盈利……这个选择，不难做吧？”

“不难……”帅朗又扬着脑袋，靠着椅背，这次想的时间极短，片刻便罢。他伸手拿过寇仲扔在茶盘边上的手机，翻着看了看什么，然后轻轻地放到茶盘上，很复杂地看了寇仲一眼，缓缓起身，像是要走。什么也不说，什么也不做，就要走。

“你可想好啊，帅朗，这种机会不是谁都碰得到的，你不会非逼着我把你变成穷光蛋吧？”寇仲眼见帅朗已经迈出去几步，将到门的时候，出声提醒了一句。

不过这一句，恰恰让帅朗听出了他那种患得患失的不确定心思，背朝着寇仲，帅朗笑了笑，回过头来道：“你算计得很好，不管我怎么选择，你都赚了。所以呢，我还是别选择了，我不选择，你们就不知道该怎么赚……我现在倒希望你把我变回穷光蛋，到时候光脚的不怕穿鞋的，谁坑谁还不一定呢……”

先笑后怒，像是怒极反笑，说到最后一句，却是眼神凌厉，又让寇仲微微一怔，接着听到门重重一响，毫无征兆地放了句狠话，人走了。

仿佛是在最后一刻让寇仲前功尽弃了，他有点懊丧地拍拍脑门，拨着电话：“师哥，我这儿不行，这家伙软硬不吃、油盐不进，哄不住，吓不住呀。”

“那干脆把他打回原形得了。景区这儿生意还真不错，就让小吴坐镇，说不定需要人手需要地方的时候能用上，我们再找人办这事……”

电话里声音很冷，听得寇仲有点惋惜，其实他心里倒希望和帅朗合作。几次相见没有恶感，又是师爸看上的人，攀谈间觉得师爸评价的“骗子中的君子”很中肯，相比而言，自己这帮骗子搂草打兔子办的这事，实在有点小人了……